EEN VERLEIDELIJK VOORSTEL

Van Katie Fforde verschenen eerder:

Keukengeheimen
De kunstminnaar
Een nieuwe kans
Wilde tuinen
Reddende engel
Levenslessen
Stoute schoenen
Kunst en vliegwerk
Halsbrekende toeren
Praktisch perfect
Schoon schip
Trouwplannen
Liefdesbrieven

Katie Fforde

Een verleidelijk voorstel

VAN HOLKEMA & WARENDORF
Uitgeverij Unieboek | Het Spectrum bv, Houten – Antwerpen

Oorspronkelijke titel: *A Perfect Proposal*
Vertaling: Hanneke van Soest
Omslagontwerp: Wil Immink
Omslagillustratie: Sophie Griotto
Opmaak: ZetSpiegel, Best

www.katiefforde.com
www.unieboekspectrum.nl

ISBN 978 90 475 1553 1 / NUR 302

© 2010 Katie Fforde Ltd.
© 2010 Nederlandstalige uitgave: Uitgeverij Unieboek |
Het Spectrum bv, Houten – Antwerpen
Oorspronkelijke uitgave: Century, a division of the Random House
Group Ltd

Voor alle generaties van mijn familie, nu en in het verleden,
die me allemaal hebben geholpen met dit boek.

En voor de Romantic Novelists' Association:
50 jaar en nog altijd even fantastisch – bedankt!

1

'Wie is die oom Eric de Ellendeling ook alweer? Je hebt het me vast verteld, maar ik kan mijn eigen familie niet eens uit elkaar houden, laat staan die van een ander.'

Sophie legde haar theelepeltje op het schoteltje en keek met een peinzende blik over de tafel naar een van haar twee beste vriendinnen. 'Dat verbaast me niks, Mands. Hij is familie van mijn vader, maar ik heb hem zelf ook nog nooit ontmoet. Misschien wel als kind, maar dat kan ik me niet meer herinneren. Ik weet eerlijk gezegd ook niet of het een echte oom is of een oudere neef. Ze zijn een tijd gebrouilleerd geweest, maar dat is kennelijk bijgelegd.'

Ze zaten in hun stamcafé aan hun favoriete tafeltje bij het raam, vanwaar ze de voorbijgangers konden gadeslaan en commentaar konden leveren op hun kleding. Sophie veegde afwezig met haar servet wat gemorste koffie op.

'Maar waarom moet jij voor hem zorgen? Je bent pas twee-entwintig. Geen leeftijd om als een ouwe vrijster voor vrijgezelle familieleden te gaan zorgen.' Uit de vinnige manier waarop Amanda met haar lepeltje een patroon in het schuim van haar cappuccino trok, bleek dat ze het er niet mee eens was.

Sophie kneep geërgerd haar ogen samen. 'Je leest te veel historische romans, Mandy. Maar je hebt gelijk, het klinkt alsof de ongebonden dochter bij de rijke oom moet intrekken om zijn erfenis veilig te stellen.' Ze fronste. 'Maar zo zit het niet.'

Haar vriendin nam haar sceptisch op.

'Echt niet!' verweerde Sophie zich.

'Dus je familie gebruikt je niet alweer als invalsloofje? Nu zijn eigen werkster op vakantie gaat?'

Sophie haalde haar schouders op. 'Ze is geen werkster. Ze is zijn huishoudster. Een soort verzorgster. Werkster klinkt zo akelig.'

Amanda keek Sophie recht aan. 'Maar waarom moet jíj dat doen? Kan iemand anders van je familie het niet doen? Je moeder, bijvoorbeeld.'

'O, Amanda, je weet toch hoe dat gaat! De anderen willen niet. En ik heb op het moment toch even geen werk.' Sophie besefte dat haar vriendin het erger vond dan zijzelf dat ze een oud familielid moest gaan verzorgen. Misschien liet ze zich ook wel te veel commanderen door haar familie. 'Ik zal zorgen dat hij me ervoor betaalt.'

'Hij kijkt wel uit. Dan had hij allang professionele hulp ingeschakeld. Dan zou hij geen beroep op zijn familie doen. Het moet wel een krent zijn. Jullie noemen hem vast niet voor niets Eric de Ellendeling.'

Sophie dacht even na. 'Nogmaals, ik heb hem nooit ontmoet, maar ik heb begrepen dat hij erg gierig is. Mijn ouders hebben ooit geld van hem te leen gevraagd toen ze in geldnood zaten, maar werden de deur gewezen. Hij had gezegd dat ze niet moesten denken dat hij een of andere suikeroom was.' Ze lachte. In gedachten zag ze de verontwaardigde gezichten van haar ouders voor zich. 'Maar dat is alweer jaren geleden.'

'Als hij zich professionele hulp kan veroorloven, moet hij inderdaad behoorlijk krenterig zijn als hij jou vraagt.'

Sophie beet op haar lip. Amanda hoefde niet te weten dat haar moeder haar waarschijnlijk had aangeraden omdat oom Eric niet het eeuwige leven had en mild gestemd diende te worden. Hij vertikte het hun geld te lenen, maar misschien zou hij hun wel zijn vermogen nalaten. Hij had immers geen andere familie meer. En Sophies ouders kwamen altijd geld tekort.

Amanda kende Sophie al vanaf de basisschool en wist hoe Sophies ouders met hun jongste kind omgingen. 'Wedden dat je moeder heeft gezegd dat jij het wel wilt doen?'

'Mooi niet!' Sophie keek haar vriendin met een twinkeling in haar ogen aan. 'Jij denkt wel dat ik me laat rond commanderen, maar ik krijg vaker mijn zin dan zij denken. Als mensen denken dat je dom bent, kun je dat uitbuiten.' Ze vond dat ze haar gelaten houding moest verklaren. 'Het lijkt misschien dat ik over me heen laat lopen, maar als ik iets echt niet wil, doe ik het niet.'

Amanda zuchtte. 'Oké. Maar ik snap nog altijd niet waarom jouw familie denkt dat je dom bent.'

Sophie haalde haar schouders op. 'Omdat ik niet gestudeerd heb, denk ik. En omdat ik de jongste ben. Het is meer uit gewoonte. Zonder titel tel je in onze familie niet mee. Bovendien zien ze het nut van mijn talenten niet in.' Ze zuchtte. 'Al profiteren ze er wel van.'

Amanda snoof. 'Ik ben benieuwd wat Milly ervan vindt.'

Milly, de derde van het trio dat op school bekendstond als 'Milly-Molly-Mandy' – tot ergernis van Sophie, die het vreselijk vond om Molly te worden genoemd – woonde in New York. Ze was een paar jaar ouder dan de andere twee en als leider van het vriendinnenclubje nog kritischer dan Amanda.

'Ik heb Mills er nog niet mee lastiggevallen, maar ik ga haar gauw bellen. Oké, maar ik moet nu echt gaan. Ik moet nog achter leuke plastic glazen voor de kinderen aan. De gasten komen al om één uur.' Ze trok een gezicht. 'Mijn moeder wil per se onze oude speelkamer inrichten voor de kinderen. Dat vinden ze volgens haar veel leuker, maar ze wil gewoon geen last van hen hebben.'

'Zie je wel! Je helpt je moeder weer met haar feest en toch behandelt ze je als een tweederangs burger.'

Sophie grinnikte. 'Dat heeft niet met klasse te maken, maar met hersens! Klasse is het probleem dan ook niet. Maar mijn eindexamenresultaten wijzen wel uit dat ik het nu eenmaal niet van mijn hersens moet hebben.'

'Nu klink je net als je moeder!'

'O ja? Niet best.'

'Dat komt ervan. Maar wat die kamer voor de kinderen betreft, heeft je moeder wel gelijk. Kinderen vinden feestjes voor volwassenen alleen maar vervelend. Vooral als jouw vader hen ook nog gaat uithoren of ze wel Latijn in hun pakket hebben.'

Sophie trok een wenkbrauw op. 'Dat soort feestjes is ook vervelend als je een meter zeventig bent. Jij blijft niet voor niks thuis. Anders dan vorig jaar. Trouwens, hij zal je niet meer vragen of je Latijn hebt gedaan, want hij weet dat je bij mij op school hebt gezeten. Wij konden geen Latijn kiezen.'

Het was duidelijk dat Amanda zich schuldig voelde. 'Als jij wilt dat ik kom, dan kom ik. Vroeger hadden we altijd lol op het zomerfeest van je ouders.'

'Ja, maar toen schminkten we elkaar nog en spoten we elkaar nat met de tuinslang.' Ze zuchtten allebei bij de herinnering, waarna Sophie vervolgde: 'Je hoeft niet te komen, hoor. Ik red me wel in mijn eentje. Ik ben gewend aan mijn familie. Ik kan ze wel aan.' Ze fronste licht. Ze was niet helemaal eerlijk tegen Amanda geweest. Het kostte haar de laatste tijd steeds meer moeite zich aan de pikorde binnen haar familie aan te passen. Vooral nu ze zo haar best deed hun sjofele huis om te toveren in een chic onderkomen zou ze wel een schouderklopje kunnen gebruiken.

Sophie vond de feestwinkel in een zijstraat van het oude stadscentrum. Omdat het uitverkoop was, sloeg ze wat extra spullen in: klein vuurwerk, schmink en een paar glitterpruiken. Vervolgens liep ze de heuvel op naar het grote Victoriaanse huis waar ze woonde.

Ze had zich al vaak afgevraagd waarom haar ouders, die altijd klaagden over geldgebrek, niet kleiner gingen wonen of een deel van het huis verbouwden tot appartement. Als ze op zolder een eenvoudige badkamer en keuken zouden laten maken, zouden ze het kunnen verhuren en jarenlang een extra bron van inkomen hebben. Maar in plaats daarvan rommelde hun

gezin – Sophie, haar oudere broer Michael en haar ouders –
maar wat aan en bleef iedereen ruziën over de enige badkamer
in huis, terwijl ze de ongebruikte kamers volstouwden met
spullen.

Sophies moeder, die haar academische carrière had opgege-
ven om kunstenares te worden, had zich veel ruimte toegeëi-
gend voor een atelier en een plek om haar schilderijen op te
slaan. Haar vader, die wel academicus was, was een dwangma-
tige boekenverzamelaar. Hij had behoefte aan een werkkamer
én een bibliotheek. Michael, ook academicus, wilde hetzelfde.
Sophie had een keer voorzichtig voorgesteld om een van de
bibliotheekkamers te splitsen zodat zij een plek zou hebben
om te naaien, maar dat voorstel was hooghartig van de hand
gewezen. 'Kunst' was iets creatiefs, terwijl naaien gewoon han-
denarbeid was, en dus onbelangrijk. Pas toen Sophie vijftien was,
ging haar zus Joanna het huis uit en had Sophie haar kamer
ingelijfd voor haar naaimachine en al die andere spullen die ze
nodig had voor haar creaties.

Nu waren alle kamers op de benedenverdieping uitgeruimd
voor het feest van haar ouders, hetgeen veel van Sophies talent vroeg. Het huis had charme en karakter, maar de tapijten
waren versleten, de muren vertoonden vochtplekken en Sophie had de tafels met kleden moeten bedekken om de kringen die nonchalante academici met hun hete koffiebekers
hadden achtergelaten aan het oog te onttrekken.

De keuken was overgenomen door de cateraars, Linda en
Bob, voor wie Sophie regelmatig als serveerster werkte. Het
was een grote ruimte, met het type losse elementen dat tegenwoordig zo modern was, maar die simpelweg niet waren
vervangen toen strakke keukens in de mode kwamen. Sophie
overwoog wel eens het antieke keukengerei op rommelmarkten te verkopen en te vervangen door modernere spullen,
zodat ze er ook nog een leuk zakcentje aan zou overhouden.
Maar modern keukengerei zou niet in hun gezellige maar
enigszins verwaarloosde huis passen.

Nu zette ze haar tas op het aanrecht. 'Oké. Citroenen, limoenen, chips en lekkers voor de kinderen. Hebben jullie nog iets anders nodig?'

'Volgens mij niet,' zei Linda. Ze haalde de citroenen en limoenen uit de tas. 'De salades zijn klaar, ik heb de zalm en koude vleeswaren gegarneerd en alles wat warm moet worden opgediend staat in de oven. We liggen netjes op schema.'

'Kan ik misschien nog iets anders doen?' Sophie zag aan de lichaamstaal van haar vriendin dat ze nog wel wat hulp kon gebruiken. Bovendien was ze het gewend mee te helpen als haar ouders een feest gaven. Ook als ze geen feest gaven trouwens. Ze maakte zich graag nuttig, anders dan de mannen in de familie, die altijd enigszins verontwaardigd reageerden als iemand hen vroeg iets te doen wat op huishouden leek. Haar moeder, die kennelijk vond dat ze genoeg werk had verricht nadat ze een deel van de tuin onder handen had genomen (haar artistieke gevoel had zich verzet tegen een bepaalde kleurencombinatie), lag uitgeblust in bad te weken.

'Misschien kun jij de glazen even naar de eetkamer brengen? Je broer heeft ze opgehaald bij de slijter. Ze zien er niet al te schoon uit, dus als je ze nog even zou willen opwrijven, graag.'

'Oké.' Sophie pakte een schone theedoek, gooide hem over haar schouder en droeg de dozen met glazen naar de eetkamer. De kamer had openslaande deuren die uitkeken op de tuin; het was de mooiste oktobermaand sinds mensenheugenis, en ze hoopte maar dat de gasten het terras op konden en zouden genieten van de wilde tuin.

Net als het huis, had de tuin zijn charme als je niet al te veel op de details lette. Hij stond vol enorme struiken die jarenlang niet waren gesnoeid en massa's felroze, laatbloeiende phloxen die werden afgewisseld door oranjerode crocosmia's – die haar moeder op het laatste moment naar de riek hadden doen grijpen.

Nu voegde haar moeder zich bij Sophie in de eetkamer, waar ze de glazen stond op te wrijven boven een kom heet water. Haar gezicht glom en ze was nog een beetje rozig van het bad.

'Ach, lieverd, dat hoeft toch niet! Ze zijn schoon genoeg. Ik heb liever dat je wat bloemen in de hal zet. Er zit namelijk een vreselijke vochtplek tegenover de voordeur die me niet eerder was opgevallen. Misschien kunnen we daar een grote vaas bloemen voor zetten? Zo'n gekke creatie van jou zou daar perfect zijn.'

'Hmm, dan heb ik wel een tafel nodig waar ik de vaas op kan zetten. O, ik weet het al. Boven staat nog een stevige kartonnen doos. Daar wikkel ik wel een lap stof omheen. Laat dat maar aan mij over, mam.'

'Dank je, lieverd,' zei haar moeder. Ze streek een paar ontsnapte haarlokken achter haar oren en ging weer naar boven, vermoedelijk om zich klaar te maken voor het feest.

Sophie ging op zoek naar de snoeischaar.

Sophie had weinig tijd gehad om zich op te tutten voor het feest. Ze had de grootste zolderkamer ingericht voor de kinderen – waartoe iedereen jonger dan vijfentwintig jaar werd gerekend – en was van de ene kleine crisis (geen schone handdoeken) in de andere gerold (geen toiletpapier). Ze trok snel een witte blouse aan – die was toevallig schoon – en een zwart rokje. Ze wist dat haar moeder haar liever niet in een spijkerbroek zag. Vervolgens holde ze naar beneden om haar ouders en haar broer te helpen met het serveren van de drankjes. Niet dat haar broer die uiteindelijk ook serveerde. Als er iemand binnenkwam met wie hij wilde praten, pakte hij twee volle glazen en trok zich vervolgens met zijn slachtoffer terug in de studeerkamer om daar het gesprek rustig te kunnen voortzetten.

Algauw was het feest in volle gang. Terwijl de gasten zich verzamelden op het terras en de hapjes werden geserveerd, wenste Sophie dat ze boven was bij de kinderen. Ze was het zat steeds maar te moeten uitleggen dat ze veel jonger was dan haar slimmere oudere broer en zus, dat ze niet naar de universiteit was geweest en dat ook niet van plan was, en dat ze volmaakt tevreden was met wat ze deed. Dank u wel. (Ze bleef beleefd.)

Soms had ze de neiging het verhoor te onderbreken en te zeggen dat ze het liefst kleermaakster wilde worden, maar dat vonden haar ouders geen geschikt gespreksonderwerp – ze zou er wel 'overheen groeien' – en dus hield ze zich in. Heimelijk ergerde ze zich groen en geel, en ze wist dat Milly en Amanda dat maar al te graag zouden horen.

Sophie overwoog net met een schaal chocolademousse naar boven te glippen toen ze door een kennis van haar moeder op haar schouder werd getikt. Ze had de vrouw, die samen met haar moeder een schildercursus had gevolgd, al een paar keer ontmoet.

'Zou je een schoon glas voor me willen halen? Dit is vies.'

Er kon geen glimlachje vanaf, laat staan een alstublieft of dankjewel, en Sophie, die persoonlijk alle glazen had opgewreven en zich niet kon voorstellen dat er nog een exemplaar uit een donkere kast was opgeduikeld, voelde zich beledigd. Niettemin glimlachte ze stijfjes. Ze verdween met het vieze glas naar de keuken, spoelde het om en droogde het af, en liep ermee terug naar de vrouw.

'O, en een witte wijn, alsjeblieft. Maar liever geen chardonnay,' zei de vrouw. 'Graag een beetje een goede wijn.'

Pas toen de vrouw de wijn had die ze wenste en Sophie met slechts een hooghartig knikje was bedankt, besloot ze het onbetaalde serveerwerk voor die dag voor gezien te houden en naar boven te glippen.

Ze griste de schaal chocolademousse en een handvol lepels mee, wetende dat er genoeg papieren bordjes op de kinderkamer stonden. Ze zou de mousse delen met wie er zin in had, een spelletje doen met de kinderen en Milly bellen in New York.

'En toen,' vervolgde Sophie met haar mobiel tussen haar oor en schouder geklemd terwijl ze de speelkaarten uitdeelde, 'dacht een of andere ouwe taart dat ik een serveerster was. Nota bene op het feest van mijn eigen ouders! En dat terwijl ik haar al zo vaak heb ontmoet. Ik had het helemaal gehad en ben naar boven gevlucht. Veel leuker hier.'

'Het moet niet gekker worden.' De stem van haar vriendin aan de andere kant van de Atlantische oceaan klonk schor.

'O, sorry, Milly! Ik heb je toch niet wakker gebeld? Ik wilde je al eerder bellen en heb helemaal niet bij het tijdsverschil stilgestaan.'

'Geeft niet, ik ben nu toch wakker. Ik lag nog een beetje te doezelen.' Er volgde een korte, kostbare stilte, waarin Sophie haar vriendin haar ogen bijna hoorde uitwrijven en ging zitten voor een stevige roddel. 'Dus geen leuk volk op het feest?'

'Als je met volk mannen bedoelt, nee. Het is het jaarlijkse zomerfeest van mijn ouders. Beetje laat, maar toch. Je weet wel, die feesten waar Amanda en jij vroeger ook altijd bij waren. Ik ben nu boven bij de kinderen. Ik moest een speciale speelkamer voor hen inrichten. Ik heb geen zin meer om als personeel te worden behandeld. Mijn familie is al erg genoeg. En als de gasten dan ook nog beginnen…'

'Sophie, je bent toch ook serveerster?'

'Dat weet ik wel! En daar ben ik ook trots op. Maar deze vrouw was zó onbeleefd. Ik zou me ook aan haar geërgerd hebben als ik wél aan het werk was geweest. Ik heb de kinderen opdracht gegeven een paar pakjes speelkaarten te zoeken. We gaan dadelijk Racing Demon spelen. Dat wordt lachen.'

Dat Milly Racing Demon allesbehalve 'lachen' vond was duidelijk. Er viel een korte stilte, gevolgd door het geritsel van een dekbed, waarna Milly zei: 'Moet je horen, waarom kom je eigenlijk niet naar New York? Ik heb het je al zo vaak gevraagd, maar nu zou het perfect uitkomen. Je werkt toch niet meer als kinderoppas? Je bent toch vrij? Het is nu heerlijk hier en over een maand is het al Thanksgiving.'

'Dat lijkt me geweldig. Maar ik ben aan het sparen voor een cursus.'

'O. Wat wil je gaan doen?'

'Dat weet ik nog niet precies. Óf kleermaakster worden óf een bedrijfje oprichten. Enfin, wat me het verstandigste lijkt zodra ik genoeg geld bij elkaar heb.'

'Willen je ouders je studie niet betalen?' Milly deed geen

15

poging haar verontwaardiging te verbergen. 'Je hebt ze een fortuin bespaard door niet naar de universiteit te gaan.'

'Dat is waar, maar ze weigeren te betalen voor zoiets "recreatiefs" als een cursus boekbinden of glas-in-lood maken. Ik ben bang dat kleermaken daar ook onder valt. Een kunstopleiding daarentegen...' voegde ze er snel aan toe, de gedachten van haar vriendin radend. 'Een eigen bedrijfje kan waarschijnlijk ook niet door de beugel. Ze begrijpen mensen die voor zichzelf werken niet.' Ze zuchtte. 'En zelf hebben ze het natuurlijk ook niet breed.'

'Kom dan naar New York. Dat hoeft echt niet zoveel te kosten. Er zijn redelijk goedkope vluchten en je kunt bij mij logeren.'

'Eh...' Sophie had oom Eric nog niet ter sprake gebracht, omdat ze wist dat Milly net zo zou reageren als Amanda. Maar ze moest eerlijk zijn tegenover haar vriendin. Bovendien zou ze het toch te horen krijgen. 'Ik moet voor een oude oom gaan zorgen. Maar dat vind ik niet erg, hoor. Ik krijg ervoor betaald.' Ze kruiste haar vingers, want dat stond allesbehalve vast.

Zoals verwacht kwam Milly's oordeel over Sophies familie als een storm over de Atlantische oceaan geraasd. 'O, Sophie! Je moet je niet door je familie laten dwingen dingen te doen waar alleen zij iets aan hebben en jij niet. Je weet hoe ze zijn.'

'Vertel mij wat.'

'Zij bepalen altijd wat goed voor jou is, terwijl ze je de ruimte zouden moeten geven je eigen dromen na te jagen. Het wordt tijd dat je zelf het heft in handen neemt en je talenten gaat ontplooien.'

Sophie aarzelde. 'Uit welk zelfhulpboek of televisieprogramma heb je die wijsheid?' In gedachten zag Sophie Milly een bedenkelijk gezicht trekken.

'Oké. Misschien is het een cliché, maar dat wil nog niet zeggen dat het niet waar is.'

'Dat is waar. Ik zal proberen meer weerwoord te geven en me niet als een deurmat laten gebruiken.'

'Je bent geen deurmat, Sophie. Zij zijn bazig, jij wilt altijd iedereen helpen en het naar de zin maken. Weet je wat? Ik ga proberen een baantje voor je te regelen waarvoor je geen verblijfsvergunning nodig hebt.'

'Dank je, Milly. Ik zal even door de vingers zien dat jij je nu ook bazig gedraagt. Hoe ben jij eigenlijk aan een verblijfsvergunning gekomen?'

'Dat heeft mijn baas voor me geregeld. Ik heb unieke eigenschappen.'

'Zoals bazigheid?'

'Maar ik doe het voor jouw bestwil!' hield Milly vol.

'Dat zeggen ze allemaal,' zei Sophie.

'Sophie?' zei een van de twaalfjarigen, die geduldig wachtte tot ze de kaarten had uitgedeeld. 'De kleintjes vervelen zich. Zullen we gaan kaarten?'

'Is goed,' zei Sophie. 'Mills, ik moet ophangen. Ze hebben me nodig. Ik bel je nog wel.'

'En ik ga een baantje voor je zoeken. Het wordt hartstikke leuk. Ik zal je alles laten zien, tot de beste winkels aan toe. Het wordt geweldig. Ik mail je nog,' zei Milly, die nu klaarwakker klonk.

'Cool! Fijn dat je me wilde aanhoren. Hoe laat is het nu bij jou?'

'Net iets voor tien uur in de ochtend. Maar het is zondag.'

'O, dan hoef ik me dus niet schuldig te voelen.'

Sophie hing met een zucht op en richtte haar aandacht op haar neefjes en nichtjes en de kinderen van de vrienden van haar ouders. 'Oké, jongens. Hebben jullie allemaal genoeg kaarten?'

Een van de oudere 'kinderen' had een paar flessen wijn mee naar boven gesmokkeld en Sophie een glas ingeschonken. Ze mocht dan misschien de 'minst pientere' (niemand zei met zoveel woorden dat ze dom was) van de familie Apperly zijn, ze was wel veruit de vriendelijkste en de mooiste. Daarom zat ze nu, met haar toffeekleurige haar hoog opgestoken in een knot en haar lange benen gekruist, in kleermakerszit op de grond.

Nadat ze voor serveerster was aangezien, had ze snel haar zwarte rokje en witte blouse verruild voor een spijkerbroek en een topje met v-hals, die ze had afgezet met paarlemoeren knoopjes die ze op de kop had getikt op een rommelmarkt.

'Zullen we eerst even de spelregels doornemen?' opperde Sophie.

Dat nam nogal wat tijd in beslag omdat een aantal kinderen het spel nog nooit had gespeeld. Bovendien waren sommigen erg jong en onervaren, en moesten ervaren Racing Demon-spelers met een handicap spelen. Eindelijk konden ze aan het spel beginnen. Handen en kaarten vlogen heen en weer en kreten van verontwaardiging en triomf wisselden elkaar af. Na de eerste ronde troostte Sophie de jongste speler.

'De volgende ronde,' legde ze uit, met haar arm om de zesjarige die bijna in tranen was, 'hoef jij maar tien kaarten op te gooien. Alle anderen moeten er twaalf weggooien en je grote broer zelfs veertien, omdat hij net gewonnen heeft.'

'Sophie!' beklaagde de grotere broer in kwestie zich. 'Volgens mij verzin je dat ter plekke.'

'Klopt! Ik ben de baas.'

Er werd wat gemopperd, maar omdat Sophie hun lievelings-nichtje was en ze allemaal een beetje verliefd op haar waren, bleef een algehele opstand uit.

'Oké, vul de glazen maar. Toby, jij mag wat wijn door je limonade doen, alleen ik mag het puur drinken,' verklaarde ze.

'Dat is niet eerlijk!' wierp Toby tegen, gesteund door de anderen.

'Dat weet ik.' Sophie veinsde medelijden. 'Hard, hè?' Hoe makkelijk in de omgang ze ook was, ze wilde het niet op haar geweten hebben dat haar neven en nichten ziek werden van de drank.

Sophie speelde verder totdat de jongste speler, die nog maar vijf kaarten hoefde op te gooien, uiteindelijk won. Ze stond voldaan op, klopte haar spijkerbroek af en ging naar beneden, na eerst te hebben gecontroleerd of er nergens meer alcoholhoudende drank stond waar haar neven en nichten zich op zouden kunnen storten.

Zoals ze had gehoopt, stonden er alleen nog maar groepjes familie verspreid door het huis en waren de cateraars al aan het opruimen. Sophie begon glazen te verzamelen, deels uit gewoonte, deels omdat ze wist dat niemand anders van de familie het zou doen.

'Lieverd!' zei haar moeder, terwijl ze in het voorbijgaan een arm om haar jongste kind heen sloeg. Ze zag er mooi en artistiek uit, maar maakte een licht aangeschoten indruk. 'Ik heb je vanmiddag nauwelijks gezien. Heb je een oogje op de kleintjes gehouden?'

'Sommigen zijn allesbehalve klein meer,' zei Sophie. 'Maar ik was inderdaad boven.'

'Wat ben je toch een lieve meid.' Sophies moeder streelde haar over haar haren, waardoor ze nog verder uit de speld zakten. 'Altijd zo leuk met kinderen.'

'Ik ben blij dat ik me nuttig heb kunnen maken,' zei Sophie. Ze probeerde zich niet beledigd te voelen door het slappe complimentje. 'Ik denk dat ik Linda en Rob even ga helpen in de keuken.'

'Kijk dan gelijk of er nog champagne is,' zei een levendige stem vanuit de hal. 'Ik heb met een doodsaaie vriend van papa staan praten en heb al eeuwen niks meer gedronken.'

Het was Sophies oudere zus Joanna, met wie ze thuis het beste kon opschieten. Terwijl de anderen Sophie behandelden alsof ze een beetje simpel was, deed Joanna in elk geval niet alsof ze nog een kind was.

Sophie haalde een fles champagne en twee schone glazen en liep ermee terug naar haar zus, die zich in de serre had teruggetrokken om stiekem een sigaret te roken. 'Zal ik de fles voor je openmaken?' vroeg Sophie.

'Kind, ik opende al flessen champagne toen jij nog niet geboren was,' zei haar zus, terwijl ze haar sigaret weglegde.

'Wat? Sinds je vijftiende? Dat meen je niet!'

Joanna negeerde haar opmerking. 'Wil jij ook?'

'Ik wil eerst even meehelpen met opruimen. Ze zijn allemaal doodmoe in de keuken en hebben vanavond nog een ander feest.' Sophie zweeg even. Ze twijfelde of ze er al om kon lachen. 'Zal ik jou eens wat vertellen? Die ouwe taart die mama van de schildercursus kent, dacht dat ik een serveerster was! Ze vroeg me een schoon glas te halen en klaagde ook nog over de wijn.'

Joanna haalde haar schouders op. 'Dat komt omdat je je altijd zo behulpzaam opstelt. Ik zal wat champagne voor je bewaren. De neven en nichten kunnen elk moment met hun kroost vertrekken. Kletsen we daarna even lekker gezellig bij. Ik begrijp trouwens niet waarom je je hebt laten overhalen om voor Eric de Ellendeling te gaan zorgen.'

En omdat Sophie het zelf ook niet begreep, trok ze zich terug in de keuken. Hoe sneller alles aan kant was, hoe sneller ze zich kon ontspannen en rustig iets kon drinken met haar zus.

2

Helaas zat een rustig glaasje champagne drinken er niet in. Weliswaar waren alle ooms, tantes en neven en nichten vertrokken, maar de overgebleven familieleden – de kinderen van de gastheer en gastvrouw – waren, zoals wel vaker, in een strijdlustige stemming. Sophie wist nooit precies of het aan de alcohol lag of dat ze van nature jaloers en twistziek waren en geen moeite deden dat te verbergen als ze onder elkaar waren.

Om te beginnen kwam Sophies oudere broer de serre binnenstormen. Stephen werkte voor een milieuorganisatie, maar als iemand het je tegenmaakte de planeet te redden was hij het, vond Sophie. Hij was prekerig, hoogdravend en doodsaai. Tot overmaat van ramp was hij al in een geïrriteerde stemming omdat hij zijn kinderen had betrapt op pokeren, en omdat er geen andere neven en nichten meer waren om zich op af te reageren, zocht hij een ander doelwit. De sigarettenlucht die tussen het loodkruid en de treurvijgen hing wakkerde zijn woede nog eens extra aan.

'Zeg, Jo, je laat Sophie toch niet roken, hè?' zei hij.

Sophie reageerde niet. Het had geen zin haar broer erop te wijzen dat ze oud genoeg was om zelf te bepalen of ze wilde roken of niet.

'Natuurlijk niet,' zei Joanna die languit met een sigaret op de bank lag. 'En ik heb haar ook maar een klein glaasje champagne laten drinken.'

'Ik mag al vier jaar legaal in de pub drinken, Stephen,' zei Sophie. Ze zat opgerold in een stoel die bijna schuilging onder een jasmijn.

Hij negeerde haar. In zijn ogen was Sophie te jong om van het leven te genieten, maar oud genoeg om als zondebok te dienen. Hij kwam dreigend met zijn handen in zijn zij voor haar staan. 'Heb jij de kinderen aangemoedigd te gaan kaarten? Die twee van mij waren aan het gokken!'

'Alleen met lucifers,' zei Sophie. 'Ze moesten toch iets? Voor kinderen zijn feestjes van volwassenen doodsaai. Vooral als er alleen maar van die stijve gasten rondlopen.'

'Die arme Sophie werd voor serveerster aangezien,' verklaarde Joanna. Ze vulde haar glas bij met het restant uit de champagnefles.

'Ik dacht dat jij op de kinderen zou passen,' raasde haar broer door, vastbesloten met iemand ruzie te maken. Zijn jongste zus was een gemakkelijke prooi.

'We hebben alleen Racing Demon gespeeld. Daarna ben ik naar beneden gegaan,' zei Sophie. 'Kennelijk zijn ze zelf doorgegaan toen hun neven en nichten vertrokken. Maar het zijn jouw kinderen, hoor. Jij bent verantwoordelijk, niet ik.'

Dit werkte op zijn schuldgevoel, precies zoals haar bedoeling was. Stephen nam zijn verantwoordelijkheden serieus. 'Ik vind het heel vervelend dat mijn kinderen een gokspel…'

'Met lucifers,' zeiden Joanna en Sophie eensgezind.

'Waar is Hermione?' vroeg Sophie, doelend op zijn vrouw.

'Ze wijst Mirtle en Rue op de gevaren van gokken.'

De zussen wisselden een blik.

'Dat vinden jullie kennelijk grappig,' vervolgde Stephen, 'maar wij doen ons best onze kinderen normen en waarden bij te brengen. We willen niet dat onze opvoeding in één middag ongedaan wordt gemaakt.'

'Dan moet je óf beter op je kinderen letten,' zei Joanna, die altijd in was voor een twistgesprek met haar oudere broer, 'óf gewoon op je opvoeding vertrouwen, net zoals op je zelfgefröbelde muesli en yoghurt.'

'Je hoeft niet zo spottend te doen over onze gezonde levensstijl.'

'Ik zou niet weten waarom niet,' hield Joanna vol.

'Zal ik even thee zetten?' zei Sophie, die een paar minuten voor zichzelf wilde. Zoals altijd deed haar familie haar naar thee snakken. Van champagne ging Joanna ruzie zoeken. Dat had Sophie dus beter niet kunnen doen. Maar ze was het vergeten omdat haar zus minder vaak thuiskwam en ze dus ook minder vaak samen champagne dronken. Een kop thee zou Joanna ook goeddoen.

Soms had ze het gevoel dat ze bij haar geboorte in het ziekenhuis was verwisseld, zo verschilde ze van de rest van de familie. Maar omdat ze toch wel erg op haar moeder leek, ging ze ervan uit dat ze haar karakter en talenten had geërfd van een voorouder. Dat soort dingen sloeg soms een generatie over.

De cateraars hadden de keuken brandschoon achtergelaten, en terwijl Sophie wachtte totdat het water kookte, haalde ze de vaatwasser leeg. Tegen de tijd dat ze met thee en alcoholabsorberende koekjes in de serre kwam, hadden Michael en haar ouders zich bij de anderen gevoegd en waren de gemoederen hoog opgelopen. Sophie maakte onmiddellijk rechtsomkeert, mompelend: 'Meer bekers dus.'

Toen ze even later met meer bekers en meer heet water terugkeerde in de serre, had iedereen het te druk met ruziën om te zien dat er thee was en vulde ze ongevraagd de bekers.

'Wie wil er suiker in de thee?' vroeg ze met stemverheffing om boven de anderen uit te komen.

Er viel een stilte. 'Dat zou je inmiddels toch moeten weten,' zei Stephen. 'Ik niet dus. En al helemaal geen koemelk.'

'Ach, lieverd,' zei zijn moeder. 'Ik heb alleen koemelk in huis.'

'Koemelk drinken is nog wreder dan vlees eten,' zei Hermione. Haar twee kinderen, Myrtle en Rue, hingen aan haar handgeweven rok, nog helemaal beduusd van de preek die ze hadden gehad. Of ze hun moeder diep dankbaar waren dat hun zonde was ontdekt of opdracht hadden gekregen geen stap meer zonder haar te verzetten, kon Sophie niet inschatten. Ze had met haar neefje en nichtje te doen. Er viel weinig te lachen met zo'n bazige vader en starre schoonzus als moeder.

'Koekje?' Sophie hield hun de schaal voor.

'Nee, dank je!' snauwde Hermione voordat de kinderen iets konden zeggen. 'Die zitten bomvol suiker en verzadigde vetzuren.'

'Er zit suiker in, maar ik heb ze wel zelf gemaakt. Met echte roomboter,' zei Sophie.

'O ja?' zei haar moeder. 'Met roomboter. Dat klinkt wel heel luxe.'

'Ik lust er wel een,' zei Michael, de op één na oudste van het gezin. 'Sophie bakt heerlijke koekjes.'

Sophie glimlachte.

'Jij kunt het weten,' zei Joanna. 'Jij eet altijd alles op. Wordt het niet eens tijd dat je op jezelf gaat wonen?'

'Nee,' zei Michael, 'ik zou Sophies baksels te zeer missen.'

'Lieverd,' zei hun moeder tegen Joanna, die dit onderwerp bij elk bezoek aanroerde. 'Dat heb ik je nu al zo vaak gezegd. Waarom zou hij ergens anders huur gaan betalen als wij hier genoeg ruimte voor hem hebben?'

'Ik betaal kostgeld,' zei Sophie rustig. Ze wist dat het niet eerlijk was, maar ze had liever een schoon geweten dan dat ze profiteerde van haar ouders, die het zelf ook niet breed hadden. Toen ze haar moeder de eerste keer kostgeld had gegeven, had ze zoals zo vaak alleen maar afwezig 'dank je wel, lieverd', gemompeld en het geld in een blikje op het dressoir gestopt. Hoewel ze er nooit om vroeg, deed Sophie het geld elke week in het blikje, wat ze vervolgens deels gebruikte om gloeilampen of toiletpapier van te kopen, of andere huishoudelijke benodigdheden.

'Dat is iets anders,' zei Michael. 'Jij doet niet zo'n belangrijk werk als ik.'

'Dat slaat echt nergens op!' reageerde Johanna ter verdediging van haar zus, hoewel ze het meer deed om haar broer te stangen dan om Sophie te helpen. 'Sophie verdient een grijpstuiver vergeleken bij jou en toch woon jij hier voor niks!'

'Maar zij heeft zo nu en dan alleen maar een baantje,' verklaarde Michael, die net als Joanna deed alsof Sophie er niet bij was. 'Ik heb een carrière!'

'En Sophie geeft alleen geld uit aan frutsels,' zei Stephen, die altijd met Michael samenspande tegen Joanna. 'Kijk toch hoe ze erbij loopt! Nog even en ze wil meedoen aan *Britain's Next Top Model*!'

Sophie, die haar trofeeën van de kringloopwinkels en rommelmarkten koesterde en haar oog voor details wist te combineren met haar naaitalent, ergerde zich aan zijn opmerking maar moest er stiekem ook om lachen. Ze vroeg zich af of ze genoeg geld had om haar nichtje Myrtle een abonnement op de *Cosmo Girl* cadeau te doen. Haar broer zou doodnerveus worden als het 'symbool van alles wat er fout was aan de eenentwintigste eeuw' wekelijks bij hen thuis op de deurmat zou vallen. Joanna zou het zeker kunnen betalen, dus misschien moest ze het idee eens aan haar zus voorleggen.

'Kijk jij naar dat soort programma's, Steve?' zei Joanna, omdat ze wist dat hij het vervelend vond als zijn naam werd afgekort.

'Ik bedoel dat ze er uit wil zien als een model, niet dat ze er een is.' Stephen griste een koekje van de schaal. Hij was zo geïrriteerd dat hij vergat dat hij eigenlijk alleen biologische koekjes van molensteengemalen meel at.

'Het zoveelste bewijs dat ze het vooral van haar uiterlijk moet hebben en niet van haar prestaties,' zei Michael. 'Lekker kunnen bakken is natuurlijk mooi meegenomen, maar nuttig is anders.'

'Vooral niet omdat ze witte bloem en geraffineerde suiker gebruikt,' vulde Hermione aan. 'Wij vervangen die superongezonde witte rommel altijd door honing. We eten sowieso alleen ongeraffineerde etenswaren, zoals volkorenmeel en zilvervliesrijst.'

'Jullie moeten behoorlijk wat kwijt zijn aan tandartskosten,' zei Joanna. Net als de rest van de familie kon ze Hermione's gezonde-voedingsverhalen dromen.

'Hoe kom je daar nou bij?' vroeg Hermione. 'Suiker is juist slecht voor je tanden.'

'Ik zei niet dat jullie veel gaatjes moeten hebben,' verklaarde Johanna. Ze had een hekel aan Hermione en stak dat niet onder stoelen of banken. 'Maar door dat cementvoer dat jullie eten zullen er wel regelmatig stukjes van jullie tanden afbreken.'

Sophie zag dat haar broer zijn tong langs zijn tanden liet gaan. Kennelijk had Johanna gelijk. Maar het leek haar beter de ruzie te sussen. 'Zeg, zullen we ophouden met kibbelen?' opperde ze. 'Het komt zo weinig voor dat we allemaal thuis zijn. Laten we geen ruzie maken.'

'Weet je wat het met jou is, Sophie?' zei Michael. 'Jij weet het verschil niet tussen kibbelen en een goede discussie.'

'Echt wel,' kaatste ze terug. 'En wat jullie doen is kibbelen.'

'Alsof jij er verstand van hebt,' zei Stephen, die zijn broer bijviel nu er niet meer werd afgegeven op de kookkunst van zijn vrouw. 'Jij zegt nooit iets diepgaands.'

'Doe niet zo onaardig!' wierp Joanna tegen. Ze had een halve fles witte wijn achter een plant vandaan gepakt en haar glas weer gevuld.

'Sophie weet dat het niet onaardig bedoeld is. Maar we weten allemaal dat het zo is,' zei Michael zelfingenomen. 'Sophie is een lieve meid en ze kan goed koken, maar ze heeft het buskruit niet uitgevonden.'

'Weet je wat ik me altijd afvraag?' sputterde Sophie tegen. 'Als jullie zo slim zijn, waarom hebben jullie dan nooit geld? Allemaal knappe koppen, maar zo arm als Job.'

'En wat is daar mis mee?' vroeg Hermione. 'Het draait in het leven niet om materiële rijkdom.'

'Dat is waar, maar je moet wel je rekeningen kunnen betalen,' zei Sophie. Haar geduld raakte op.

'Wij geven gewoon heel weinig uit,' zei Hermione zelfvoldaan. 'Als je niet materialistisch bent ingesteld, kun je heel makkelijk van weinig geld rondkomen.'

'Ik ben helemaal niet materialistisch ingesteld,' zei Sophie. 'Jullie juist wel.'

Haar familie keek haar verbijsterd aan, behalve Joanna, die blij verrast leek dat ze voor zichzelf opkwam.

'Hoe kom je daar nou bij, lieverd?' zei haar moeder.

'Waarom stuur je me anders naar oom Eric?'

Er klonk een collectieve zucht van opluchting. 'Dat weet je best, lieverd,' vervolgde haar moeder, alsof ze het tegen een kind had. 'Zijn verzorgster is op vakantie, en hij kan niet zonder. En jij bent toch vrij.'

'Je moet "vrij" niet verwarren met "beschikbaar", mam,' zei Sophie. 'Ik wil er trouwens wel voor betaald worden, al is het maar vijf pond per week. Maar zeg nou eens gewoon eerlijk wat de echte reden is.'

Er werd wat ongemakkelijk heen en weer geschuifeld en in lege bekers gestaard.

'Jullie sturen mij omdat ik geld van hem moet aftroggelen.'

Nog meer geschuifel en afgewende blikken.

'Zie je nou wel!' hield Sophie vol. 'Jullie zijn allemaal op zijn geld uit.'

Joanna haalde een sigaret uit haar tas. 'Ik denk dat zij het liever "herverdeling van de welvaart" zouden noemen.'

'Het is niet uit egoïsme, lieverd,' verduidelijkte haar moeder vriendelijk. 'We hebben geld nodig om het dak te laten repareren, en oom Eric zwemt in het geld.'

'Dat weet je niet,' zei Sophie. Ze hoopte dat ze niet van haar verwachtten dat ze zijn bankrekeningen zou napluizen.

'Dat weet ik toevallig wel,' mengde haar vader zich in het gesprek. Hij had de show al die tijd geamuseerd gadegeslagen met een glas whisky in zijn hand. 'Ik heb het testament van zijn vader gezien. Hij bulkt van het geld.'

'En hij heeft niemand om het aan na te laten,' vulde Michael aan.

'Wie zegt dat oom Eric het geld van zijn vader niet heeft

opgemaakt? Bovendien vind ik dat jullie moeten wachten totdat hij dood is,' vervolgde Sophie. 'Zo lang zal hij niet meer te leven hebben. En ik ga hem niet voor jullie vergiftigen.'

'We weten niet of hij zijn geld aan zijn familie zal nalaten,' zei Sophies moeder. 'Stel dat het naar een kattenasiel of iets dergelijks gaat.'

'Dat is dan zijn keus,' zei Sophie. Ze probeerde te bedenken welke andere goede doelen ze hem zou kunnen influisteren om haar hebberige familie dwars te zitten.

'Wij kunnen het geld beter gebruiken dan een kattenasiel,' zei Stephen.

'Ik dacht dat jullie...' begon Sophie.

'Ach, hou toch op. Ik wil met het geld een rietbed aanleggen. Dan kunnen we ons eigen afvalwater zuiveren,' snauwde haar broer.

'Gatver!' riep Joanna uit.

'Sophie, denk toch eens na,' voegde haar moeder eraan toe, Joanna negerend. 'Ik vind het nogal egoïstisch van je als je dat niet voor je familie over hebt.'

'Ongelofelijk!' Sophie, die in kleermakerszit op de grond zat, sprong op. 'Jullie kijken op me neer omdat ik parttimebaantjes heb en klagen dat bakken niks voorstelt omdat het niet "nuttig" is, maar ondertussen schrokken jullie wel alles wat ik bak meteen naar binnen – ja, zelfs jij, Stephen. Niemand van jullie steekt ook maar een vinger uit om oom Eric te helpen...'

'Hij wordt niet voor niets Eric de Ellendeling genoemd,' onderbrak Joanna haar.

'En dan verwachten jullie van mij dat ik hem ga verzorgen en probeer hem zijn geld af te troggelen!'

'Laten we eerlijk zijn,' zei Michael, 'jij hebt toch niets anders te doen.'

Dat was de druppel voor Sophie – ze zou ervoor zorgen dat ze wél iets anders te doen had. Zodra haar werk bij oom Eric erop zat, zou ze naar Milly in New York gaan. Dat wilde ze al lang een keer doen, maar nu maakte haar familie dat ze die stap wel móést zetten.

'Nou, niet lang meer,' zei ze, de kamer uit lopend. In de hal haalde ze haar mobiele telefoon uit haar zak.

'Milly? Jij stelde toch voor een baantje voor me te regelen in New York? Zou je daar achteraan willen gaan? Ik kom sowieso, ook als het niet lukt. Ik moet echt weg van die ellendige familie van mij, anders word ik helemaal gek!'

3

De trein ging dan wel naar Worchester, maar gedurende de hele treinreis naar oom Eric dacht Sophie aan haar trip naar New York. Milly, Amanda en zij hadden vaak samen naar *Friends* en *Sex and the City* gekeken en droomden ervan dezelfde schoenen te dragen, dezelfde winkels te bezoeken en in dezelfde cafés te zitten. Ook hadden ze zich meermalen afgevraagd hoe het zou zijn om met dezelfde mooie mannen af te spreken, maar omdat niemand in die series omging met een mooie man aan wie niet tevens een groot nadeel kleefde, hadden ze hun dagdromen beperkt tot de meer materiële zaken.

Toen Milly in New York ging werken (zonder Sophie en Amanda! Hoe durfde ze?), hadden de twee achtergebleven vriendinnen afgesproken naar New York te gaan om die droom een keer met z'n drieën te kunnen waarmaken, al was het maar voor een paar dagen. Maar geldgebrek, andere verplichtingen en – waarschijnlijk gezond – verstand hadden hen ervan weerhouden de daad bij het woord te voegen. Nu had Sophie echter besloten dat ze zich na haar verblijf bij oom Eric niet meer zou laten leiden door haar financiële situatie. Ze kon zich uitstekend redden met weinig geld – dat was altijd al zo geweest – en wist dat ze er hoe dan ook zou komen.

Het zou wel eens goed voor haar familie zijn als ze het een tijdje zonder haar moesten doen, bedacht ze, terwijl ze naar het voorbijglijdende landschap keek zonder het in zich op te nemen. Ze vonden het vanzelfsprekend wat ze allemaal voor hen deed. Pas als zij er niet zou zijn om al die kleine dingen te doen die een huishouden draaiende hielden – gloeilampen vervangen, klusjes opknappen, kleine boodschappen doen – zouden ze beseffen hoezeer ze haar misten. En als ze iets van haar leven zou maken, zouden ze inzien dat ze meer was dan een mooie meid die handig was met naald en draad.

Ze dacht na over haar reis. Ze kon beter niet al haar spaargeld in haar reisje naar New York steken, anders zou ze na haar vakantie van voor af aan moeten beginnen met geld opzij leggen voor haar cursus.

Ze wist nog steeds niet precies welke cursus ze zou gaan doen. Het liefst wilde ze kleermaakster worden, en mode en zakelijk inzicht met elkaar combineren. Op die manier zou ze geld kunnen verdienen met wat ze het liefste deed: spannende en hippe outfits maken van tweedehands kleren. Ooit zou ze haar familie versteld doen staan. Ze zouden moeten toegeven dat ze een slimme meid was en dat haar praktische vaardigheden nuttiger waren dan al hun academische titels bij elkaar.

Tegen de tijd dat de trein het station binnen reed, brandde Sophie van enthousiasme – ze ging naar New York, deed iets wat ze zélf wilde, en ze zou haar familie eindelijk eens aan het denken zetten. Ze hing haar rugzak om en met behulp van een plattegrondje dat ze van internet had gehaald, begaf ze zich naar oom Erics huis. Ze bruiste bijna, zo vastbesloten was ze iets van zichzelf te maken.

Tot hun beider verrassing was het tussen Sophie en oom Eric bijna liefde op het eerste gezicht. Oom Eric had verwacht dat Sophie net als de rest van de familie zou zijn, die hij lui en inhalig vond. De enige reden waarom hij Sophie als tijdelijke vervangster van zijn vaste huishoudster had geaccepteerd, was dat hij zich de moeite kon besparen naar een geschiktere kandidaat te moeten zoeken.

Sophie had verwacht dat hij chagrijnig en rechtlijnig zou

zijn, iemand die de bijnaam 'ellendeling' eer aan zou doen. Maar ze begon zich af te vragen waarom ze haar familie had geloofd. Per slot van rekening was ze het wel vaker niet met hen eens als het over de belangrijke dingen in het leven ging. Toen de oudere man de deur opende voor Sophie – in haar strakke spijkerbroek en met haar haren opgestoken in een soort nestje boven op haar hoofd – besefte ze dat hij misschien ietwat saai en rechtlijnig was, maar zeker geen chagrijnige ellendeling. In plaats van een Scrooge-type met de uitstraling van een kinderlokker, zag ze een vriendelijke oude man in een enigszins sjofel maar ooit goed gesneden pak, een vest met een gat erin en een stropdas die nodig gestreken moest worden. Ze wilde hem onmiddellijk – figuurlijk – aanpakken. Hij kon haar praktische vaardigheden goed gebruiken en ze was vastbesloten die op hem bot te vieren.

Hij loodste haar mee naar de zitkamer en gaf haar een wijnglas vol met sherry. 'Hier, dit kun je wel gebruiken. Mijn huishoudster komt zo vast met een ellenlange lijst instructies over hoe ik mijn dagen ingericht wil zien.' Hij zuchtte. 'Maar daar kon ze zich wel eens lelijk in vergissen.'

Sophie nam een slokje van haar sherry, die ze lekkerder vond dan verwacht, en ging vervolgens op zoek naar mevrouw Brown. Zoals voorspeld had de huishoudster een tijdschema en een lijst met instructies van een paar pagina's dik opgesteld.

Sophie nam ze vluchtig door en keek toen op naar mevrouw Brown. 'Hij doet eigenlijk heel weinig. Gaat hij wel eens de deur uit? Is hij goed ter been?'

Mevrouw Brown knikte. 'Jawel hoor, maar hij leest liever de krant, en luistert graag naar de radio. Hij houdt van eenvoudige maaltijden. Geen flauwekul. Gewoon een stevige pot, zoals ik altijd voor hem kook. Ik weet waar ouderen van houden.'

Sophie had geen idee waar ouderen van hielden, maar ze wist wel dat zij zelf niet tegen zo'n vast stramien zou kunnen. Misschien was oom Eric wel aan wat verandering toe. Bedachtzaam nam ze nog een slokje van haar sherry.

Mevrouw Brown toonde haar een slaapkamer met een eenpersoonsbed dat was opgemaakt met lakens, dekens en een gewatteerde sprei. Er stond een kast met ouderwetse boeken van schrijvers van wie Sophie nog nooit had gehoord: Ethell M. Dell, Jeffery Farnol en Charles Morgan. Op een kaptafel lagen een zilverkleurige handspiegel, haarborstel, kledingborstel en kam in waaiervorm en aan de driedelige spiegel hing een kartonnen puntzak. Sophie besefte dat het een afvalbakje was, waarin je de haren kon doen die je uit de borstel haalde. Ze hield van dergelijke ouderwetse spullen, omdat ze zelf op een of andere manier ook een beetje ouderwets was.

Tegen bedtijd kroop ze in het bed, dat helaas niet zo'n comfortabel matras had, en sloeg een van de boeken uit de kast open. Maar na twee regels bedacht ze dat ze beter kon gaan slapen.

Mevrouw Brown kwam de volgende ochtend rond het ontbijt nog even langs om te zien of Sophie wel wist wat ze deed.

Klaarblijkelijk voelde ze zich schuldig dat ze zo lang op vakantie ging, want ze legde uit: 'Ik werk al heel lang voor meneer Kirkpatric, en met veel plezier, maar toen mijn dochter in Australië een reis voor me had geregeld, vond ik dat ik die kans moest grijpen. Volgens mijn dochter is twee weken te kort, al leek het mij lang genoeg. Ik laat hem niet graag achter.'

'We redden ons wel,' zei Sophie ferm. 'Geniet u nu maar van uw vakantie. Ik beloof dat ik goed voor hem zal zorgen en dat ik hem gezond en wel weer aan u zal overdragen.'

'Hij eet pap als ontbijt...'

'Dat weet ik. Dat staat op het lijstje. U hebt me uitstekende instructies gegeven. Oom Eric en ik redden ons wel.'

Mevrouw Brown was nog altijd niet overtuigd. 'Het telefoonnummer van het bureau staat onder aan de laatste bladzijde. Ik had liever deskundige hulp gewild, maar daar wilde hij niet voor betalen. Hij is nogal zuinig.'

Sophie, die nooit anders gehoord had dan dat hij een ellendige gierigaard was, keek er niet van op. 'Het komt goed. Ik ben zelf ook erg zuinig.' Na deze woorden loodste ze mevrouw Brown naar de voordeur en zwaaide haar vrolijk vanuit de deuropening na terwijl ze het trottoir op liep.

Ze bad in stilte dat hij geen heup zou breken of dat hem iets anders naars zou overkomen, en ging weer naar binnen om haar bejaarde familielid gezelschap te houden.

Het was de bedoeling dat ze pap (aanlengen met water, geen suiker, klein scheutje melk, en vooral niet te veel zout) zou maken, maar toen ze dat voorstelde aan oom Eric, die in de eetkamer achter de krant zat, reageerde hij niet bijster enthousiast.

'Muesli dan? Dat heb ik zelf meegenomen.'

'Mijn hemel, kind! Wil je me soms dood hebben? Muesli is door tandartsen op de markt gebracht om hun eigen zakken te kunnen spekken. Ze stoppen er zulke harde noten in dat zelfs de sterkste tanden er niet tegen bestand zijn. Voer dat maar aan de vogels!'

'Goed. Waar zou u dan zin in hebben? Toast? Met roerei misschien?'

Oom Erics gerimpelde gezicht leefde op. 'Toast met een zacht gekookt ei?'

Sophie trok een gezicht. 'Ik zal het proberen. Maar het is heel moeilijk om een zacht ei precies goed te krijgen. Als hij toch te hard wordt, maak ik er voor de lunch een sandwich met ei van.'

Het lukte Sophie de eieren – ze vond dat hij er twee moest eten – precies goed te krijgen, en vanaf dat moment werd een zacht ei met toast zijn favoriete ontbijt.

Sophie bereidde vier kleine maaltijden per dag voor oom Eric, zag erop toe dat hij zijn pillen nam en deed wat huishoudelijk werk. Maar daar was ze niet de hele dag mee zoet. Bij goed weer struinde ze de buurt af naar kringloopwinkeltjes en cafés; bij slecht weer hield ze zichzelf bezig met opruimklusjes. Met Radio 4 op de achtergrond – de enige zender die oom Eric toestond – nam ze de verborgen hoekjes van het huis door, ruimde kasten op, sopte ze uit, sorteerde spullen en ruimde de kast vervolgens weer netjes in. Aan het einde van de eerste week had ze alle kasten gedaan en zoveel snuisterijen verzameld, dat ze een winkeltje zou kunnen beginnen. Maar omdat hij het toch niet goed zou vinden als ze met een kraampje op de plaatselijke rommelmarkt ging staan, zou ze zijn rommelige bureau eens goed onder handen nemen.

Ze had zijn hele garderobe doorgenomen, het gat in zijn lievelingsvest gestopt (na te hebben uitgelegd dat zij een van de weinigen van haar generatie was die wist hoe dat moest), de zak weer op zijn kamerjas genaaid en warme inlegzolen in zijn pantoffels gedaan.

's Avonds tijdens de maaltijd, en naderhand, kletsten ze. Sophie vroeg oom Eric naar 'vroeger', totdat het hem ging vervelen; uiteindelijk vroeg hij haar naar haar liefdesleven.

'Zo, jongedame, je ziet er best leuk uit, dus ik neem aan dat er een jongeman in het spel is?'

Het duurde even voordat Sophie begreep wat hij bedoelde. 'O, u bedoelt dat ik een vriendje heb? Nee, op het moment niet. Goddank.' Ze dacht even aan Doug, haar claimerige ex, maar zette hem meteen weer uit haar hoofd.

'Ik dacht dat meisjes graag een man om zich heen hadden om samen mee te gaan dansen of te picknicken. Dat soort dingen.'

'Klopt, maar mijn vriendjes deden dat niet. Ik mocht blij zijn als ze een biertje met me gingen drinken in een donkere pub.' Ze zuchtte. 'Ik schijn doodsaaie mannen aan te trekken.' Ze dacht even na. 'Volgens mijn vriendinnen komt dat omdat ik te aardig ben en niet gewoon zeg dat ze kunnen opzou- Eh, gaan. Als ze mij vragen ergens iets te gaan drinken zeg ik altijd ja, of ik nu zin heb of niet.'

'Klinkt als volstrekte waanzin. En behoorlijk saai!'

'Ja, dat was het ook. Vreselijk saai. Ik ben voorlopig van plan alleen te blijven. Ik heb met mijn vriendinnen veel meer plezier dan met de meeste mannen die ik ken.'

'Het is duidelijk dat je nog niet de juiste man hebt ontmoet.'

'Klopt. U bent niet de eerste die dat zegt.'

'Hmph. En wat doen je vader en broers daaraan? Brengen ze je in contact met geschikte kandidaten?'

Het idee dat haar vader of broers een geschikte man voor haar zouden zoeken was zo afgrijselijk dat ze bijna stikte in een hysterische lachbui. Ze nam een flinke slok thee om weer tot bedaren te komen.

'Dacht het niet?' zei oom Eric.

'Oom Eric!' riep Sophie verbaasd uit. 'Wat een moderne uitdrukking.'

Oom Eric keek uiterst zelfvoldaan. 'Ik ga graag met mijn tijd mee.'

'Welnee,' zei Sophie. Ze boog zich voorover en gaf hem een klopje op zijn hand. 'U choqueert graag, net als ik.'

'Ik heb de spullen op de schoorsteenmantel schoongemaakt en netjes teruggezet,' zei Sophie nadat oom Eric zijn 'after-dinnerdutje', zoals hij dat noemde, had gedaan. 'Wat zal ik nu doen?'

'Mijn hemel, kind, jij moet ook altijd bezig zijn. Waarom wil je toch constant je handjes laten wapperen? Mevrouw Dinges hoeft niet altijd wat te doen te hebben.' Oom Eric probeerde verontwaardigd te kijken, maar Sophie liet zich niet voor de gek houden. Hij genoot ervan dat de vaste patronen in zijn leven werden doorbroken. Ze was er nu een week, en haar aanwezigheid had al een duidelijk effect op zowel oom Eric als zijn huis.

'Mevrouw Dinges – en zelfs mevrouw Brown – moet een hoge vervelingsdrempel hebben.'

Om Eric keek gekwetst. 'Sommige mensen vinden genoeg voldoening in het verzorgen van een oude man. Ze vinden het een voorrecht in mijn fijne huis te mogen wonen. Eigenlijk zouden ze het voor niks moeten doen.'

'Natuurlijk is het een voorrecht uw pillen te tellen en ervoor te zorgen dat u niet te veel slaapmutsjes drinkt en van de trap valt, maar dat is niet genoeg om mij bezig te houden. En uw huis is wel groot, maar fijn is anders. U zou me eigenlijk extra moeten betalen voor de afstanden die ik hier afleg. En omdat ik dat nog niet zie gebeuren, zou u niet mogen mopperen als ik wat meer om handen wil hebben.' Ze zweeg even. 'Ik kan uw bureau opruimen als u wilt.'

'Over mijn lijk! Ik laat mijn waardevolle documenten niet overhoop halen door een warhoofd dat geen benul heeft van belangrijke papieren.'

Sophie liet zich niet uit het veld slaan. 'Ik zal niets weggooien en alles netjes sorteren. Dan kunt u zelf bepalen wat u wilt bewaren. De rest kunt u weggooien of zelfs verbranden.' Ze glimlachte bemoedigend naar hem. 'Goed idee trouwens, al zeg ik het zelf. Dan hebt u het lekker warm totdat u uw brandstoftoeslag ontvangt.' De uitdrukking op het gezicht van haar oudoom moedigde haar aan verder te gaan. 'Zoveel recents zal er niet tussen zitten, want er ligt een dikke laag stof op. En de rest van de kamer ziet er redelijk netjes uit. Daar past geen rommelig bureau in.'

Hij bromde, fronste en snoof, maar zei toen: 'Nou vooruit dan, kind, als je dat per se wilt. Maar beloof me dat je de papieren niet leest en alleen opruimt.'

Oom Eric droeg een vest dat door de motten was aangevreten. Sophie had hem gesmeekt het weg te gooien, maar hij weigerde er afstand van te doen. Het vest maakte haar een beetje obstinaat. 'Ik kan geen papieren sorteren als ik ze niet mag lezen. U moet niet zo raar doen, oomlief.' Ze was hem oomlief gaan noemen omdat ze bang was dat ze er anders misschien oom Eric de Ellendeling zou uitflappen.

Hij gaf zijn symbolische verzet op en zuchtte. 'Oké, doe maar wat je wilt, kind, want dat doe je uiteindelijk toch.'

'Ik luister voor u ook al niet meer naar mijn iPod,' zei Sophie. 'Alleen nog naar Radio 4.' Dat beviel haar overigens prima, want aldoende pikte ze informatie op die ze anders nooit zou krijgen. Maar dat zei ze niet tegen hem. Hun spel vereiste dat ze zich elk op hun manier gedroegen.

'Je bedoelt dat apparaatje dat zo ruist? Je zou me dankbaar moeten zijn.'

'Het ruist niet als je oordopjes in hebt, want dan hoor je de muziek. Misschien zou het ook iets voor u zijn.'

Oom Eric klakte quasiverontwaardigd met zijn tong. 'Ik ga maar eens een dutje doen en misschien mijn kruiswoordpuzzel afmaken.'

'Zal ik de kachel voor u aan doen?'

'Ik kan zelf ook nog wel een knop omdraaien,' snauwde hij. 'Ik ben niet seniel.'

Sophie schonk hem de zonnige glimlach waar hij op uit was. 'O, gelukkig. Als ik met het bureau klaar ben, kom ik u helpen met de puzzel.'

'Huh!' snoof oom Eric, en hij kuierde de kamer uit.

Sophie zuchtte en keek hem vol genegenheid na. Voordat ze hier kwam, had ze nog nooit naar een kruiswoordraadsel gekeken – haar familie vulde hem achter elkaar in zonder haar ook maar de kans te geven ernaar te kijken. Oom Eric was ook snel, maar vond het leuk om samen naar een oplossing te zoeken. Nu Sophie een beetje wist hoe het werkte, kwam ze regelmatig met het goede antwoord. Haar verblijf bij oom Eric deed daar in meerdere opzichten goed, en niet alleen omdat er veel uitstekende liefdadigheidswinkels in de buurt lagen; haar garderobe breidde zich uit.

Ze pakte de vaas van de ronde tafel die in het midden van de kamer stond en streek het chenille tafelkleed glad. Ze had ruimte nodig om de spullen die in en op het bureau lagen kwijt te kunnen. Het bureau was het enige wat Sophie zou willen erven, anders dan haar zus en broers, die alles wel zouden willen hebben. Maar omdat de kans klein was dat dat zou gebeuren, wilde ze nu van de gelegenheid gebruikmaken het op te ruimen, af te stoffen en in de boenwas te zetten. Op die manier kon ze pas echt de ontelbare vakjes en eventuele geheime laatjes bewonderen, en het vakmanschap waarmee ze waren gemaakt. Het bureau zou dan misschien nooit van haar zijn, ze kon er in elk geval een paar dagen van genieten.

Tegen de tijd dat Sophie naar beneden ging om oom Eric zijn pillen te geven, had ze al een aardig beginnetje gemaakt.

Niettemin had ze nog een paar behoorlijke stapels papieren te sorteren. Ze had een beetje vals gespeeld door alle paperassen op de tafel te leggen en eerst aan het afstoffen en in de was zetten van het bureau te beginnen. Nu moest ze nog alle oude rekeningen, bankafschriften, verlopen verzekeringspolissen, garagerekeningen van auto's die er al lang niet meer waren doornemen, om nog maar te zwijgen van al die andere paperassen die mensen uit gewoonte bewaarden. Maar het bureau zelf zag er al prachtig uit.

De volgende dag, toen ze alles had gedaan wat ze voor oom Eric kon doen, zoals het maken van een kort, verkwikkend ommetje en hem overhalen zijn vest te laten wassen, zette Sophie zich weer aan haar taak. Ze hield van opruimen en orde aanbrengen in rommel. Onder het werk dagdroomde ze over haar reisje naar New York, winkelen met Milly, het bezoeken van galerieën en musea. Ze zou even helemaal weg van thuis zijn.

Toen ze de naam New York op een paar aan elkaar vastgeniete papieren zag staan, dacht ze eerst dat ze het zich verbeeldde, maar toen ze beter keek, zag ze dat ze het goed had gelezen. Anders dan de rest van de paperassen op de tafel, zagen deze er interessant uit. Ze wilde net beginnen met lezen toen ze besefte dat het oom Erics privépapieren waren, dus in plaats daarvan liep ze ermee naar beneden.

'Weet u wat dit is, oom Eric?' Ze gaf hem de papieren aan.

'Hoe moet ik dat nou weten,' zei hij, nadat hij er vluchtig naar had gekeken door de bril om zijn nek. 'Is het al etenstijd? Ik heb honger.'

Dat was een goed teken. Oom Eric had nooit veel trek, maar het was Sophie opgevallen dat hij meer at sinds ze hem kleine maar smakelijke tussendoortjes voorschotelde. Ze zou een paar recepten voor mevrouw Brown achterlaten.

'Ik ga koken zodra ik u uw pillen heb gegeven. Dan kunt u intussen naar deze papieren kijken. Ik neem aan dat u de kruiswoordpuzzel al af hebt?'

'Jazeker. Ik had je hulp vandaag niet nodig.'

'Dan hebt u iets anders nodig om uzelf bezig te houden. Waarom koopt u geen televisie? U zou het prachtig vinden.'

'Lieve kind, je weet heel goed hoe ik over televisie denk. Laat mij nou maar naar die papieren kijken.'

Sophie stond op en klopte hem op zijn schouder. 'Morgen ga ik met u naar de bibliotheek. Dan kunt u eens iets anders lezen dan de krant. Of misschien kunnen we vragen of de bibliobus wat dichter bij huis komt?'

Toen ze die avond toast met roerei en Marmite zaten te eten, zei oom Eric: 'Nog even over die papieren die ik van jou moest lezen.'

'Ja?' Sophie pakte de theepot en schonk thee in. Oom Eric wilde niet klungelen met theezakjes en bekers. Hij hield van thee uit een pot.

'Dit vind je vast leuk om te horen.'

'Waar gaat het over?'

'Het heeft te maken met een deel van mijn nalatenschap – en van die van jouw familie. Boorrechten.'

'Boorrechten? Wilt u nog een sneetje toast? Dat is zo gemaakt.'

'Ja, graag. Dat bruine spul is heerlijk.'

'Marmite, oomlief. Dat bestaat al eeuwen. Zelfs u moet het eerder hebben gegeten.'

'Dan ben ik dat zeker vergeten. Maar goed, ga jij maar even toast maken, dan vertel ik je daarna waar het over gaat.'

Toen Sophie terug was met een paar verse sneetjes toast, stak hij van wal. 'Ongeveer vier generaties geleden bezat onze familie boorrechten op een stuk grond in Texas. Ze zijn alleen niets waard omdat in dat kleine gebied van Texas toevallig geen olie zit... Tenminste, dat denk ik. Of het was te duur om het eruit te halen.'

'Zonde,' zei Sophie. Ze smeerde een beetje boter op een korstje. 'Ik zou best voor een deel eigenaar willen zijn van een olieveld. Ik zou het geld goed kunnen gebruiken.'

'Wie niet? Maar ook al zou er wel olie in de grond zitten, dan heb je er nog weinig aan. De rechten zijn namelijk omgezet in aandelen en die zijn in de loop der jaren over meerdere mensen verdeeld.'

'Maar waarom staat er New York op die papieren?'

'Dat is het adres van mijn nicht Rowena. Zij heeft ooit geprobeerd de bezitters van de aandelen te verenigen, zodat één persoon namens alle aandeelhouders de rechten te gelde kon maken.'

'O. Is het haar dan niet gelukt iedereen over te halen dat te doen?'

'Geen idee. Ik weet wel dat ze van een paar aandeelhouders de rechten heeft gekocht omdat die ervan uitgingen dat de aandelen niets waard waren. Maar ik heb al heel lang niets meer van haar gehoord. Ik denk dat ze in een verzorgingstehuis zit. Ik heb haar een paar jaar geleden geschreven, maar nooit antwoord gekregen. Misschien is ze overleden.'

'U klinkt niet alsof u daar verdrietig om bent.' Sophie nam een hap van haar toast.

'Bijna al mijn vrienden zijn dood, Sophie. Op mijn leeftijd raak je daaraan gewend,' zei hij op nuchtere toon.

'Dus u denkt dat die boorrechten niets waard zijn?'

Oom Eric keek bedachtzaam. 'Destijds niet, maar misschien met de nieuwste technieken wel. Dus wie weet.'

'Dus voor hetzelfde geld zitten u en de andere leden van uw familie op een goudmijn? Of beter gezegd, op een olieveld?'

'Best mogelijk. Maar ik ben eerlijk gezegd niet van plan dat uit te zoeken.'

'Vindt u het goed als ik de papieren eens doorlees? Het zou best interessant kunnen zijn.' Ze zweeg even. 'U moet uw bureau eens zien. Het ziet er schitterend uit! Hij kan zo in de *Antiques Roadshow*!' Toen herinnerde ze zich dat oom Eric geen televisie had en niet begreep waar ze het over had.

'Ik vind het prima. Als jij niets beters te doen hebt. Maar je zult het heel saai vinden. Dat soort stukken zijn gortdroog.'

'Maar misschien levert het iets op. In olie gaat veel geld om.'

'Dat is waar. Dus als je je erin wilt verdiepen, ga je gang. Maar laat deze papieren thuis maar aan niemand zien. Dan komen ze maar op rare ideeën en het leidt toch tot niets. Let op mijn woorden.'

'Gaat u maar verder met uw sudoku,' zei ze. 'Dan laat ik u wel weten of het zin heeft er werk van te maken.'

'En? Heb je iets interessants ontdekt?' vroeg oom Eric. Ze zaten samen aan de warme chocolademelk met volkorenbiscuits.

Sophie had verwacht dat hij de papieren al lang was vergeten. 'Eigenlijk alleen dat adres in New York. Maar er zat ook een oude brief bij die alle betrokkenen moeten hebben ontvangen, met het voorstel bij elkaar te komen om een belangengroep te vormen, zoals u al zei.'

'Hmm. Volgens mij is dat er nooit van gekomen. Ik weet eigenlijk niet meer waarom. Het is lang geleden.'

De manier waarop hij het zei maakte haar nieuwsgierig. 'Wilt u dat ik ermee aan de slag ga?'

'Als je de energie en het enthousiasme kunt opbrengen om het uit te zoeken, kan het zeker de moeite waard zijn. Maar misschien niet voor jou persoonlijk.'

'O nee?'

'Het hangt ervan af wie de aandelen heeft geërfd. Het kan zijn dat jouw grootvader ze aan jou, je broers en je zus heeft nagelaten. Zo niet, dan heeft alleen jouw vader er iets aan. Wil je dat je vader en moeder oliemiljonairs worden?'

Sophie grinnikte. 'Dat lijkt me erg onwaarschijnlijk. Maar het zou leuk zijn als ze er een paar duizendjes aan zouden overhouden. Daarvan zouden ze het huis kunnen opknappen en het dak kunnen laten repareren. Dat zou wel fijn zijn.'

'Dan zou ik er werk van maken. En zo heb jij iets om je tanden in te zetten en hoef je mij niet meer lastig te vallen.' Hij fronste. 'Misschien liggen er nog meer papieren op zolder, al ben ik bang dat je daar niets aan hebt, want het dak heeft een paar jaar geleden flink gelekt.'

'Ik zou toch even kunnen kijken...'

'Daar komt niks van in. Ik weet zeker dat er niets meer zal

liggen waar je iets aan hebt. Je moet het maar doen met de papieren die je hebt. Dat moet genoeg zijn voor wat je wilt.'

'Maar daarvoor moet ik naar New York.'

'Dat wilde je toch al, zei je. Je ging bij je vriendin Molly logeren.'

'Milly,' zei Sophie. 'Ja. Ik hoop dat ze een baantje voor me kan vinden. Alleen maar vakantie vieren zou wel heel decadent zijn.'

'Dat lukt je vast. Je bent er vindingrijk genoeg voor.'

Aan het einde van haar verblijf gaf Sophie oom Eric bij het afscheid een stevige knuffel. Naar zijn reactie te oordelen was hij nog nooit zo innig omhelsd. Hij voelde breekbaar aan in haar armen, maar ze wist dat het goed voor hem was dat hij zich geliefd voelde.

'Tot ziens, deugniet,' zei hij. 'We houden contact. En laat me weten als je iets bijzonders over die boorrechten ontdekt. Wie weet, moet ik ooit naar een verzorgingstehuis als mevrouw Brown het niet langer aankan.'

'Dan kom ik wel voor u zorgen,' zei Sophie, en ze realiseerde zich dat ze het meende.

In de trein naar huis dagdroomde Sophie dat ze iedereen kon vertellen dat ze het familiefortuin had gered. Het zou geweldig zijn als zij degene was die dat voor elkaar kreeg, en dat zonder tienen te hebben gehaald op school of een universitaire graad te hebben bemachtigd. Toen besefte ze dat ze beter niets kon zeggen zolang ze nog niets had bereikt, want anders zouden ze alleen maar de draak met haar steken.

Een paar dagen later was ze aan het werk in een café waar ze na haar eindexamen zo nu en dan wat had bijverdiend. Ze vond het leuk haar oude vrienden weer te zien en te ontdekken dat er nog altijd dezelfde klanten kwamen, die haar nog herkenden ook, maar het had wel iets benauwends. Er moest toch meer uit het leven te halen zijn dan dit!

Zodra ze 's avonds thuiskwam, ging ze achter haar laptop zitten om te zien of ze mail van Milly had. Soms was dat het geval, maar het bleef bij nieuwtjes uitwisselen en praten over koetjes en kalfjes. Totdat ze op een dag een mail kreeg met als onderwerp 'kans op een baan'.

Het is vakantiewerk, bij heel aardige mensen. Steenrijk, maar volgens Jess (hun vaste oppas) allesbehalve krenterig. Jess zegt dat ze je reis zullen vergoeden, zolang je het niet erg vindt om economy class te vliegen. Maar jou kennende is dat geen probleem! Laat me gauw weten of je het doet, dan geef ik het meteen door aan Jess. Ze zou het geweldig vinden, want als ze zelf met een vervanger komt, zit ze daar gebeiteld.

De e-mail bevatte nog informatie over de benodigde referenties en andere details.

Na een snelle blik op haar horloge besloot ze Milly meteen te bellen. Maar toen ze haar beltegoed op haar mobiele telefoon controleerde, merkte ze dat er te weinig op stond. In plaats daarvan besloot ze Milly terug te mailen:

Geweldig nieuws! Nee, ik vind het niet erg om economy class te vliegen. Ik ga zo even op internet wat dingen uitzoeken over een visum en dergelijke.

Toen ze even later naar beneden ging voor het avondeten, was ze in een goed humeur.

Haar broer zag het meteen. 'Wat ben jij vrolijk, Soph. Je gaat me toch niet vertellen dat oom Eric je een vette cheque heeft gestuurd.'

'Nee, hoor.' Sophie deed haar best haar glimlach, die de aandacht van haar familie trok, te onderdrukken.

'Ben je erachter gekomen waar zijn geld naartoe gaat?' vroeg haar moeder. 'Als het een kattenasiel is, zullen we het testament moeten aanvechten.'

'Nee, ik weet niet aan wie hij zijn geld wil nalaten. Ik betwijfel trouwens of hij veel heeft,' zei Sophie. 'Dat ziet er heerlijk uit, mam.' Ze wees op de *cottage pie* die op de tafel stond. Tijdens Sophies afwezigheid had haar moeder het koken weer opgepakt.

'Dank je, lieverd!' Het complimentje leidde haar moeder af, precies zoals haar bedoeling was.

'Sophie, ik zie dat je een binnenpretje hebt,' zei haar broer. 'Daar moet een reden voor zijn.'

'Sophie heeft gewoon een zonnig humeur, lieverd,' zei haar moeder, terwijl ze de opscheplepel in de puree stak.

'Ja, maar ze kijkt anders nooit zo zelfvoldaan,' zei Michael.

'Fijn om te horen!' zei Sophie. Ze wilde het nieuws nog niet aan haar familie vertellen. Ze moest eerst zelf aan het idee wennen. Ze wist dat ze honderdenéén redenen zouden hebben waarom ze beter thuis kon blijven.

'Vertel, Sophie,' zei haar vader. 'Ben je echt zo zelfvoldaan of lijkt dat alleen maar zo?'

'Als je ons iets te vertellen hebt, zeg het dan gerust,' zei haar moeder, terwijl ze Sophie een bord aangaf.

Sophie besefte dat het geen zin had het nieuws nog langer voor zich te houden. 'Oké,' zei ze. 'Het stelt niet zoveel voor, hoor. Maar ik kreeg net een mailtje van Milly. Ze heeft een baantje voor me gevonden in New York.'

4

'New York!' riepen haar vader en broer vrijwel tegelijk uit. 'Wat moet je daar nou?'

'Lekker shoppen,' zei Sophie. Dat was het antwoord dat ze verwachtten en ze wist dat ze teleurgesteld zouden zijn als ze iets anders zou zeggen.

'En waar wil jij een reis naar New York van betalen?' vroeg Michael. Hij vergeleek zijn bord met dat van de anderen om er zeker van te zijn dat hij genoeg had gekregen.

'Ik heb gespaard,' zei Sophie. 'En ik kan daar meteen aan het werk.'

'Daar heb je een verblijfsvergunning voor nodig,' zei haar vader, praktisch als altijd.

'Ik kan een maand invallen als kinderoppas. Het is niet mijn bedoeling in New York te blijven.' Sophie maakte zich een beetje ongerust over het feit dat ze geen verblijfsvergunning had, maar haar werkgever deed er niet moeilijk over, dus vertrouwde ze erop dat het voor zo'n korte periode geen probleem was.

'O, als kinderoppas.' Zoals verwacht stak Sophies vader zijn mening over die manier van de kost verdienen niet onder stoelen of banken.

'Ja. En dat is niets om je voor te schamen. Er moet nu eenmaal op kinderen gepast worden,' zei Sophie. Het was een terugkerend gespreksonderwerp en het was wachten op de voorspelbare reactie van haar moeder.

'Ik heb nooit een oppas voor jullie gehad,' zei haar moeder. 'Ik zorgde altijd zelf voor jullie.'

'Ja, ook omdat jij niet buitenshuis werkte,' zei Sophie, die het wel een beetje een onaardige opmerking van zichzelf vond.

'Ik had het druk met mijn werk,' zei haar moeder, zoals altijd. Ze doelde op haar schilderen, wat ze altijd als excuus had gebruikt als ze geen zin had om iets met de kinderen te doen. Als Sophies oudere zus en broers haar niet mee naar het zwembad hadden genomen, had ze nooit leren zwemmen.

'Maar ik ga dus naar New York,' zei Sophie. Ze had geen zin om voor de zoveelste keer de verhalen van haar moeder te moeten aanhoren over haar kunstenaarsleven. Zoals het verhaal dat ze bíjna had geëxposeerd met iemand die bíjna de Turner-prijs had gewonnen.

'Waar haal je het geld voor de reis vandaan?' vroeg haar vader. 'Je kunt niet voor niks naar New York!'

'Dat weet ik ook wel. Ik zei toch dat ik heb gespaard? Bovendien heb ik een aardig zakcentje verdiend bij oom Eric.'

'Dus Eric de Ellendeling heeft je betaald?' zei Michael. 'Is het je dan toch gelukt geld los te krijgen van die ouwe vrek?'

'Ik heb toch voor hem gewerkt? Daar heeft hij me voor betaald. En hij is geen ellendeling. Als je hem beter leert kennen, is hij best aardig.' Ze dacht met plezier terug aan de leuke tijd die ze samen hadden gehad. Hij mocht dan de rol van chagrijnige oude man en gierigaard spelen, hij was tenminste niet neerbuigend tegen haar, zoals de rest van haar familie.

'Hij zou een cent nog in tweeën bijten,' mompelde haar moeder. 'Ik heb hem ooit gevraagd een expositie van mij te sponsoren, maar dat weigerde hij botweg.' Het feit dat hij niet de enige was, maakte hem in haar ogen niet minder gierig.

'Ik verdiende hetzelfde als mevrouw Brown. Maar dat was toch nog goedkoper dan professionele hulp inschakelen.'

'Ik zei toch dat het een vrek was.' Haar moeder stak een ontsnapte haarlok opnieuw vast met een kammetje en schepte nog een portie groenten op.

'Wat ga je doen in New York?' vroeg haar broer. 'Het is wel een erg dure stad om vakantie te vieren.'

'Ik zei toch dat het geen vakantie is,' zei Sophie geduldig. 'Ik ga er werken.'

'Maar wat moeten wij dan zonder jou?' mopperde haar vader. 'Ik snap die jeugd van tegenwoordig niet. Ze doen maar waar ze zin in hebben.'

'Hier, neem nog wat van de ovenschotel, schat,' zei haar moeder. Ze schepte nog wat op het bord van haar echtgenoot. 'Ik heb het zelf klaargemaakt.'

Terwijl haar vader verder at, stelde Sophie opgelucht vast dat de anderen hun belangstelling voor haar reis verloren. Nu voelde ze zich tenminste niet gedwongen de andere reden voor haar bezoek aan New York te vertellen. Daar was ze nog niet aan toe.

Nadat ze de afwas in de vaatwasser had gezet en de keuken had opgeruimd (haar moeder kon uitstekend koken maar maakte altijd behoorlijk veel rommel), ging ze naar boven. Ze bleek weer mail van Milly te hebben.

Ik heb zojuist bericht gekregen van het gezin bij wie je gaat oppassen. Ze vinden het geweldig dat ze een echt Engels kindermeisje krijgen zolang hun vaste oppas haar familie bezoekt. Maar ze willen wel referenties. Hierbij hun e-mailadres. Ze kijken uit naar je reactie!

Sophie stak triomfantelijk haar vuist in de lucht en begon aan een e-mail. Intussen dacht ze na over de vraag wie van haar recentelijke werkgevers snel met een referentie zou kunnen komen.

Na een paar vriendelijke mailtjes over en weer, nam het gezin haar aan als kindermeisje en beloofden ze haar reis met-een na aankomst te vergoeden. Het verliep allemaal volgens plan. Sophie deed van opwinding bijna geen oog meer dicht. In gedachten liep ze telkens haar garderobe na om de perfec-te outfits samen te stellen. Ze wilde per se licht reizen, zodat ze in New York kleding kon kopen, mocht daar tijd voor zijn.

Je kon niet naar New York gaan en dan geen nieuwe kleren kopen. Ze had zich net voorgenomen achter een nieuwe spijkerbroek aan te gaan toen ze eindelijk in slaap viel.

De volgende dag op haar werk, terwijl ze glimlachte, koffie serveerde, tafels afnam en ontelbare scones maakte, kon ze alleen maar aan New York denken. Eindelijk zou ze ernaartoe gaan! Wolkenkrabbers, gele taxi's, brandkranen en geweldige winkels: ze kon haar geluk niet op. Zo nu en dan moest ze zichzelf eraan herinneren dat ze erheen ging om te werken en dat het gezin ergens op het platteland woonde. Maar ze zou voor of na haar werk vast een paar dagen met Milly kunnen afspreken.

Een paar avonden daarna sprak ze af met Amanda.

'O jeetje, ik vind het zo spannend!' zei Sophie, toen ze samen met Amanda aan de bar stond. 'Ik kan bijna niet geloven dat ik ga!'

Amanda bestelde een fles witte wijn en een fles bronwater. 'Dus je hebt je ticket al geboekt?'

Sophie knikte. 'Ja, via internet. Inclusief mijn visum. Gelukkig had ik net een nieuw paspoort. En geen veroordeling wegens terrorisme of iets dergelijks.' Ze zweeg even. 'Weet jij wat "*moral turpitude*" betekent?'

'Pardon?' Amanda keek verward.

'Dat stond op de visumaanvraag. Ik hoop dat ik het goed heb ingevuld.'

'Maar goed dat ze je toen met die autobomaanslag geen vingerafdrukken hebben afgenomen, want dan kwam je het land niet in,' zei Amanda. Ze reikte de barman geld aan.

'Stt! Daar mag je nooit grappen over maken,' zei Sophie geschrokken. 'Die lui van de immigratiedienst snappen dat niet. Voor je het weet zit je achter slot en grendel.'

Amanda nam grinnikend haar wisselgeld aan, waarna ze met de fles en glazen naar hun favoriete tafeltje liepen. 'Let maar niet op mij, ik ben gewoon jaloers.'

'Het zou nog veel leuker zijn als we met z'n tweeën konden gaan,' zei Sophie, nadat ze allebei een slok van hun wijn hadden genomen. 'Maar dan zou je daar ook een baantje moeten zien te regelen.'

'Ik heb hier al een baan.' Amanda zuchtte. 'Heb je al nagedacht welke kleren je meeneemt?'

'Ik doe niet anders. Ik neem vooral vrijetijdskleding mee, want het grootste deel van de tijd werk ik als kindermeisje. Ze wonen op het platteland. Ik neem aan dat ik daar geen jurken nodig heb.'

'Wil je een koffer of iets anders van me lenen?'

Sophie schudde haar hoofd. 'Aardig van je, maar ik neem alleen mijn rugzak mee. Ik wil ook nog wat rondreizen en dan is een rugzak handiger.'

Amanda zuchtte. 'Ik kan nog steeds niet geloven dat Milly en jij straks zonder mij in New York zijn.'

'Ja, zonde, hè? Maar ik blijf niet zo lang in Amerika, hoor,' zei Sophie. 'Het is een tijdelijke baan, dus ik ben voor de kerst weer terug. Trouwens, jij bent met geen mogelijkheid bij je dokters vandaan te krijgen.'

Amanda had stage gelopen in een privékliniek en had zo ongeveer operatief verwijderd moeten worden toen haar twee weken erop zaten, zo geweldig vond ze het. Gelukkig vonden zij haar ook geweldig en had ze na haar studie een fulltime baan aangeboden gekregen. 'Dat is waar.'

'Om nog maar te zwijgen van je leuke vriend.'

'Ja. Ik heb mijn jeugd al vergooid.' Ze had ooit tegen Sophie gezegd dat ze zich te jong had gesetteld, maar dat ze het heerlijk vond en zich erbij had neergelegd.

'Onzin! We kunnen nog wel een keer samen gaan. Ik krijg mijn reis vergoed zodra ik aankom. Dat geld hoef ik dus niet terug te verdienen.' Ze moest er niet aan denken dat haar werkgever zou vergeten haar terug te betalen. Het was een enorm bedrag om in één keer uit te geven. Hoewel, als die boorrechten nu iets waard zouden blijken te zijn... Dat was natuurlijk zeer onwaarschijnlijk, maar er bestond een kleine kans, dus waarom zou ze er niet over mogen dagdromen? Ze

had de papieren gekopieerd en in een map gedaan, en alle informatie die oom Eric haar kon geven verzameld voordat ze
vertrok. Wat zou het mooi zijn als het haar zou lukken. Haar
enthousiasme werd alleen overschaduwd door de vraag of ze
haar nicht Rowena zou kunnen opsporen tijdens haar werk
als kindermeisje. Het zou niet makkelijk worden.

Amanda, die niet wist wat er in Sophie omging, zei: 'Door
naar New York te gaan kom je wel eindelijk van Doug af.
Zo'n plakker heb ik nog nooit meegemaakt. Je hebt het al
maanden geleden uitgemaakt en toch blijft hij je stalken.'

Sophie keek haar vriendin aan. Ze kon nu elk moment te
horen krijgen dat ze te soft was. 'Softe Sophie' werd ze genoemd toen ze na hun fase van verkleden en experimenteren
met make-up met jongens begonnen uit te gaan. 'Ik heb het
toch niet weer aan gemaakt?' zei ze, ietwat verontwaardigd.

'Nee, maar je maakt wel lange wandelingen met hem. Dan
krijgt hij natuurlijk weer hoop.' Amanda vond het maar niks
dat Sophie altijd vrienden bleef met haar exen.

Sophie zuchtte. 'Je weet dat ik het vervelend vind om mensen teleur te stellen.'

'Je mag best aardig zijn, Sophie, maar bij jou is het altijd
eenrichtingsverkeer. Jij staat altijd voor iedereen klaar, maar
anderen niet voor jou. En dan betaal je ook nog alles!'

'Ik heb mijn lesje geleerd. Ik ga nooit meer uit met een
slappeling zonder geld. Dat beloof ik je.'

'Nou ja, Doug zag er wel goed uit,' bekende Amanda, iets
vriendelijker nu.

'En toen ik hem voor het eerst ontmoette, had hij een baan.
En een auto. Daarna ging het bergafwaarts. Toen kon ik hem
toch niet meer dumpen?'

'Wel toen je erachter kwam hoe saai en egocentrisch hij
was.'

'Nee. Toen ook niet.'

'En die sms'jes dan, die hij je dronken stuurde en waarin hij
je smeekte bij hem terug te komen?'

Dat was inderdaad heel vervelend en gebeurde zo nu en

dan nog wel eens. Maar als ze dat tegen Amanda zou zeggen, zou ze dat eeuwig moeten aanhoren. 'Oké. Ik heb hem gedumpt en hij zal me in New York niet meer kunnen bereiken.'

Gelukkig ging Amanda er niet op door. 'Ga je veel kopen?'

'Ik denk niet dat ik lang in de stad ben. Als ik er al kom. Ik word door het gezin van het vliegveld gehaald en naar hun huis gereden.' Er verscheen een bezorgde frons op haar voorhoofd. 'Stel dat ik niet met de kinderen kan opschieten? Dan zit ik daar wel erg geïsoleerd.'

'Natuurlijk kun je met hen opschieten! Je bent heel goed met kinderen. Je staat al Thanksgivingkostuums te maken voordat je je rugzak hebt uitgepakt.' Amanda gaf haar een bemoedigende por. 'Ze zullen dol op je zijn.'

Haar enthousiasme stelde Sophie gerust. 'Ik weet niet zeker of ze zich met Thanksgiving verkleden. Volgens mij is dat met Halloween.'

'Allemaal één pot nat,' zei Amanda. 'Kom, we nemen nog een glaasje.' Ze schonk hen beiden nog een glas wijn in en vulde toen hun waterglazen. 'Dus je zult Milly niet zo vaak zien?'

'Alleen als ik vrije tijd heb. En misschien als mijn werk erop zit. Tenminste, dat hoop ik. Ik heb begrepen dat Mills klein woont. Niet dat dat wat uitmaakt.'

'Waar woont het gezin voor wie je gaat werken?'

'In Maine. Ik hoop dat ze in zo'n typisch Amerikaans houten huis wonen met zo'n brievenbus…'

'Mailbox.'

'… op een paal, en dat de krantenjongen de zondagskrant gewoon op het gazon gooit.'

'O, het wordt geweldig,' zei Amanda. 'Ik voel het aan mijn water!'

Sophie grijnsde. 'Je hebt amper van je water gedronken.'

'Grapjas.' Toen fronste ze. 'Ik ga je missen!'

'Net als Doug!'

Sophies moeder keek vanaf haar bed toe, terwijl zij haar rugzak inpakte. 'We gaan je missen, lieverd,' zei ze, onbewust Amanda herhalend.

'Niet echt. Daar hebben jullie het allemaal te druk voor.' Sophie overwoog of ze haar moeder zou vragen in de stoel te willen gaan zitten, zodat ze haar spullen op het bed kon leggen en beter kon inschatten of ze misschien iets vergat. 'Oké, waar is mijn lijstje?'

'Wat ben je toch georganiseerd!' Sophies moeder deed het voorkomen alsof het een afwijking was. 'Toen ik zo oud was als jij gooide ik gewoon wat spullen in een tas en vertrok.'

'Dat zou ik normaal ook doen, maar ik wil geen spullen vergeten of dingen meenemen die ik niet nodig heb.' Sophie vond haar lijstje, nam het snel door en stopte toen nog een paar spullen in haar rugzak.

Toen haar moeder even naar beneden ging om thee voor hen te zetten, haalde Sophie haar rugzak leeg, legde haar map met de papieren onderin, en pakte de spullen weer in. Eenmaal in Amerika zou ze haar nicht Rowena opzoeken in het telefoonboek, en misschien haar werkgever om hulp vragen.

Na de tweede keer inpakken had ze veel meer ruimte over in haar rugzak, maar met het vooruitzicht van winkelen in New York, besloot ze er niets meer bij te doen. In plaats daarvan ging ze naar beneden om met haar moeder thee te drinken in de keuken.

Eindelijk was het dan zover: haar avontuur ging beginnen. En zo zag Sophie het inmiddels ook. Amanda bracht haar naar het vliegveld omdat haar familie zoals gewoonlijk andere dingen te doen had. Omdat ze terug moest, zette ze haar vriendin alleen maar af, maar Sophie was allang blij dat ze een lift had gekregen en niet met het openbaar vervoer hoefde te reizen.

Sophie hield van vliegen. Ze hield van de kleine bakjes waarin de maaltijden werden geserveerd, keek graag naar de andere passagiers en vond het heerlijk om al lezend in te

53

dommelen. Maar het was een lange vlucht, en toen ze eindelijk aankwam en door de controles was, die eeuwen leken te duren omdat haar vingerafdrukken werden afgenomen, een foto van haar iris werd gemaakt en haar talloze vragen werden gesteld, voelde ze zich behoorlijk uitgeblust. Haar anticlimax werd nog groter toen er geen vrolijke familie met een bordje met haar naam erop op haar stond te wachten.

Sophie dwong zichzelf rustig te blijven. Misschien waren ze opgehouden in het verkeer, misschien hadden ze zich vergist in haar aankomsttijd – het kon van alles zijn. Ze moest gewoon geduld hebben en het over zich heen laten komen.

Ze wachtte een uur en zocht toen in haar rugzak naar het briefje met het telefoonnummer. Ze probeerde verschillende nummers, met en zonder kengetal, totdat ze eindelijk verbinding kreeg.

'Hallo. U spreekt met Sophie. Sophie Apperly? Ik ben aangekomen!' zei ze, vechtend tegen de golf van vermoeidheid die haar net op het verkeerde moment overspoelde.

Er viel een korte maar ijzingwekkende stilte aan de andere kant van de lijn. 'O, Sophie, kind, heb je mijn e-mail dan niet ontvangen? Die heb ik je gisteren gestuurd.' De vrouw klonk net zo vriendelijk als in haar e-mails – maar niet blij.

Sophies humeur, al behoorlijk vergald door de jetlag, zakte nog verder in. 'Ik was gisteren niet online.'

'O, kind, wat vreselijk! Mijn moeder is ziek en we moeten met het hele gezin naar Californië. We zijn aan het inpakken.'

'O.'

'Ik kan de kinderen niet alleen laten met iemand die ze niet kennen. Dat begrijp je vast wel. Ik heb je gemaild zodra ik hoorde hoe ziek mijn moeder was. Ik heb zelfs geprobeerd je te bellen.'

Sophie had de neiging zich te verontschuldigen omdat ze niet bereikbaar was geweest of haar mail had gecheckt, toen ze besefte dat het niet haar schuld was. Ze onderdrukte een zucht. De moed zakte haar in de schoenen. Een uur geleden was ze nog dolblij geweest dat ze eindelijk in New York was en haar reis vergoed zou worden, nu werd haar dat allemaal afgenomen. Wat moest ze in 's hemelsnaam beginnen?

'Natuurlijk vergoeden we ook je retourvlucht en zo, omdat we je hier naartoe hebben gehaald,' ging de vrouw verder. 'We hebben je bankgegevens, dus het geld kan zo worden overgemaakt.' Ze zweeg even. 'Kun je ergens anders logeren? Als je geld nodig hebt voor een hotel...'

'Ja. Ik bedoel, ik kan bij iemand anders logeren. Ik heb geen geld nodig voor een hotel...' Milly zou haar ongetwijfeld kunnen helpen. 'Ik red me wel. Maakt u zich geen zorgen. Ik ga er nu naartoe.' Wat ze eigenlijk had willen zeggen was: *Kunt u het geld meteen overmaken?*

Ze kon kiezen. Ze kon eerst een paniekaanval krijgen en dan Milly bellen om haar te komen helpen, of ze kon Milly meteen bellen en om hulp vragen. Hoewel ze het best wel eng vond om in een vreemde stad alleen op een vliegveld te staan, sprak ze gelukkig de taal, en met in paniek raken schoot ze niets op. En dus belde ze Milly op haar mobiele telefoon.

Toen Milly van Sophies nieuws hoorde, vloekte ze op een nogal Angelsaksische manier. Maar ze liet zich niet uit het veld slaan. 'Neem een taxi naar mijn appartement. Betaal niet meer dan veertig dollar.' Ze zweeg even. 'Heb je veertig dollar?'

'Ja.'

'Oké. Maar je zult hem wel een fooi moeten geven. Je bent ongeveer een uur onderweg. Ik wacht op je, maar daarna moet ik meteen weer hierheen. Ik ben namelijk op mijn werk.'

'Maar het is al tien uur in de avond. En dat op zaterdag!' Sophie voelde de paniek weer komen opzetten.

'Weet ik, maar we hebben morgen een opening en er moet nog hartstikke veel gebeuren. Ik dacht dat ik dat had gezegd.'

Sophie herinnerde het zich weer. Milly had een droombaan. Ze werkte voor een kunstenaar die niet alleen bekendstond om de hoge salarissen en de hoge prijzen die zijn werk opbrachten, maar ook om de dure feesten die hij gaf. Maar zijn medewerkers werkten hard voor hun geld. 'Dat is waar.'

Pas toen ze in de taxi zat, besefte ze dat ze geen moment had overwogen weer terug naar huis te gaan. Ze zou haar familie niet onder ogen durven komen. Bovendien kon ze niet zo dicht bij Milly in de buurt zijn zonder haar op te zoeken en het zou eeuwig zonde zijn geweest een vliegreis naar New York te verspillen. Bovendien had ze een missie, waarvoor ze nu meer tijd zou hebben.

Sophie was er zeker van dat ze er goed aan had gedaan te blijven. Ze fleurde op. Ze was in New York en zou haar vriendin dadelijk zien. Alleen al het feit dat ze hier was, gaf haar het gevoel dat ze Sarah Jessica Parker was!

Ze keek uit het raampje. Ze was benieuwd naar de historische monumenten en toeristische trekpleisters. Totdat ze besefte dat het vliegveld een heel eind van de stad lag. Ze leunde achterover en sloot haar ogen. Ze wilde in Manhatten zijn als ze ze weer opende.

Het geluid van een claxon wekte haar uit haar mijmerijen. Ze ging rechtop zitten en keek weer uit het raampje. Het verbaasde haar hoe vertrouwd en tegelijk anders alles eruitzag. Straatlantaarns en reclameborden schitterden en knipperden, pulserend als levende wezens. Stukken uit liedteksten en dialogen over New York schoten door haar hoofd. Ze hoorde de stem van Frank Sinatra: '*The city that never sleeps*'; '*So good they named it twice*'; '*I like to be in America*'.

Het zag er allemaal zo heerlijk Amerikaans uit: de verkeerslichten boven de meerbaanssnelweg; gele taxi's; de bedrijvigheid. Als kind had ze heel wat tijd doorgebracht met het kijken naar video's en dvd's van haar oudere zus, zodat ze soms het gevoel had dat haar leven zich afspeelde in films. Nu was ze dan echt hier, en het leek alsof ze zich in een film bevond, in plaats van alleen maar een toeschouwer te zijn.

Wat haar het meest verbaasde was dat de straten heel breed waren en de gebouwen, hoewel ontzettend hoog, niet dreigend opdoemden langs smalle straten, zoals in films vaak het geval leek. 'Te veel *Superman* gekeken,' mompelde Sophie in zichzelf. Haar jetlag en bezorgdheid over het gebrek aan werk maakten plaats voor opwinding.

Zelfs de gebouwen die geen wolkenkrabbers waren, leken veel hoger dan vergelijkbare gebouwen in Londen eruit zouden zien.

Wat zou het geweldig zijn om hier te wonen, bedacht Sophie, of net als Milly hier te werken. Milly bofte maar dat ze al zo jong zo'n interessante baan had. En dan te bedenken dat ze maar een paar jaar ouder was dan zij. Zo'n verantwoordelijke, leuke baan en dat ook nog in zo'n geweldige stad. Nee, dan ik, dacht Sophie. Ik kan niet eens een baan als kindermeisje krijgen!

Maar meteen besefte ze dat ze een goede kinderoppas was en dat het niet aan haar lag dat ze nu geen baan had. Natuurlijk was het vreselijk dat het gezin haar zo in de steek liet, maar ze zouden haar tickets vergoeden, en zelfs als ze dat niet zouden doen – of beter, voorál als ze dat niet zouden doen – moest ze er het beste van zien te maken. Ze moest elke minuut benutten om haar oude familielid te vinden en succesvol naar huis te kunnen terugkeren. En ook al zou niet iedereen miljonair worden, dan nog zou het mooi zijn als ze meer over de boorrechten te weten zou komen. Oom Eric zou in elk geval onder de indruk zijn.

De taxi parkeerde voor Milly's appartement in de Upper West Side, zoals haar vriendin het noemde, nabij Central Park. Het was een bakstenen gebouw van bruinrode zandsteen (net zo'n gebouw als waarin Carrie uit *Sex and the City* woonde, had Milly tegen Sophie en Amanda gezegd toen ze het appartement net had gehuurd) in een rustige straat. Naar de deur liep een hoge trap en Sophie zag tegen de nabijgelegen panden diagonale brandtrappen. Zelfs in het donker zag de buurt er veelbelovend uit.

Sophie gaf de taxichauffeur haar kostbare dollars, sleepte haar rugzak mee de trap op en drukte op de bel naast Milly's naam. Terwijl ze wachtte, bekeek ze de gevel met rode bakstenen die door witte lijnen werden onderbroken. Het gebouw zou zonder meer de achtergrond voor een film of televisie-drama kunnen vormen. Milly had haar verteld dat New Yorkers meestal hun kantoor aan huis hadden, zodat werk- en woonpanden, anders dan in de meeste Engelse steden, hier meer door elkaar lagen.

Toen Milly even later opendeed, vlogen de vriendinnen elkaar gillend van vreugde in de armen en sprongen opgewonden op en neer. 'Welkom in New York!' riep Milly uit, en voor Sophie waren dat de meest opwindende woorden die ze ooit had gehoord.

Milly stond erop Sophies rugzak de trappen op te dragen naar haar appartement. 'Schrik niet, ik woon heel klein, maar je hebt het rijk nu even voor je alleen. Ik moet namelijk meteen terug naar mijn werk. Er moet nog een hoop gebeuren voor de opening van morgen. Oké, hier is het.'

Ze gooide de deur open naar een zit-slaapkamer, met in de hoek een keukenblok. Er stond een bedbank, een kleine tafel met twee stoelen en een rij felgekleurde raffia manden gevuld met kleren. 'Het is wel een beetje klein,' zei Milly, die haar kamer door Sophies ogen bekeek.

'Maar wel heel leuk,' zei Sophie automatisch. Het was misschien klein, veel kleiner dan de studio's in televisieprogramma's, maar het zou ontzettend gezellig zijn om bij Milly te kunnen logeren. 'De grootte is niet van belang,' zei ze, en dat meende ze. 'Maar weet je wel hoe laat het is? Moet je echt nog terug naar je werk?' Sophies humeur, dat door de lange reis nogal wisselde, zakte tot onder het nulpunt. Ze was ineens doodop – het was voor haar vijf uur in de ochtend en het vooruitzicht zo snel na haar aankomst alweer alleen te worden gelaten werd haar even te veel.

'Dat weet ik, maar morgen is de opening,' zei Milly weer. Ze ging verder met haar rondleiding. 'Hier gebeurt het dus allemaal: eten, slapen, televisiekijken,' zei ze. 'En hier is de keuken.' Ze wees naar een hoek van de kamer met een magnetron, een aanrecht en de koelkast. 'Hier is de badkamer. Helaas alleen een douche, maar die werkt prima. Maar nu moet ik

echt gaan. Doe alsof je thuis bent en pak wat je nodig hebt.'
Ze kuste Sophie opnieuw en opende de deur om te vertrek-
ken. Toen draaide ze zich om. 'O ja, ik heb alleen een bedbank.
Je moet hem uittrekken. Denk je dat dat lukt?'

Sophie knikte.

'Er staat bier in de koelkast' zei Milly. Kennelijk voelde ze
Sophies eenzaamheid aan. 'Neem waar je zin in hebt. Ik zal
zachtjes doen als ik thuiskom, zodat ik je niet wakker maak.
Hopelijk vind je het niet erg om samen in één bed te slapen?
Dat deden we immers zo vaak toen we klein waren. Het
wordt echt hartstikke gezellig!'

Sophie voelde zich alweer iets vrolijker nadat ze naar het
toilet was geweest en haar handen had gewassen. Ze overwoog
haar mogelijkheden. Het leek haar geen goed idee langer dan
nodig bij Milly te blijven logeren. Vroeger hadden ze inderdaad vaak een bed gedeeld, of beter gezegd een matras op de
grond, maar dat was altijd maar voor één nacht geweest. Langer dan een paar nachten zou niet werken.

Ze pakte een flesje bier uit de koelkast en besloot uit het
flesje te drinken. Ze wilde haar benen strekken en slapen. Ze
zou uitdokteren hoe ze de bank in een bed kon veranderen
en zodra ze wakker werd, zou ze nadenken over wat ze zou
gaan doen. Ze wist in elk geval zeker dat ze niet terug naar
Engeland zou gaan voordat ze hier iets had bereikt. Als ze dat
namelijk wel zou doen, zou haar dat voor altijd door haar familie worden nagedragen. Niet alleen zou ze een domme
gans zijn die een hoop geld uitgaf voor een baantje dat niet
bestond, maar ook nog eens iemand die de kantjes ervan af-
liep. Haar familie deed niets liever dan Sophie haar plaats wijzen – ze zou er alles aan doen om dat te voorkomen.

Toen Milly de volgende morgen weer naar haar werk vertrok
– nadat ze een slapende Sophie van de bank had getild en de
bank vroeg in de ochtend in een bed had veranderd – zei ze:
'Waarom kom je vanavond niet naar de opening? Er komen
zoveel mensen dat een extra gezicht niet opvalt.'

'Ik kan toch niet naar zo'n chique opening!' reageerde Sophie geschrokken op het voorstel. Ze voelde zich een wrak; ze had nauwelijks een oog dichtgedaan nadat Milly was thuisgekomen. 'Straks word ik weer voor een serveerster aangezien en houd ik er nog een trauma aan over.'

Milly zette grote ogen op. 'Niet als je je niet als een serveerster kleedt. Je kunt wel iets van mij lenen. Maar nu moet ik weg. Amuseer je vandaag!'

Sophie zwaaide op dezelfde ironische manier terug naar haar vriendin en vroeg zich af hoe ze haar tijd in New York het beste kon besteden. Ze besloot het zoeken naar baantjes nog een dag uit te stellen. Vandaag had ze zin om erop uit te trekken.

Milly had haar een plattegrond gegeven en uitgelegd hoe de metro werkte, waarna ze met haar hand in de richting van het centrum had gewezen. Maar Sophie was de instructies alweer vergeten en omdat het een heldere, zonnige herfstdag was, besloot ze te gaan lopen.

Goed ingepakt tegen de kou lukte het haar Central Park te bereiken zonder de plattegrond tevoorschijn te hoeven halen. Het was een vreemde gewaarwording om door het enorm uitgestrekte groene gebied te lopen, waar eekhoorntjes rondhuppelden, mensen jogden en jongleerden, terwijl je je toch in een van de grootste steden ter wereld bevond. Natuurlijk had Londen ook parken, maar op een of andere manier voelde dat minder vreemd.

Ze had haar plattegrond nog maar net uitgevouwen, of ze werd aangesproken door twee afzonderlijke voorbijgangers. 'Kan ik je ergens mee helpen? Ben je verdwaald?'

Sophie schrok op. Ze had gehoord, en dan vooral van haar familie, dat New Yorkers bot en onvriendelijk waren en dat je in Central Park grote kans liep te worden beroofd. 'Nee, ik ben niet verdwaald. Ik kijk alleen even...'

'O, je bent Engelse! Wat een leuk accent! Waar wil je heen? Wat wil je zien?'

Ze besefte meteen dat geen van beiden – een vrouw van

middelbare leeftijd en een man in een pak – uit waren op haar geld en dat ze haar serieus wilden helpen.

'Ik wil gewoon zoveel mogelijk van New York zien, en dan het liefst te voet,' verklaarde Sophie.

'En winkelen?' vroeg de vrouw.

'Alleen etalages kijken. Ik wil geen geld uitgeven,' zei Sophie ferm.

'Dan zal ik je maar niet zeggen waar de discountwinkels zitten.'

'Ik zou beginnen met de plattegrond om te draaien,' vulde de man aan.

'Je kunt je overdag in New York prima vermaken zonder ook maar een cent te hoeven uitgeven,' zei de vrouw.

'Je kunt zelfs een gratis tocht met de veerboot maken,' beaamde de man. 'Naar Staten Island.'

'De veerboot uit *Working Girl*? Sorry, maar alles wat ik over New York weet, heb ik uit films en van de televisie.'

'Dat geldt voor mij voor Londen,' bekende de vrouw lachend. 'Ik ben er nooit geweest, maar weet precies hoe het er is!'

Tegen de tijd dat de twee haar op weg hadden geholpen, voelde ze zich niet langer alleen in de grote stad. Het had ineens iets van een avontuur. Ze genoot.

Ze was door het park naar de winkels gelopen. Ze liep langs grote namen van kledingontwerpers, maar durfde niet naar binnen te gaan. Ze wenste net dat ze Carrie Bradshaw was en op net zulke hoge hakken als zij kon lopen, toen ze opkeek en zag dat ze voor Bloomingdale's stond. 'Bloomie's', van de beroemde Little Brown Bag. Met een opgewonden huppeltje liep ze de winkel in.

Ze was nog niet binnen, of ze werd apart genomen door een beeldschone jonge zwarte vrouw die haar vroeg of ze een nieuwe parfum wilde uitproberen. Toen Sophie aarzelde, zei de jonge vrouw: 'Loopt u anders even mee naar de toonbank. Mijn collega helpt u graag verder als u nog andere wensen hebt.'

Sophie keek in de richting waar de jonge vrouw naar wees. Ze zag een lege stoel. Ze had ver gelopen die ochtend. Ze liep erheen.

'Hallo!' zei een andere mooie vrouw, een Latijns-Amerikaanse deze keer. 'Waar kan u vandaag mee van dienst zijn?'

'Om eerlijk te zijn, wil ik niks kopen, maar ik zou wel graag…'

'Ik zou wat make-up kunnen aanbrengen, als u wilt?' zei de vrouw. 'U hebt een mooie huid, maar ik zou de kleur van uw ogen wat meer naar voren kunnen halen. Gaat u maar zitten. Bent u Engelse?'

Een halfuur later liep Sophie Bloomingdale's uit met twee keer zoveel make-up op haar gezicht als ze ooit had gehad en met een voorraad monsters waar ze weken mee vooruit kon. Ze had een kleinigheidje voor Milly gekocht – een selectie make-up in een schattig tasje – en voor zichzelf een paar panty's, en was blij dat ze met twee Little Brown Bags kon zwaaien. Als ze voorzichtig was, zou de make-up goed blijven tot aan de opening die avond.

De rest van de dag besteedde ze aan sightseeing. Ze vond haar weg naar het Empire State Building, zoefde met honderden andere toeristen in de 'lift' omhoog en ontdekte dat ze toch meer van het uitzicht kon genieten als ze een muur in haar rug voelde. Toen ze weer naar beneden gingen, raakte ze in gesprek met een vrouw die haar vertelde dat ze al jaren in het gebouw werkte maar nog altijd last van hoogtevrees had. Ze keek naar de schaatsers bij het Rockefeller Center. Enerzijds had ze zin om ook de ijsbaan op te gaan, anderzijds was ze blij even een pauze te kunnen nemen.

Ze wilde alles te voet doen. Deels om geld te besparen, deels omdat ze de gedachte aan een onbekend metrosysteem op haar eerste dag nogal ontmoedigend vond. Ze verdwaalde een paar keer en raadpleegde haar plattegrond om te zien waar ze zich bevond. Meteen werd ze aangesproken door mensen die haar de weg wilden wijzen. In 42nd Street wilde ze een tapdansje maken, op Broadway had ze de neiging in zingen uit te barsten, en in Greenwich Village bezocht ze de Magnolia Bakery, waar Carrie haar cupcakes kocht. Er stond een rij Japanse toeristen voor de deur. Ze besloot zich niet bij hen aan te sluiten.

Ze stond afwezig naar een op een reusachtige etagère lijkende parkeergarage te kijken – kennelijk dé manier om veel auto's kwijt te kunnen op een klein oppervlak – toen ze besefte hoe moe ze eigenlijk was. Hoewel het extravagant was, hield ze een taxi aan, in het besef dat het bij de New York-ervaring hoorde en dus een verantwoorde uitgave was, en liet zich terug naar Milly's studio rijden. Eenmaal binnen deed ze een stevig dutje, blij dat ze het bed voor zich alleen had.

Tegen de tijd dat Milly thuiskwam, was ze klaar voor het feest.

5

'Hij is een beetje te kort,' zei Sophie. Ze droeg een jurk van Milly en bekeek zichzelf in de spiegel. Het was niet voor het eerst dat ze kleren leende van haar vriendin. Milly was iets ouder dan de andere twee vriendinnen en had een chiquere garderobe, waar Sophie en Amanda altijd dankbaar gebruik van hadden gemaakt.

Milly bekeek de jurk van de achterkant. 'Het kan best. Zolang je maar geen ladder in je kousen hebt.'

'Ze zijn nieuw, hoor,' zei Sophie met haar neus in de lucht. 'Ik heb ze vanmiddag bij Bloomingdale's gekocht.'

Milly lachte. 'Chic zeg. En welke schoenen doe je erbij aan?'

Sophie trok een gezicht. 'Ik heb niets wat erbij past. Alleen gympen of deze oude platte laarzen. Je ziet toch weinig kindermeisjes op stilettohakken.'

Milly knikte. 'Ik leen je wel een paar schoenen met hakken. We hebben ongeveer dezelfde maat.' Ze rommelde in een doos onder de bank.

'Dat zijn geen schoenen, Milly,' zei Sophie, toen ze de schoenen zag. 'Dat zijn stelten. Daar kan ik niet op lopen.'

'Maar kijk toch eens hoe mooi ze zijn! Gewoon aandoen en niet zeuren.'

Sophie wurmde haar voeten in de schoenen. Stiekem vond ze ze geweldig. 'Als je ze zo mooi vindt, waarom doe je ze dan zelf niet aan?'

Milly glimlachte fijntjes. 'Misschien wil ik dat een van mijn beste vriendinnen deze hemelse schoenen van Louboutin op haar eerste feestje in New York draagt?'

'Of?' Sophies mondhoek krulde. Ze wist dat er een betere smoes aan zat te komen.

'De waarheid is dat ik moet werken en op die schoenen niet uit de voeten kan. Dus jij mag er vanavond gewoon op staan en je voeten bewonderen. Zo, en nu weg bij de spiegel jij, want ik moet me ook nog aankleden.'

Sophie ging op het puntje van de bank zitten. 'New York mag dan groot genoeg voor ons twee zijn,' zei ze, 'deze kamer is dat niet. Ik ga morgen een baantje zoeken, "met inwoning".'

Milly stopte met het aanbrengen van haar tweede laag mascara. 'Vergeet dat baantje nou, Soph. Het is toch hartstikke gezellig zo? Een beetje krap misschien, maar ik wil niet dat je straks aan de andere kant van de stad zit. Dat zou ik doodsaai vinden.'

'Ik wil niet van je profiteren. En jij moet werken. Bovendien heb ik hier nog andere dingen te doen. Als ik bij jou blijf logeren, moet ik volgende week al naar huis. Dat wil zeggen, als ik mijn ticket kan omruilen. Want dan ben ik waarschijnlijk zo goed als blut. Tenzij de vergoeding van mijn vliegkosten direct op mijn rekening wordt gestort.'

'Zie je wel! Je hoeft helemaal geen baantje te zoeken, laat staan dat je naar huis moet. We gaan gewoon lol maken!'

'We lijken inderdaad weer net twee tieners die op stap gaan.'

'Ja,' beaamde de Milly. 'En als Amanda erbij zou zijn, zou het weer helemaal net als vroeger zijn.'

'Heb je het hier echt zo goed naar je zin, Mills? Denk je dat je voor altijd in New York zult blijven?'

Milly haalde haar schouders op. 'Het is nu allemaal perfect natuurlijk. Ik heb een geweldig vriendje en een geweldige baan. Maar ik denk toch dat ik Engeland uiteindelijk ga missen.'

'Amanda is ook al gesetteld. Alleen ik nog niet.' Ze zuchtte.

'We zijn eigenlijk veel te jong om ons al te settelen. Zelfs ik.

Maar vertel eens, wat voor andere dingen heb je hier nog meer te doen? Klinkt spannend,' zei Milly. Ze trok met een kohlpotlood een streepje onder haar wimpers.

'Dat zou het ook best eens kunnen zijn. Ik ben bij het op-ruimen van oom Erics bureau op papieren gestuit waaruit blijkt dat onze familie boorrechten bezit op oliebronnen in Texas, die als aandelen over diverse familieleden zijn ver-spreid...' Ze zweeg even.

'Vertel!' zei Milly. Ze pakte haar lippenstift.

'Het leidt misschien nergens toe, maar ik ga proberen alle aandeelhouders op te sporen en bij elkaar te brengen, zodat we iets met die rechten kunnen doen. Verpachten of iets der-gelijks. Het schijnt dat iemand van de familie daar al eens mee bezig is geweest. Ze moet in New York wonen. Als ik erach-ter kan komen hoe ver ze daarmee is, kan ik het misschien overnemen.'

'Hmm, klinkt goed – maar vrij kansloos.' Milly trok een twijfelachtig gezicht. Klaarblijkelijk wilde ze het enthousiasme van haar vriendin over iets wat zo weinig kans van slagen had een beetje dempen.

'Dat weet ik, maar ik hou wel van een uitdaging.'

Ze keken elkaar even aan in de spiegel. 'Als iemand zoiets kan uitzoeken, ben jij het. Je bent ontzettend vindingrijk.'

'Dank je. En stel je eens voor hoe mijn familie tegen me zou opkijken als ze door mijn toedoen plotseling rijk zouden wor-den. Dan zien ze me eindelijk staan.'

'Ze verdienen het niet om rijk te zijn. En ze verdienen jou ook niet. Je bent veel te goed voor hen.' Ze zweeg even en gaf Sophie een voorzichtige por met haar elleboog. 'Nou, doe snel je mascara op, dan gaan we de stad onveilig maken.'

Sophie maakte een huppeltje en wankelde toen een paar meter op Milly's hoge hakken door de kamer. 'Ik vind het zo spannend om uit te gaan in New York! Ook al gaan we maar naar zo'n saaie kunstgalerie.'

Sophies barbaarse houding tegenover moderne kunst was een oud grapje tussen hen, en Milly negeerde haar opmerking.

'Opschieten jij. En denk erom, geen kopers afschrikken! Als iemand vraagt wat je van een schilderij vindt, zeg je alleen maar dat je het fantastisch vindt.'

'Of verbijsterend.'

Erop vertrouwend dat Sophie haar niet met opzet in verlegenheid zou brengen, loodste Milly haar vriendin het appartement uit en sloot de voordeur af.

Terwijl ze – op kosten van Milly's werkgever – in een taxi door de straten van New York reden, zei Sophie: 'Het lijkt net alsof we weer op de middelbare school zitten, hè?'

'Jij zat op de middelbare school, ik zat op de universiteit. Ik hoefde niet te bluffen om de pubs binnen te mogen omdat ik nog te jong was. Dat lukte jullie ook alleen maar omdat jullie zo lang waren.'

'Ik ben nog steeds lang,' zei Sophie stijfjes. 'En toch moet ik me nog altijd legitimeren.'

'Dat zul je hier ook moeten. Je mag onder de eenentwintig niet drinken.'

'Dat weet ik. Gelukkig heb ik een paspoort. O, kijk nou toch! Broadway is helemaal verlicht! Geweldig! Ik kan nog steeds niet geloven dat ik hier ben. En zo samen met jou lijkt het helemaal alsof ik in een aflevering van *Sex and the City* ben beland.'

Milly grinnikte. 'Als kindermeisje zou je het lang niet zo leuk hebben gehad. Ze woonden niet eens in de stad, of wel?'

'Nee, net erbuiten, geloof ik. Maar dan had ik wel te eten en een dak boven mijn hoofd gehad. Dan had ik achter dat familielid aan kunnen gaan.'

'Dat kan nog altijd.'

Sophie aarzelde. 'Misschien wel. Maar dan zal ik een baantje moeten vinden om langer te kunnen blijven. Ik zal wat moeten bijverdienen om van te kunnen leven.'

Milly beet op haar lip. 'Dat zal niet makkelijk zijn.'

'Niets is makkelijk!' verklaarde Sophie. 'Wie niet waagt, die niet wint.'

'Duh!' zei haar vriendin. 'Wat een tegeltjeswijsheid.'

'Ook leuk voor op een kussen,' zei Sophie grinnikend.

Eenmaal in de galerie in Chelsea stelde Milly Sophie voor aan een paar collega's, die haar vriendelijk verwelkomden maar snel weer aan het werk gingen omdat ze het druk hadden. Sophie bleef alleen achter.

Ze baande zich een weg door de gasten, van wie niemand geïnteresseerd leek in de kunst aan de muur, totdat ze voor een schilderij stond. Ze bekeek het aandachtig. Ze wilde het werk het voordeel van de twijfel geven, maar begreep het niet. Ze wist niet eens zeker of ze het wel mooi vond.

Ze bekeek nog een paar andere schilderijen, van verschillende kunstenaars, maar werd door geen van de werken geraakt. Jammer genoeg, zo besefte ze, begreep ze alleen kunst met een herkenbare voorstelling.

Sophie had net de bordjes die naar de toiletten verwezen ontdekt en liep door een gang naar het damestoilet, toen haar oog op een oudere dame viel. Het zag ernaar uit dat ze onwel werd. Sophie schopte Milly's hoge hakken uit en trok een sprintje.

Ze holde tussen een paar mensen door naar haar toe. Als dit een film was, schoot het door haar heen, zou deze scène in slowmotion zijn. Gelukkig was ze, na een soort omgekeerde rugbytackle, net op tijd bij de vrouw om haar op te vangen.

'Ik heb u vast!' zei ze, terwijl ze in een slip tot stilstand kwam en haar doelwit vastgreep. Vervolgens liet ze de vrouw voorzichtig op de grond zakken en knielde naast haar neer om haar te ondersteunen.

'Ach, kind toch! Hoe wist je dat ik ineens zo duizelig werd?' zei de oude dame toen ze was uitgehijgd. Ze keek Sophie dankbaar aan.

'Ik zag dat u onwel werd. U stond een beetje wankel op uw benen.'

De oude dame schudde haar hoofd, alsof ze nog steeds een beetje verdwaasd was. 'Je hebt een goed reactievermogen. En je komt uit Engeland!'

Sophie lachte. 'Ik geloof niet dat die twee dingen iets met elkaar te maken hebben.'

'Ach, wie weet.'

De vrouw trok haar kleren terug op zijn plaats. Ze droeg een elegant crèmekleurig jersey mantelpakje en prachtige schoenen, en aan haar perfect gemanicuurde handen schitterden een hoop juwelen. Vergeleken bij de vrouw voelde Sophie zich smoezelig.

Andere mensen snelden bezorgd toe. De oudere vrouw wuifde hen weg. 'Deze jongedame kan het wel alleen af, dank u.'

Sophie ging naast haar zitten, met haar rug tegen de muur en haar benen gestrekt, net als de oude dame. 'Voelt u zich al iets beter?'

'Een beetje. Het werd me zwart voor de ogen. Ik voelde me wegzakken.'

'Dan viel dat me zeker op,' zei Sophie. 'Ik heb onlangs voor mijn oudoom gezorgd. Daardoor heb ik oog gekregen voor wankele bewegingen.'

'Ik ben je heel dankbaar. Als ik was gevallen, had ik iets kunnen breken. Daar was ik dan wel even mee zoet geweest.'

'De truc is om niet te snel weer op te staan. We blijven hier gewoon zitten totdat u zich weer helemaal beter voelt.' Haar familie beklaagde zich er wel eens over dat Sophie geen gen voor gêne had. Hoewel ze daar zelf anders over dacht, vond ze het geen probleem om naast de oude dame op de grond te zitten totdat die weer sterk genoeg was om op te staan.

'Maar goed dat ik te oud ben om me te schamen,' zei de oudere vrouw.

Sophie lachte. 'En ik ben een Engelse toerist zonder trots, dus we kunnen hier gewoon blijven zitten en praten. Maar bent u hier alleen? Moet ik misschien iemand waarschuwen?'

'Mijn kleinzoon loopt hier ergens rond. Hij zou zijn vriendin hier treffen. Toen hij haar ging zoeken, dacht ik wel even in mijn eentje naar het damestoilet te kunnen.' Ze glimlachte naar Sophie, en haar ogen twinkelden. 'Ik ben namelijk ook

Engelse. Toen ik je hoorde praten, herinnerde ik me dat wij het toilet vroeger *restroom* noemden. Alsof je daar heen ging om een dutje te doen.' Er verscheen een frons tussen haar wenkbrauwen. 'Ik ben op heel jonge leeftijd hierheen verhuisd en ben goed geïntegreerd, maar heb wel geprobeerd mijn accent te bewaren.' Sophie vond haar slechts een tikje Amerikaans klinken. 'Ik was een oorlogsbruid,' vervolgde de vrouw.

'Meent u dat? Wat interessant! Vertelt u daar eens iets meer over.'

Ze zaten gezellig op de grond te kletsen, terwijl er zo nu en dan een vrouw over hun benen stapte op weg naar het toilet, toen een lange, goedgeklede jongeman kwam aanlopen met Sophies schoenen in zijn handen.

Hij zag er, besloot Sophie, nogal kakkerig uit. Hij was keurig geknipt en droeg een prachtig pak, een perfect overhemd en glimmende schoenen. Hij had donkerblond haar en waarschijnlijk, voorzover ze dat vanaf de plek waar ze zat kon zien, groene ogen. Hij wekte niet de indruk blij te zijn om zijn grootmoeder naast een vreemde jonge vrouw op de grond te zien zitten. Achter hem drentelde een blondine. Ze droeg het soort schoenen waarop Sophie, zo besefte ze, niet eens zou kunnen staan zonder voorover te vallen. Ook zij leek niet blij met de situatie.

'Zijn deze van u?' vroeg de jongeman, op haar neer kijkend. Vervolgens richtte hij zijn blik weer op de oude dame. 'Gaat het weer, grootmoeder?' Hij knielde naast haar neer. 'Ik hoorde dat u onwel was geworden. Waarom hebt u me niet geroepen?'

Sophie moest hem nageven dat hij echt bezorgd leek.

'O, maak je niet zo druk, jongen. Deze aardige jongedame heeft me geholpen. Dit is mijn kleinzoon, Luke – Luke Winchester. Luke dit is…'

'Sophie Apperly,' zei Sophie.

'O,' zei de oudere vrouw, verbaasd opzij kijkend. 'Komt die naam niet uit Zuidwest-Engeland?'

'Klopt,' beaamde Sophie.

De oude dame slaakte een nostalgische zucht. 'Ik kom oorspronkelijk ook uit die streek.'

'O ja?' zei Sophie. 'Uit welk deel?'

'U hebt uw schoenen nog niet aangedaan,' onderbrak Luke Winchester hen. Hij leek niet onder de indruk van zijn grootmoeders sentimentele herinneringen aan haar vaderland.

'Nee.' Sophie begreep waar hij naartoe wilde. Zijn grootmoeder was onwel geworden en hij wilde haar vast zo snel mogelijk door een arts laten onderzoeken. Ze nam de schoenen van hem aan en stak haar voeten erin. 'Op die hoge hakken kon ik niet rennen. Toen uw grootmoeder onwel werd, heb ik ze uitgeschopt en ben ik naar haar toe gerend. Ik denk dat het nu wel weer gaat.'

'Bent u arts?' vroeg haar kleinzoon.

'Nee, maar ik heb wel…'

'Ik denk dat mijn grootmoeder zo snel mogelijk naar een dokter moet,' vervolgde hij.

'Natuurlijk,' beaamde Sophie.

'O, doe niet zo raar! Ik voel me prima. Ik was gewoon een beetje duizelig. Gelukkig ving Sophie me op tijd op, anders was ik gevallen.' De oudere vrouw leek zich prima te amuseren. 'En ik ben Matilda Winchester. Mijn vrienden noemen me Mattie.' Ze gaf Sophie een klopje op haar arm, alsof ze hun vriendschap wilde bezegelen.

'Blijft u hier nog de hele avond zitten, grootmoeder?' vroeg Luke.

Matilda keek hem met een twinkeling in haar ogen aan. 'Ik amuseer me prima, dus misschien moet ik dat maar gewoon doen.'

Sophie zag iets van opluchting over Lukes strakke gezicht trekken. 'Als u zich goed genoeg voelt, kunt u misschien beter opstaan. Ik wil u graag even aan iemand voorstellen.'

Terwijl Luke zijn grootmoeder aan haar arm overeind hielp, deed de blondine een stap naar voren en pakte haar bij haar andere elleboog. Sophie, die nog steeds op de grond zat, duwde tegen Matilda's billen totdat ze veilig rechtop stond. Toen krabbelde ze zelf overeind.

'Dit is Tyler,' zei Luke. 'Tyler Marin. Tyler, dit is mijn grootmoeder, mevrouw Winchester.'

Tyler stak haar hand uit. 'Ik ben heel blij u te ontmoeten, mevrouw Winchester. Luke heeft het altijd over u.'

'Dat vind je dan vast een aantrekkelijke eigenschap,' zei Matilda. Ze keek met een indringende blik op naar de blondine.

Tyler lachte onzeker, niet wetende hoe ze de opmerking moest plaatsen.

'Alstublieft, grootmoeder, plaag Tyler niet zo,' zei Luke. 'En ik heb het echt niet altijd over u.'

'Gelukkig maar. Dat je een belangrijke positie bekleedt, wil nog niet zeggen dat je anderen moet doodvervelen.'

Luke fronste. 'Wat gedraagt u zich ineens Engels.'

'Klopt!' volhardde zijn grootmoeder. 'Dat komt omdat ik een landgenote heb ontmoet. Nou, kind... Sophie was het toch? Ga straks maar met ons mee uit eten. Ik wil je graag beter leren kennen.'

Toen Sophie de verbijstering op Lukes gezicht zag, was ze bijna geneigd de uitnodiging aan te nemen – als ze daar de gelegenheid toe had gehad. 'Dat zou ik heel leuk vinden, maar ik heb helaas al andere plannen. Ik ben hier met mijn vriendin Milly. Als ze klaar is met werken, gaan we uit eten en daarna naar een club. Daar gaan ze in verband met haar werk heen.'

'O, welke club?' vroeg Tyler.

'Dat weet ik niet meer precies. Iets met een dierennaam erin... En een getal, meen ik.'

'Buffalo Eight?' Tyler leek onder de indruk.

Luke, die het gesprek zat was, kwam in actie. 'Ik hoop dat u een fijne avond hebt, mejuffrouw...'

'Zeg maar Sophie,' zei Sophie. Omdat ze aanvoelde dat hij haar met zijn 'mejuffrouw' op afstand wilde houden, onderbrak ze hem voordat hij haar achternaam kon uitspreken.

Op dat moment verscheen Milly. 'Sophie! Wat is er aan de

hand? Ik hoorde dat er iets was voorgevallen bij de wc. Ik had kunnen weten dat jij er iets mee te maken had!'

'Ach, kind, wees toch niet boos op je vriendin. Zonder haar was ik op mijn… achterste gevallen.' Ze keek haar kleinzoon even van opzij aan. 'Ik zou het leuk vinden als ze met ons uit ging eten, maar ze zegt dat ze al een afspraak heeft. Met jou, dacht ik?'

Milly knikte. 'Ja, ik kwam vragen of ze meeging.'

'Dit is mijn vriendin, Milly,' zei Sophie, omdat ze het gevoel had dat een officiële introductie te lang zou duren.

'Oké,' zei Luke. 'Ik bedoel, gelukkig hoeven we Sophie hier niet alleen achter te laten. We gaan nu weg. Bedankt voor je goede zorgen.'

Maar Matilda liet zich niet opjagen. 'Luke, lieverd, ik laat Sophie niet gaan zonder dat ik haar gegevens heb. Geef haar even een visitekaartje van jou, dan kan ze voor mij haar telefoonnummer op de achterkant zetten.'

'Het zou leuk zijn als ik u nog een keer zie zolang ik in New York ben,' zei Sophie. Ze nam het kaartje aan en schreef haar telefoonnummer achterop.

'Hoe lang blijf je hier?' vroeg Luke. Vermoedelijk niet omdat hij dat wilde weten, maar om beleefd te zijn.

'Dat hangt ervan af of ik een baantje kan vinden.' Sophie glimlachte en gaf hem het kaartje terug. 'Zo niet, dan ben ik nog ongeveer een week hier.'

'Heb je een verblijfsvergunning?' vroeg hij.

'Nee,' zei Sophie kortaf.

'Dan ben ik bang dat het heel moeilijk zal worden.' Het klonk als een feit, niet als een mening.

'Dat zegt iedereen,' zei Sophie, met haar blik op Milly, 'maar als mensen tegen me zeggen dat iets moeilijk wordt, dan heb ik juist de neiging me erin vast te bijten.' Ze had het nog niet gezegd of ze besefte dat dat niet altijd een deugd hoefde te zijn.

Maar Matilde dacht daar anders over. 'Heel goed van je, kind. Een meisje naar mijn hart. Luke, als ik Sophie dan toch

73

niet mag kidnappen van jou, neem me dan maar mee uit eten!'

Luke wilde dat maar al te graag, maar Matilda wilde Sophie eerst nog vaarwel kussen en haar nogmaals bedanken. Bovendien moest Sophie beloven contact met haar te houden. 'O, en Luke, geef jij haar ook een visitekaartje, voor het geval zij contact met mij wil opnemen.'

'Grootmoeder, ik heb zulke mooie kaartjes voor u laten drukken. Hebt u die niet meegenomen?'

Matilda probeerde verontschuldigend te kijken, maar dat ging haar niet goed af. 'Ik heb alleen dit rare tasje bij me. De kaartjes zitten in een andere tas.'

Luke gaf haar een kaartje, maar Sophie zag aan zijn gezicht dat hij ervan uitging dat ze er geen gebruik van zou maken.

Ze keek naar het kaartje in haar hand en trok belangstellend haar wenkbrauwen op. Ze was niet van plan contact met hem op te nemen, maar ze wilde hem laten denken dat ze dat wel zou doen. Wat had die man toch? Waarom was hij zo bekakt terwijl zijn grootmoeder zo warm en vriendelijk was?

'Nou, die zag er goed, zeg,' zei Milly. Ze loodste Sophie aan haar arm tussen de bezoekers door.

'Ja.' Sophie moest haar gelijk geven. Het was haar opgevallen dat zijn ogen in werkelijkheid een goudkleurige gloed hadden, met een donker randje om de iris. 'Dat wel, maar ik vond hem niet aardig. Heel anders dan zijn grootmoeder.'

'Wat was er nou precies gebeurd?' Milly wuifde naar een groeiend groepje vrienden om aan te geven dat Sophie en zij eraan kwamen.

'Ik stond een beetje voor me uit te staren…'

'Zoals altijd.'

'Dat kan ik zo hebben in een galerie, ja. Enfin, ik liep net naar de wc toen ik zag dat ze onwel werd en op het punt stond flauw te vallen, dus toen heb ik mijn schoenen uitgeschopt en ben ik haar te hulp gesneld.'

74

'Wat aardig van je.' Milly klonk alsof de reddingsactie van haar vriendin haar verbaasde.

'Ik kon haar toch niet gewoon laten vallen? Ze had haar heup kunnen breken.'

'Maar je kent haar niet eens. Iemand anders had haar vast wel geholpen.'

Sophie haalde haar schouders op. 'Dat denk ik niet. Sinds ik voor oom Eric heb gezorgd, kan ik me beter in ouderen verplaatsen. Iedereen denkt altijd dat ze vervelend zijn, maar de meesten zijn gewoon heel leuk.'

'Zal ik je op weg naar de club dan maar bij het bejaardentehuis afzetten?'

'Dus we kunnen de rij gewoon voorbijlopen en onze namen doorgeven aan de uitsmijter?' vroeg Sophie even later. 'En als hij ons dan op de gastenlijst ziet staan, mogen we doorlopen.'

'Nee,' zei een collega van Milly met wie ze een taxi deelden. 'Hij heeft een hele verdieping afgehuurd. We kunnen gewoon naar binnen.'

'O.' Sophie klonk teleurgesteld. Ze had het leuk gevonden als haar naam zou worden afgevinkt op een lijst. Dan kon ze zich een beroemdheid voelen.

Milly grinnikte. Ze begreep wat er in Sophie omging. 'Dat kunnen we wel een andere keer doen. Maar dan moeten we gewoon als iedereen in de rij gaan staan, want we komen natuurlijk niet op de gastenlijst.'

Sophie dacht even na. 'Dat zou op een heel andere manier leuk zijn.' Milly rolde alleen maar met haar ogen.

De volgende ochtend zat Sophie soezerig voor de televisie en zapte zich bijna een rsi-arm met de afstandsbediening. Hoewel haar biologische klok zich langzaam begon aan te passen aan de New Yorkse tijd, was ze nog steeds moe van het enerverende avondje uit in de club. Ze dacht na over een baantje en was uiteindelijk tot de conclusie gekomen dat iedereen gelijk had: het zou héél erg moeilijk worden, hoe vastbesloten ze ook was om aan werk te komen. Plotseling ging haar mobiele telefoon. Nog steeds verbaasd dat hij het zo ver van huis deed, staarde ze naar het schermpje. Ze herkende het nummer niet. Thuis reageerde ze doorgaans niet op onbekende nummers, maar aan de andere kant van de oceaan was de kans op stalkers of jongens met wie ze niet wilde praten nihil. Ze nam op.

'Sophie? Ben jij dat? Je spreekt met Matilda Winchester. Je hebt gisteren in die galerie mijn leven gered.'

Sophie lachte. 'Uw leven gered nog wel…'

'Jawel, kind. Je moest eens weten.' Er viel een zakelijke pauze. 'Maar ik zou je graag nog een keer willen ontmoeten. Hoe lang blijf je nog in New York?'

'Dat hangt ervan af of ik werk vind.' Sophie zuchtte. Ze hoopte er nog altijd op. 'Maar ik heb ook nog een paar andere dingen te doen voordat ik weer naar huis ga.'

'Dan hebben we geen tijd te verliezen. Ben je al in het Frick geweest?'

Sophie dacht koortsachtig na wat de vriendelijke dame bedoelde. Door haar familie was ze altijd een beetje bang voor schampere opmerkingen als ze ergens naar vroeg, maar ze moest het weten. 'Sorry, maar wat is het Frick?'

'O, het spijt me! Ik vind het zelf ook altijd zo vervelend als mensen gewoon aannemen dat je dingen weet die je met geen mogelijkheid kúnt weten. Het Frick is een geweldige galerie en museum in één.'

'Oké. Eh… ik was gisteravond wel in die galerie, maar ik hou eigenlijk alleen van schilderijen van dingen die ik herken,' antwoordde Sophie voorzichtig.

'Dan is het Frick echt iets voor jou. Laten we daar afspreken. Dan gaan we daarna theedrinken in dat gezellige Oostenrijkse café ernaast.'

Sophie genoot van het vooruitzicht Matilda weer te zien. Niet alleen omdat ze de oudere dame graag mocht, maar ook omdat Milly de hele dag moest werken en ze zich een beetje eenzaam voelde. Anderzijds wilde ze liever niet onnodig te veel geld uitgeven.

Matilda legde de stilte aan de andere kant van de lijn verkeerd uit en drong aan: 'Weet je waar het Frick is? Dan zie ik je daar om twee uur. Dan snuiven we een beetje cultuur op en gaan we daarna theedrinken. De taart in het café waarover ik het had is net zo goed als in Wenen. Althans, dat wordt beweerd. Hij ligt naast het Frick.'

Sophie schoot in de lach. 'Oké, dat is dan afgesproken. Ik zie u om twee uur.'

Ze nam een douche, maakte zich een beetje op en zocht in haar garderobe naar een geschikte museum-outfit. Haar platte laarzen waren een absolute must, besloot ze, en van daaruit zou ze verder combineren. Ze koos uiteindelijk voor een kort spijkerrokje, een ondoorzichtige panty en een van haar op maat gemaakte vesten in combinatie met een kralenketting. Het was een beetje een hippielook, maar het zat lekker en iets beters kon Sophie niet verzinnen met de kleren die ze bij zich had. Ze deed wat lippenstift op, pakte haar jas en vloog de deur uit.

Het lastige van afspreken op een bepaalde plek was dat het vaak nogal vaag bleef. Betekende 'bij' het museum binnen of buiten? Als ze met een vriendin had afgesproken, zou het probleem zo zijn opgelost met hun mobieltjes. Maar Matilda had waarschijnlijk geen mobiele telefoon. De enige manier waarop ze haar kon bereiken was via haar kleinzoon Luke, de man met het donkerblonde haar en dito ogen.

Toen Matilda buiten nergens te bekennen was, besloot Sophie naar binnen te gaan. Ze haalde diep adem en beklom de lage, stenen treden naar de ingang.

6

Eenmaal in het museum wist Sophie dat ze er goed aan had gedaan te gaan. Het Frick Museum, besefte ze, was als een ijsblokje in een glas sprankelend water: stilte te midden van een bruisend New York. Daar hield ze van.

'O, daar ben je al.'

Bij het horen van Matilda's heldere, bijna Engels klinkende stem draaide Sophie zich om. Ze was liever niet te ver van de ingang afgedwaald en had rustig staan genieten van de geweldige sfeer. Maar ze begon zich net af te vragen of ze de tijd of de plek misschien verkeerd begrepen had, of dat Matilda niet meer zou komen.

'Het spijt me dat ik te laat ben,' zei Matilda. 'Ik werd opgehouden.' Ze perste even haar lippen op elkaar, waaruit Sophie afleidde dat het niet aan Matilda zelf had gelegen. De oudere vrouw zweeg even en vervolgde toen: 'Mijn kleinzoon Luke wilde per se met ons thee drinken. Hij denkt zeker dat ik…' Ze aarzelde weer. 'Hij denkt zeker dat hij me in bescherming moet nemen. Het wil er bij hem niet in dat ik in de loop der jaren toch wel een beetje mensenkennis heb opgedaan.'

Sophie fronste. 'Bedoelt u dat uw kleinzoon denkt dat hij u tegen míj in bescherming moet nemen?' Ze wees op zichzelf om duidelijk te maken over wie ze het hadden. 'Maar ik heb u gered! Zonder mij was u gevallen en had u misschien uw heup gebroken.'

'Dat weet ik!' Matilda was al even verontwaardigd als Sophie. 'Het is te gek voor woorden, hè? Maar hij behandelt me als een kasplantje. Sinds de dood van zijn vader zijn we erg hecht met elkaar. Zijn moeder hertrouwde – te snel, volgens hem – en hij heeft nooit goed met zijn stiefvader kunnen opschieten. Maar inmiddels zijn de rollen omgekeerd en denkt hij dat hij op mij moet passen in plaats van andersom.' Ze zuchtte en glimlachte tegelijk, alsof ze de herinnering aan een ongelukkige tijd van zich af wilde schudden. 'Nou ja, hij mag ons op thee trakteren. Maar laten we eerst een paar schilderijen bekijken. Ik heb pas over een uur met hem afgesproken.' Ze grinnikte. 'Hij moet er een vergadering voor onderbreken, maar hij wilde het per se.' Matilda nam Sophie bij de arm, kennelijk vastbesloten het onredelijke gedrag van haar kleinzoon van zich af te zetten.

'We kunnen natuurlijk niet alles zien.' Sophies gezelschapsdame was doortastend, op het bazige af. 'Een overdosis is sowieso nooit goed. Zal ik je mijn favoriete schilderij laten zien?'

Sophie was blij dat Matilda de leiding nam. Ondertussen vroeg ze zich af waarom haar kleinzoon zich zorgen maakte over een vrouw die zo duidelijk wist wat ze wilde.

Matilda bleek vooral van de Engelse schilderijen te houden. Ze bleven staan voor een doek waarop Salisbury Cathedral was afgebeeld. 'Ik kom hier als ik een beetje heimwee heb. Niet omdat de kathedraal in de streek ligt waar ik vandaan kom, maar omdat Engeland eigenlijk maar heel klein is. Voor Amerikanen liggen Salisbury en Cheltenham praktisch naast elkaar.' Ze keek Sophie aan. 'Uit welk deel van Engeland kom jij?'

'Ik kom uit de Cotswolds. Maar dat is eigenlijk wel een groot gebied.'

'Ik ook!' zei Matilda. 'Daarom wist ik ook meteen dat we vriendinnen zouden worden toen ik je naam hoorde.' Mijn grootouders komen uit Cornwall.'

Ze bekeek de twee Constables. 'Wauw,' zei Sophie. 'Ze zien er in het echt heel anders uit dan op een verjaardagskaart, hè?'

Matilda, die zich waarschijnlijk bewust was van de geschokte reactie van een paar andere bezoekers, trok haar jonge vriendin mee. 'Het verschil tussen een echt schilderij en een reproductie is inderdaad groot. Alsof je de echte zee ziet in plaats van een ansichtkaart. Zou je misschien een paar Franse kunstenaars willen zien? Mijn kleinzoon vindt ze nogal saai, maar ik vind ze mooi.'

'Is uw kleinzoon een kunstkenner?'

'Nee, hij is jurist. Waarom denk je dat hij verstand van kunst zou hebben?'

'Omdat we elkaar op die expositie tegenkwamen. Ik was daar omdat mijn vriendin Milly voor de kunstenaar werkt. Of wilde u misschien een schilderij kopen?'

'Lieve hemel, nee! Het was puur een sociaal gebeuren. Mensen gaan niet naar dat soort openingen om het werk van de kunstenaar te bewonderen. Tenminste, de meeste niet.'

Sophie grinnikte. Ze genoot. Ze mocht dan opgeleukte tweedehandskleren dragen die waarschijnlijk de helft kostten van wat Milly voor haar schoenen had betaald, maar ze voerde eindelijk een gesprek over kunst dat ze begreep. Matilda veroordeelde haar gebrek aan kennis niet, zoals haar familie altijd deed, en was geïnteresseerd in haar mening.

Was Matilda zo anders dan haar kleinzoon omdat ze Engelse was? Hij leek zo stijf en afstandelijk, terwijl zij zo elegant en ontspannen was en haar rijkdom met een zekere nonchalante vanzelfsprekendheid droeg. Haar rijkdom weerhield haar er niet van vriendschap te sluiten met een jonge vrouw die duidelijk – hoewel niet al te duidelijk, hoopte Sophie – uit een andere wereld kwam.

Ze kuierden langs meisjes op schommels en volumineuze vrouwen die zich in hun schaarse kledij niet leken te schamen voor hun dikke achterwerk naar de Holbeins.

'Je kunt bijna voelen hoe zacht dat bont is, hè?' zei Sophie toen ze voor een portret van Sir Thomas More stonden. 'Maakt u zich geen zorgen,' voegde ze eraan toe. 'Ik weet dat ik er niet aan mag komen. Maar het is zo knap gedaan, hè?

De schilderijen in de galerie gisteravond waren zo… anders.'

'Nadenken over kunst is net zoiets als nadenken over de lucht,' verklaarde Matilda. 'Er zijn veel verschillende soorten en ze hebben allemaal hun liefhebbers.'

Sophie grinnikte. 'Ik hou toch meer hiervan,' zei ze, wijzend op de perfecte verfstreken op het doek voor hen.

'Ik ook, hoor,' beaamde Matilda. 'Maar ik sta wel open voor andere kunst, anders blijf je maar terugkeren naar je lievelings- werken en leer je nooit iets nieuws. Over lievelingswerken ge- sproken, laten we naar de Vermeers gaan. Dan gaan we daarna theedrinken.'

Uiteindelijk bekeken ze veel meer schilderijen dan ze van plan waren, waardoor ze te laat bij het café kwamen. Gelukkig lag het dichtbij. Sophie kwam niet graag te laat, maar Matilda leek geen haast te hebben, zelfs niet voor haar dierbare klein- zoon. Sophie probeerde haar zorgeloze houding over te nemen.

Luke zat al aan een tafel en zwaaide naar hen, zodat ze de korte rij bij de ingang voorbij konden lopen. Terwijl ze tussen de tafels door naar hem toe liepen, viel het Sophie op dat er op een vleugel werd gespeeld. Door de donkere houten lam- brisering waande ze zich bijna in een andere eeuw, en de enorme staande kapstokken deden haar denken aan hertenge- weien. Het café ademde dezelfde sfeer als het Frick Museum en was totaal anders dan de rest van New York. Volgens Matil- da kwam geen ander café dichter in de buurt van het echte Wenen.

Op de tafel stonden twee potten thee en een keur aan het heerlijkste gebak dat Sophie ooit had gezien. Toen ze de tafel naderden, stond Luke op en kuste zijn grootmoeder hartelijk. Sophie begroette hij met een koel, formeel knikje. Weliswaar een uiterst beleefd knikje, maar op een of andere manier sprak er afkeuring uit.

Ze knikte terug, maar moest een lach onderdrukken omdat hij zo ongelooflijk saai was.

'Ik heb niet zoveel tijd, dus ik heb alvast besteld,' verklaarde hij. 'Hou je van Earl Grey?' vroeg hij aan Sophie.

'Ja, hoor. Ik drink normaal gewone thee maar ik vind earl grey ook lekker.' Iets in zijn blik zei haar dat thee uit India in de kringen waarin hij verkeerde niet werd aangeduid als 'gewoon'. Als Amerikaan dronk hij waarschijnlijk niet eens thee; hij had voor zichzelf koffie besteld.

'Ik hoop dat de thee niet te lang heeft getrokken,' zei Matilda. Ze pakte de zilveren pot op en wendde zich tot Sophie. 'Je zult merken dat het in Amerika moeilijk is een goed kopje thee te krijgen.'

'Het verbaast me dat u dat nog zo goed weet. U woont hier al sinds uw negentiende en bovendien was de thee in Engeland op de bon toen u vertrok,' zei Luke.

'Ik ben sindsdien nog wel een paar keer in Londen geweest, lieverd. Je kunt bij Brown's heerlijke thee krijgen,' zei Matilda, zijn plagende opmerking negerend. 'Neem een gebakje, jongen. En nu niet meer zo mopperen. Hoe gaat het met die leuke vriendin van je?'

'Ze is nog altijd even leuk, maar niet langer een vriendin.'

'Als je al wist dat het niet blijvend was, waarom heb je haar dan aan me voorgesteld?'

Luke aarzelde. 'Dat wist ik op dat moment nog niet. En het schijnt voor de vrouwen die met me uitgaan belangrijk te zijn dat ze aan mijn grootmoeder worden voorgesteld.'

'O ja?' reageerde Matilda verbaasd. 'Waarom?'

Luke haalde zijn schouders op. 'Omdat mensen weten dat u belangrijk voor mij bent.'

Sophie had het gevoel dat Luke iets verborgen hield. Had het misschien te maken met het feit dat Matilda vermogend was? Misschien was Luke zelf niet rijk en waren de vrouwen…' Ze riep haar gedachtegang een halt toe. Het was niets voor haar om zo cynisch te zijn. Waarom zouden vrouwen Luke willen om zijn geld of bang zijn dat hij niet rijk genoeg was? Hij was een knappe man. Helaas te bekakt en ouderwets naar haar smaak.

Matilda keek met een meewarige blik naar haar kleinzoon die er zelf niet mee leek te zitten. 'Het komt wel goed.' Matilda wendde zich tot Sophie. 'Arme Luke. De vrouwen voelen zich tot hem aangetrokken omdat hij rijk en knap is.' Daarmee was die vraag ook beantwoord.

'Maar waarom gaat het dan steeds uit?' vroeg Sophie. Als hij zelf ook rijk was, waarom knapten ze dan af? Totdat ze zich realiseerde dat de vrouwen Luke niet afwezen, maar hij hen.

'Wellicht voelen ze aan wanneer hun gezelschap niet langer op prijs wordt gesteld,' zei hij.

Hij keek haar met een koele blik aan, die waarschijnlijk bedoeld was als hint. Sophie keek terug met een blik die zei dat hij zich geen zorgen hoefde te maken, omdat hij toch niet haar type was.

Matilda fronste. Sophie had het gevoel dat ze iets wilde zeggen maar dat ze zich bedacht. In plaats daarvan pakte ze haar gebaksvorkje en keek goedkeurend naar de schaal met gebak. 'In New York stikt het van de mooie dames. De jonge metroseksueel heeft gewoon een keuzeprobleem.'

Sophie en Luke keken haar met grote ogen aan. 'Grootmoeder, waar pikt u dat soort termen op?' vroeg Luke verbijsterd.

Verrukt door zijn reactie wendde ze zich af van het gebak. 'O, hier en daar. Ik ga met mijn tijd mee.' Ze zweeg even. 'En waarom noem je me trouwens geen oma meer, zoals je vroeger altijd deed? Grootmoeder is zo matriarchaal.'

'Nu ik volwassen ben, voelt dat...'

'Dat ben je al een hele tijd, lieverd. Je bent tweeëndertig.'

'Dat is toch nog niet zo oud?' kwam Sophie, die tien jaar jonger was, tussenbeide. 'Hij heeft nog heel wat vruchtbare jaren voor zich.'

'Dank je,' zei Luke, met een blik die zei dat alleen zijn grootmoeder de draak met hem mocht steken.

Sophie kreeg een twinkeling in haar ogen. Mensen die haar kenden wisten dat die blik betekende dat ze zich niet zomaar gewonnen gaf.

'Maar nu het gebak,' zei Matilda. 'Als ik me niet vergis, is deze met chocolade en hazelnoot. Een van mijn lievelingstaarten. En die daar... welke is dat ook weer, lieverd?'

'Pistache met chocolade,' zei Luke. 'En dat is een punt echte Schwartzwalder Torte.'

Na wat heen en weer gepraat over een paar familieleden en de vraag wie welke taart zou nemen, hadden ze nog steeds geen keuze gemaakt. Matilda stond op. 'Ik moet naar de wc,' zei ze. 'Luke, bestel jij nog wat heet water, of misschien nog wat verse thee? Sophie, als je zin hebt in die punt Schwartzwalder Torte, is dit je kans.'

'Zal ik even met u meelopen naar het damestoilet?' vroeg Sophie, overeindkomend.

'Nee, dank je, kind, ik voel me prima. Ik ben niet van plan flauw te vallen.'

Terwijl Matilda wegliep, nam Sophie nog een slok van haar thee. Over de rand van haar kopje zag ze dat Luke nerveus met zijn gebaksvorkje speelde. Ze glimlachte bemoedigend. Ze begreep niet waarom een man van de wereld zoals hij zich in haar bijzijn ongemakkelijk zou moeten voelen. Ze had geen cent te makken en was een kennis van zijn grootmoeder, niet van hem.

Hij schraapte zijn keel. 'Ik moet met je praten.'

'Oké, ga je gang. Ik luister.'

'Het ligt een beetje moeilijk. Mijn grootmoeder is een warme, genereuze vrouw.'

'Dat weet ik. Ik vind haar geweldig!' riep Sophie uit. Ze herinnerde zich hoe aardig Matilda tegen haar was geweest en hoe gezellig ze het samen hadden gehad.

'En jij bent heel aantrekkelijk.' Hij schraapte zijn keel weer en vervolgde snel: 'Ik bedoel heel leuk… voor een oudere vrouw zoals mijn grootmoeder.'

'O. Dus je neemt je compliment terug? Alleen je grootmoeder vindt me leuk, maar jij niet?' Hoewel ze zich teleurgesteld voelde, vond ze het ook grappig. Ze glimlachte.

'Ja… Nee…' Hij fronste. 'Waarom ben je zo tegendraads?'

'Sorry!' Ze glimlachte weer, maar hij leek niet gerustgesteld.

'Wat ik wil zeggen, is dat mijn grootmoeder je straks zal vragen bij haar te komen logeren.' Hij deed alsof hij haar waarschuwde voor naderend onheil.

'O ja?' Sophie was verbaasd, maar niet uit het veld geslagen. 'Wat aardig van haar.'

'En ik wil dat je haar uitnodiging afslaat.'

'Waarom?'

'Omdat ze een kwetsbare oude vrouw is. Ik wil voorkomen dat er op haar geld...' Hij zweeg. Sophie zag dat hij zich ongemakkelijk voelde onder zijn onbeleefde gedrag.

'... op haar geld wordt geaasd door "aantrekkelijke"' – ze maakte aanhalingstekens in de lucht – '... jongedames uit Engeland?' Sophie kwam anderen graag tegemoet.

'Ja. Ik bedoel... Dat wil niet zeggen...'

'Je bedoelt niet dat ík een bedreiging voor je grootmoeder vorm, maar dat je liever geen risico's neemt?'

'Je maakt het me wel heel moeilijk.'

'Helemaal niet,' zei Sophie kalm. Ze nam een slokje van haar thee. 'Ik maak het je juist makkelijk. Ik zeg gewoon wat je zelf niet onder woorden lijkt te kunnen brengen.'

'Ik wil niet onbeleefd zijn, maar ik moet mijn grootmoeder in bescherming nemen.'

'Daar denk ik dus anders over. Ze is een intelligente vrouw die alles nog prima op een rijtje heeft. Ik denk dat je je onnodig zorgen maakt.'

'Het is waar dat ze weet wat ze doet, maar ze heeft ook zo haar bevliegingen. Ze maakt makkelijk vrienden... maar niet iedereen heeft altijd goede bedoelingen.'

'Ik snap wat je bedoelt.' Ze had met Luke te doen. Het was duidelijk dat hij zich zorgen maakte om zijn grootmoeder, maar hij was te beschermend. En te zelfvoldaan natuurlijk. 'En dat denk je van mij ook?'

'Nee... misschien... Dat weet ik dus niet. Jij bent... anders, en mijn grootmoeder is kwetsbaar...' Hij zweeg.

'En?'

'En jij komt uit hetzelfde deel van Engeland als zij. Geen wonder dat ze zich tot je aangetrokken voelt.'

'Dat zei je al.'

'Ik wil niet dat je misbruik van haar maakt.'

Sophie fronste. Ze begreep en bewonderde het zelfs dat Luke zijn grootmoeder in bescherming nam, maar ze liet zich niet uitmaken voor oplichtster. 'Dat zou ik nooit doen.'

'Dat zegt natuurlijk iedereen.'

Nu werd Sophie boos. Hij suggereerde dat ze van plan was zijn grootmoeder geld of wat dan ook af te troggelen. 'Je bedoelt dat je me niet vertrouwt?' Dat lag er dik bovenop, maar Sophie noemde het beestje graag bij de naam.

'Nee! Ik zeg niet dat ik je niet vertrouw. Tenminste...' Hij glimlachte flauw, en even zag Sophie de kleinzoon van wie Matilda zoveel hield. Dat stemde haar iets milder. 'Ik vertrouw jullie geen van beiden.'

Sophie nam hem op: zijn pak, zijn lichtroze overhemd, zijn roze-grijs gestreepte stropdas, en even voelde ze iets van medelijden. Kennelijk wist hij zijn eigen vriendinnen makkelijk kwijt te raken, maar met die van zijn grootmoeder had hij duidelijk meer moeite. Ze besloot hem uit zijn lijden te verlossen. 'Maar waarom niet? Ik ben echt niet van plan haar kwaad te doen,' begon ze. 'Bovendien...'

Ze wilde net zeggen dat ze niet van plan was te komen logeren, toen Matilda ineens naast haar stond.

'Heb je nog thee besteld, Luke?' vroeg ze. 'De bediening is hier altijd een beetje traag.' Ze keek om zich heen of ze een serveerster zag.

'Op zijn Oostenrijks dus,' zei Luke. Hij stak op een bevelende manier zijn hand op.

'Waarom hebben jullie nog geen taart gepakt?' vroeg Matilda toen ze zag dat Luke iemands aandacht had weten te trekken. 'Ik ben een eeuw weggeweest. Weten jullie nu nog niet wat jullie willen?'

'Luke en ik hebben zitten kletsen,' zei Sophie. Ze wilde Matilda niet vermoeien met de waarheid.

'O, wat gezellig!' Matilda klapte bijna in haar handen van

vreugde. 'Ik ben blij dat jullie zo goed met elkaar overweg kunnen.'

Sophie zag Luke naar zijn grootmoeder kijken. Iets in zijn blik zei haar dat hij er niet van overtuigd was dat zijn grootmoeder geloofde wat Sophie zei en dat hij haar blijdschap ietwat overdreven vond.

Matilda liet haar blik weer over het gebak gaan. 'Als jullie toch niet kunnen beslissen, zal ik het makkelijker voor jullie maken. Ik neem deze.'

Met Matilda erbij voelde Sophie zich iets meer op haar gemak, maar ze was nog altijd niet in de stemming voor taart. Onder Lukes afkeurende blik zag zelfs een heerlijke taartpunt met slagroom en zwarte kersen er ineens een stuk minder appetijtelijk uit. Waarom moest hij er ook zo nodig bij zijn? Matilda en zij hadden het zo leuk kunnen hebben zonder hem. Om nog maar te zwijgen van zijn overdreven behoefte zijn grootmoeder in bescherming te nemen. Ze was allesbehalve hulpeloos en als hij wat meer mensenkennis zou hebben, zou hij weten dat zij niet het type vrouw was dat oude vrouwtjes van hun rijkdom beroofde. Maar ze moest eerlijk toegeven dat hij nog niet echt de kans had gehad haar te leren kennen.

Toen ze alle drie voorzien waren van een vers kopje thee van de goede sterkte en een enorme taartpunt, vroeg Luke aan Sophie: 'En hoe staat het met je baantje? Al iets gevonden?'

Het klonk als een beladen vraag. Wilde hij haar soms beschuldigen van fraude? Of dacht hij dat ze iemand was die eigenlijk liever niet werkte en op een makkelijke manier aan haar geld wilde komen?

'Nee. Ik denk dat ik het maar opgeef.'

'O?' Matilda boog zich voorover. 'En je dacht eerst dat het wel zou lukken?'

'Ik zou in New York tijdelijk als kindermeisje gaan werken. Maar toen ik hier aankwam en vanaf het vliegveld naar het gezin belde, kreeg ik te horen dat ze onverwachts naar Californië moesten.'

'Wat vreselijk voor je.' Matilda legde haar hand op die van Sophie. 'Dus nu blijf je hier om vakantie te vieren? Je lijkt er niet blij mee.'

Sophie vroeg zich af of het verstandig was om mensen die ze niet goed kende over haar missie te vertellen, maar besefte dat ze niets te verliezen had. 'Ik heb nog iets anders te doen in New York en daar gaat denk ik wel wat tijd in zitten. Een vakantie langer dan twee weken kan ik me eigenlijk niet veroorloven.' Als ze heel zuinig was, zou ze het net kunnen uitzingen.

'Wat heb je hier dan nog te doen?' vroeg Matilda.

'Ik wil een oud familielid opsporen. Er is iets wat ik wil uitzoeken.'

'Waar woont je familielid?' vroeg Luke.

'In New York.'

'Waar ongeveer?'

'Ik heb het adres bij me,' zei ze, zoekend in haar tas.

'Kun jij dat niet voor haar uitzoeken, Luke?' zei Matilda. 'Dat is voor jou veel makkelijker dan voor haar.'

'O, dat doe ik wel zelf, hoor.' Ze wilde Luke niets verschuldigd zijn. Maar hij boog zich naar haar toe en trok het vel papier uit haar handen.

'Dit adres is niet in New York.'

'Jawel, hoor. Ik heb het netjes gekopieerd.'

'Het ligt in Upstate New York, niet in de stad.'

'O.' Dat was een tegenvaller. Niet alleen omdat ze voor een bezoek aan haar familielid – nicht Rowena - niet zomaar in een taxi kon springen en de chauffeur het adres kon geven, maar ook omdat Luke en zijn grootmoeder nu dachten dat ze niet wist dat New York ook een staat was. Ze had het adres gewoon niet goed bekeken. Ze had zich vooral beziggehouden met de vraag hoe ze aan de andere kant van de Atlantische Oceaan kon komen en hoe ze in New York kon blijven. 'Dan pak ik toch gewoon een Greyhoundbus,' zei ze opgewekt. Ze probeerde niet aan de films te denken waarin mensen die dat hadden gedaan er niet goed van af waren gekomen, als ze het al hadden overleefd. Ze vergeleek haar leven vaak met films, omdat ze er als kind heel wat had gezien, samen met haar grote zus.

'Weet je zeker dat ze nog leeft?' vroeg Matilda. 'Niet iedereen is gezegend met zo'n goede gezondheid als ik.'

'Ik heb geen idee.' Sophie voelde zich somber worden en schraapte met haar vorkje een beetje kersengelei met slagroom van haar taartpunt.

'In dat geval,' zei Matilda snel, 'zou ik het Luke laten uitzoeken. Dadelijk reis je dat hele eind nog voor niks. En ik heb ook liever niet dat een jonge meid als jij alleen met de Greyhoundbus reist. Dan kan ik je beter door mijn chauffeur laten brengen…'

Toen Sophie de uitdrukking van afschuw op Lukes gezicht zag, klaarde ze iets op. Ze had de neiging op Matilda's aanbod in te gaan, al was het maar om te zien hoe hij zou reageren.

'Als Luke het voor je uitzoekt, kun je bij mij Thanksgiving komen vieren. Ik bedoel bij mij thuis in Connecticut, niet hier.'

'O,' wierp Sophie tegen, 'dat is al te aardig van u.'

'Heb je dan al andere plannen voor Thanksgiving?' vroeg Matilda op dwingende toon.

'Eh…' Sophie stond met haar mond vol tanden. Ze had het met Milly over Thanksgiving gehad en wist dat het voor Amerikanen een belangrijke feestdag was. Ze hadden er zelfs een beetje over gekibbeld. Milly had volgehouden dat de familie van haar nieuwe vriend het leuk zou vinden als ze ook zou komen, maar Sophie had geweigerd omdat ze vanuit Buffalo naar New York zouden komen vliegen om het feest in het kleine appartement van hun zoon te vieren. Ze vond het geen probleem om die dag alleen thuis te moeten zitten. Thanksgiving was een Amerikaans feest; het zei haar niets. Toen Milly naar haar werk vertrok, waren ze er nog niet uit wat ze zouden doen.

'Ik denk niet dat Sophie uit New York weg wil om op het platteland te gaan logeren,' zei Luke. 'Ze wil naar de optocht kijken, toeristische trekpleisters bezoeken, cupcakes eten uit dat bakkerijtje in the Village. Het soort dingen dat vrouwen graag doen.'

'Niet op Thanksgiving,' zei Matilda ferm.

Sophie dacht er eigenlijk hetzelfde over als Luke. Hoe aardig ze Matilda ook vond, ze kende haar nauwelijks. Ze wilde van de stad genieten en zich Carrie Bradshaw voelen, al was het maar voor even. Maar toen ze Matilda Thanksgiving hoorde zeggen, verlangde ze er ineens naar koekjes in de vorm van een kalkoen te bakken, in plaats van op hoge hakken door New York te zwalken.

'Sophie?' Matilda's heldere ogen keken haar onderzoekend aan. 'Wat zijn je plannen?' Haar toon was opnieuw een tikje dominant.

Sophie aarzelde net iets te lang.

'Zie je nou wel?' zei Matilda triomfantelijk. 'Ze is alleen in de stad, zonder familie. Dan kan ze beter naar ons toe komen.'

'Ik ben bij Milly,' sputterde Sophie tegen.

'Die waarschijnlijk allang met anderen heeft afgesproken. Heeft Milly een vriendje?'

'Ja. Hij is chef-kok. Zijn familie komt...'

'Dat zijn vast heel aardige mensen die je welkom zullen doen voelen, maar je zult ze voor de voeten lopen. Letterlijk, bedoel ik.'

Sophie mompelde iets, half tegensputterend, half instemmend.

'Ik zou het echt heel leuk vinden als je bij ons Thanksgiving kwam vieren,' zei Matilda. Ze legde haar hand op die van Sophie. Haar ringen schitterden. 'Ik geef een groot feest, met de hele familie. Ik zou best wat hulp kunnen gebruiken.'

'Oma!' protesteerde Luke. 'U hebt zestien personeelsleden! U hebt Sophie helemaal niet nodig.'

'Ik wil dat ze erbij is. Nodig hebben en willen zijn twee heel verschillende dingen.'

Alleen een rijke vrouw kon zulke dingen zeggen en het nog menen ook, dacht Sophie. Ze keek van de grootmoeder naar de kleinzoon, die kibbelden over haar.

'U geeft doorlopend feesten,' zei Luke. 'Waarom zou u Sophie daarbij betrekken?'

'Het wordt een groot feest, en ik dacht dat ze het misschien wel leuk zou vinden om een traditionele Amerikaanse Thanksgiving mee te maken,' zei Matilda. 'Maar wil je nu stoppen met me uit te horen? Zo kan ik niet van mijn Klimt-taart genieten. En kijk niet zo verbaasd, want ik weet hoe deze taart heet. Luke, liever, moest jij niet ergens heen?'

Luke nam een slok van zijn thee en nam de twee vrouwen op. 'Oké, ik ben hier blijkbaar teveel. Sophie, als jij me dat adres geeft, zal ik wat research voor je doen, en dan bel ik je terug. Mag ik je mobielnummer?'

Sophie gaf het hem, hoewel ze zo goed als zeker wist dat hij het niet zou gebruiken.

Ze zat net in Milly's appartement bij te komen van het teveel aan suiker en room toen hij haar belde.

'Je wilt toch niet zeggen dat je mijn familielid nu al hebt gevonden?' zei ze toen hij had gezegd wie hij was.

'Natuurlijk niet. Ik ben er nog niet eens aan begonnen.'

'O. Waarom bel je dan?' vroeg Sophie na een korte stilte. Ze wachtte op zijn antwoord.

'Ik wil je uitnodigen om vanavond ergens iets te gaan drinken.'

Sophie liet van verbazing bijna haar mobieltje uit haar hand vallen. 'Waarom?' Ze hoorde hem aan de andere kant van de lijn grinniken. Dat verbaasde haar, evenals haar instinctieve reactie.

'Omdat ik je beter wil leren kennen?'

'Is dat zo?' vroeg ze argwanend.

'Wat ben je toch nieuwsgierig. Mijn grootmoeder heeft je uitgenodigd. Ik zou je voor die tijd graag wat beter leren kennen. Het zal voor jou ook prettiger zijn als we wat meer van elkaar weten. Het wordt een behoorlijk groot feest.'

'Misschien heb je gelijk.' Ze was niet helemaal overtuigd.

'Dus? Kun je vanavond? Of heb je andere plannen?'

De lafaard in haar, die ze er aardig onder had, wilde zeggen:

Ja, ik heb andere plannen. Maar haar nieuwsgierigheid won het van haar verlegenheid. 'Niets wat niet verzet kan worden.'

'Zullen we in het Thursday House afspreken? Dat is een bar niet ver bij jou vandaan.'

Sophie had van het Thursday House gehoord. Het was, zoals haar moeder zou zeggen, *le dernier cri du chic* – met andere woorden: adembenemend stijlvol. Als Milly zou horen dat ze niet op zijn uitnodiging was ingegaan, zou ze haar op straat gooien. 'Oké,' zei ze aarzelend. 'Hoe laat?'

Zodra Luke had opgehangen, belde ze Milly. 'Drie keer raden wat me nou is overkomen. Die bekakte Luke heeft me uitgenodigd om samen iets te gaan drinken bij het Thursday House!'

'O, god! Wat geweldig. Dan heeft hij een oogje op je!'

'Vergeet het maar. Die indruk wekt hij bepaald niet.'

'Waarom zou hij je dan mee uit vragen? Weet je zeker dat hij voor de verandering niet eens onder zijn stand wil daten? Misschien heeft hij genoeg van al die fotomodellen met wie hij normaal op stap gaat.'

Sophie lachte. 'Nee! Hij zegt dat hij me beter wil leren kennen, omdat ik met Thanksgiving bij zijn grootmoeder ga logeren. Maar ik denk dat er iets anders achter zit.'

'Dat merken we dan gauw genoeg. Luister, doe mijn jurk maar weer aan. En de schoenen. Neem een taxi. En maak aantekeningen. Stiekem uiteraard. Ik wil alles tot in de details weten!'

7

Het was toch beter geweest als ze wat meer kleren had meegenomen, dacht Sophie, terwijl ze de outfit die ze naar de opening had gedragen een nieuwe look probeerde te geven met Milly's sieraden. Gelukkig had ze een ruime keus aan halskettingen. Sophie koos er drie uit. Eén ketting had een paar bijpassende oorbellen, een andere een waaier aan stenen die subtiel de aandacht vestigden op haar – zeer bescheiden – decolleté, en een die haar gewoon goed stond. Tot slot voegde ze voor een laatste vleugje zelfvertrouwen een druppeltje van Milly's parfum toe.

Ze rechtte haar schouders en zette een subtiel glimlachje op – dé finishing touch voor een stralende look. Deel uitmaken van de New Yorkse high society was hard werken.

Omdat ze er geen idee van had hoe lang een taxi er in het New Yorkse verkeer over zou doen, kwam ze veel te vroeg op de plek van bestemming aan. Als ze Milly's hoge hakken niet had gedragen, zou ze wat op en neer hebben gewandeld om te voorkomen dat ze eerder dan Luke binnen zou zijn, maar ze wist dat ze brandende pijn in haar voeten zou krijgen en geen stap meer zou kunnen verzetten.

Bij de ingang hingen een paar jongemannen in Armanipakken rond. Uitsmijters? Portiers? Of was dat hetzelfde? Sophie kreeg geen tijd erover na te denken, want voor ze het wist werd ze door de mannen omringd, begroet en naar de ingang geleid, waar ze de deur voor haar openden en haar een fijne avond wensten.

Eenmaal binnen werd ze aangesproken door een al even elegante vrouw die vroeg of ze haar ergens mee van dienst kon zijn.

Hoewel Sophie verwachtte dat ze weer naar buiten of naar de bar zou worden geleid, zei ze: 'Goedenavond. Ik heb een afspraak met Luke Winchester.'

'O ja. Meneer Winchester is er nog niet, maar als u Carla wilt volgen, dan brengt zij u naar zijn vaste tafel.'

'Meneer Winchesters vaste tafel' was op de eerste verdieping, ontdekte Sophie, nadat ze met Carla in een supersnelle lift was gestapt die haar in een flits naar boven bracht.

Sophie trippelde door een grote zaal vol tafels en stoelen achter Carla aan. Ze had beter wat kunnen oefenen met lopen, bedacht ze, terwijl ze vanuit haar ooghoeken een gezellige open haard zag waarin een echt vuur leek te knetteren, twee pizzaovens en op zijn minst nog twee bars. Uiteindelijk bleef Carla staan bij een tafel die uitkeek over Central Park en de stad daarachter.

'Wauw!' zei Sophie. 'Wat een schitterend uitzicht.' Heel Manhatten strekte zich voor haar uit. Alles fonkelde, elk gebouw leek gehuld in licht. Het was in één woord magisch.

'Het is niet voor niks meneer Winchesters favoriete plek,' beaamde Carla. 'Je zou het eens moeten zien met alle kerstversieringen. Als de dag na Thanksgiving alle lichtjes aangaan, waan je je in een sprookje.' Ze zweeg even. 'Maar kan ik u iets te drinken brengen?'

Sophie stond op het punt te bedanken, maar zei toen: 'Een spritzer van witte wijn en sodawater, alstublieft.' Ze was nerveus en met een glas spritzer zou ze iets te doen hebben met haar handen. Ze was ervan overtuigd dat Luke haar niet alleen 'beter wilde leren kennen' maar haar ook wilde uithoren.

Uit het niets verscheen een ober met een onderzetter, een servet en een schaaltje met nootjes. Toen hij wegliep en ze een handje nootjes wilde nemen, herinnerde ze zich een test waaruit was gebleken dat er zeven verschillende urinemon-

94

sters waren aangetroffen op cafénootjes omdat mannen hun handen niet wasten als ze naar de wc waren geweest. Zou dat hier ook zo zijn? Zou de cliëntèle netjes zijn opgevoed? Of zou het Thursday House overgebleven nootjes weggooien? Ze zuchtte en besloot het risico te nemen.

Net toen ze bedacht dat ze een boek of tijdschrift mee had moeten nemen, kwam er een groepje van vier jonge vrouwen binnen: variaties op een thema door Paris Hilton; korte rokjes, sleehakken en genoeg blingbling om een middelgrote juwelierszaak mee te vullen. Ze namen plaats aan de tafel achter Sophie, wat als nadeel had dat ze niet langer hun egale zonnebankteint kon bewonderen of kon zien of ze hun springschansneuzen of rechtopstaande borsten hadden laten 'doen', maar als voordeel dat ze hen ongemerkt kon afluisteren.

'Zeg, Kelly,' zei een van de vier. 'Waarom wilde je eigenlijk per se hier zitten?'

Er klonk iets van geamuseerdheid in haar stem, die Sophie qua toon en accent deed denken aan *Clueless*, een van haar lievelingsfilms. Sophie maakte zich geen zorgen meer dat ze zich zou vervelen. Ze nipte van haar drankje en begon langzaam te ontspannen.

'Dat weet je best,' antwoordde haar vriendin al even luchtig. 'Voor het uitzicht natuurlijk.'

'O?' zei een derde. 'Niet vanwege een of andere vrijgezel die elk moment weer op de markt kan komen?'

'Vroeger was een vrijgezel iemand die altijd alleen was geweest.' Ze zuchtte diep. 'Zonde dat Luke Winchester al eens getrouwd was.'

'Dat is het zeker. Het moet zijn vermogen flink hebben aangetast. Aan de andere kant, niemand is perfect. Als dat zijn enige minpuntje is...'

'Jij bent echt erg!'

Op dat moment verscheen er een ober aan hun tafel. Terwijl de jonge vrouwen iets te drinken bestelden, liet Sophie haar gedachten gaan over het feit dat Luke getrouwd was geweest. Als hij een flink bedrag had moeten betalen aan zijn ex-vrouw, kon dat zijn wantrouwige houding tegenover vrouwen verklaren, evenals zijn vreemde reactie op haar omgang met Matilda. Sophie slaakte een zucht. Het verbaasde haar dat deze jonge vrouwen zo cynisch over het huwelijk spraken. Hoewel ze er fantastisch uitzagen en ouder leken dan zij, moesten ze ongeveer van haar leeftijd zijn. En toch kwamen ze heel wereldwijs over. Waarschijnlijk zouden ze er nog jaren zo uit blijven zien, tot hun echte leeftijd op een dag zou samenvallen met de leeftijd die ze leken te hebben. Nu leken ze eerder zesentwintig in plaats van twintig, wat duidelijk ook de bedoeling was.

'Wel erg dat we hem zo stalken,' kweelde een ander, nadat ze een slokje van een of ander ongetwijfeld hip drankje had genomen. 'Echt héél kinderachtig.'

'Maar wel leuk. Mijn moeder zou het geweldig vinden als ze hoort dat ik hem heb ontmoet. Ze is al vanaf mijn zesde mijn huwelijk aan het plannen.'

'Sinds wanneer vind jij het belangrijk wat je moeder wil?'

'Omdat ik zelf ook plannen in die richting heb.' Er werd gegiecheld. Klaarblijkelijk was ze niet de enige.

'En Luke is de meest begeerde vrijgezel van New York,' vervolgde ze. 'Ik wil een rijke bruidegom. Daarom zitten we hier.'

'Dat wil zeggen, áls hij nog rijk is, na die scheiding.'

'Heeft hij een Lear? Volgens mij niet.' Het klonk alsof hij alleen al om die reden geen plaats in de top drie van meest begeerde vrijgezellen verdiende. 'Commerciële vluchten zijn doodsaai.'

'Hij heeft een Gulfstream, schat. Een Lear is alleen voor korte reisjes.'

Gelach. Sophie keek uit over het fonkelende Manhatten. Ze hield zich zo stil mogelijk, in de hoop dat ze haar niet zouden betrappen op afluisteren. Het was duidelijk dat ze het 'mysterieuze' meisje aan Luke Winchesters tafel over het hoofd hadden gezien. Ongetwijfeld was ze onzichtbaar voor hen, omdat ze niet aan hun norm van perfectie voldeed.

'Er is geen enkel bewijs dat de kredietcrisis het imperium van de Winchesters heeft aangetast,' zei een van hen.

'Wat ben je toch een geldwolf,' bromde een ander. 'Wil je niet gewoon met Luke trouwen omdat hij er goed uitziet?'

'Hij erft alles van zijn grootmoeder als ze overlijdt,' vervolgde degene die wist welk privévliegtuig hij had. 'En laten we eerlijk zijn, ze is al stokoud.'

Hoewel Sophie zelf nog jong was, deelde ze hun mening niet, dat iedereen van boven de dertig de dood in de ogen keek. Matilda leek nog helemaal niet zo oud. Per slot van rekening kon iedereen een flauwte krijgen. Ze kon nog jaren mee. Bij die gedachte fleurde ze zo op dat ze nog een nootje uit het schaaltje pakte.

'Vinden jullie echt dat we al aan trouwen moeten denken?' vroeg een van de meisjes. Ze leek zich minder op haar gemak te voelen met het gesprek dan de anderen. 'Ik bedoel, er is meer in het leven dan dat.'

Er viel een korte stilte waarin de groep dit revolutionaire idee liet bezinken.

Sophie hoorde een van hen een zucht slaken. 'Je kunt niet je hele leven blijven shoppen. Bovendien ben je daar dan vanaf. Als je getrouwd bent hoef je niet constant op zoek te gaan naar een geschikte partner.'

'Lukes eerste vrouw is anders wel weer...'

'Misschien is Luke niet goed in bed.'

'Ho ho!' Dit werd ontkend door iemand die kennelijk over inside-informatie beschikte. 'Hij schijnt van slimme vrouwen te houden'

'Dan vindt hij ons vast leuk. Ik ben heel slim.'

'En zo bescheiden! Het zou me niks verbazen als jij je eindexamenlijst in je tasje hebt zitten.'

Er werd weer gelachen. 'Niet in dit tasje, schat, want dan zou hij uit model raken.'

'Volgens mij is hij lastig te strikken. Hij schijnt zich niet te willen binden. Een vriendin van mijn zus is met hem uit geweest. Ze had de designer van haar trouwjurk al ingelicht en zijde besteld, maar toen hij daarachter kwam, vluchtte hij onmiddellijk naar LA.'

'Dat had ze ook beter geheim kunnen houden.'

'Een bruiloft regelen kost tijd. Als je daarmee wacht totdat je ten huwelijk wordt gevraagd, ben je eigenlijk al te laat.'

Haar opmerking werd gevolgd door heldere lachsalvo's. Sophie wist niet of dat een feit was in het milieu waarin deze meisjes leefden of dat het onzin was.

'Zullen we nog iets bestellen?'

In gedachten zag Sophie een gemanicuurde hand de lucht ingaan om de aandacht van de ober te trekken, die al klaarstond om hen op hun wenken te bedienen. Ze zat zich net af te vragen of ze alcoholische of 'onschuldige' cocktails hadden besteld toen ze iemand op haar tafel af zag komen en besefte dat het Luke was. Ze vloog overeind voordat ze goed en wel bedacht dat het stijlvoller was geweest als ze was blijven zitten.

'Goedenavond, Sophie,' zei hij, haar op beide wangen kussend. 'Wat zie je er leuk uit.' Hij klonk ietwat verbaasd.

'Dank je. Het is dezelfde jurk als die ik gisteren op de opening droeg.'

Ze wist niet zeker waarom ze dat zei, maar het kon te maken hebben met de jonge vrouwen achter haar, die nu verdacht stil waren.

'Dat was me al opgevallen.' Luke scheen nog altijd enigszins verbaasd. 'Ik heb nog nooit... Ik bedoel... Ik ken geen vrouwen die...'

'... een jurk meer dan één keer dragen?' De meisjes aan de tafel achter haar hadden haar een waardevol inkijkje in hun leven gegeven.

Hij knikte.

'Nou, die bestaan toch echt. Ik doe het namelijk wel.' Sophie besefte dat hij wachtte met plaatsnemen totdat zij weer was gaan zitten, wat haar even van haar stuk bracht. Geen van haar vriendjes in Engeland zou er een seconde bij hebben stilgestaan dat zoiets hoorde, laat staan dat ze het zouden doen. Toen ze zat, nam hij tegenover haar plaats.

'Wat drink je?' vroeg hij met een blik op haar inmiddels lege glas. 'Heb je zin in champagne?'

'Lekker,' zei Sophie. Van champagne zou ze meer moed krijgen dan van een tweede spritzer. 'Heel lekker zelfs.'

Het gezelschap aan de tafel achter hen was nog altijd opvallend stil.

Zonder dat Luke een teken had gegeven dat hij wilde bestellen, verscheen er een ober aan hun tafel. Hij bestelde de champagne.

'Hebben we iets te vieren?' vroeg Sophie, toen er een fles champagne werd gebracht en de ober hun glazen vulde. Het ging allemaal zo snel, dat het leek alsof de fles al voor hen had klaargestaan.

'Niet echt, maar mijn grootmoeder zei dat ik aardig voor je moest zijn.'

'O. En als ze dat niet had gezegd?'

'Kraanwater.' Hij zei het zonder een spoortje van ironie, en het kostte Sophie enkele pijnlijke seconden voordat ze begreep dat het een grapje was. Door de zenuwen lachte ze harder dan nodig; zo grappig was het nu ook weer niet.

Luke hief zijn glas. 'Op je eerste bezoek aan New York, Sophie,' toostte hij.

'Dank je.' Sophie nam een slokje van haar champagne. Ze wist niets te bedenken waarop ze kon toosten.

Er viel een lange stilte. Ook de meisjes achter hen hielden zich stil. Of ze wisten niets neutraals te zeggen, of ze wilden geen woord missen.

'Dit voelt een beetje vreemd,' zei Luke uiteindelijk.

Sophie was het met hem eens, maar zou zelf de woorden 'heel vreemd' hebben gebruikt. Hij had gezegd iets met haar te willen gaan drinken omdat hij haar beter wilde leren kennen, en nu zei hij niets. 'Kan ik misschien helpen? Het ijs breken?'

Luke zuchtte. 'Je zou je ineens kunnen herinneren dat je al andere plannen voor Thanksgiving had, maar mijn grootmoeder wil per se dat je het bij ons komt vieren. Ik heb me erbij neergelegd.'

'Waarom wil je eigenlijk niet dat ik kom? Ik neem aan dat Matilda voldoende logeerkamers heeft.' Omdat hij had geprobeerd haar die ochtend in het café op andere gedachten te brengen, was ze vastbesloten de onderste steen boven te krijgen.

'Ze heeft inderdaad kamers genoeg.'

'Wat is dan het probleem?'

'Dat is moeilijk uit te leggen.'

'Probeer het dan toch maar. Je bent jurist. Als ik de films en televisieseries mag geloven zitten jullie niet verlegen om een slimme vraag of een stevig betoog.'

Hij glimlachte maar leek zich nog altijd niet op zijn gemak te voelen. 'Oké. Mijn grootmoeder is een vermogende vrouw en er zijn in het verleden mensen geweest die op haar geld uit waren.'

'Wat bedoel je precies te zeggen?' Sophies haren gingen recht overeind staan. Waarom gebruikte hij woorden als 'op haar geld uit waren' als het over haar ging? Verdacht hij haar nog altijd van een dubbele agenda?

Hij zuchtte. 'Enige tijd terug heeft er een jonge vrouw met een kind bij haar gelogeerd. Mijn grootmoeder heeft het kind een paar zeer kostbare cadeaus gegeven.'

'En is dat zo erg?' Wilde hij dat zijn grootmoeder minder geld uitgaf zodat hij meer zou erven?

'Het ging verder dan dat. De vrouw mocht van mijn grootmoeder in ons strandhuis logeren. Het is niet meer dan een blokhut, maar ze heeft er toch een hele tijd gewoond.'

Ook dat leek haar geen misdrijf. 'Je bedoelt dat ze het had gekraakt?'

'Ze woonde er zonder onze toestemming. We hebben haar eruit moeten laten zetten.'

'En jij denkt dat ik ook zo ben? Misschien ten overvloede, maar ik woon in Engeland en heb een retourticket. Ik kan maar een beperkte tijd in Amerika blijven. Maar oké, als jij liever niet hebt dat ik kom... Maar dan mag je het zelf uitleggen aan Matilda, want ik kan geen geloofwaardige reden verzinnen en wil haar niet voor het hoofd stoten.'

Sophie hoopte dat haar verontwaardiging er niet al te dik bovenop lag, maar inwendig kookte ze van woede. Hij verdacht haar ervan te willen profiteren van Matilda en misbruik te willen maken van haar goedheid. Ze kon het niet geloven. Hoe durfde hij? Ze voelde zich beledigd.

'Als je belooft oma niet te zullen kwetsen, vind ik het goed dat je komt logeren. Maar zodra je haar ook maar íéts aandoet, laat ik je verwijderen voordat je je tandenborstel hebt kunnen pakken.'

Sophie haalde diep adem. Hem een glas wijn in zijn gezicht gooien en naar buiten stormen was geen optie, zelfs niet als ze op haar hakken uit de voeten kon. 'Ik waardeer het dat je voor je grootmoeder opkomt, maar ik begrijp niet waarom je mij als een bedreiging ziet. Ik heb geen kind, ben hier op een toeristenvisum en neem aan dat ik niet hoef te kamperen in jullie strandhuis, dat waarschijnlijk gewoon drie badkamers heeft.'

'Vier, om eerlijk te zijn. Het spijt me dat ik zo neurotisch doe, maar ze is me erg dierbaar. Sinds de dood van mijn vader ben ik de enige in de familie die aan deze kant van het land woont.'

'Ik vind het te prijzen dat je zoveel om haar geeft. Mijn familie schijnt te denken dat oudere mensen alleen maar goed zijn voor...' Ze zweeg. Ze kon beter niet uitweiden over haar inhalige familie; straks dacht hij nog dat zij ook zo was. 'Wat ik probeer te zeggen, is dat toen mijn oom Eric – of eigenlijk mijn oudoom Eric – tijdelijk huishoudelijke hulp nodig had, ik de enige was die dat wilde doen. Maar we hebben een leuke tijd samen gehad.'

'Ik ben blij dat je dat zegt,' zei hij, hoewel hij allesbehalve blij klonk. 'Kun je me garanderen dat je niet langer bij mijn grootmoeder zult blijven logeren dan de duur van je vakantie?'

'Ik garandeer je dat ik haar nooit, maar dan ook nooit kwaad zal doen. Daar zul je genoegen mee moeten nemen.'

Er viel weer een stilte. Sophies woede was iets gezakt. Waarschijnlijk bedoelde hij het goed, maar wist hij niet hoe hij anderen zijn wil op kon leggen zonder hen te schofferen. Ze vroeg zich af hoe lang ze nog zou moeten blijven. Hoewel ze niet verplicht was haar glas leeg te drinken, nam ze nog een flinke slok. De meisjes aan de tafel achter hen kletsten nu over handtassen. Sophie merkte aan alles dat ze om beurten iets zeiden, zodat de anderen konden horen wat er aan Lukes tafel werd gezegd. Dat stemde haar iets vrolijker. Waarschijnlijk vroegen ze zich af waarom Luke een afspraak had met iemand in een jurk-van-het-vorige-seizoen, die er ook nog eens sjofel uitzag. Wellicht zouden ze in haar Engelse accent een verklaring zien voor haar gebrek aan stijl. Als Sophie de kans kreeg, zou ze haar kringloopimago nog wat meer uitspelen om hun verwarring te vergroten. Niet dat ze haar als een bedreiging voor hun gepamperde schoonheid zouden zien, maar ze zouden wel met de nodige vragen blijven zitten.

'Vertel me eens iets meer over je leven in Engeland.'

'Maakt dit onderdeel uit van je ik-wil-je-beter-lerenkennen-strategie?' Sophie probeerde ontspannen over te komen, maar was bang dat het nogal verontwaardigd had geklonken.

'Uh-huh. Wacht er thuis een speciaal iemand op je?'

Hoewel ze niet argwanend van aard was, merkte ze aan alles dat hij haar probeerde uit te horen. Normaal gesproken zou ze haar uiterste best hebben gedaan hem gerust te stellen. Nu deed ze er liever een schepje bovenop. 'Op het moment niet. Ik ben zo vrij als een vogeltje, en dat in New York. Wat wil een mens nog meer?'

'Dat moet dan wel een bijzondere ervaring zijn. Nog champagne?' Hij schonk haar glas bij, maar op een of andere manier voelde Sophie zich vernederd door zijn manier van doen, alsof ze een mannenverslindster was. Als ze nu zou opstaan om naar het toilet te gaan, zou hij haar geld toestoppen om de toiletjuffrouw van te kunnen betalen.

'Ja, graag,' zei ze, omdat ze zo gauw geen vluchtstrategie kon bedenken.

Luke leunde achterover. Nu het ongemakkelijke deel van het gesprek achter de rug was, leek hij zich te ontspannen. 'Wat heb je zoal gedaan sinds je hier bent?'

Sophie deed verslag van haar uitstapjes, maar repte met geen woord over haar hoogtevrees. Ze was blij dat ze zich eindelijk op neutraal terrein bevonden.

'Als je nog in de Village komt – Greenwich Village – moet je naar Bedford Street gaan. Daar heeft Edna St Vincent Millay gewoond. Het is een ongelooflijk smal huis – nog geen drie meter breed.'

'Echt waar? Hoe kunnen mensen in zo'n huis wonen?'

'Dat zal niet makkelijk zijn. Toch hebben er een aantal beroemde mensen gewoond. Er ligt een hele mooie tuin achter.'

'Als ik in de buurt ben, zal ik erheen gaan.'

'Dat moet je echt doen. Mijn grootmoeder is weg van Millays gedichten.'

'Ik ken ze niet. Ik krijg niet de indruk dat jij haar werk goed vindt.'

Hij glimlachte. 'Het is geen kwestie van goed of slecht. Als mijn grootmoeder ervan houdt, hou jij er misschien ook van.'

Sophie keek hem met een schuin hoofd aan. Ze voelde zich al iets meer op haar gemak. 'Matilda en ik kunnen goed met elkaar overweg. Misschien omdat we allebei vrouw zijn, en Engels…'

Luke keek een beetje meewarig. 'Of omdat jullie allebei nogal eigenzinnig zijn.' Hij glimlachte op een manier die Sophie erg charmant vond. Ze besefte dat het te maken had met zijn liefde voor zijn grootmoeder; hij deed het niet om haar voor zich te winnen.

Sophie lachte. 'Ik vind mezelf allesbehalve eigenzinnig. Ik ben altijd een braaf kind geweest dat goed haar best deed op school en thuis meehielp. Dat soort dingen.' Ze begon niet weer over oom Eric. Er was een verschil tussen voor jezelf opkomen en opscheppen.

'Verveelde je je nooit als je dat soort dingen deed?'

Ze dacht even na en herinnerde zich hoe ze voor de les al-

103

tijd snel haar huiswerk maakte in het toilet, omdat ze de avond ervoor weer te lang achter de naaimachine had gezeten. Ze dacht ook aan de keer dat ze haar moeder had beloofd een paar gordijnen om te zomen, maar dat ze het met plakband had gedaan omdat ze het zo saai vond. Die zat er nu nog op.

'Soms,' bekende ze.

'Mijn grootmoeder raakt snel verveeld. Ze gaat in eerste instantie redelijk bezonnen te werk, maar kan het ineens over een andere boeg gooien omdat het haar verveelt. Ik denk dat jij haar daarin alleen maar zult aanmoedigen.'

Sophie liet het even bezinken. 'Dat lijkt me onwaarschijnlijk,' zei ze toen. 'Ze heeft een sterke persoonlijkheid.' Hoe langer ze erover nadacht, hoe onredelijker ze zijn opmerking vond. Het was het zoveelste vooroordeel.

Misschien zag Luke aan haar gezicht dat ze het een onterecht verwijt vond, want hij leunde iets naar haar toe. 'Sophie, we hebben een verkeerde start gemaakt…'

'Dat krijg je als je schoenen van iemand anders leent.'

Hij negeerde haar cynische opmerking. 'Maar ik verzeker je dat je als gast van mijn grootmoeder vriendelijk zult worden ontvangen.'

Sophie glimlachte onzeker.

'Mijn grootmoeder vroeg me je dit te geven.' Hij haalde een vel papier uit zijn portefeuille en gaf het aan haar. 'Het is een routebeschrijving.'

'O jee.'

Luke negeerde haar verbijstering. 'Ze wil weten of ze haar chauffeur naar New York moet sturen of dat je liever met de trein komt.'

'Natuurlijk kom ik met de trein. Ik pieker er niet over…' Omdat ze niet opnieuw wilde benadrukken dat ze Matilda nooit zou benadelen, veranderde ze van onderwerp. 'Waar is je grootmoeder nu?'

'Onderweg naar huis, als ze niet al thuis is. Haar chauffeur is haar zeer toegewijd.'

'Ik snap goed waarom. Je grootmoeder is een leuk mens.'

Luke scheen niet onder de indruk van haar opmerking. Misschien koesterde hij nog altijd argwaan, al was haar niet duidelijk waarom. Wat zou zij Matilda voor kwaad kunnen doen?

Ze bekeek de routebeschrijving. 'Hoe lang wil ze dat ik blijf, denk je? Ik wil echt niet langer blijven dan de bedoeling is.'

Luke was ineens de perfect opgevoede telg uit een oud en gerespecteerd geslacht. 'Als je op woensdag komt, zou ik na het weekend vertrekken. Woensdagavond hebben we een kleine familiebijeenkomst van een man of twintig en op donderdag is het Thanksgivingdiner. Dan is er ook vooral familie, maar er komen ook vrienden en buren.'

'Jeetje, wat een hoop familie.'

'Mijn familie is niet zo groot, maar het hart van mijn grootmoeder is groter dan Texas, dus ze rekent allerlei soorten klaplopers tot haar "familie".'

'Goed, dan ken ik bij deze mijn plaats.' Ze kreeg geen hoogte van Luke. Aan de ene kant leek hij haar te willen verzekeren dat ze welkom was in zijn grootmoeders huis, maar aan de andere kant bleef hij argwanend. Tegelijkertijd kon hij ook heel charmant zijn als hij wilde.

'Ik bedoelde niet dat jij…'

'Nee, natuurlijk bedoelde je dat niet en ik heb het waarschijnlijk ook weer verkeerd begrepen.' Ze glimlachte en het volgende moment betrapte ze zich erop dat ze in Lukes ogen staarde, gefascineerd door hun bijzondere kleur. Ze was niet verliefd, maar hij had zo'n vreemde irissen, dat ze die beter wilde bekijken. Toen wendde ze haar blik snel af, ervan overtuigd dat hij een te lange blik verkeerd zou interpreteren. 'Enfin, het lijkt me heel leuk om bij Matilda te komen logeren. Ik zal mijn best doen haar zo goed mogelijk te helpen.'

'Ze heeft genoeg personeel. Je bent te gast, je komt niet om te helpen.'

Ze glimlachte fijntjes. 'Om te helpen' was een politiek correcte manier om geen 'werkster' te hoeven zeggen.

'Heb je misschien zin om ergens een hapje te gaan eten? Ik bedoel, ik weet dat ik het eerder had moeten vragen, maar als je geen andere plannen hebt…'

Ze schrok op van zijn vraag, en zo te zien leek Luke al even verbaasd door zijn voorstel als zij. Misschien was het niet zijn bedoeling geweest langer te blijven dan een borrel.

Sophie had het er met Milly over gehad dat hij haar misschien uit eten zou nemen. Sophie had het zeer onwaarschijnlijk geleken, Milly had gezegd dat hij een oogje op haar had als hij het zou vragen. Als dat inderdaad zo was, liet hij dat op een vreemde manier blijken. Nu zei Sophie: 'Nee, dank je. De vriend van mijn vriendin kookt vanavond voor ons. Hij is chef-kok.'

Luke boog beleefd. 'Dan zien we elkaar weer bij mijn grootmoeder thuis.'

De volgende ochtend, na een zeer gezellige avond in het appartement van Milly's vriend Franco, bekeken de twee vriendinnen de routebeschrijving en de kleren die Sophie had meegenomen. Milly had een vrije dag en was met haar volle aandacht bij het dilemma van haar vriendin: hoe een garderobe die was afgestemd op de functie van kindermeisje, geschikt te maken voor een verblijf in een landhuis in Connecticut.

'Oké, wat hebben we,' zei Milly. 'Drie spijkerbroeken…'

'Maar ze zijn wel nieuw!' Sophie schoot gelijk in de verdediging. 'Ik heb ze net voordat ik naar New York ging gekocht.'

'Waar?'

Sophies mondhoek vertrok. 'Op de markt.'

Milly grinnikte. 'Oké. Als iemand ernaar vraagt, zeg je maar dat het een Engels merk is.'

Opgelucht dat niet haar volledige garderobe was afgekeurd, hield Sophie een rokje omhoog.

'Een sexy kort rokje,' zei Milly. 'Met het juiste topje helemaal perfect voor een familiediner. Je zit immers. Mensen vergeten hoe kort hij is en Matilda heeft vast flinke servetten om je bovenbenen mee te bedekken.'

'O, gelukkig. Dat is er alvast één.'

'Ho ho, er moet nog wel het goede topje bij.' Milly maakte een lijstje met aantekeningen.

'Ik snap nu waarom jij al zo jong aan zo'n goede baan bent gekomen,' zei Sophie.

Milly keek haar vragend aan.

'Dat zeiden mijn ouders toen we ruzieden over mijn reisje naar New York,' verklaarde Sophie.

Milly knikte en richtte haar aandacht weer op haar lijstje. 'Oké, je hebt een mooie witte blouse voor op het rokje. Maar ik snap nu wel waarom je voor serveerster werd aangezien.'

'Dat is maar één keer gebeurd. Bovendien was die vrouw waarschijnlijk aangeschoten,' mokte Sophie. 'Dus dit kan ik niet op het familiefeest aan?'

'Nee, het moet wat netter. Het mag nauw aansluiten maar niet te veel decolleté hebben.'

'Dat heb ik niet.' Sophie wilde tegen Milly in gaan, maar ze wist dat haar vriendin het beste met haar voor had.

'Staat genoteerd. Nu het Thanksgivingsfeest.'

'Ik wil er heel glamourous uitzien!'

'Jij? Vanwaar dat zo ineens?'

Sophie zuchtte. 'Vanwege Luke...'

'Zie je wel dat je een oogje op hem hebt!'

'Nee! Echt niet. Maar in zijn gezelschap voel ik me net Holly Golightly, je weet wel, uit *Breakfast at Tiffany's*.'

Milly schudde haar hoofd. 'Jij kijkt te veel oude dvd's van je zus. Die zijn geen maatstaf voor het echte leven.'

Sophie wist dat ze gelijk had en voelde zich op haar vingers getikt. Milly voelde het aan en vervolgde vriendelijk: 'Wist je dat mensen echt denken dat ze in Tiffany's kunnen ontbijten? Dan komen ze naar New York en denken roerei met spek te krijgen in een juwelierszaak.'

Sophie glimlachte. 'Weet ik. En de reden waarom ik niet op hem val, en ook nooit op hem zal vallen, is dat hij me het gevoel geeft dat ik een geldwolf ben...'

'Het meisje dat cadeaus van rijke mannen te gelde maakt. Ik snap wat je bedoelt, Sophie.' Ze zweeg even. 'Maar waarom wil je er dan toch zo graag glamourous uitzien?'

'Omdat ik niet wil dat mensen denken – of eigenlijk, dat hij denkt – dat zijn grootmoeder gek is geworden en me van de straat heeft opgepikt.'

'Jij hebt háár opgepikt!' zei Milly met geveinsde verontwaardiging. 'Waarom ben je zo gestrest? Ze zullen je bekakte Engelse accent geweldig vinden en je vreemde outfits toeschrijven aan Engelse excentriciteit. Maar ik beloof je dat je er glamourous zult uitzien.' Ze maakte nog een paar aantekeningen. 'Wat dacht je van mijn zwarte jurkje? Dat staat jou veel beter dan mij.'

Sophie wuifde met haar handen, ten teken dat ze nog liever een zwarte plastic zak zou dragen. 'Het viel Luke al op dat ik die jurk voor de tweede keer aan had. Ik kan hem niet nog een keer dragen.'

Milly schudde haar hoofd. 'Dan moet je een andere jurk hebben. Je kunt niet zonder sexy jurk.'

'Waarom niet? Ik zou niet weten wanneer ik die moet dragen. Ik moet juist iets chics hebben.'

'Een vrouw moet nooit zonder sexy jurk op reis gaan. Luke zal niet de enige man zijn daar. Je weet nooit wie je ontmoet. En hij moet kort zijn.'

'Waarom?'

'Je hebt prachtige benen, en korte jurken zijn goedkoper dan lange.'

'O. Kan ik niet gewoon heel hard aan een trui trekken?'

Milly lachte. 'Ja, maar ik weet zeker dat je iets beters kunt verzinnen. In Engeland was je altijd goed in kleren veranderen. Dat kun je vast nog. En wie geen goedkope jurk kan vinden in New York, verdient het niet om vrouw te zijn.'

'Daar heb je gelijk in.'

'Ik weet een geweldige fourniturenwinkel.'

Sophie keek haar met samengeknepen ogen aan. 'Denk je dat ze daar ook veren verkopen?'

'Dat weet ik wel zeker,' zei Milly. 'Kom, dan zoeken we het adres op.'

Terwijl Milly door het telefoonboek bladerde, keek Sophie de garderobe van haar vriendin door. Ze haalde een zwart jurkje uit de kast 'Heb jij deze nog nodig?'

Milly keek op van het telefoonboek. 'Ik weet wat je denkt. Je denkt geld te kunnen besparen.'

'Hoe raad je het zo.'

'Oké, je mag hem hebben...' Ze zweeg even veelbetekenend. '... maar alleen als je er iets sensationeels van weet te maken.'

'Afgesproken! Vind je het erg als ik hem tot aan het middel openknip? Of er een open rug in maak?'

'Nee, zolang je er maar iets moois van maakt. Maar ik zou hem niet te bloot maken, aan de voor- noch de achterkant. Dat ligt in New York al moeilijk, laat staan in Connecticut.'

'Ik zal proberen hem niet te verpesten. Zeg Milly, we gaan toch wel samen shoppen, hè?'

Milly trok een moeilijk gezicht. 'Ik zou dolgraag willen, maar ik heb al een eeuw geleden vrijgenomen om vandaag iets leuks met Franco te kunnen doen.'

Dat was een tegenvaller. Sophie had zich verheugd op een vriendinnendag. Maar ze begreep het wel. In New York werkten mensen veel harder dan in Engeland en vrije dagen waren er schaars.

'Oké, zij die alleen shopt, shopt het snelst. Als jij me dan maar uitlegt waar ik de beste kringloopwinkels kan vinden.'

Milly pakte een plattegrond en zette er kruisjes op. 'Hier zijn kringloopwinkels.'

'Kan niet beter.'

In winkels met tweedehandskleren hing altijd een speciaal luchtje. Sophie was eraan gewend en liet zich er niet door afschrikken.

Deze winkel had vooral veel vintagekleding in plaats van tweedehandskleren en was voor Sophie een schatkamer. Hij was ongetwijfeld duurder dan de andere winkels, maar ze zou er ook mooiere spullen op de kop kunnen tikken.

Er lag een kale plankenvloer en de muren waren bedekt met spiegels en reclame uit de jaren vijftig en zestig – misschien zelfs nog ouder. Op de achtergrond speelde zachte jazzmuziek en ze voelde de opwinding die een shopsessie haar altijd gaf. Het ging haar niet om het geld uitgeven, maar om de kick van het zoeken en de verwachting iets moois te kunnen vinden tussen al die rijen kleren.

De winkelierster zat wat naaiwerk te doen. Na een babbeltje met Sophie over haar wensen, ging ze weer aan het werk en liet ze Sophie haar gang gaan.

Sophie keek altijd eerst alle rekken door, zodat ze een beeld had van wat er was. Sommige kledingstukken konden direct terzijde worden geschoven, maar er zaten ook veel kleren tussen waar ze iets mee kon; daar keek ze nog een tweede keer naar. Ze vond een prachtige poedelrok uit de jaren vijftig, die ze zou kunnen inkorten en op een zwarte legging kon dragen. Ze stuitte op een tuinbroek die perfect zou zijn voor Milly en op een paar vrolijke kettingen die ze niet kon laten liggen. Maar ze vond niets wat geschikt zou zijn voor een verblijf in een voornaam landhuis in Connecticut.

Met tegenzin hing ze de poedelrok terug, waarna ze alleen de tuinbroek kocht. Ze kon het zich niet veroorloven kleren voor haar plezier te kopen. Ze stond net te betalen en te bedenken waar ze hierna naartoe zou gaan, toen haar oog op een paar schoenen met prachtige scharlakenroden hakken viel. Het leek haar maat. 'O, wat een beeldige schoenen!' zei ze enthousiast.

Het meisje keek ernaar. 'Die heb ik in de uitverkoop gekocht, maar ze passen me niet. Toen bedacht ik dat ik ze net zo goed hier kon verkopen.'

'Wat kosten ze?' vroeg Sophie, terwijl ze haar laarzen begon uit te trekken.

'Omdat je Engelse bent, mag je ze hebben voor wat ik ervoor heb betaald. Ze waren heel goedkoop.'

'Wat aardig van je. Je zult mij niet horen over het feit dat je me korting geeft omdat ik Engels ben. Ik zeg alleen maar: bedankt!'

8

Sophie vond de trein en het perron met gemak. Zodra ze mensen iets vroeg en ze hoorden dat ze Engelse was, werd ze praktisch bij de hand genomen en in de wagon getild. Ze reisde samen met een oudere vrouw die haar had geholpen en met wie ze gezellig over diens kleinkinderen praatte. Ze kreeg niet eens de gelegenheid zich zorgen te maken of ze wel op het juiste station zou uitstappen: ruim voor aankomst werd ze erop geattendeerd haar spullen te verzamelen.

Toen Sophie uit het station kwam, stond er een glimlachende chauffeur – met pet! – op haar te wachten. Hij kwam meteen naar haar toe en nam de rugzak van haar over. Klaarblijkelijk had Matilda haar nauwkeurig omschreven, en even wenste ze dat ze Milly's reiskoffer op wieltjes had geleend. Een rugzak had iets heel hippie-achtigs. Zou hij wel eens eerder iemand met een rugzak hebben opgehaald?

'Mejuffrouw Sophie Apperly?' vroeg hij.

'Dat ben ik,' beaamde ze.

'Ik ben Sam,' zei de man. 'Ik werk al twintig jaar voor mevrouw Matilda.'

'Jeetje,' zei ze, maar ze had meteen spijt van haar spontane reactie. Het klonk veel te familiair.

'Jazeker, mejuffrouw. Loopt u maar met me mee, dan breng ik u naar huis.'

Ze glimlachte van genoegen. Het was duidelijk dat deze aardige man gehecht was aan zijn werk – en aan Matilda.

Toen de grote ijzeren hekken openzwaaiden, begreep Sophie ineens waarom Luke argwaan koesterde jegens jonge vrouwen die vriendschap sloten met zijn grootmoeder. Ze was niet gewoon rijk, ze was steenrijk. En hoewel ze met haar Rottweilerkleinzoon volstrekt veilig was, kon Sophie zich nu beter in zijn waakhondgedrag verplaatsen, want van Matilda's open en genereuze aard kon door rugzaktoeristen inderdaad misbruik worden gemaakt.

Het contrast tussen dit perfect onderhouden landhuis en haar rommelige, enigszins verwaarloosde ouderlijke huis was verbijsterend. Hier lag geen blad langer dan een dag in de goot. Optrekkend vocht en schimmel kregen geen kans zich over de muren te verspreiden.

Ineens voelde ze zich schuldig dat ze de uitnodiging had aangenomen. Haar motieven deugden niet. Ze mocht Matilda graag, maar ze had de logeerpartij ook aangegrepen omdat ze vastbesloten was net zolang in Amerika te blijven totdat ze haar familielid had opgespoord.

Tegen de tijd dat ze de golvende gazons en de laan met esdoorns achter zich hadden gelaten en voor het huis – dat in Sophies ogen slechts één maatje kleiner leek dan Chatsworth – stopten, had ze besloten niet te lang te blijven, of ze haar familielid nu vond of niet. Ze zou maandagochtend meteen de trein terug naar New York nemen. Ook bij Milly voelde ze zich een profiteur, maar met haar kon ze erover praten als dat nodig was.

Matilda verscheen in de voordeur om haar te begroeten. Ze leek klein tegen de achtergrond van het kolossale huis – klein maar wel passend in haar omgeving. Ze omhelsde Sophie hartelijk.

'Wat leuk dat je er bent! Ik heb er zo naar uitgekeken. Ik heb allemaal leuke klusjes voor je.'

Sophie, die de begroeting al even warm had beantwoord, zei: 'Dat zegt u maar om mij een plezier te doen. Het is duidelijk dat u personeel genoeg hebt.'

Matilda lachte opgewekt. 'Natuurlijk. Maar sommige dingen

kun je niet zomaar aan iedereen overlaten,' zei ze met een knipoog.

Sophie lachte. 'Oké. Maar ik vermoed dat het een ander soort klusjes is dan ik voor oom Eric deed.' Ze dacht aan het poetsen en opruimen dat ze in het huis van haar oudoom had gedaan, en aan zijn vriendelijke gemopper.

'Ja, dat denk ik ook. Waarschijnlijk hebben jouw oom en ik verschillende behoeften. Maar kom gauw binnen, dan drinken we eerst een kopje thee,' zei Matilda, haar bij de arm nemend.

Sophie was eigenlijk toe aan een glas wijn, maar een kop thee ging er ook wel in. Misschien zou er later sherry worden geschonken. Ze hield van oom Erics Amontillado maar vermoedde dat Matilda een voorkeur had voor een drogere sherry, waar ze meer moeite mee had. Maar je mocht een gegeven paard niet in de bek kijken, en al helemaal niet als dakloze gast.

'Wil je je misschien eerst even opfrissen? Of op je kamer iets anders aandoen?' vroeg Matilda.

Sophie besloot dat ze tegenover Matilda niet geheimzinnig hoefde te doen over haar garderobe, of over wat dan ook. 'Eh... nee, dank u. Maar ik zou wel graag even mijn handen willen wassen.'

Ze werd door een glimlachende vrouw in uniform naar een badkamer op de begane grond gebracht die de afmetingen had van een zwembad.

Gelukkig bleef de dienstbode voor de badkamer op haar wachten, anders had Sophie de serre, waar Matilda wachtte met een zilveren theeservies, porseleinen kop en schotels en een ketel op een spiritusbrander, nooit gevonden.

'Vergeef me, kind,' zei ze, toen Sophie binnenkwam. 'Maar ik vind het heerlijk om voor een Engelse gast mijn oude spulletjes tevoorschijn te halen. Mijn familie verklaart me voor gek dat ik een servies gebruik dat gepoetst moet worden.' Ze wees op de theepot, het melk- en suikerstelletje en de ketel. 'Maar Consuelo doet het graag.'

Consuelo glimlachte. 'Ik vind het heerlijk om onder het televisiekijken zilver te poetsen.' Ze zweeg even. 'Mevrouw Matilda, hebt u me nog nodig? Anders ga ik naar de keuken. Er moet nog heel wat bereid worden.'

'Nee, dank je. Als de theepot te zwaar voor me is, helpt Sophie me wel even. Hoe heb je je thee het liefst, kind?'

'Met een wolkje melk. Lukt het met de pot, denkt u?'

'Ik ben bang van niet. Als het zou moeten wel, maar nu jij er toch bent...'

Sophie schonk de thee in. Ze genoot van het contrast met haar eigen manier van theedrinken – zakje in een mok – en de met vogels beschilderde, bijna transparante porseleinen kopjes. Oom Eric zou het goedgekeurd hebben.

'Neem een koekje,' zei Matilda toen ze allebei voorzien waren van een kop thee. 'Je ziet zeker wel dat het kalkoenen moeten voorstellen.' Hoewel de koekjes een min of meer vogelachtige vorm hadden, had Sophie er geen kalkoen in herkend. 'Ik vroeg me af of je ze morgen met de kinderen zou willen versieren. Ze vervelen zich altijd voordat ze aan tafel kunnen.'

'Natuurlijk wil ik dat. Het lijkt me erg leuk om te doen. Ik wil niets liever dan de handen uit de mouwen steken.'

'Ik mag je van Luke niet aan het werk zetten.'

Dat verbaasde haar. 'O, heeft hij dat gezegd? Waarom mag dat niet?'

Matilda haalde haar schouders op. 'Ik denk dat hij wil dat je het hier naar je zin hebt.'

Dat leek haar onwaarschijnlijk. Hoewel hij zich keurig had gedragen, was hij allesbehalve hartelijk tegen haar geweest. Toen besefte ze dat hij waarschijnlijk bang was dat ze via Matilda een baantje probeerde te bemachtigen, om op die manier aan een verblijfsvergunning te kunnen komen. Hij wilde niet dat zijn grootmoeder haar op een of andere manier sponsorde. Wat was die man toch achterdochtig! Misschien was dat juristen eigen. Of zou hij elke vrouw van onder de zestig wantrouwen omdat zijn ex-vrouw hem het vel over de oren had gehaald?

'Ik hou van kinderen. Zoals gezegd zou ik hier als kindermeisje komen werken, maar dat ging helaas niet door.'

Matilda fronste. 'Dat is waar. Stiekem ben ik blij dat het niet is doorgegaan. Want dan hadden wij elkaar niet ontmoet en zouden we geen bondgenoten kunnen worden.'

'Bondgenoten? Tegen wie? Of wat?'

'O, tegen niemand in het bijzonder,' zei Matilda terloops. Ze pakte de theepot op, die nu veel lichter was. 'Nog thee?'

'Lekker.' Sophie keek toe terwijl de donkerder geworden thee het kopje vulde. Ze vroeg zich af of Luke haar had aangestoken met zijn wantrouwen, want iets in Matilda's stem gaf haar het gevoel gaf dat er meer achter haar woorden stak dan ze wilde toegeven.

'Wil je nu je kamer zien?' vroeg Matilda toen de theepot leeg was en ze elk minstens drie kalkoenkoekjes hadden gehad.

'Mmm, graag. Maar ik wil liever eerst nog even naar de badkamer om me op te frissen.'

Matilda trok een gezicht. 'Lieverd, je hebt een eigen badkamer bij je kamer, mét bad. Ik dacht dat je als Engelse misschien liever niet doucht.'

'Ik vind een douche ook prima, hoor, maar een bad is natuurlijk helemaal heerlijk.'

Het was een prachtige kamer, groter dan de zitkamer in haar ouderlijk huis. Hij lag op de begane grond en had openslaande deuren naar de tuin. 's Zomers zou je heerlijk vanuit de kamer de betegelde Italiaanse tuin direct achter het huis in kunnen lopen om van de zon te genieten. Nu wierp Sophie slechts even een blik in de tuin voordat Consuelo de dikke gordijnen sloot en haar omhulde in een weldadige warmte. Het moest moeilijk wennen zijn aan een klein appartement in New York als je zoveel ruimte gewend was, bedacht Sophie, totdat ze besefte dat Matilda's appartement in New York waarschijnlijk ook enorm groot was.

Toen Consuelo aanbood haar te helpen met uitpakken, sloeg

Sophie haar hulp met een glimlach af. 'Je kunt wel zien dat ik niet veel bij me heb en ik heb liever niet dat je mijn grauwe ondergoed ziet.'

Consuelo lachte. 'Als je iets bent vergeten, hebben wij het vast in huis. We hebben bijvoorbeeld een voorraadje uitstekende make-up.'

Sophie aarzelde. Ze maakte zich meestal niet al te zeer op. Ze vroeg zich af of ze genoeg zou hebben aan haar paar monstertjes, haar droge mascararoller en haar laatste restje lippenstift dat alleen nog met een lippenseel was aan te brengen. Of zou ze hier een beetje extra make-up nodig hebben? De monsters bestonden hoofdzakelijk uit ooggel en middeltjes waaraan Sophie op haar leeftijd weinig had. 'Denk je dat dat nodig is?'

Ze dienstbode knikte. 'De meisjes die normaal om Luke heen zwermen zijn altijd zwaar opgemaakt. Jij hebt dat niet nodig – je hebt een prachtige huid – maar misschien wil je je toch een beetje opmaken.'

'Als dat zou kunnen...'

'Ik breng wel iets. Dan kun je een beetje experimenteren. Het diner is om zeven uur, als de rest van de familie klaar is. We hebben een gong. Je hoort het vanzelf. Mevrouw Matilda drinkt rond halfzeven altijd een glas sherry, dus als je eerder klaar bent, waardeert ze het zeker als je een glaasje meedrinkt.'

Klokslag halfzeven wankelde Sophie op haar hoge hakken haar kamer uit. Ze was blij dat ze geen trappen hoefde te lopen, want ze had haar handen vol truffels die ze voor haar vertrek in Milly's keukentje had bereid. Ze hoopte maar dat haar zelfgebakken bonbons er speciaal uitzagen en niet alleen maar goedkoop omdat ze kosten had willen besparen. De schoenen met scharlakenrode hakken die ze in de kringloopwinkel had gekocht waren iets te groot, maar ze had ze toch gekocht omdat ze ze zo mooi vond en het onbeleefd had gevonden het aanbod af te slaan. Volgens Milly waren het qua stijl schoenen voor transseksuelen, maar Sophie wilde het risico wel lopen dat ze werd aangezien voor een man in vrouwenkleren.

Ze droeg een minirokje van een topmerk dat ze ook al goedkoop – zolang je de hoeveelheid stof die je ervoor kreeg niet in aanmerking nam – op de kop had getikt en een simpel kasjmieren v-halsvestje. Het vestje had ze in New York gekocht – een van haar beste tweedehandsvondsten. Haar panty was het duurst, omdat daar volgens Milly 'het meest van te zien is en je zulke geweldige benen hebt, zijn ze hun geld dubbel en dwars waard'.

Ze had zich in eerste instantie flink opgemaakt met de make-up die Consuelo had gebracht, maar het er vervolgens weer grotendeels afgehaald, waarna ze zich rijkelijk had bespoten met het Guerlain-parfum uit de badkamer. In haar slaapkamer had ze zich nog fantastisch gevoeld, maar hoe dichter ze de salon naderde, hoe geringer haar zelfvertrouwen werd. Ze hoorde stemmen. Ze zou zich moeten voorstellen aan Matilda's familie die, daar was ze van overtuigd, allemaal net zo waren als Luke en in haar een ordinaire profiteur zouden zien. Misschien was haar rokje toch te kort.

Gelukkig bood de enorme hal genoeg gelegenheid om te oefenen op haar hakken, concludeerde Sophie, vastbesloten haar zenuwen te bedwingen en zich te amuseren. En Matilda was een leuke vrouw, dus voor hetzelfde geld was haar familie dat ook. Misschien behoorde Luke tot de saaie tak van de familie.

Toen Sophie verscheen in de deuropening van de grootste kamer die ze ooit in privébezit had gezien, viel er een korte stilte. In de uiterste hoek knetterden drie boomstamdikke houtblokken in een open haard die in een kasteel niet zou misstaan.

Klaarblijkelijk hadden de gasten die zich om de haard hadden geschaard op haar staan wachten. Ze namen haar goedkeurend op. Matilda, die met zachte stem had staan praten met een man van haar eigen leeftijd, kwam meteen op Sophie af toen ze haar zag.

'Sophie, kind, kom er gezellig bij,' zei ze. Ze kuste Sophie op haar wang.

'Hallo,' zei Sophie, terwijl ze Matilda terugkuste. 'Ik heb iets voor u meegebracht. Niets bijzonders, hoor, gewoon een paar zelfgemaakte truffels.' Ze besefte dat ze zich meer op haar gemak zou hebben gevoeld als ze hier serveerster was in plaats van gast.

'Wat lief! Maar dat had niet gehoeven, hoor, ik ben allang blij dat je er bent.'

'Dat weet ik, maar ik wilde niet met lege handen komen.'

'Ik weet zeker dat ze heerlijk zullen zijn.' Ze gaf de truffels aan een geüniformeerde butler die geruisloos aan haar zijde was verschenen met een dienblad. 'Neem een glas sherry. Of heb je liever iets anders?'

'Sherry lijkt me heerlijk,' zei Sophie, hoewel ze beter een sterke cocktail zou kunnen gebruiken. De butler zou vast een perfecte Manhattan of Old-Fashioned kunnen bereiden, maar ze wist niet eens of ze dat lekker vond. Bovendien wilde ze niet dat er aan de reeks vooroordelen die Matilda's familie ongetwijfeld al over haar had die van 'drankorgel' werd toegevoegd.

'Laat ik je even voorstellen aan mijn familie,' zei Matilda, zodra Sophie een glas aangeboden had gekregen. 'Ik ga ervan uit dat je niet van iedereen de naam kunt onthouden. Wij Amerikanen hebben een trucje waarop we de naam zeggen van degene die aan ons wordt voorgesteld. Dat helpt.'

Een iets oudere vrouw dan Sophies moeder deed lachend een stap naar voren. 'Dus je bent vandaag Amerikaanse, moeder? Normaal ben je er zo trots op je dat je Britse bent. Hoi, Sophie, ik ben Susannah, een van Matilda's dochters. Ik woon in Californië. Ik ben Lukes tante.' De vrouw wierp een plagende blik op Luke, die zijn neus in een tumbler had. Hij stond naast een beeldschoon meisje met lang blond haar dat helemaal in het roze was. Sophie voelde zich meteen sjofel in haar grotendeels zwarte outfit, die er, zo constateerde ze wanhopig, toch wel heel erg tweedehands uitzag.

'Luke, stel jij Bobbie even aan Sophie voor?' zei Matilda.

Luke glimlachte. 'Sophie, dit is Bobbie. Ze is de dochter van oude vrienden van de familie.'

De vrouw lachte. 'Zo oud zijn we toch nog niet, lieverd?'

Bobbie deed een stap naar voren en gaf Sophie twee luchtkussen, wat haar enigszins verraste. Bobby had geen vriendelijke indruk op haar gemaakt. 'Hoi, Sophie! Kom, dan stel ik je voor aan mijn ouders!'

Ze had precies hetzelfde accent als de meisjes in de club. Sophie vroeg zich af of ze elkaar kenden. Vergeleken bij Bobbie, die ongeveer even oud moest zijn als zij, voelde ze zich stokoud.

Ze werd aan de andere gasten voorgesteld, die haar over het algemeen hartelijk verwelkomden. Maar ze voelde zich een arme sloeber. Het gesprek fladderde van privéjets naar de kredietcrisis – die niemand van de aanwezigen scheen te hebben geraakt – en de klacht dat het tegenwoordig onmogelijk was een goede tuinman te vinden. Sophie had bijna haar hand opgestoken en gezegd dat ze best goed in tuinieren was, in de hoop op een baantje, maar omdat Luke naar haar keek, deed ze het niet. Bovendien wilde ze Matilda niet in verlegenheid brengen. Ze beperkte zich tot het beantwoorden van vragen over Engeland, waarvan ze de meeste niet wist: ze had geen idee hoeveel inwoners haar woonplaats telde.

Luke begeleidde haar naar het diner, een ontspannen familieaangelegenheid waarvoor een butler nodig was, diverse dienstbodes, onder wie Consuelo, die naar Sophie knipoogde, en de rest van het werkvolk, zoals Milly dat noemde.

Aan weerszijden van Sophie zaten Matilda's goede vriendin en Luke. Bobbie zat aan zijn andere zijde, maar ze maalde er niet om om voor hem langs tegen haar te praten. Aanvankelijk had Sophie moeite haar te volgen, maar na een paar zinnen focuste ze zich op haar intonatie en lukte het haar de afzonderlijke woorden te verstaan. De wereld waarover ze praatte gaf Sophie het gevoel dat ze naar een boeiende glamourfilm keek die mijlenver van haar af stond.

Het diner was uitstekend. Eerst een kopje soep, die vooral uit schuim bestond met daaronder een heerlijke crème van erwten. Sophie vroeg aan Luke: 'Denk je dat hier het woord *soupçon* vanaf is geleid?'

Zijn ooghoeken plooiden zich waardoor hij er even heel anders uitzag. 'Zou kunnen,' zei hij, voordat Bobbie Sophies aandacht weer opeiste.

'We moeten morgen écht samen iets gaan doen!' zei ze opgewonden.

Dat dacht ik toch niet, dacht Sophie. Ze vroeg zich af waarom Bobbie dat in 's hemelsnaam voorstelde en hoe ze eronderuit kon komen.

'Ik meen dat grootmoeder een klusje voor Sophie in gedachten heeft. Als Sophie daar tenminste geen bezwaar tegen heeft,' zei Luke met een glimlach die bijna voor charmant kon doorgaan.

'Klopt! Dat was ik bijna vergeten,' zei Sophie. 'Ik ga de kinderen helpen met het versieren van koekjes voor Thanksgiving.'

Bobbie rimpelde haar neus. 'Dat lijkt me een plakkerig karweitje, maar wel leuk.'

'Dan doe je toch mee? Ik weet niet hoeveel kinderen er komen en hoe goed ze zijn met glazuur...'

'Glazuursel,' zei Luke.

'Glazuursel,' verbeterde Sophie, en zei toen: 'Zouden Britten en Amerikanen dan toch echt twee naties zijn die gescheiden worden door hun gemeenschappelijke taal?' Dat had ze haar vader vaak horen zeggen, en misschien had hij wel gelijk.

'Hoe bedoel je?' vroeg Bobbie met een lichte frons in haar perfect geëpileerde wenkbrauwen.

'Ik denk dat Sophie "*You like 'tomayto' and I like 'tomahto'*" bedoelt,' verklaarde Luke.

'Ja, maar dat werkt niet bij het woord "potato", hè?' zei Sophie.

'Nee. Waarom zou iemand "potahto" zeggen?' zei Bobbie. 'Dat klinkt raar.'

'Inderdaad,' beaamde Sophie. 'En het gekke is dat als ik in een Amerikaans restaurant "tomahto" zou bestellen, het raar zou zijn als ik "tomayto" zou zeggen.'

'Dat begrijp ik niet,' zei Bobbie.

'Omdat dat niet bij mij zou passen. Het zou dan net zijn alsof ik een Amerikaans accent opzet.'

'In plaats van een Brits accent, bedoel je?' zei Luke met zijn hoofd een beetje scheef.

'Ik heb geen accent,' zei Sophie stijfjes. 'Jullie kolonialisten hebben het accent.'

Bobbie keek haar met een verwarde blik aan, Luke kneep zijn lippen samen en schudde zijn hoofd. 'Je hoeft niet zo uit de hoogte te doen tegen ons. Laten we wel wezen, de Winchesters zijn overgestoken met de *Speedwell*. Die vertrok ongeveer gelijktijdig met de *Mayflower*.'

Sophie meende een twinkeling in zijn ogen te zien. 'Heel indrukwekkend. Maar het blijft een feit dat jullie degenen zijn met het accent.'

Even ontmoetten hun ogen elkaar. Op een of andere manier gebeurde er iets tussen hen wat ze niet kon omschrijven maar wat haar wel beviel. 'Oké, als jij het zegt,' zei hij.

Sophie zette grote ogen op. 'Het zou voor het eerst zijn dat jij míj gelijk geeft,' zei ze.

'Eén keer is geen keer,' zei hij.

Sophie wendde zich verward af. Als iemand anders dan Luke zo tegen haar had gepraat, zou ze gedacht hebben dat hij met haar flirtte.

'Wat doe jij morgen aan?' vroeg Bobbie.

'Eh, dat weet ik nog niet,' zei Sophie. Ze vroeg zich af of Milly's zwarte jurkje niet te excentriek zou zijn voor de feestelijke bijeenkomst.

'Echt niet?' Bobbie was verbijsterd. 'Niet te geloven! Dus jij weet nog niet wat je met Thanksgiving aan doet... de dag van tevoren? Als ik het nu nog niet zou weten, zou ik morgen de hele dag bezig zijn om een outfit bij elkaar te zoeken. Een nachtmerrie lijkt me dat!'

'Bedenk wel dat ze geen Thanksgiving vieren in Engeland,' zei Luke.

'O nee? Maar jullie vieren toch wel Kerstmis, of niet?'

'Ja, en al die andere feesten, zoals Pasen, Pinksteren...'

'Maar niet Onafhankelijkheidsdag?' Het was zonneklaar dat Luke haar plaagde.

'Wij vieren liever Bastille Day,' zei Sophie. 'Het weer is veertien juli vaak beter.'

Bobbie volgde hen nog even aandachtig maar haakte toen af.

De ene verrukkelijke gang volgde op de andere, totdat Sophie zo vol was dat ze bang was geen stap meer te kunnen zetten. Maar voordat het dessert werd geserveerd, klapte Matilda in haar handen. 'Heren, als jullie nu allemaal twee plaatsen naar links willen doorschuiven.'

Pas toen Luke opstond, besefte Sophie hoeveel steun ze aan hem had gehad. Hij mocht dan allerlei verdenkingen tegen haar koesteren, hij had haar tenminste niet uitgehoord over de Britse economische groei, zoals de man tegenover haar.

'Hallo,' zei de oudere man die op zijn plaats kwam. 'Wat doet een wilde Engelse roos in deze contreien?'

Sophie wist hoe ze met charmante mannen moest omgaan. Ze zou deze ogenschijnlijk respectabele gentleman behandelen zoals ze oom Eric had behandeld. Maar tegelijk met dit compliment voelde ze een hand op haar been, die zachtjes kneep. Ze kromp ineen.

In de hoop dat hij haar te hulp zou schieten, keek ze naar Luke, maar hij zat aandachtig te luisteren naar een andere man, die een waarschijnlijk technisch en belangrijk verhaal tegen hem afstak zonder dat hij de vrouw die tussen hen in zat leek op te merken.

Ze verschoof haar been en forceerde een glimlach. De man ging verder met een gedetailleerd verslag van zijn heldendaden in Vietnam, terwijl hij op zoek ging naar haar knie. Ze legde haar servet op haar schoot en ging erop zit-

123

ten, zodat hij op stof zou stuiten als hij zou opschuiven naar haar bovenbeen. Ze keek wanhopig om zich heen om te zien of er iemand was die haar kon helpen. Ze kon natuurlijk stampei maken en zeggen dat ze werd aangerand, maar dat zou onbeleefd zijn. Misschien dat ze het tegen Matilda zou zeggen zodra de gelegenheid zich voordeed, maar ze had het idee dat de man het meer uit gewoonte deed dan iets anders.

Eindelijk stond Matilda op.

'Lieve mensen, ik ga jullie verlaten. Geniet van de thee, koffie of wat jullie maar willen in de salon. Ik ga naar bed.'

Sophie stond zo snel op dat haar oudere tafelheer bijna van zijn stoel viel, aangezien hij door het gebrek aan steun van haar been zijn evenwicht verloor. Ze was in een paar seconden bij Matilda. 'Zou u het erg onbeleefd van me vinden als ik ook naar bed ging? Ik geloof dat ik nog steeds last heb van een jetlag.' Ze wist niet zeker of ze die smoes nog kon gebruiken, maar ze was echt doodop. Misschien werd de spanning van de avond haar te veel.

'Nee, natuurlijk niet, kind,' zei Matilda. 'Je moet doen waar je zin in hebt. Ik zou ook moe worden van die soldatenverhalen,' voegde ze er met een knipoog aan toe.

'Oké, dan doe ik dat.' Nu ze wist dat Matilda het haar niet kwalijk nam, maakte ze zich niet meer druk om wat de anderen ervan zouden vinden. Na een snel hoofdknikje naar haar directe tafelgenoten, liep ze door de enorme hal terug naar haar slaapkamer. Ze had met opzet niet naar Luke gekeken; ze wilde de afkeuring in zijn blik niet zien.

Nadat ze, in de peignoir die Matilda zo attent klaar had laten leggen, haar ondergoed had gewassen in de wastafel, overwoog ze net voor het eerst sinds haar aankomst in Amerika in bad te gaan toen er op de deur werd geklopt. In de veronderstelling dat het Consuelo was die het bad voor haar wilde laten vollopen of iets anders voor haar wilde doen wat ze heel goed zelf kon, liep ze weer de slaapkamer in en riep: 'Binnen!'

Omdat de deur dicht bleef, liep ze ernaartoe om open te doen. Het was Luke, met haar schoenen in zijn handen. 'Deze was je vergeten.'

'O, dat is waar ook.' Hoewel ze in haar kleren meer bloot had laten zien dan in haar peignoir, trok ze met een hand de revers dicht, terwijl ze met haar andere hand de schoenen wilde aannemen.

'Schop je altijd eerst je schoenen uit voordat je ervandoor gaat?' vroeg hij. Hij bleef de schoenen vasthouden.

'Ze zijn me te groot,' verklaarde ze. 'En ik ben er niet vandoor gegaan. Ik ben ze min of meer onder tafel verloren.' Ze fronste licht. 'Maar waarom kom je niet binnen?'

Ze schaamde zich dat ze Luke binnenliet in slechts een zijden peignoir, maar wat ze te vertellen had wilde ze niet zeggen met de deur halfopen.

Luke liep haar kamer in. 'Waarom was je ineens weg?' Zijn vreemd gekleurde ogen doorboorden haar, alsof hij een onwillige getuige een verhoor afnam. Of misschien deed hij het om niet naar haar lichaam te hoeven kijken, dat weliswaar schuilging onder haar peignoir, maar waarin haar welvingen werden geaccentueerd.

'De man die naast me zat legde zijn hand op mijn been.'

Luke reageerde verbijsterd. 'Schandalig! Ik ga hem er meteen op aanspreken. Zo kan hij zich niet gedragen tegenover de gasten van mijn grootmoeder.'

'Dat kan hij tegenover niemand. Maar dit is niet het moment. Het is al laat.'

'Zo laat is het nog niet. Matilda en jij hebben jullie vroeg teruggetrokken.'

Sophie grinnikte. 'Ik heb me nog niet helemaal aan het tijdsverschil aangepast. Maar het is een oude man. Ik wil er geen al te groot probleem van maken. Het zou Matilda maar in verlegenheid brengen.'

Ze hield haar hart vast, terwijl hij haar woorden liet bezinken, alvorens stilzwijgend te beamen dat ze de zaak beter konden laten rusten.

Ze hield nog altijd haar hand uit om de schoenen aan te nemen, maar hij weigerde ze af te geven.

'Waarom koop je schoenen die je te groot zijn? Heb je ze niet eerst in de winkel gepast?'

Ze herinnerde zich dat hij op de opening in de galerie ook al met haar schoenen achter haar aan was gekomen en vond dat ze iets had uit te leggen. 'Dat eerste paar had ik van mijn vriendin Milly geleend. Ze hadden akelig hoge hakken. En deze…' Ze keek smachtend naar de bungelende schoenen in zijn hand. '… heb ik gekocht omdat ik ze zo mooi vond. Kijk dan toch! Scharlakenrode hakken! Die kon ik toch niet laten staan?'

'Jawel, omdat ze je niet passen. Hadden ze ze niet in jouw maat?'

Ze dacht even na maar besloot toen toch maar de waarheid te vertellen. 'Ik heb ze in een kringloopwinkel gekocht. Daar hebben ze geen verschillende maten.'

'Maar ze zijn je veel te groot!' Hij scheen niet te vallen over het woord tweedehands.

Sophie knikte. 'Dat weet ik ook wel. Maar het zijn fantastische schoenen.' Toen ze zag dat hij ze niet meer zo stevig vasthield, nam ze hem de schoenen voorzichtig uit handen.

'Sophie,' zei hij.

'Hmm?'

'Ik wou je iets vragen.'

'O ja?'

'Ik heb een brunch. Een grote brunch, aanstaande zaterdag. We gaan er allemaal heen. Ik zou het leuk vinden als jij meegaat als mijn date.'

'O? Waarom?' Ze was stomverbaasd. 'Er staan vast genoeg meisjes voor jou in de rij om met je mee te gaan naar een brunch.' Ze fronste licht. 'Ik ben nog nooit naar een brunch geweest. Dat bestaat niet in Engeland. Althans niet in de kringen waarin ik me beweeg. Tenzij je een laat ontbijt waarbij je de lunch overslaat een brunch wilt noemen.'

'Sophie!' Hij klonk ongeduldig. 'Ik weet dat de meisjes in

de rij staan om met mij naar een brunch te gaan! Als rijke...'

'Aantrekkelijke man...'

Hij glimlachte even, alsof hij toegaf dat het arrogant klonk. 'Hoe dan ook. Het maakt me een geschikte huwelijkskandidaat. Te geschikt. En omdat ik een thuiswedstrijd speel, om het zo maar eens te zeggen, zal het meisje dat ik meeneem naar een...'

'Een brunch!' Sophie kon het niet serieus nemen.

Hij ploegde voort: '... worden aangezien voor de uitverkorene. Dat zou ons praktisch tot een verloofd stel maken. Ik weet niet of je het weet, maar ik ben gescheiden, en om een of andere reden wordt elk meisje dat met mij wordt gezien beschouwd als mijn aanstaande echtgenote. Daarmee staat elke nieuwe vriendschap die ik sluit meteen onder druk.' Hij zweeg en overwoog hoe hij dit gevoelige onderwerp moest uitleggen.

Sophie besloot hem te helpen. Na het gesprek dat ze had opgevangen in de bar wist ze hoe de vork in de steel stak. 'Maar als je een Engelse in tweedehandskleren meeneemt naar een brunch, zoekt niemand er iets achter?'

Luke glimlachte meesmuilend. 'Dat heb je mij niet horen zeggen.'

'Nee, omdat Amerikanen lang niet zo creatief met taal zijn als Britten. Je bedoelde het wel zo.'

'Dat is niet waar.' Hij liep naar de erker waar een kleine sofa, een fauteuil en een bureautje stonden en ging in de fauteuil zitten. Sophie volgde zijn voorbeeld en ging voorzichtig op het puntje van de bank zitten, in de hoop dat haar peignoir niet zou openvallen.

'Je bent een leuke meid. Niemand zal verbaasd opkijken als ze ons arm in arm zien lopen. Maar ze verwachten niet dat ik buiten de vriendenkring van mijn familie zal trouwen, omdat ik ruime keus heb uit rijke, mooie vrouwen.'

'Uh-huh,' zei Sophie, om hem aan te moedigen. Stiekem genoot ze ervan hem te zien worstelen om zijn gevoelens onder woorden te brengen zonder onbeleefd te worden.

'Dus zou je zo vriendelijk willen zijn mij te vergezellen? Als ik bijvoorbeeld met Bobbie zou gaan, staat een dag later in alle plaatselijke roddelbladen dat we op huwelijksreis naar Mauritius gaan.'

'Bobbie lijkt me anders wel iemand die met jou zou overleggen waar jullie op huwelijksreis heen gaan. Kajakken in Nieuw-Zeeland, bijvoorbeeld.'

Lukes vertwijfeling groeide. 'Dat zou ze zeker doen, maar daar gaat het niet om! Ik wil helemaal niet met Bobbie trouwen en ik wil ook niet met haar naar de brunch.'

'Ze gaat al.'

'Precies. Dus dan kan ze ook niet mee als mijn date.'

'Ik zou niet weten waarom niet.'

Luke fronste. Ze moest toegeven dat mannen best sexy waren als ze streng keken. 'Ik heb gezegd dat ik dat niet wil.'

'Dan ga je toch alleen. Je bent toch geen kind meer?'

Luke haalde diep adem. Klaarblijkelijk vroeg hij zich af hoe hij kon uitleggen wat hem tot dusver zo slecht afging. 'Als ik alleen ga, zal elke alleenstaande vrouw zich op me storten of door haar moeder aan me worden opgedrongen.'

Ze trok spottend een wenkbrauw op. Ze wist dat het waar was wat hij zei. Per slot van rekening had ze de meiden in de club op die manier over hem horen praten. Maar ze vond dat hij dergelijke dingen niet ongestraft kon zeggen. Dat was niet goed voor zijn opgeblazen ego. 'Denk je?'

Hij zuchtte, zich er niet van bewust dat ze hem voor de gek hield. 'En niet omdat ik "aantrekkelijk" ben...' Zijn ogen fonkelden even, ten teken dat hij zich haar opmerking herinnerde. '... of een goede jurist, maar omdat ik uit een voorname familie stam en men wil voorkomen dat al dat geld uit de groep verdwijnt.'

'Ik begrijp het. Het is een soort clan.'

'Precies. Hou het vermogen binnen het netwerk, want op die manier worden we allemaal steeds rijker.'

'Dus je wilt me mee ter bescherming, zodat ik al die alleenstaande vrouwen van je af kan slaan.'

'Nee…' Hij zweeg even. 'Sophie, wat kun jij soms vervelend zijn.'

'Luke, ik dacht dat je me áltijd vervelend vond.'

Zijn mondhoek krulde. 'Dat is waar, maar toch wil ik dat je mee naar de brunch gaat.'

Ze schudde haar hoofd. 'Ik vind het vervelend dat ik je niet kan helpen, maar ik kan niet mee.'

'Maar waarom niet? Je vertrekt maandagochtend pas. De brunch is zaterdag.'

Ze overwoog simpelweg te weigeren mee te gaan maar vond toch dat ze hem de waarheid moest vertellen. 'Dan ben ik nog wel hier, maar ik kan niet met je mee.' Ze stond op. 'Kom eens mee.' Hij volgde haar door de kamer naar de antieke kledingkast. De kast was vermoedelijk te klein voor Bobbies collectie zomerrokjes, maar voor Sophie was hij veel te groot. Ze opende de kastdeur. 'Kijk maar. Meer kleren dan deze heb ik niet bij me. Toen ik vertrok heb ik geen rekening gehouden met een brunch. Het spijt me.'

Luke bekeek Sophies kleren, die in het uiterste hoekje van de kast hingen. Ze namen drie kleerhangers in beslag. Haar laarzen, die onder de hangers stonden, waren omgevallen en zagen er plots nogal aftands uit. Hij zei niet meteen: *Waarom kun je dit niet aan? Of dat?* Hij keek alleen even naar de kleren en toen weer naar haar. Hij schraapte zijn keel.

'Sophie, ik ga nu iets tegen je zeggen wat je zeer waarschijnlijk als een belediging zult opvatten. Maar ik zeg je dat het niet mijn bedoeling is je te beledigen of wat dan ook. Ik wil je alleen in staat stellen mij te helpen.'

'Wat bedoel je?' Sophie fronste.

'Ik wil dat je met me gaat winkelen om een outfit voor de brunch uit te zoeken. Als jij dit voor mij doet, zorg ik dat we je familielid vinden.'

'Maar Luke, ik dacht dat je een hekel aan profiteurs had. Ik mocht van jou geen vriendschap met Matilda sluiten omdat je bang was dat ik van haar zou profiteren.'

'Dat weet ik, maar dat gaat over mijn grootmoeder. Nu gaat het over mij. Ik kan het me veroorloven.'

'Ondanks je dure scheiding?'

'Ja. Alsjeblieft, doe dit voor mij.'

Sophie vocht met Holly Golightly. Holly won. Holly zou er niets op tegen hebben gehad als een rijke jongeman kleren voor haar wilde kopen om hem uit de brand te helpen.

Ze glimlachte. 'Oké. Kan ik ze terugbrengen als ik er tijdens de brunch niet op mors?'

Hij glimlachte terug. 'Ik ben bang dat je dat niet gaat lukken, Sophie.'

Eenmaal in bed lag Sophie nog lang te piekeren over Luke. Hij was anders dan ze had gedacht. Hij was snobistisch, formeel en stinkend rijk; hij was arrogant en iets te zelfvoldaan; maar hij had gevoel voor humor en hij kon aardig zijn. En hij had echt een boeiende kleur ogen…

9

Om zeven uur 's ochtends bracht Consuelo Sophie het ontbijt op haar kamer. Als ze nog had geslapen, zou ze haar ik-wil-je-niet-wekken-klop-op-de-deur niet hebben gehoord, maar ze lag een poosje te lezen en te genieten van het meest luxueuze dekbed waaronder ze ooit had geslapen. Het was te hopen dat ze straks nog kon wennen aan haar eigen beddengoed.

'Je had me geen ontbijt op bed hoeven brengen, hoor,' zei ze, toen ze de deur opende voor Consuelo. 'Ik had zo willen opstaan. Ik wist alleen niet hoe laat het ontbijt was.'

'Geen probleem. Mevrouw Matilda dacht dat je wel graag ontbijt op bed zou hebben. Ze wil je door en door verwennen.' Ze zette het dienblad op het nachtkastje zodat Sophie het dekbed met haar handen plat kon strijken. 'Luke is zoals gewoonlijk al gaan hardlopen. Het is nog vroeg, maar we vermoedden dat je wel al wakker zou zijn.'

'Jullie zijn helderziend. En ik heb een reuze trek.'

'Ik hoop dat je het lekker vindt. Ik heb roerei voor je, bacon, champignons, croissants, jus d'orange, koffie, gekookt water en een theezakje.' Ze zette het dienblad op het dekbed. 'O ja, en een paar sneetjes toast. Jullie Engelsen eten die graag koud, hè?'

'Ik vind alles lekker. Bedankt!' Sophie liet haar blik over het ontbijt gaan en zuchtte voldaan.

'Eet maar gauw op, het is nu nog warm. Ik breng je over anderhalf uur naar mevrouw Matilda. Red je dat?'

Sophie knikte en pakte mes en vork uit het servet.

'Wil je ook cornflakes?' vroeg Consuelo, toen ze zag dat er iets aan het ontbijt ontbrak.

Sophie nam een hap van de knapperigste en lekkerste bacon die ze ooit had geproefd. Ze schudde haar hoofd. 'Ik ben al blij als ik dit op krijg.'

Consuelo glimlachte en verliet de kamer. Sophie viel aan op haar ontbijt, en terwijl ze haar ei en bacon opat en op haar croissant en toast knabbelde, mijmerde ze over wat de dag zou brengen. Kon ze het maken om als Lukes date mee naar de brunch gaan? Misschien wel als Matilda het ermee eens was. Maar kon ze hem ook kleren voor haar laten betalen? Natuurlijk niet.

Ze probeerde het van zijn kant te bekijken. Hij had haar nodig om een klusje voor hem op te knappen. Zonder de juiste kleren kon ze hem niet helpen. Hij kon zich een nieuwe outfit voor haar veroorloven; eigenlijk was er geen morele reden waarom ze zijn aanbod niet zou kunnen accepteren. Maar het was meer een Holly Golightly-kwestie: het feit dat iemand kleren voor haar kocht, gaf haar toch een te ongemakkelijk gevoel. In het koude licht van de dag kon ze zich daar niet bij neerleggen.

'Was alles naar wens?' vroeg Matilda, toen Sophie zich later die ochtend bij haar voegde in haar kamer.

'Het was heerlijk! Wat een luxe, ontbijt op bed.'

'We dachten dat je wel honger zou hebben. Je hebt gisteravond niet veel gegeten.'

'Ik dacht...'

'Even over iets anders. Luke vertelde me dat hij met je gaat winkelen.'

Sophie schudde haar hoofd. 'Dat kan ik niet aannemen. Dan zou ik me goedkoop voelen. Ik heb hier een heerlijke vakantie met u, dus ik kan echt geen kleren van Luke aannemen. Het voelt gewoon niet goed.'

'Als Luke met je wilde gaan skiën, omdat hem dat goed uit-

kwam, en je had niet de juiste kleren, zou je hem dan skikle-
ren voor je laten kopen?'

'Dat is iets anders.'

'Voor hem niet. Je hebt het juiste gereedschap nodig voor
de klus. Laat hem ze voor je kopen.'

Sophie liet de analogie bezinken maar schudde toen weer
haar hoofd.

Matilda legde haar hand op die van Sophie. 'Hij heeft je om
een gunst gevraagd en wil iets terugdoen. Generositeit werkt
naar twee kanten – het is geven en nemen. Jij bent een gever,
wees nu ook eens een nemer.'

Sophie onderdrukte een glimlach. 'Het klinkt bijna alsof we
iets ongeoorloofds doen. We lijken wel drugsdealers.'

Matilda lachte. 'Vergeet het maar. Luke zal zich altijd aan de
wet houden.'

'Het probleem is dat ik niet goed begrijp waarom hij mij
meevraagt. Waarom wil hij dat ik met hem meega?' Hoewel
Luke het haar duidelijk had uitgelegd, wilde ze van Matilda
horen waarom het zo belangrijk was dat ze Luke hielp.

Matilda zuchtte en dacht even na. 'In New York kan Luke
min of meer uitgaan met wie hij wil. Hoewel ik liever zou
zien dat hij niet altijd voor magere glamourblondines koos
omdat die zo leuk aan zijn arm staan. Maar goed, dat is mijn
zaak niet.' Matilda zweeg even om adem te halen, en net toen
Sophie zich afvroeg of ze er nog iets aan had willen toevoegen, vervolgde ze: 'Maar als je iemand meeneemt naar een officiële gelegenheid – en dat is deze brunch – dan wil dat iets
zeggen.'

'U bedoelt dat het net zoiets is als je vriendje uitnodigen
voor het kerstdiner? Dat doe je alleen als het serieus is. Daar
kan ik inkomen. Maar waarom gaat hij niet alleen?'

'Omdat hij dan steeds wordt lastiggevallen en het als een lopend vuurtje zal rondgaan dat hij op het moment geen vriendin heeft. En dan wordt hij belaagd door hordes singles uit
New Engeland.'

Sophie grinnikte om Matilda's woordgebruik. 'Dus ik moet

die haaien op afstand houden? En als Engelse ben ik geen ge-schikte kandidaat en kan het dus niet serieus zijn tussen ons?'

'Jij bent uiterst geschikt, maar dat is inderdaad wel de strek-king.'

'Oké,' zei Sophie, beleefd toegevend. Als Matilda vond dat ze het moest doen, zou ze het doen. 'Wat moet ik aan naar een brunch?'

'Laat je maar adviseren door Luke en de winkelbediende. Daar hoef je je niet druk om te maken. Ik stel voor dat je tot aan de lunch lekker de tuin in gaat. Daarna komen de kinde-ren om de koekjes te versieren.'

'O. Van wie zijn de kinderen? Van familie? Of van vrienden? Ik heb gisteravond geen kinderen gezien.'

'Het zijn buurkinderen. Ze komen de koekjes versieren voor het grote feest vanavond. Dat is al jaren traditie en ik kan er maar niet mee stoppen. De staf heeft er een hekel aan, om-dat ze het al druk genoeg hebben. Als jij de kinderen bezig-houdt, hebben zij er geen omkijken naar.'

Luke was nergens te bekennen. Waarschijnlijk was hij aan het werk, dacht Sophie, hoewel ze wist dat Thanksgiving een na-tionale feestdag was en niemand werkte. Maar ze genoot van haar wandeling over het landgoed en was benieuwd naar hoe Engels – of Italiaans – de tuinen eruitzagen. Het was een uit-gestrekt terrein, en het pad liep zelfs door een bos, dus tegen de tijd dat ze terug was, was ze door de lichaamsbeweging een en al energie en klaar voor de lunch.

Na de lunch, die ze alleen met Matilda gebruikte, moesten ze zich naar de keuken haasten. Het was een droomkeuken, en dat zei ze ook tegen Matilda. Behalve veel moderne appara-tuur, stond er een enorme buffetkast vol koperen pudding-vormen, potten en pannen, vervaagde Engelse borden met wilgen- en andere traditionele patronen en grote Majolica-borden die voor een kleurig accent zorgden.

'Geweldig!' zei Sophie, met haar ogen op de buffetkast ge-richt. 'Ik ben weg van dit soort kasten.'

'Het is eigenlijk vooral decoratie,' verklaarde Matilda. 'Maar als we 's zomers een groot feest geven is het wel leuk om al die mooie spullen tevoorschijn te halen. Maar ik ga je nu alleen laten met Consuelo. Volgens mij staat alles al klaar. De kinderen zullen nu zo wel komen.'

Met 'alles' doelde ze op een grote hoeveelheid voorgebakken koekjes in de vorm van een kalkoen, hoorntjes en pompoenen, een voorraadje wegwerpspuitzakken met smalle tuit om mee te schrijven, koekjesvormen en talloze schaaltjes met versiersnoep. Er waren zilverparels, waar Sophie bekend mee was, en allerlei andere eetbare versiersels: goudkleurige suiker, strooisels in juwelenkleuren, op waterdruppels lijkende snoepjes, suikersterren, bloemetjes, je kon het zo gek niet bedenken, of het was er, behalve echte diamanten. Eetbare glitters in strooibussen en pennen waarmee je direct op het glazuur kon schrijven.

'Fantastisch,' zei Sophie. 'Ik kan niet wachten tot ik kan beginnen.'

De kinderen druppelden binnen. Ze waren met vijf: drie meisjes en twee jongens. Sophie schatte dat ze tussen de vijf en zeven jaar oud waren. Een leeftijd waarop kinderen er in hun enthousiasme een behoorlijke kliederboel van konden maken. Tot Sophies verbazing waren ze niet gekleed op glazuren en versieren, maar op een bezoek aan het Grote Huis. Ze had gedacht dat Amerikanen niet zo standgevoelig waren.

'Hallo, ik ben Sophie,' zei ze. 'Ik kom uit Engeland en wij gaan samen koekjes versieren. Consuelo? Hebben we schorten voor de kinderen? Anders maken ze hun mooie kleren vies.'

Consuelo kwam met een mand vol oude T-shirts, wikkelrokken en andere kledingstukken aanzetten. 'Mevrouw Winchester heeft deze kleren in de loop der jaren verzameld om de kinderen te beschermen tegen het glazuur. Het was altijd zo'n kliederboel.' Ze gaf Sophie de mand aan en met 'Roep me maar als je me nodig hebt' liet ze de kinderen aan haar over.

'Oké,' sprak Sophie haar minipubliek toe, 'nu weten jullie wel hoe ik heet, maar ik weet nog niet hoe jullie heten. Dus als jullie nu een voor een zeggen hoe je heet en dan kleren uit deze mand pakken?'

Als eerste stapte een meisje naar voren. 'Ik heet Lola.'

'Hallo, Lola. Pak maar iets om over je kleren te doen.'

Ze kwamen een voor een naar voren en trokken iets over hun kleren aan. Ze waren nog steeds verlegen.

'Oké. Dan gaan we nu allemaal aan de tafel zitten. Pak maar een kalkoenkoekje en een zak met glazuur, en dan beginnen we gewoon. Ik ga de mijne met stippen versieren.'

'Kalkoenen hebben geen stippen,' zei een meisje dat Crystal heette.

'Een beetje wel, hoor, als ze hun veren nog hebben. Maar ze hoeven er ook niet echt uit te zien, als ze maar mooi worden. Zie je wel. Is deze mooi of niet? Hier, maak er ook maar een.'

Hoe minder verlegen de kinderen werden, hoe creatiever ze waren, en algauw gebruikten ze alle snoepjes om de koekjes mee te versieren.

'Oké. Zullen we nog meer koekjes bakken? Maar dan maken we er allemaal gekke vormen van, dat is nog veel leuker. Er zijn nog genoeg van die glinsterende snoepjes over. Jammer dat de eetbare glitter op is.'

'Mag ik een koekje opeten?' vroeg een van de jongetjes.

'Natuurlijk,' zei Sophie, hoewel ze besefte dat zijn ouders misschien niet wilden dat hij suiker at. Maar ze vond het onmenselijk kinderen koekjes te laten versieren en hen vervolgens te verbieden ze te proeven.

Sophie en de kinderen aten allemaal een koekje. Ze waren lekker, maar niet zo lekker als de koekjes die Sophie zelf bakte. 'Ik denk dat ik voor de volgende koekjes mijn eigen recept gebruik.'

Terwijl ze in de hoek van de keuken haar standaard-koekjesdeeg mengde, besefte ze dat Luke haar misschien weer eigenzinnig zou vinden, maar ze wist dat Matilda het zou begrijpen. De kinderen waren dolenthousiast, vooral toen ze een koekjesvorm in de vorm van de *Mayflower* ontdekten. Sophie drukte de koekjes voor hen uit, want door de zeilen en het tuig was dat een moeilijk karweitje.

Met de andere vormpjes liet ze de kinderen hun gang gaan. Matilda had koekvormpjes voor alle feesten van het jaar, en meer: de gangbare kerstklokken en kerstbomen, rendieren, vallende sterren, kerstmannen, maar ook klavertjes vier, arenden en indianentooien. Ze liet de kinderen hun initialen uitdrukken en versieren, waarbij ze zo door het dolle heen raakten dat ze van het resterende glazuur haarspeldjes wilden maken en die op hun haren wilden plakken. Maar voor de afwisseling was Sophie eens verstandig en wist ze dat te voorkomen.

Tegen de tijd dat de kinderen werden opgehaald, zagen ze er behalve hun gezichten en haren weer min of meer hetzelfde uit als toen ze aankwamen. En toen ze met een mandje vol koekjes vertrokken, voelde Sophie zichzelf ook zo plakkerig dat ze heel behoedzaam en zonder iets aan te raken door het huis naar haar eigen badkamer liep en een bad nam.

'Dat zou ik maar niet eten,' zei Luke. Hij boog zich over de tafel naar Sophie toe toen Consuelo haar een schaal voorhield.

'Wat is dit?'

'Een traditioneel Thanksgivinggerecht. Mijn grootvader was er dol op en daarom laat Matilda het elk jaar weer maken.'

'Maar wat is het? Het ziet eruit als sperziebonensoep.'

'Dat is het ook,' zei Luke. 'Met van die uiendingen erop.'

'Ik denk dat ik deze gang oversla,' zei ze.

Sophie was tevreden met de manier waarop het Thanksgivingdiner verliep. Matilda's familie was vriendelijk en hartelijk. Klaarblijkelijk waren ze eraan gewend dat er onbekende gasten aanwezig waren bij het diner. Ze voelde zich nu veel meer op haar gemak in Lukes aanwezigheid, ook al had hij haar betrapt met koekjesdeeg in haar haren omdat ze zich nogal snel had moeten omkleden. Maar gelukkig zag ze er goed uit in Milly's jurkje, dat ze de avond voordat ze naar Connecticut vertrok met franjes en veren had verfraaid.

Er werd een enorme kalkoen – de grootste die Sophie ooit had gezien – neergezet voor een van de mannen, die het dier vervolgens enthousiast in stukken sneed.

Kort voor de kalkoen was binnengebracht, hadden de kinderen, onder wie ook de oudere, een psalm gezongen, waarna iedereen aan tafel beurtelings moest zeggen waar hij dankbaar voor was. Sophie, die als eerste aan de beurt was, zei dat ze dankbaar was dat ze Matilda had ontmoet, en langs deze weg de rest van deze fijne familie, wat in goede aarde viel.

Toen iedereen een bord met een stuk kalkoen voor zich had, werden de schalen met groenten doorgegeven.

Sophie nam van alles een beetje, behalve van de sperzie-bonen. En nog was haar bord overvol.

'Het probleem is,' zei ze tegen haar buurvrouw, een nicht van de een of de ander, 'dat het er allemaal zo heerlijk uitziet en ik niks wil missen.'

'Matilda heeft uitstekende koks in dienst. Haar echtgenoot was een echte fijnproever. Maar vertel nog eens hoe Matilda en jij elkaar hebben ontmoet.'

Sophie had die vraag al een paar keer beantwoord, maar hoe vaker ze het verhaal vertelde, hoe gekker het klonk. 'Het was puur toeval,' zei ze. 'Ik zag Matilda bijna flauwvallen op een expositie in een galerie waar mijn vriendin werkt.' Ze zweeg even. 'Zodoende raakten we op de grond bij het damestoilet gezellig aan de praat. Ik heb het gevoel dat ik hier eigenlijk niet bij hoor te zijn, maar toen Matilda hoorde dat ik geen plannen had voor Thanksgiving, stond ze erop dat ik zou komen logeren.'

'Maak je maar geen zorgen, Sophie,' zei de vrouw, 'dat is echt iets voor Matilda. Ze is altijd nogal toegeeflijk geweest.'

Hoewel ze glimlachte, gaf haar opmerking Sophie een on-gemakkelijk gevoel. De vrouw zag dat en vervolgde: 'Matilda wil altijd dat er iemand van buiten de familie aanwezig is, anders heeft ze het gevoel dat Thanksgiving niet geslaagd is. Ik heb gehoord dat je hebt geholpen met koekjes versieren. Mijn dochter heeft me er alles over verteld.'

Dankbaar dat ze zich even geen profiteur hoefde te voelen, vertelde Sophie over haar middag met de kinderen, waarop haar tafelgenote de ene keer met hysterisch gelach dan weer met verbijstering reageerde.

De wijn vloeide. Matilda's gasten waren vriendelijk en geïnteresseerd in haar als persoon. Ze had bijna verteld over haar missie om haar familielid op te sporen, maar bedacht zich net op tijd. Per slot van rekening was de kans klein dat het zou lukken. Bovendien zou het nogal vreemd overkomen dat ze helemaal de Atlantische Oceaan overstak omdat er heel misschien ergens geld te halen viel.

Na de kalkoen met groenten werden de taarten geserveerd. De hele tafel stond er vol mee. Pompoentaart, appeltaart, diverse andere fruittaarten, pecannotentaart en nog veel meer. Sommige taarten waren afgewerkt met een vlechtpatroon, andere met een korstdeksel, weer andere met niets. Verder was er crème fraîche, slagroom, ijs en iets in een kan dat Sophie als eerste kreeg aangeboden.

'Dat is custard, kind,' verklaarde Matilda luidkeels. 'Zodat jij je ook een beetje thuis voelt.'

'Maar je hoeft het niet te nemen, hoor, als je er geen zin in hebt,' zei Luke. 'Matilda laat het altijd maken voor Engelse gasten, maar niemand heeft het ooit gegeten.'

'Ik heb er wel zin in,' zei Sophie spontaan, hoewel ze al verzadigd was. 'Ik heb al heel lang geen custard meer gehad.'

Als de gasten al vermoedden dat de reden daarvan was dat ze het eigenlijk niet zo lekker vond, dan lieten ze dat niet blijken.

Na het diner kroop ze doodmoe in bed, mijmerend over de heerlijke dag die ze had gehad. Ze had genoten met de kinderen en theegedronken met Matilda. Luke had zich bij hen gevoegd in de zitkamer, waarna ze gezellig hadden zitten kletsen totdat ze zich klaar hadden moeten gaan maken voor het diner. Luke was verrassend aardig geweest, ook later tijdens het diner.

Ze werd midden in de nacht wakker, zich ervan bewust dat ze van Luke had gedroomd. Het warme, wazige gevoel waarmee ze wakker werd leek niets te maken te hebben met de stijve jurist die ze de eerste keer had ontmoet. Ze begon zich net af te vragen welke van de twee de echte Luke was toen ze weer in slaap viel.

De volgende ochtend stapte Sophie met een goed gevoel bij Luke in de auto om samen te gaan winkelen. Ze had zich erbij neergelegd dat ze dure kleren van een steenrijke man zou aannemen en had zich in de leukste outfit gehuld die ze gezien haar beperkte garderobe had weten te combineren. Ze zou alleen willen dat ze het merk van de auto wist – mensen vonden het prettig als je van dat soort details op de hoogte was – maar behalve dat hij laag, lang en zilvergrijs was, zei het haar niets en ze wilde het hem niet vragen. Maar ze was vast van plan in Lukes mooie auto te genieten van de rit door de bosachtige heuvels van New England.

Nu Matilda haar ervan had overtuigd dat het geen probleem was dat ze zijn vrijgevigheid accepteerde, begon ze er steeds meer zin in te krijgen. 'Waar gaan we heen? Naar het winkelcentrum?' Sophie hoopte maar dat er zoiets als een 'winkelcentrum' was. Hoewel ze al jarenlang bestonden in Engeland, leken ze in Amerika op een of andere manier veel opwindender – althans in films.

'Mijn grootmoeder heeft me vanmorgen een paar exclusieve winkels in het dorp getipt toen jij je aan het klaarmaken was.'

Sophie kreunde. 'Dat klinkt wel heel luxe. Het soort winkels waar je niet uit kunt lopen zonder iets te kopen.'

'Ik denk dat mijn grootmoeder al vooruit heeft gebeld. Dan leggen ze alvast wat kleren apart. Ze verwachten ons.'

Sophie verschoof op haar stoel. 'Ik winkel meestal in kringloopwinkels – of bij Primark.'

Luke keek haar nieuwsgierig van opzij aan. 'Ik ben nog nooit een vrouw tegengekomen die zo weinig zin heeft om te gaan winkelen.'

'Ik heb best zin om te winkelen. Ik vind winkelen heerlijk. Maar alleen als ik de kleren kan betalen.' Hij zou het nooit begrijpen.

'Ik kan de kleren betalen. Daar moet je het mee doen.'

Sophie lachte. 'Het is voor het eerst dat ik kleren ga kopen met iemand die meer geld heeft dan ik.'

Luke wendde zijn blik weer af van de weg en keek haar indringend aan. 'O ja? Je wekt de indruk dat je amper geld hebt, dus dat betekent dat de meeste mensen meer zullen hebben dan jij.'

'Jeetje, Luke, dat vind ik wel een beetje bot van je. Wij Britten praten nooit over geld.'

'Gelukkig ben ik geen Brit. Maar heb ik gelijk of niet?'

Sophie haalde haar schouders op. 'Je hebt gelijk, hoewel ik het vervelend vind om het toe te moeten geven. Ik bedoelde eigenlijk dat mijn ex-vriendjes altijd blut waren en erg zuinig aan deden. Ze maakten zich drukker om de aarde dan om de vraag of hun vriendinnetje zich amuseerde.' Ze beet op haar lip. 'Niet dat ik belangrijker ben dan de aarde...'

'Maar je kunt een vrouw op zijn tijd toch wel trakteren zonder de ozonlaag aan te tasten?'

Sophie lachte. 'Zo is dat! Je slaat de spijker op zijn kop.'

'Daar zijn wij yankees soms heel goed in.'

Hij keek recht voor zich uit, maar Sophie meende zijn mondhoek even te zien krullen.

'Bijzonder dat jullie hier allemaal Engelse plaatsnamen hebben,' zei ze even later.

'Het lijkt me logisch dat je iets vanuit je vaderland wilt meenemen.'

'Stel je voor dat je je land verlaat en weet dat je er nooit meer zult terugkeren. Het moet heel wat moed gevergd hebben om in zo'n bootje zo'n enorme reis te maken.'

'Heb je heimwee?'

Ze schudde haar hoofd. 'Nee, ik vermaak me hier uitstekend.' Ze glimlachte naar hem, zich ervan bewust dat het deels door hem kwam dat ze het zo naar haar zin had. 'Dank je.'

'Graag gedaan,' antwoordde hij, en een ogenblik verkeerden ze in perfecte harmonie. Algauw bereikten ze een stadje dat in de meer welvarender streken van Engeland had kunnen liggen. 'Oké, maar we moeten opschieten. Ik heb begrepen dat er vanmiddag weer koekjes versieren op het programma staat.'

'Er waren een paar meisjes die gisteren niet konden en erover hebben gehoord.'

'En dat is om drie uur, dus we kunnen beter haast maken.'

'Het is pas halfelf. Hoe lang denk je dat we nodig zullen hebben?' Luke wierp haar opnieuw een verbaasde blik toe, alsof ze van een andere planeet kwam. Het begon te wennen.

Ze voelde zich nog altijd een buitenaards wezen toen ze de winkel binnen kwam die, zoals ze al had gevreesd, behoorlijk intimiderend was. In haar slaapkamer bij Matilde thuis had ze zich underdressed maar wel netjes gevoeld. Hier voelde ze zich sjofel, hoewel haar spijkerbroek nieuw was, haar sweater van een goed merk – gekocht in de uitverkoop – en ze bij Milly haar laarzen nog had gepoetst. Het was vooral haar parka die haar een ongemakkelijk gevoel gaf.

De eigenaresse van de winkel kwam met uitgestoken hand op hen toe lopen. Sophie had nog nooit zo'n goedverzorgde vrouw gezien. Toen ze dichterbij kwam besefte ze dat ze waarschijnlijk het een en ander had 'laten doen'. Sophie schatte haar halverwege de vijftig, maar hoewel ze genoeg lijnen had die haar gezicht karakter gaven, had ze een strakke kaaklijn en geen overhangende oogleden. Haar onberispelijke, knielange roze mantelpakje – mogelijk een vintage-Chanel – liet een paar volmaakte benen vrij die in schoenen met middelhoge hakken staken. Sophie vermoedde dat ze voor de prijs van die schoenen haar eigen outfit dubbel had kunnen kopen en dan nog geld had overgehouden. De highlights in haar haren leken per haar te zijn aangebracht en haar make-up was perfect. Sophie voelde zich klein worden en had de neiging bescherming te zoeken bij Luke.

Pas toen de vrouw haar kleine, rechte en zeer witte tanden blootlachte, ontspande Sophie een beetje. Deze vrouw mocht dan volmaakt zijn, ze was ook goed in haar werk en begreep dat ze er niets mee opschoot haar klanten te intimideren. Ze pakte Sophies hand, waarmee ze ongemakkelijk aan de zoom van haar jas had gefriemeld.

'Jij moet Sophie zijn. Ik ben Heidi. Mevrouw Winchester zei dat het heerlijk moet zijn om jou aan te kunnen kleden. Ik begrijp helemaal wat ze bedoelt. Het figuur van een model, kuiltjes in de wangen en fantastisch haar. Ik herkende je meteen van haar omschrijving toen je binnenkwam.'

'O.' Sophie wist niet of ze daar blij mee moest zijn.

'En jij moet mevrouw Winchesters kleinzoon zijn.' Ze schudde Luke ook de hand. Sophie was blij dat ze hem niet persoonlijk kende, want dat betekende dat hij hier niet eerder kleren had gekocht voor andere jonge vrouwen.

Ze pakte Sophies hand met beide handen vast. 'Wil je dat je mooie vriend je helpt met het uitzoeken van je outfit? Of zouden wij dat beter met z'n tweetjes kunnen?'

Sophie voelde een lichte paniek komen opzetten. Moest ze zeggen dat Luke haar vriend niet was? Hoe kwam Heidi daar trouwens bij? En zou ze het prettig vinden als hij erbij was of juist niet?

Hij besliste voor haar. Op een tafeltje bij een kleine sofa lag een stapel tijdschriften. 'Ik ga even de krant lezen. Ik hoor het wel wanneer ik mijn mening moet geven, mochten jullie behoefte hebben aan een mannelijk oordeel.'

Heidi was zichtbaar opgetogen. 'Schat, wij vrouwen zijn altijd benieuwd naar de mening van een man, maar liefst pas als we zelf weten wat je moet vinden en of we ernaar willen luisteren.'

Het duurde even voordat Sophie begreep wat ze had gezegd. Toen knikte ze.

'En wil je een glas champagne of een kop koffie bij je

krant?' vroeg Heidi. Ze nam Lukes jas aan en leidde hem naar de sofa.

'Nee, dank je. Gaan jullie je gang maar.'

Heidi gaf de jas aan een jonger winkelmeisje, dat ineens naast haar stond en er al even verzorgd uitzag als haar bazin.

'Dank je, schat,' zei Heidi, terwijl ze Sophies parka bijna ongemerkt van haar schouders nam. 'Oké!' Ze nam Sophie met een deskundige blik op, van haar warrige opgestoken haar tot aan haar enigszins versleten schoenen. 'Aan het werk!'

Ze liep met Sophie naar een paskamer achter in de winkel, als een kindermeisje dat het kroost naar bed brengt: vriendelijk maar vastbesloten dat er geen tijd meer is voor andere dingen. 'Als jij je vast uitkleedt, dan haal ik een paar outfits. Mevrouw Winchester zei dat het voor een brunch is. Klopt dat?'

'Ja. En een behoorlijk chique brunch, geloof ik.'

Heidi knikte. 'Het is bij mevrouw St Clare. Heel chic dus.'

'Hoe weet u dat?' Deze vrouw leek helderziend.

'Ze geeft elk jaar een brunch. En omdat mevrouw Winchester het heeft verteld natuurlijk.'

Heidi zweeg en keek naar Sophie, die zich nog steeds niet helemaal had uitgekleed omdat ze zich schaamde voor haar ondergoed. 'Het is beter dat je je tot op je ondergoed uitkleedt, schat.'

'Eh…'

'Hmm, lingerie. Ik heb het gevoel dat je mooie figuur in jouw eigen onderkleding niet zo goed uitkomt.'

Sophie zou haar grauwe beha en haar slipje nooit onderkleding hebben genoemd – en dat was niet voor niks. 'Ik weet niet of…' Luke kwam hier om een outfit voor haar te kopen, zodat ze voor zijn vriendin kon doorgaan. Niemand zou haar beha toch zien?

'Zal ik het even aan meneer Winchester vragen?'

'Dat weet ik niet, hoor.' Het idee dat hij behalve een outfit ook ondergoed voor haar zou kopen ging haar te ver. 'We kennen elkaar amper.'

Heidi glimlachte. 'Die indruk kreeg ik anders niet van mevrouw Winchester. Maar als je het er liever niet met hem over hebt, dan begrijp ik dat.' Heidi dacht even na, een activiteit die niet werd weerspiegeld in haar gezichtsuitdrukking. 'Trek je kleren maar uit. Dan breng ik je een paar dingen om te proberen.'

De paskamer was ruim. Net als in de winkel stond er een kleine sofa en lag er een stapel tijdschriften. Terwijl Sophie haar kleren uittrok en netjes aan een paar haakjes hing, besloot ze dat ze beter niet tegen Heidi in kon gaan. Als zij wilde denken dat Luke en zij een stel waren, dan dacht ze dat maar. Bovendien, besefte ze, terwijl ze ging zitten, leek het daardoor misschien ook minder vreemd dat hij kleren voor haar kocht. Misschien had Matilda tegen Heidi gezegd dat ze verloofd waren om het normaler te doen lijken. Ze pakte een Amerikaanse *Vogue*. Ze had hem net verruild voor de *Cosmo* en was halverwege een artikel over hypnotherapie als hulpmiddel om af te vallen toen Heidi weer in de paskamer verscheen met een aantal beha's, lingeriesetjes, slipjes en strings.

'Ik heb het toch maar even gevraagd,' zei Heidi, die Sophies verschrikte blik juist interpreteerde. 'Hij zei dat je alles kon nemen wat nodig was. Nou, laten we die bustehouder maar eens proberen.'

Gelukkig hoefde ze de slipjes niet te proberen, en de beha die uiteindelijk Heidi's goedkeuring kon wegdragen stond haar fantastisch.

'Nu de bovenlaag.' Heidi liep de paskamer uit om even later terug te keren met een armvol kledingstukken in plastic hoezen. Klaarblijkelijk had haar assistente kleren uitgezocht terwijl Heidi Sophies behabandjes verstelde.

'Brunches zitten meestal tussen chic en casual in. Dat vind ik persoonlijk de moeilijkste look. Probeer deze broek eens. O, en doe deze hakken er maar even bij aan, want je zult geen platte schoenen kunnen aandoen.'

Waarschijnlijk werden het toch platte schoenen, bedacht Sophie, omdat het gevaar dat ze op haar mooie scharlakenrode hakken iets zou breken te groot was. Maar toen ze de wijde zijden broek aantrok, besefte ze dat ze de zoom zou moeten vermaken als ze voor platte schoenen zou kiezen. Nadat ze de broek had dichtgeritst, schoot ze de pumps aan die Heidi haar had aangegeven.

'Geweldig. Nu nog iets erop.'

De kleren waren prachtig, maar Sophie voelde zich er niet zichzelf in. Het was te chic, te gladjes. Haar stijl was artistiek, eigenzinnig en origineel. Maar misschien maakte dat niets uit? Ze moest doen alsof ze Lukes vriendin was. Ze wilde er niet eens als zichzelf uitzien, ze wilde eruitzien als een New Yorkse erfgename, oud geld, of zelfs als een afstammeling van een oliemiljonair. Ze moest er zelf om lachen. Als ze in haar zoektocht slaagde, bleek ze het misschien nog te zijn ook.

Uiteindelijk was Heidi tevreden met haar look. Ze had er schoenen bij gevonden, een tas, een goudkleurige riem en een shawltje.

'Oké,' zei ze, 'nu wordt het tijd dat we je outfit aan meneer Winchester laten zien.'

Heidi loodste haar mee naar de sofa, waar Luke het financiële dagblad had opengeslagen op de tafel. 'Zo! Kijk eens hoe geweldig ze eruitziet.'

Luke keek op. Eerst keek hij ongelovig, toen fronste hij. 'Eh, het spijt me, maar dit wordt het niet.'

'Maar schat!' sputterde Heidi tegen. Haar teleurstelling brak door haar professionele vernislaagje heen. 'Het staat haar geweldig.'

'Dat wel,' beaamde Luke, 'maar mijn moeder zou dat soort kleren dragen, niet mijn vriendin.' Hij schraapte zijn keel, zich ervan bewust dat hij Heidi misschien had gezegd dat Sophie zijn vriendin niet was. 'Ik bedoel, ik denk dat ze er veel beter uitziet in een spijkerbroek en een topje.'

'Ik heb zelf ook wel een spijkerbroek en een topje,' zei Sophie verontwaardigd. 'Heb je me daarvoor al die...' Ze zweeg. Ze wilde Heidi niet beledigen. Ze had zich enorm voor haar ingespannen.

'Je hebt een designerjeans nodig,' zei Luke. 'Hoe heet dat merk ook alweer? Cloé. En dan iets voor erop en een paar laarzen.'

'Ik heb laarzen!' wierp Sophie weer tegen, alleen iets rustiger nu. Ze wist dat hij er 'die niet versleten zijn' aan zou toevoegen als ze te veel stampei maakte.

'Maar hou de beha en de tas,' zei Luke. 'Die zijn perfect.'

10

Sophie verliet de winkel met een paar tassen vol kleren waarin ze zichzelf voelde, maar dan als de supersonische vijfsterrenversie. Aan haar schouder droeg ze een nieuwe tas die wel eens de nieuwe liefde van haar leven zou kunnen worden.

'Bedankt, Luke. Als jij er niet bij was geweest, zou ik een heel verkeerde outfit hebben gekocht. En ook heel erg bedankt voor de tas.'

'Met de verkeerde tas zouden we meteen door de mand vallen.'

'Dat is waar. Maar het lijkt gewoon te veel van het goede. Ik voel me net Julia Roberts in *Pretty Woman*.'

Hij lachte. 'Ben je een fan van Julia Roberts?'

'Nou en of. Vooral van *Notting Hill*. Die vind ik echt geweldig.'

'Heb je *Mystic Pizza* ook gezien? Een van haar eerdere films, voordat ze echt bekend werd?'

'Hmm! Mijn zus had er een dvd van. Ik maakte dan altijd pizza en onder het kijken dronk zij rode wijn.'

'Dus je houdt van pizza?'

'Echt wel.' Sophie besefte dat het klonk alsof er voor haar niets lekkerders dan pizza bestond en dat ze er al dagen naar snakte. Maar wat ze echt miste was een gewone maaltijd in een gewoon restaurant.

'En hou je van de zee?'

'Wie niet?'

Luke lachte. 'Je bent vast toe aan wat ontspanning na al dat passen. Mijn grootmoeder bedoelt het goed, maar van mode heeft ze helaas niet zoveel verstand.'

'Heel normaal toch?'

'Die wijde broek stond je goed, hoor, maar zoiets draagt natuurlijk niemand van jouw leeftijd.'

'Ik ben diep onder de indruk dat je dat weet, Luke.' Sophie keek hem aan en probeerde niet te glimlachen. 'Of trakteer je je vriendinnen regelmatig op een nieuwe outfit?'

'Je moest eens weten,' zei hij.

'Ik denk dat ik het wel weet,' zei Sophie. Ze zette een kirrend stemmetje op met een licht Amerikaans accent. 'Luke, lieverd, help je me een nieuwe outfit uit te zoeken? O, help, schatje! Ik ben mijn creditcard vergeten!'

Hij lachte. 'Nee, hoor, het gaat er allemaal veel subtieler aan toe. Maar, kom, we gaan naar Mystic!'

Sophie wipte op en neer op haar stoel. Ze moest zich bedwingen hem niet om de hals te vliegen. 'Wat een ontzettend leuke verrassing! Bedankt.'

Zou hij ook zo aardig zijn voor zijn vipvriendinnen, vroeg ze zich af, het soort vrouwen dat Matilda afkeurde? Of zouden ze niet al die kilometers willen toeren voor een pizza? Heel even fantaseerde Sophie over hoe het zou kunnen zijn. Heel fijn, besloot ze, maar meteen riep ze haar dagdroom een halt toe. Hij was allesbehalve haar type.

Sophie was blij dat het winkelen niet al te veel tijd in beslag had genomen, want het was verder naar Mystic dan ze had gedacht. Ze namen de Interstate 95 – een autosnelweg voor Sophies begrippen – en reden door voorsteden totdat ze op een prachtige landweg kwamen. Hier waren geen horizons, tenminste niet zoals in Engeland met al die eindeloze uitzichten op akkers en licht glooiende heuvels. De kustweg van Connecticut werd geflankeerd door kilometers donkergroene dennenbomen en sparren, die hier en daar werden onderbroken door het gele en rode blad aan de skeletachtige takken van eiken en esdoorns. En door de bomen schitterde het water van de zee, als gepolijst staal in de zon.

Nadat ze de rivier – volgens Luke de Connecticut River geheten – waren overgestoken, werd het landschap nog mooier. En uiteindelijk arriveerden ze in Mystic.

Het was geweldig. Terwijl Luke langzaam langs de kust toerde, liet Sophie zich enthousiast uit over de houten huizen, de spitse kerktorens en de decoraties van gemberbrood.

Ze was verrukt. 'Wat mooi! Wat een prachtig stadje. Niet te geloven dat ik hier ben. Ik popel om het aan mijn zus te vertellen... Wat zal ze jaloers zijn!'

'Ik ben blij dat het je bevalt. Eerst even parkeren en dan gaan we een pizza voor je bestellen.'

Nadat hij na enig zoeken een parkeerplaats had gevonden, stak Sophie spontaan een arm door de zijne en liepen ze de straat in. Hij leek het niet erg te vinden.

'Ik ben dol op de zee,' zei Sophie. 'Waar ik nu woon is het ook mooi, maar ik zou toch liever aan zee wonen.'

'Ik begrijp wat je bedoelt. Maar in Engeland ben je tenminste nooit echt ver van de zee af, zelfs niet in het midden van het land.'

'Maar het lijkt wel ver,' zei Sophie.

'Hier is het,' zei hij even later. 'Het pizzarestaurant uit de film.'

Sophie klapte in haar handen. 'Alsof ik in een film zit!'

Nadat de serveerster hun bestelling had opgenomen, leunde ze over de tafel naar hem toe. 'Dit is zo typisch Amerikaans. Echt geweldig!'

Luke lachte. 'Ik moet zeggen dat het heel verfrissend is uit te gaan eten met iemand die zo enthousiast is. Het is maar pizza, hoor.'

'Maar dat maakt het nu juist zo bijzonder. Ik ben dol op pizza en ik vind het geweldig dat ik hier ben. Dankjewel.'

Sophies hand schoof uit zichzelf over de tafel naar Luke toe, maar ze wist zich nog net op tijd in te houden. Ze wist niet of Luke het wel prettig zou vinden als ze hem een klopje op zijn hand zou geven. Hij was heel aardig tegen haar en het was gezellig, maar ze was er niet zeker van of hij zoveel uitbundige genegenheid aankon. Misschien deden zijn vipvriendinnen dat soort dingen niet.

'Kijk eens aan,' zei de serveerster, terwijl ze een pizza neerzette waarvan twee kleine gezinnen zouden kunnen eten. Ze moest Sophies twijfel hebben aangevoeld. 'Als jullie het niet op kunnen, doen we het in een doos en kan het mee naar huis. Ze zijn in een echte houtoven gebakken.'

'Het ziet er niet alleen heerlijk uit, het ruikt ook heerlijk,' zei Sophie, naar haar opkijkend.

'O, je bent Engelse. Leuk!' zei ze, en liet hen toen alleen.

'Eet je pizza, leukerd,' zei Luke lachend.

Sophie ging er niet op in, pakte een pizzapunt en nam een hap. 'Dit is echt lekker,' zei ze met haar mond vol. 'Zonde dat we het niet allemaal op kunnen.'

'Dat lijkt altijd zo als je de pizza ziet, maar je zult je nog verbazen hoeveel je uiteindelijk op krijgt.'

Sophie stond inderdaad versteld. Ze had haar pizza voor een groot deel op toen ze uiteindelijk zei dat ze nooit meer een hap door haar keel zou krijgen.

'Laat mijn grootmoeder het maar niet horen. We hebben vanavond restjesbuffet, zij het met een hoop nieuwe gerechten. Als je na het eten nog gewoon kunt lopen, denken mijn grootmoeder en het personeel dat ze hebben gefaald. Maar goed, nu moeten we echt terug.'

De volgende ochtend stak Sophie zich in haar nieuwe outfit. Ze had de prachtige slappe laarzen niet aan willen doen – ze wilde Luke geld besparen door ze terug te brengen – maar ze stonden zo goed bij haar spijkerbroek dat ze het niet kon laten. Ze had ze even aangedaan om te zien hoe ze stonden en kon zich er daarna niet meer toe zetten ze uit te doen.

Nu stond ze in de hal op Luke te wachten, hoewel ze wist dat hij pas over tien minuten zou komen. Maar als ze nog langer op haar kamer was gebleven, had ze van de zenuwen misschien haar make-up er weer af gehaald en had ze opnieuw kunnen beginnen – zo nerveus was ze voor de brunch.

Matilda trof haar in een Lodewijk XV-stoel aan in de hal, bladerend in de *New York Times*. Ze was koortsachtig op zoek naar onderwerpen waarover ze die middag zou kunnen praten. Voor hetzelfde geld werd ze op de proef gesteld en kreeg ze allerlei moeilijke vragen voorgelegd.

'Goedemorgen, Sophie!'

Sophie sprong op en liep naar de oudere vrouw toe. 'O, Matilda. Ontzettend bedankt dat ik hier Thanksgiving met jullie heb mogen vieren. Het was echt fantastisch!'

Matilda grinnikte en kuste haar op haar wang. 'Je hebt me al heel lief bedankt, hoor. Ik vind het altijd heerlijk om gasten te hebben met Thanksgiving. Dat maakt het extra bijzonder. En ik was zo ontroerd toen je vertelde waar je dankbaar voor was.'

'Natuurlijk ben ik dankbaar dat ik u heb ontmoet!' Sophie had er niet echt over kunnen nadenken wat ze zou zeggen toen haar als eerste werd gevraagd dank te zeggen.

'En je hebt meegezongen met de psalm.'

'Die kende ik nog van school. Psalm honderd: *Rejoice in the Lord all ye lands.*'

'Kan ik je even spreken?' Matilda keek ineens een beetje geheimzinnig.

Sophie keek op haar horloge. 'Jawel, hoor. Luke en ik hebben hier pas over vijf minuten afgesproken. Ik ben naar beneden gegaan, omdat ik bang was dat ik anders weer zou gaan twijfelen over mijn outfit.'

Matilda bekeek haar outfit voor het eerst. 'Heeft Heidi dit voor je uitgezocht?'

'Nee, Luke. Heidi had een topje en een prachtige wijde broek voor me uitgezocht, maar daar voelde ik me niet echt gelukkig in. Luke zei dat het kleren waren die zijn moeder zou dragen.' Ze zweeg even. 'Maar ik draag wel de beha die ze voor mij heeft uitgezocht.'

Matilda leek in haar nopjes. 'Ik ben blij dat Heidi toch iets te doen had.'

'Het was zo lief van u om vooruit te bellen.' Sophie wilde niet ondankbaar lijken. 'Ze was erg aardig.'

'Dat is ze zeker. Maar ik begrijp dat haar smaak een beetje te ouwelijk voor jou is. Oké, kom maar gauw even mee. Ik wil je iets laten zien wat Luke niet hoeft te weten.'

'Waarom mag Luke het niet weten? Hij is dol op u.'

'Dat weet ik, maar ik ben met iets bezig wat ik liever nog even tussen ons houd. Ik wil eerst weten of het haalbaar is.' Ze zweeg even. 'Ik ben soms zo duizelig. Niets om me zorgen over te maken, zegt mijn huisarts, maar ik weet dat Luke zich wel zorgen maakt.' Weer was ze even stil. 'Ik denk ook niet dat het goed is mannen alles te vertellen. Dan gaan ze je betuttelen.'

Sophie liep met Matilda door haar slaapkamer – waarbij die van Sophie ineens een beetje saai leek – naar een kamer die alleen maar kon worden omschreven als een boudoir. Er stonden een aantal antieke stoelen, een met zijden beklede chaise lonque en een prachtig bureau dat was ingelegd met paarlemoer en, zo wist Sophie zeker, van talloze geheime vakjes was voorzien. Oom Erics bureau viel er een beetje bij in het niet.

'Wat een prachtige kamer! En zoveel mooie antieke meubels.'

'Hè? O ja, kind. Ik heb veel mooie spulletjes, maar dit is wat ik je wilde laten zien.'

Ze wees naar een schilderij in een alkoof. Er stond een afbeelding van een huis op. Hoewel het een mooi schilderij was, leek het Sophie niet van de hand van een oude meester maar van een verdienstelijke amateur. Ze liep ernaartoe en las de tekst op het koperen plaatje eronder. DE PASTORIE, stond erop.

'Prachtig…' begon Sophie. Ze vroeg zich af waarom Matilda zo'n middelmatig schilderij in haar kamer had hangen terwijl ze waarschijnlijk ook een Renoir of iets dergelijks zou kunnen hebben.

'Het is een huis waar ik als kind kwam. Ik wil het graag terugvinden.'

Langzaam drong het tot Sophie door waarom ze in Matilda's heiligdom was uitgenodigd. 'Waar ligt het?'

'Dat weet ik dus niet precies. Daar heb ik jou voor nodig.'

'Hoe bedoelt u?'

'Ik wil dat jij het voor mij uitzoekt. Ik wil weten of het er nog is.'

'Van wie was het huis?'

'Dat weet ik niet,' zei Matilda, ietwat beschaamd. 'Ik begrijp dat het niet makkelijk zal zijn. Maar ik heb wel een naam.'

'O, gelukkig. Die kunnen we eventueel op het internet opzoeken. Er wordt op de computer veel naar voorouders gezocht.'

'Het probleem is dat ik niet zeker weet of het een plaatsnaam is of de naam van een persoon. En ook niet of het goed is gespeld.'

Sophie liet het bezinken. 'Dat maakt het een stuk lastiger.'

'Ja.'

'Waarom vraagt u het niet aan Luke?' opperde Sophie. 'Hij heeft kennelijk genoeg contacten om mensen op te sporen. Hij zoekt immers ook naar mijn familielid.'

'Dat is hier in Amerika, kind. Hij weet niets van Engeland. En waar zou hij moeten beginnen?'

'Dat geldt ook voor mij. Ik heb niet eens een auto!'

'Ik zal je vertellen hoe we bij het huis kwamen. We gingen altijd met de trein. Ik herinner me dat het een behoorlijke reis was. Helaas hebben ze al die kleine stationnetjes opgeheven.'

'Is dat zo? Herinnert u zich de naam van het stationnetje nog?'

Matilda schudde haar hoofd. 'Ik herinner me dat ik woorden maakte van de letters, maar de naam zelf herinner ik me niet.'

Sophie zuchtte. 'Was die persoon familie van u? Ik weet zeker dat als u me de naam van uw ouders geeft, ik kan uitzoeken wie uw grootouders waren en waar ze woonden.'

'Dat weet ik dus ook niet. Ik herinner me alleen dat ik er een fantastische tijd heb doorgebracht. Ik ben altijd van dat huis blijven dromen. Ik wil weten wat ermee is gebeurd. En omdat ik zo weinig informatie heb, wil ik Luke er niet mee lastigvallen. Maar ik weet zeker dat het kan.'

'Omdat ik Engelse ben en een beetje excentriek?' Hoewel niemand het met zoveel woorden had gezegd, had ze opgevangen dat ze enigszins die indruk wekte.

Matilda grinnikte. 'Zoiets.'

Sophie accepteerde dat er zo over haar werd gedacht en vroeg kalm: 'Kunt u niet beter een privédetective of zo inhuren? Ik denk niet dat ik de aangewezen persoon ben om dit te doen.'

'Dat ben je wel, omdat jij begrijpt waarom ik het huis wil vinden. Als ik een detective inschakel, weet straks de hele familie het. Dan denken ze nog dat ik dement aan het worden ben. Ze maken zich al zorgen genoeg.' Ze keek Sophie vragend aan. 'Heb je thuis een baan?'

'Op het moment niet. Althans niet fulltime. Ik heb een paar parttime baantjes. Ik spaar voor een cursus.'

'Wat voor cursus?'

'Het probleem is dat ik niet kan beslissen,' zei Sophie. 'Ik zou kleermaakster willen worden, zodat ik kan maken wat ik wil en niet alleen maar wat versiering kan toevoegen of simpele veranderingen kan aanbrengen. Ik wil zelf kleren ontwerpen. Maar ik zou ook graag meubels leren stofferen. Ik kan wel gordijnen maken, maar zou graag echt goed kunnen stofferen. Maar misschien moet ik eerst eens een cursus volgen waarin ik leer hoe je een eigen bedrijfje opzet, zodat ik er ook geld mee kan verdienen. Ik moet praktisch zijn.'

'Lieve hemel, je weet wel wat je wilt.'

'Mijn familie bestaat uit intellectuelen, ziet u, op mijn moeder na, die schildert. Ik moet praktisch zijn.' Ze fronste. 'Als ik ooit financieel onafhankelijk ben, wil ik naar de kust verhuizen en mijn eigen bedrijfje runnen vanuit mijn huis.'

'O? Wil je dan geen man en kinderen?' Matilda leek verbaasd.

'Jawel, maar ik weet nu nog niet hoe het zal lopen. Ik zal toch eerst iemand tegen moeten komen. Maar als ik een eigen zaak heb, ben ik baas over mijn eigen leven.' Ze grinnikte. 'Klinkt goed, hè?'

'Je hebt helemaal gelijk,' zei Matilda. 'Dat moet je zeker doen.'

'Daar wil ik ook mee beginnen zodra ik weer thuis ben.' Ze onderdrukte een zucht. De vraag was alleen hoe ze aan zoveel geld moest komen.

Matilda aarzelde even. 'Maar misschien kun je deze kleinigheid voor mij oplossen voordat je je op je levensdoel stort? Hoewel, kleinigheid…' Ze fronste. 'Misschien moeten we het er nog maar een keer over hebben als je weer in Engeland bent en weet hoe je leven eruit gaat zien. Ik wil niet dat je voor mij je tijd verdoet.'

'Zo zie ik dat echt niet, hoor. Als u wilt dat ik iets voor u doe, dan doe ik dat met alle plezier. Ik heb zo'n fijne tijd bij u gehad.'

'Ik weet gewoon zeker dat jij me kunt helpen. Je hebt veel fantasie en bent tegelijk praktisch. En je begrijpt vast wat het is om een droom te hebben.'

'Dat begrijp ik zeker!' zei Sophie met een glimlach.

'En je bent een aardige meid. Ik hou contact met je. Ik kan namelijk ook e-mailen,' zei Matilda trots. 'Dat heeft Luke me geleerd. Maar ik sta niet op Facebook. Volgens Luke zou ik dan met de hele wereld vrienden worden.'

Sophie lachte. Ze omhelsde Matilda en gaf haar een kus op haar wang. 'Misschien kunt u beter gaan twitteren.'

Toen Matilda haar vragend aankeek, lachte Sophie weer.

'Vraagt u maar aan Luke wat dat is, die legt het u wel uit,' zei ze. 'O, daar zul je hem hebben.'

Luke zag er ongelooflijk ballerig uit, vond Sophie – en verbluffend knap. Hij droeg een spijkerbroek en een kasjmier trui, en had een duur luchtje op. Sophie was blij met haar eigen designoutfit en het geurtje dat voor haar was klaargezet in haar badkamer. Ze vermoedde dat het een oude-vrouwen-parfum was, maar het was beter dan niets en niemand had er de vorige keer dat ze het droeg iets van gezegd.

'Dag, oma,' zei Luke, haar omhelzend. 'Hoi, Sophie. Wauw! Sta jij er even goed op.'

'In Engeland zeggen we "wat een plaatje!",' zei Sophie serieus.

Luke negeerde haar. 'Oma, mag ik u om een gunst vragen?'

'Natuurlijk, lieverd.'

'Zou Sophie een ring van u mogen lenen? Ik denk dat deze poppenkast beter werkt als ze mijn verloofde is. Met een vriendin geven ze me maar even rust. Maar met een ring om haar vinger heb ik zeker een jaarlang geen gedoe.'

'Eh…' onderbrak Sophie hem. Ze voelde zich ongemakkelijk.

'Mijn juwelen zijn zo ouderwets,' zei Matilda tegen Luke. 'Je hebt een grote solitairring nodig.'

'Maar Sophie is Engelse, die houden wel van ouderwets.'

'Pardon!' onderbrak Sophie hem weer, maar ze schonken nog steeds geen aandacht aan haar.

'Laten we maar even kijken dan. Ik heb alleen de minder kostbare sieraden niet in de kluis liggen, maar misschien zit er iets van je gading bij. Ik heb een hele mooie aquamarijn met diamanten. Niemand zal zien dat het geen lichtgekleurde saffier is.'

Luke en Matilda begaven zich naar Matilda's kleedkamer. Sophie liep achter hen aan.

Matilda opende een kast en haalde er een kleine juwelenkist uit, die ze op de kaptafel zette en openmaakte.

'Oma, doet u die kist niet op slot?' zei Luke verbaasd.

'Waarom zou ik? Dieven nemen anders gewoon de hele kist mee, hoor.'

'Maar het personeel…'

'… die zouden nooit van me stelen. Enfin, welke ring zou je willen?'

'Het spijt me,' zei Sophie zo ferm mogelijk, hoewel haar mond was opengevallen bij het zien van zoveel mooie juwelen, 'maar ik kan geen ring dragen. Althans niet aan mijn verlovingsvinger.'

'O,' zei Matilda, terwijl ze een in diamanten gezette aquamarijn in haar hand nam, 'ben je bijgelovig?'

'Ja, ik ben bang van wel. Ik doe nooit een ring om die vinger. Ik doe er wel eens een toffeepapiertje omheen om te zien hoe een trouwring zou staan, maar nooit een ring.'

Luke haalde diep adem – waarschijnlijk vond hij het een belachelijk idee – maar zijn grootmoeder legde hem het zwijgen op. 'Dat begrijp ik maar al te goed, kind. Luke, lieverd, je zult genoegen moeten nemen met een vriendin. Ze hoeft geen verloofde te zijn.'

Luke fronste. 'Het probleem is…' Hij keek ongemakkelijk, '…dat ik Heidi niet heb gecorrigeerd toen ze in de winkel over Sophie sprak als mijn verloofde. Ze heeft het waarschijnlijk al aan anderen doorverteld. Je weet hoe er wordt geroddeld.'

'Komt zij ook op de brunch?' vroeg Sophie.

'Nee, maar ze heeft vast mensen gesproken die wel komen.'

'Oké. Dan doen we alsof we verloofd zijn en heb ik gewoon nog geen ring.' Sophie ontspande, hoewel ze graag een paar van de 'minder kostbare ringen', zoals Matilda ze noemde, had uitgeprobeerd.

Luke schudde zijn hoofd. Het was nogal ontroerend om te zien dat hij zich geneerde voor zijn fout. Sophie had de indruk dat hem dat niet vaak overkwam. 'Ik heb haar min of meer gezegd dat we een ring gingen kopen.'

'Hoe bedoel je?' vroeg Matilda.

'Ze vroeg me wat we nog meer gingen doen die dag en toen ik zei: "We gaan naar Mystic", ging de telefoon. Toen ze had opgehangen kwam ze opgewonden naar me toe en kuste me. Ik begreep niet waarom, maar toen zei ze: "Wees maar niet bang, ik zal niets tegen Sophie zeggen." Op dat moment begreep ik pas wat er aan de hand was.'

'Wat dan?' vroeg Matilda. 'O… ik denk dat ik al weet wat je bedoelt.'

'O ja?' zei Sophie. Luke beet op zijn lip, Matilda had eerder een treurige dan boze uitdrukking op haar gezicht.

'In de stad is een juwelier die Mystical Jewels heet,' verklaarde Matilda.

'Ja,' zei Luke. 'En ze hebben me net gebeld om te vragen waarom ik gisteren niet meer ben gekomen.'

'Schandalig,' zei Matilda. 'Hoe durven ze.'

'Ja, maar het is wel gebeurd, en Heidi zal tegen iedereen hebben gezegd dat wij als verloofd stel op de brunch zullen verschijnen.'

'Je kunt toch gewoon zeggen dat Heidi zich heeft vergist?' opperde Sophie.

Matilda en Luke schudden hun hoofd. 'Nee, dat zou het alleen maar ingewikkelder maken.'

Ze keken haar beiden aan. Luke, lang, knap, gewend zijn zin te krijgen, en met een blik alsof hij echt niet zonder deze gunst kon. Matilda, die het ook graag leek te willen, en om wie Sophie veel gaf en wie ze veel verschuldigd was vanwege haar gastvrijheid en vriendschap.

'Oké,' zei Sophie na een korte aarzeling. 'Ik doe een ring om, maar dan wel de kleinste en discreetste die u hebt.' Ze wees op de juwelenkist.

'Briljant idee!' zei Matilda. 'Dat ziet er heel smaakvol uit, alsof je er verstand van hebt.'

'Dat heb ik ook,' mompelde Sophie.

'Ik weet welke je moet nemen,' zei Matilda. Ze tilde de bovenste twee bakjes eruit. 'Hij ligt onderin. Het lijkt een beetje op een eeuwigheidsring, maar hij gaat maar half rond. Maar hij is mooi, hè? Het lijkt wel een mandje, met de stenen in de openingen.'

Toen Sophie de ring zag, wilde ze hem gelijk hebben. Hij had zes robijnen in het midden in een ruitvormig motief. In de openingen erboven en eronder zaten diamantjes.

'Zou je je bijgelovig voelen als je hem zou dragen?' vroeg Luke. Kennelijk zag hij aan de manier waarop ze de ring in haar hand hield hoe mooi ze hem vond.

'Zal ik je vertellen dat ik drie trouwringen had?' zei Matilda. 'Misschien durf je hem dan wel te passen. Ik heb één man gehad, maar raakte uitgekeken op de ringen, en dan wilde ik een andere. We zijn nog altijd gelukkig getrouwd.'

Sophie pakte de ring en schoof hem aan haar ringvinger. Hij leek voor haar gemaakt.

'Perfect,' zei Matilda zacht.

'Alle Bergdorf-blondines willen nu niets opzichtigs meer,' zei Luke geamuseerd, 'maar antieke ringen.'

'Hij is echt heel mooi,' zei Sophie, terwijl ze haar hand vanuit allerlei hoeken bekeek. 'Maar je staat nu natuurlijk wel enorm bij me in de schuld.'

'Dat begrijp ik,' zei hij. 'Kom, straks komen we nog te laat.' Hij boog zich voorover en kuste zijn grootmoeder op de wang. 'U hoort wel hoe het was als we weer terug zijn.'

'Jullie zien er als stel heel overtuigend uit, dus maak je vooral geen zorgen, Sophie.'

11

Sophie stapte bij Luke in de auto en vroeg zich af of leren stoelen te vergelijken waren met Matilda's lakens: zo heerlijk dat je naderhand niet meer terugkon naar ruw polykatoen – of naar plastic stoelbekleding die in de zomer zo plakte.

Ze staarde uit het raampje. Zou al die luxe haar nu al hebben verpest? Straks wist ze niet meer wat het was om zuinig te zijn. Ze lachte.

'Wat is er zo leuk?' vroeg Luke.

Ze overwoog even of ze het hem zou vertellen. 'Mijn leven is hier zo anders dan thuis. Ik vroeg me af of ik straks nog wel terugkan naar mijn oude levensstijl.'

'Vast wel.'

Ze wierp hem een zijdelingse blik toe, maar kon aan zijn gezicht niet zien wat hij precies bedoelde. Normaal was ze goed in het lezen van lichaamstaal, maar die van Luke verwarde haar. Ze was nog steeds bang dat hij dacht dat ze een profiteur was, hoe hard ze ook probeerde zich daarover heen te zetten.

'Zijn we er bijna?' vroeg ze.

Hij lachte. 'Hoezo? Ben je misselijk of gewoon nieuwsgierig naar de brunch?'

'Nee,' zei ze verontwaardigd. 'Maar moeten we ons verhaal dan niet op elkaar afstemmen?'

'Ons verhaal?'

'Ja. Hoe we elkaar ontmoet hebben en zo.'

'We hoeven niet in details te treden. We zeggen gewoon dat we verloofd zijn, maar dat jouw familie het nog niet weet en dat we pas over een paar jaar willen trouwen. Jij moet eerst je universitaire studie afronden. Je bent nog jong.'

'Dat bedoel ik. Ze zullen je wel een kinderlokker vinden.'

'Nee, hoor.'

Ze besefte dat hij gelijk had en zakte achterover in haar stoel. Terwijl ze uit het raampje staarde, vroeg ze zich af of Matilda en Lukes vrienden allemaal in huizen zouden wonen die zonder te worden verbouwd in een hotel konden worden veranderd. Toen zuchtte ze. 'Maar ik zit helemaal niet op de universiteit.'

'Een andere opleiding dan. Je hoeft niet in details te treden. Niemand zal ernaar vragen.'

'Ben je niet bang dat het je moeder ter ore komt? Ze zal zich wel ongerust maken als ze hoort dat je je hebt verloofd met een vrouw die ze nog nooit heeft ontmoet.'

'Niet echt. Ze heeft het veel te druk met haar eigen leven.'

'En de roddelbladen? Stel dat ze net een rondje platteland doen?'

'Dat zou juist gunstig zijn. Dan weet iedereen meteen dat ik bezet ben.'

Sophie wist niet wat ze moest zeggen en staarde somber voor zich uit. Ze vond het vreemd dat zij als arm meisje uit Engeland Luke, de gewilde vrijgezel, moest beschermen tegen al die mooie vrouwen die achter hem aan zaten. Ze begreep het nog steeds niet.

'Heb ik je al gezegd dat je er erg leuk uitziet?' zei Luke. Waarschijnlijk voelde hij zich verplicht haar op te vrolijken.

'O ja? Nogal wiedes als je er zoveel geld in steekt.'

Hij lachte. 'Nou, zo logisch is dat niet. Geloof me. Vrouwen zullen zich misschien afvragen waarom ik de voorkeur geef aan jou boven hen, maar mannen zullen het maar al te goed begrijpen.'

Sophie merkte dat ze het lastig vond complimentjes in ontvangst te nemen. Misschien moest ze zelf wat meer oefenen op het soort complimentjes waarmee Luke haar een plezier wilde doen. 'Dank je, Luke. Heel aardig van je.'

Luke parkeerde zijn auto voor een huis dat zeker zo groot was als dat van Matilda. Sophie was blij dat ze arm in arm met Luke liep en behalve een dure outfit een hemelse handtas en een prachtige ring droeg, want anders zou ze zich bij zoveel rijkdom en schoonheid geïntimideerd hebben gevoeld. Totdat ze besefte dat Luke haar een status verleende die ze moeilijk op eigen kracht had kunnen bereiken. Haar eerste reactie was blijdschap. Ze wist nu hoe het voelde om het gemaakt te hebben. Maar toen kwam de schaamte: ze moest niet in het middelpunt van de aandacht willen staan omdat ze toevallig een rijke man aan de arm had. Toch besloot ze haar rol te spelen, wat er ook gebeurde.

'Luke, schat!' riep een lange, hoogblonde vrouw uit, alsof ze op de loer had gelegen om haar prooi te kunnen bespringen. Ze had haren tot aan haar middel en kon zo van de cover van de Amerikaanse *Vogue* zijn gestapt. 'Wat heb ik gehoord? Ben je met dit mooie meisje verloofd?'

Sophie zou zich bijna schuldig gaan voelen omdat in de stem van de blondine iets van ergernis en verbazing had doorgeklonken. Ze had een zeer gewilde, ongebonden partij ingepikt terwijl ze er niet eens uitzag zoals het hoorde. Maar de houding van de vrouw sterkte Sophie in haar missie. Ze besloot zich niet langer een nepvriendin te voelen en zich vol verve op haar rol te storten.

Luke kuste de aangeboden wang. 'Hoi, Lulu, dit is Sophie.'

Toen Lulu zich naar voren boog, besefte Sophie dat zij haar ook moest kussen. Ze deed een poging door het blonde gordijn dat haar werd aangeboden. 'Hallo,' zei Sophie.

'Hé, je bent Engelse! Daarom hebben we natuurlijk nog nooit van je gehoord.'

Sophie glimlachte en knikte. Ze wilde niet overdrijven.

'Maar kom binnen en neem een drankje.'

Aan hun zijde verscheen een bediende in uniform met een

dienblad waarop Bloody Mary's met roerstokjes van bleeksel-derij stonden en drankjes die op Buck's Fizz leken. Ze had geen idee hoe sterk de Bloody Mary's waren.

'Kom even gedag zeggen tegen iedereen,' zei Lulu.

Ze pakte Luke vast alsof ze bang was dat hij er elk moment vandoor kon gaan. Terwijl Sophie achter hen aan liep, begon ze in te zien waarom hij zo graag met een partner naar deze brunch wilde. Ze hoopte maar dat ze hem nog terugzag. Om haar heen wemelde het van de opgedofte vrouwen van het type dat ze in de New Yorkse club had gezien. Matilda's feest was meer een familieaangelegenheid geweest. Iedereen was ook extreem rijk en had er zeer verzorgd uitgezien, maar hier hing een meer competitieve sfeer. Ze was blij dat Heidi erop had gestaan een goede tas voor haar uit te zoeken. Als ze die niet had gehad zou ze, zelfs in haar nieuwe kleren, met nie-mand kunnen praten zonder zich sjofel te voelen.

Luke werd omringd door een groepje vrouwen, die Sophie niet direct negeerden maar al hun aandacht op hem richtten.

'Kennen jullie elkaar al lang?'

'Ja, Luke, je hebt Sophie wel heel lang stilgehouden.'

'Op wie moeten onze moeders nu hun huwelijksplannen botvieren?'

Luke keek met een enigszins gepijnigde blik neer op Sophie die met een stralende glimlach naar hem opkeek. Ze had op-recht met hem te doen.

'Vertel,' herhaalde de eerste vrouw, ook een blondine. 'Hoe lang kennen jullie elkaar al?'

Sophie bleef naar Luke opkijken, deels om de schijn van de liefdevolle verloofde op te houden, deels omdat ze benieuwd was naar zijn antwoord. Ze vermoedde dat deze vrouw hun spel doorzag.

'Nog niet zo lang,' zei hij.

'Was het liefde op het eerste gezicht?' drong de blondine aan.

Luke kon zich niet langer op de vlakte houden. 'Om eerlijk te zijn viel ze voor mijn grootmoeder. Toen ik Sophie voor

164

het eerst ontmoette, zaten ze samen languit op de grond.'

'Dat klinkt niet echt romantisch,' zei Lulu. Zijn opmerking leek haar weer hoop te geven.

'Maar dat was het wel. Zoals Sophie daar zat, met die lange benen en grote ogen, was ze net Bambi.'

'Ik heb *Bambi* nooit gezien,' zei Sophie. Ze vroeg zich af of Luke haar met zijn vergelijking een complimentje wilde maken of dat hij hun zogenaamde verloving extra kleur wilde geven. 'Toen ik hoorde dat zijn moeder stierf in de film, wilde ik hem niet meer zien.'

Iedereen dacht dat het grappig bedoeld was en lachte.

'Snap je nu waarom ik verliefd op haar ben geworden?' zei Luke.

Sophie had haar zenuwen eindelijk in bedwang. 'Men zal zich ook wel afvragen waarom ik verliefd op jou ben geworden.'

'Schat, wij weten maar al te goed waarom je verliefd op Luke bent geworden,' kirde een andere vrouw, die kennelijk namens het hele groepje sprak.

Sophie reageerde als door een wesp gestoken. 'Je bedoelt omdat hij rijk en knap is? Geloof me, dat was niet de reden waarom ik me tot hem aangetrokken voelde. Integendeel zelfs. Het stootte me af.'

Het groepje was een en al verbazing. Dit meisje mocht dan op Bambi lijken, ze was niet op haar mondje gevallen.

'Meen je dat?'

Sophie knikte. Luke, die zijn arm om haar schouder had geslagen, gaf haar een kneepje, al dan niet ter goedkeuring.

'Wat dan wel?' vroeg een brunette.

'Deels omdat hij zo lief is voor zijn grootmoeder, die echt heel erg aardig is, en deels omdat hij zelf ook heel aardig kan zijn. En dat terwijl hij toch behoorlijk verwend is.'

Er ging een zucht van afgrijzen door het groepje, maar Luke kuste haar op haar wang. 'Zeg, wel beleefd blijven, hè!' zei hij. 'Kom, Sophie, ik wil je aan een paar mensen voorstellen.' Hij liet haar schouder los en gaf haar een arm.

'Snap je nu waarom ik bescherming nodig heb?' zei hij toen ze buiten gehoorsafstand waren en naar een ander vertrek liepen dat vol mensen stond. 'Ik voel me soms net een stuk vlees dat boven een bak piranha's wordt gehouden.'

'Jij schudt ze zelf anders heel makkelijk af.'

'Klopt, maar ik vind het irritant dat ze ervan uitgaan dat ik met een van hen zal trouwen. Als ik te bot reageer, gaan hun moeders bij mijn grootmoeder klagen en krijg ik weer te horen dat ik tactvoller moet zijn.'

'Ben je soms bang dat een van de dames door je pantser heen zal breken?'

Luke trok een gezicht dat haar aan het lachen maakte. 'Misschien is het dat.'

Luke kon erg charmant zijn, constateerde ze, nadat hij haar aan een paar andere gasten had voorgesteld. Ze reageerden nogal verbaasd op haar verlovingsring; klaarblijkelijk vonden ze het een nogal ongebruikelijke keuze. Hoe meer mensen ernaar keken, hoe leuker ze het vond.

'Als ík met jou verloofd zou zijn, Luke,' zei Lulu, die hen had ingehaald bij de buffettafel, 'zou ik een diamant ter grootte van een duivenei kiezen.'

'Misschien is dat de reden waarom ik met Sophie verloofd ben,' zei Luke. 'Ze heeft een iets subtielere smaak.'

'En ze is niet met jou verloofd vanwege het geld, het privévliegtuig en het lekkere kontje?'

'Dat hoop ik niet.'

Sophie had het gevoel dat ze Luke kon helpen. Ze begreep nu hoe moeilijk het voor hem moest zijn te beoordelen of een vrouw geïnteresseerd was in hem als persoon of alleen in zijn geld. Het maakte zijn aanvankelijke houding tegenover haar des te begrijpelijker. 'Het werkt natuurlijk niet echt in zijn nadeel – vooral dat lekkere kontje niet – maar ik viel op Luke omdat hij iets mysterieus heeft. Daar hou ik wel van.'

'Een van de redenen waarom ik op Sophie viel is dat ze me op een of andere manier aan mijn grootmoeder doet denken,' zei Luke, inhakend op haar toon.

166

'Pardon?' Sophie deed alsof ze zich beledigd voelde omdat hij haar vergeleek met een vrouw van in de tachtig.

'Ja. Jullie zijn allebei heel charmant en een beetje… onvoorspelbaar.'

Iedereen lachte, zoals van hen verwacht. Sophie deed mee, blij dat ze niet echt verloofd was met Luke. Ze moest er niet aan denken te moeten omgaan met graatmagere blondines in kleren van honderd dollar per vierkante centimeter.

Een lange, iets oudere vrouw legde haar hand op haar arm. Ze had kort donker haar in een moderne coupe die in niets op die van de Bergdorf-blondines leek, donkere gebogen wenkbrauwen en een brede, welgevormde mond die ze scharlakenrood had gestift. 'Arme Sophie. Je zult ons wel een stelletje vreemde snoeshanen vinden. Ik ben Ali. Mijn moeder was Frans, dus geografisch gezien zijn we verwant. Kom, ik wil alles over je weten. Maar eerst moet je deze flensjes proeven. Europeanen vinden de Amerikaanse keuken misschien een beetje vreemd, maar in sommige dingen zijn ze echt heel goed.'

Sophie deed wat haar werd aangeraden, blij eindelijk een menselijk wezen in Barbieland te ontmoeten. Ze nam een paar flensjes met bacon, schonk er wat ahornsiroop bij en liep met Ali mee. Luke glimlachte aanmoedigend naar haar toen ze voorbijliep. 'Ali werkt bij ons. Ik denk dat jullie goed met elkaar kunnen opschieten. Praat jij maar met haar, dan klets ik even bij met wat andere mensen.'

'Kom mee,' zei Ali. 'Ik weet een plekje waar we even rustig kunnen zitten.' Ali gaf haar een arm en baande zich een weg door de groepjes gasten. Sophie merkte dat er naar hen werd gekeken. Ze was blij dat ze met iemand anders dan Luke contact had – ze was nu meer dan alleen maar aanhang.

'Zullen we aan deze tafel hier gaan zitten?' stelde Ali voor. 'Dan kunnen we tenminste als beschaafde wezens eten.'

Sophie at, hoopte ze, op een beschaafde manier, want Amerikanen deden nogal ingewikkelde dingen met mes en vork.

'En,' zei Ali, toen Sophie net een flinke hap had genomen, 'wat vind je van Lukes eerste vrouw?'

Sophie dwong zichzelf te blijven kauwen. Het feit dat Luke al eerder getrouwd was geweest, ging haar niets aan, maar nu ze voor zijn verloofde doorging, moest ze er wel een mening over hebben. Het was belangrijk dat ze er ontspannen op reageerde.

'Ach,' zei ze, 'iedereen maakt fouten.'

'Dat is waar, tenzij je voorzichtig bent natuurlijk. Luke was niet voorzichtig genoeg, als je het mij vraagt.' Ali schoof haar bord van zich af. Kennelijk had ze genoeg gegeten, hoewel het nog driekwart vol was.

'Heb jij haar gekend?' vroeg Sophie, blij een manier te hebben gevonden om meer informatie los te krijgen zonder haar eigen onwetendheid te onthullen.

'Niet echt. Ze was al een beetje uit beeld toen ik voor Luke kwam werken. Ik heb haar één keer ontmoet toen ze wat papieren kwam ophalen op ons kantoor. Een beeldschoon meisje. Maar erg jong. Veel te jong om te trouwen.' Ali keek Sophie aan alsof ze haar wilde waarschuwen. 'Ik denk niet dat Luke... Ik bedoel... Nou ja, het doet er niet toe wat ik denk.' Ali glimlachte om te maskeren dat ze een zin was begonnen die ze niet kon afmaken. 'Maar het heeft hem kapitalen gekost, dus die fout zal hij niet nog een keer maken.' Ze zweeg even. 'Hij schijnt op jonge vrouwen te vallen.'

Even voelde Sophie zich aangesproken, alsof ze echt met Luke verloofd was. En hoewel Ali warm glimlachte en de indruk wekte alsof Luke voor één keer een flauwe grap had uitgehaald, had er een kracht in haar woorden gelegen die Sophie niet kon negeren.

'Zolang hij zijn lesje maar heeft geleerd,' zei Sophie, in een poging luchtig over te komen. Maar ze voelde zich aangevallen, zoals ze zich ook gevoeld zou hebben als ze echt met Luke verloofd zou zijn geweest.

Ali legde een hand op die van Sophie. 'Je bent me d'r eentje!'

'Ali is leuk, hè?' zei Luke toen hij haar even later weer opzocht.

'Ja,' zei Sophie.

'Verfrissend anders.'

Sophie voelde meteen aan dat ze iets met elkaar hadden gehad. En zo ja, hoe lang? Waarom waren ze uit elkaar gegaan? Of ging haar verbeelding met haar op de loop? 'Ze vroeg wat ik ervan vond dat je eerder getrouwd was geweest.'

'En wat zei je?'

'Ik wist niet precies wat ik moest zeggen. Dat had ik van tevoren moeten bedenken. Als we echt verloofd zouden zijn, zou ik daar een mening over hebben. Denk je niet?'

Hij haalde zijn schouders op. 'Misschien wel, ja.'

'Ik was bang dat ze me doorhad.'

'En had Ali je door?'

Sophie dacht even na. 'Ik zou het eerlijk gezegd niet weten.'

'Maak je maar geen zorgen. Kom, we gaan de gastvrouw zoeken en afscheid nemen. We hebben onze plicht gedaan.'

Sophie kon niet besluiten of ze vanwege haar zo vroeg vertrokken of omdat Luke het zelf wilde. Misschien voelde hij zich met haar als verloofde toch niet op zijn gemak.

'Tussen twee haakjes,' zei hij toen ze alweer bijna bij Matilda waren, 'ik heb een paar mensen opdracht gegeven je familielid op te sporen. Ik verwacht dat ze spoedig meer zullen weten.'

'Bedankt. Heel aardig van je.'

Sophie was in de war. Het ene moment was Luke heel aardig, het volgende moment kon hij nogal gereserveerd doen. Ze kreeg geen hoogte van hem. Waarschijnlijk was ze gewoon niet gewend aan mannen die met een zilveren lepel in hun mond waren geboren, of wat voor uitdrukking ze daar in Amerika ook voor hadden.

Hoe dan ook, ze besefte dat Matilda niet de enige was die ze zou missen als ze terug naar Engeland ging. Luke was ondanks zijn kameleongedrag leuk gezelschap geweest en ze had genoten van hun tijd samen. En het was heerlijk om voor de verandering eens netjes te worden behandeld door een man, ook al was het alleen maar uit beleefdheid. Haar ouderwetse kant kon dat wel waarderen.

De dag na de lunch moest Luke terug naar de stad, evenals Matilda's andere gasten. Sophie bleef op aandringen van Matilda, maar ook omdat ze zelf graag wilde, nog een paar dagen logeren. Matilda ging weer naar New York en zou Sophie dan meenemen. Bovendien zou ze een paar dagen later haar chauffeur sturen om haar op te halen bij Milly en haar naar het vliegveld te brengen. Het kon niet beter.

Het grote huis voelde heel anders aan toen alleen Matilda en Sophie waren achtergebleven. Ze aten gezellig in een kleine serre in plaats van in de grote eetkamer. Ze brachten hun tijd door met kaarten, kletsen over Engeland en wandelen in de tuin als het mooi weer was. Sophie mocht Matilda's garderobe doorkijken en veranderde een paar kledingstukken die Matilda graag had gedragen maar waar ze niks meer mee deed.

Sophie stelde vast dat er nadelen kleefden aan rijk zijn, omdat je geld genoeg had om steeds nieuwe kleren te kopen, maakte je nooit optimaal gebruik van je favoriete kledingstukken.

En al die tijd haalde Matilda herinneringen op aan het huis.

Uiteindelijk zei Sophie: 'Hebt u er misschien nog oude foto's van? Als u wilt dat ik het huis ga zoeken, zou het handig zijn als ik een foto had.'

'O ja, leuk! Ik vind het altijd heerlijk om foto's te kijken. Ik zal ook een foto van het schilderij laten maken. Die stuur ik je dan later wel op.'

Het bekijken van de foto's nam aardig wat tijd in beslag. Sophie stelde veel vragen en Matilda legde uitgebreid uit wie iedereen was en wat ze deden. Tussen de foto's bleek inderdaad een vervaagd sepiakleurig fotootje van De Pastorie te zitten. Er stond een groot huis op dat was bedekt met een of andere klimplant, maar waaraan verder niets viel af te leiden over de plek waar het stond.

'Ik had gehoopt dat er een naam of plaats achterop zou staan,' zei Sophie.

'Ik ook.' Matilda zweeg even. 'Het was makkelijker geweest als ik rond mijn twintigste was teruggegaan. Maar de mensen die er woonden waren toen al overleden, dus ik had geen reden erheen te gaan.'

'Lag het aan de kust?'

'Ja! Niet ver ervandaan. We picknickten wel eens op het strand.'

'Ik heb altijd al aan zee willen wonen,' zei Sophie dromerig, totdat ze zich herinnerde dat ze dat al eens tegen Matilda had gezegd.

'Ik slaap altijd op een zolderkamer,' ging Matilda verder. 'Heerlijk vond ik dat. Ik herinner me dat ik in de erker uren uit het raam zat te staren.'

'Dat lijkt me ook heerlijk,' zei Sophie.

'Dat dacht ik al,' zei Matilda. 'We hebben veel gemeen.'

Sophie glimlachte. 'Dat gevoel heb ik ook.' Ze zweeg even. 'Even iets anders. Ik zou u toch graag uw ring willen teruggeven. De vorige keer dat ik dat probeerde, wilde u hem niet terug hebben. Maar omdat ik naar huis ga, vind ik echt dat u hem moet aannemen.'

'Ik wil hem niet terug hebben. Echt niet. Ik heb meer ringen dan ik ooit kan dragen en hij staat zo mooi aan jouw jonge hand. Ik heb het er met Luke over gehad en ook hij vond dat je hem moest houden als je hem mooi vond. En dat wil ik ook.'

'Natuurlijk vind ik hem mooi! Hij is prachtig.'

'Ik wil echt dat je hem houdt. Het was heel aardig van je om Luke naar die brunch te vergezellen. Ik weet dat het niet makkelijk voor je was, maar je hebt het prima gedaan.'

'Maar Luke heeft ook al zoveel mooie kleren voor me gekocht...'

'En toch wil ik je deze ring graag geven.'

Toen Sophie begreep dat bezwaar maken niet hielp, gaf Matilda haar een tevreden klopje op haar hand, blij dat ze haar zin had gekregen.

Bij het afscheid had Sophie het gevoel dat ze afscheid nam van een goede vriendin in plaats van iemand die ze nog maar kort kende. Ze moesten allebei even een traantje wegpinken.

'Maar nu we elkaar kennen,' zei Sophie, 'houden we contact.'

'Natuurlijk,' zei Matilda. 'Ik zal je de foto van het schilderij mailen en je op de hoogte houden van Lukes plannen.'

'Dat gaat mij niets aan. We zijn niet echt verloofd.'

Matilda zuchtte. 'Dat is waar.'

12

Amanda was een ideaal klankbord. Ze had meteen gereageerd toen Sophie, die nog een jetlag had maar ook nog een beetje hyper was en over haar ervaringen wilde praten, vroeg of ze ergens wilde afspreken. Hoewel Milly het verhaal al aangehoord had, zou ze pas het gevoel hebben dat ze haar belevenissen voldoende had geëvalueerd als haar beide vriendinnen op de hoogte waren.

Amanda had in hun favoriete wijnbar een tafel in een nis weten te bemachtigen en voor Sophie een groot glas Pinot Grigio en een fles bronwater besteld. 'Ik wil alles weten. Begin maar bij het afscheidsetentje met Mills.'

Sophie nam een flinke slok van haar wijn en stak van wal. 'Ik vond het heel jammer bij haar weg te gaan. Niet dat we elkaar zo vaak zagen, maar als we samen waren, was het reuze gezellig. Haar vriend heeft heerlijk voor ons gekookt en daarna zijn we nog iets gaan drinken.' Sophie rommelde in haar tas – ze hoopte dat Amanda er nog niet naar zou vragen, of zou aannemen dat ze een koopje op de kop had getikt – en haalde er een pakje uit. 'Hier, voor jou. Het is maar een kleinigheidje. Maar ik vond dat je eindelijk eens een echt in plaats van zelfgemaakt cadeautje verdiende.'

'Cool!' zei Amanda. 'Bobbie Brown! Mijn favoriete make-up.'

'Make-up is goedkoper daar. Ik hoop dat het de goede kleur voor je is.'

Amanda opende de lippenstift. 'Perfect. Jij hebt zo'n goed gevoel voor kleur. Maar vertel, heb je cupcakes gekocht bij de Magnolia Bakery?'

'Uh-huh! O, Mands, je had al die kerstversieringen moeten zien! Net een sprookjesland. En in Central Park en Times Square wordt buiten geschaatst.'

'Dat kan in Londen ook.'

'Maar in New York heb je veel meer glitter en glamour,' hield Sophie vol.

'Dus Milly heeft een leuke vriend?'

'Ja, een heel aardige jongen. Maar hij is chef-kok, dus ze zien elkaar niet zo vaak. En Milly werkt zelf ook heel hard. Iedereen daar, heb ik het idee.'

'En verder?'

'Ik heb een gewéldige oude dame ontmoet. Ze vroeg me te logeren op haar landgoed – echt waar, zó enorm groot – in Connecticut. Ik heb haar op mijn tweede avond in New York ontmoet, op een opening in de galerie waar Milly werkt.'

Amanda leunde achterover en luisterde, terwijl Sophie haar een gedetailleerd maar enigszins verward verslag gaf van haar reisje naar Amerika. Ze eindigde met te zeggen dat ze zich schuldig voelde over de nieuwe kleren die Luke voor haar had gekocht.

'Ik moet eerlijk bekennen,' zei Amanda, met haar blik op Sophies gestrekte been, 'dat ik die laarzen ook niet zou hebben teruggebracht. En die tas ook niet.'

'Dus je vindt het niet ordi van me dat ik ze heb gehouden?' Na een laatste bewonderende blik trok ze haar benen weer onder de tafel.

Amanda nam een bedachtzame slok van haar wijn. 'Nee. Hoezo?'

Sophie zuchtte. 'Het probleem is dat je in de omgang met rijke mensen een beetje onzeker wordt, alsof je wilt bewijzen dat je niet voor hen onderdoet…'

'Dat doe je ook niet!'

'Dat weet ik. En gelukkig ontleen ik mijn eigenwaarde

niet aan de hoeveelheid geld die ik heb. Maar ze waren zo vrijgevig. Matilda behandelde me als een dochter – eh, klein-dochter.'

'Ze mocht je graag. Anders had ze gewoon gezegd: "Be-dankt. Zonder jou was ik op mijn kont gevallen."'

'Zoiets zou ze nooit zeggen!' Sophie sloeg haar hand voor haar mond bij de gedachte dat Matilda dergelijke taal zou ge-bruiken.

'En was ze verdergegaan met het bekijken van de schilde-rijen,' vervolgde Amanda onverstoorbaar. 'Of met wat ze op dat moment ook aan het doen was.'

Sophie ontspande en slaakte een zucht. 'Dat is zo. Maar dat ze me zomaar deze ring gaf.' Ze strekte haar rechterhand uit en keek naar de ring die prachtig kleurde bij haar nagellak. 'Dat was zo aardig van haar.'

Na een korte stilte zei Amanda: 'Wat vond Luke ervan dat je hem hield?'

'Hij vond het ook prima. Hij schijnt gezegd te hebben dat ik er hard voor had gewerkt en als Matilda hem aan mij wilde geven, ik hem moest houden.'

'En heb je ook hard gewerkt voor die brunch?'

Sophie knikte. 'Ik had er moeite mee. Ik voelde me een be-drieger. De vrouw die Ali heette, en die Luke graag leek te mogen, waarschuwde me min of meer voor zijn vorige vrouw, die ze te jong vond. Daarmee suggereerde ze eigenlijk dat ze mij ook te jong vond.' Ze zweeg even. 'Maar door de ring werd het geloofwaardig. Hoewel… als ik erop terugkijk, vraag ik me af of de ring wel overtuigend genoeg was. Ze was wel iemand die kon zien dat hij niet zo heel kostbaar was. Mis-schien had ze door dat we de boel voor de gek hielden.'

'Ik was er natuurlijk niet bij, maar als ik dat zo hoor, heb je het goed gedaan. Luke heeft je daarvoor willen belonen.' Amanda keek naar de ring. 'In hun ogen is het waarschijnlijk niet zo'n dure ring.'

Sophie zette haar lichte twijfel over Ali uit haar hoofd. Ze had haar overtuigd of niet. Ze dacht weer aan Luke en zijn cadeaus. 'Dat is waar. Maar hij had ook al kleren, een tas en laarzen voor me gekocht. En daarna zijn we ook nog pizza gaan eten in Mystic. Die film moeten we trouwens weer eens kijken. Enfin, hij was dus reuze aardig.'

'Dus je ziet die Luke wel zitten?'

Sophie trok een gezicht. 'Gaan we weer romantisch doen? Jij wilt altijd iedereen koppelen omdat je zelf zo gelukkig met David bent.'

Amanda grinnikte. 'Niet waar! Maar je hebt het vaak over hem. Dat is meestal een teken.'

'Ik had niet in de gaten...'

'Dus? Val je op hem? Of niet? Misschien is hij gewoon je type niet.'

Sophie vond het moeilijk haar gevoelens uit te leggen. Ze begreep ze zelf niet eens. Sinds haar terugkeer in Engeland dacht ze veel aan hem, maar dat schreef ze toe aan het feit dat hij zo anders was dan de andere mannen in haar leven, nu en vroeger. En het gezegde dat tegenpolen elkaar aantrekken had ze snel uit haar hoofd gezet.

'Tja,' zei ze nu, 'als hij in mijn bed zou liggen, zou ik hem er niet uit gooien. Maar wees eerlijk, Mands, ik kan nog beter een oogje op prins Harry hebben. Die is tenminste nog vrij normaal en leeft aan deze kant van de Atlantische Oceaan.' Ze nipte van haar wijn, waar ze een beetje water bij had gedaan. 'Luke is op een of andere manier ook te volwassen voor mij.'

'Maar het is wel een leuke man, als ik dat zo hoor!' Amanda was onder de indruk geweest toen Sophie haar vertelde over zijn mooie pakken en overhemden, en over zijn heerlijke eau de toilette. 'En het zou inderdaad eens iets anders zijn.'

Sophie probeerde niet te glimlachen. Amanda en Milly mopperden altijd over haar sloeberige vriendjes die haar nooit eens gezellig mee uit namen, haar lieten betalen – en dan niet alleen haar deel van de rekening – en zich niet vaak genoeg wasten. Precies het tegenovergestelde van Luke dus. 'Dat is waar. Maar je zou de vrouwen eens moeten zien die hem omringen. Allemaal kopieën van Paris Hilton.'

'Tegen wie jij hem dus moest beschermen. Als hij dat soort vrouwen leuk zou vinden, zou hij jouw hulp niet nodig hebben.'

'Ik was de enige die hij daarvoor kon gebruiken. Het wordt niks. Ik ben zijn type niet en behoor niet tot zijn klasse. In het echte leven werkt dat niet.'

'Maar waarom sleepte hij je dan mee naar die "brunch"' – ze maakte aanhalingstekens in de lucht – 'en moest je zijn verloofde spelen?'

'Omdat hij Amerika's meest gewilde vrijgezel is! Heb ik je niet verteld over de club waar we hadden afgesproken? Daar zaten een paar meiden over hem te praten. Ze zitten allemaal achter hem aan. Niet alleen omdat hij rijk is, maar ook – relatief – jong en hetero. Waar hij ook komt, hij wordt belaagd door beeldschone vrouwen. Hij is gescheiden. Waarschijnlijk heeft hij er gewoon even geen zin in. Als ze denken dat hij bezet is, wordt hij minder lastiggevallen.'

'Dat komt op mij nogal arrogant over. "O, ik ben zo geweldig. Ik kan al die beeldschone vrouwen even niet aan, hoor."'

'Nee, zo was het niet,' verdedigde Sophie hem. 'Hij kan het best aan, maar hij wil de kleindochters van Matilda's vrienden niet voor het hoofd stoten. Want zo zouden zij dat zien.'

'Oké. Dus hij koos jou vanwege…'

Sophie grinnikte meewarig. 'Omdat ik toevallig bij zijn grootmoeder logeerde. Voor het gemak.'

Amanda ging er niet op in. 'Als jij… even grof gesteld, een lelijke heks was, zou hij je niet gevraagd hebben. Hij deed het omdat je er geweldig uitziet, Engelse bent en je leuk weet te kleden. Je bent anders dan de vrouwen die hij gewend is.'

'Ik dacht dat Amerika een klasseloze maatschappij was.'

'Niet dus. Het draait er misschien meer om geld, maar geen enkele samenleving is klasseloos.'

Sophie stemde stilzwijgend met haar in. 'Hoe dan ook, het geld zal altijd een obstakel blijven. Maar waar hebben we het over? Hij woont in New York en ik hier. Laten we nog een wijntje nemen.'

Toen ze allebei weer een vol glas hadden en samen één pizza hadden besteld om te delen, deed Amanda opnieuw een poging de kleinste details uit Sophie te wringen. Maar Sophie, die Amanda alles had verteld wat ze dacht dat ze moest weten, wilde over iets anders praten. Maar als Amanda eenmaal op de verhoortoer was, was ze moeilijk af te leiden.

'Weet Luke het van Matilda en het schilderij?'

'Ik denk het niet. Ze is bang dat het geen haalbare kaart is. Ze weet maar heel weinig over het huis.' Sophie zuchtte. 'Zonde, want ik zou het graag voor haar vinden. Maar ik heb niet eens een naam. Ze dacht dat ze de naam van het dorp of de eigenaar wist, maar ze kon het zich toch niet meer herinneren. Ze is niet meer de jongste.'

'Dan heb je inderdaad weinig aanknopingspunten. Je hebt dus alleen een foto van een schilderij van een huis dat misschien niet eens meer bestaat.'

Ze barstten allebei in lachen uit. 'Weinig aanknopingspunten noem je dat!'

'Matilda zei dat de naam haar wel weer te binnen zou schieten als er niet meer aan dacht. Ze zou me mailen als ze het zich herinnerde. Dat ze zelf mailt wil toch wel zeggen dat ze nog weet wat ze doet. Tegen die tijd zie ik wel hoe ik het ga aanpakken.'

'Jullie bewijzen elkaar over en weer een dienst. Jij helpt Matilda het huis te vinden en Luke helpt jou je langverloren familielid op te sporen. Heb je daar eigenlijk al iets over gehoord?'

'Hij is er nog mee bezig.' Ze zuchtte. 'Of misschien heeft hij Ali erop gezet. Hij heeft een berichtje achtergelaten met "Er wordt aan gewerkt". Aan mijn missie, bedoelde hij. En zij werkt voor hem.'

Amanda dronk bedachtzaam van haar wijn. 'Ik denk dat je hem nog een keer terugziet, Soph.'

'Ik niet. Maar laten we erover ophouden. Ik pak even die krant daar en ga op zoek naar een baantje. Zodra ik genoeg geld heb, begin ik met mijn cursus. Zo vlak voor kerst is er vast genoeg werk te vinden.' Ze pakte de krant en keek snel de personeelsadvertenties door. 'Nou, dat valt tegen. Bijna allemaal in de zorgsector. Wel leuk werk, maar het betaalt zo slecht. O, moet je dit lezen!' Ze schoof de krant onder Amanda's neus.

'Wat? Welke bedoel je?'

'Deze. "Herinnert iemand zich meneer Henry Bowles…"' Ze las de hele advertentie voor.

'Wat is daar zo boeiend aan?'

'Als ik de naam van Matilda krijg, kan ik een advertentie in een Cornische krant zetten. "Herinnert iemand zich een plaats of persoon die huppelepup heet, en zo ja, wilt u dan contact opnemen ?" Dat zou het zoeken een stuk makkelijker maken.'

'Maar dan heb je eerst een naam nodig.'

'En een baan,' beaamde Sophie.

'Misschien kun je hier werken,' zei Amanda, die zich er eindelijk bij neerlegde dat ze niets interessants meer uit Sophie zou loskrijgen. 'Dan kunnen we hier gewoon afspreken en hoeven we niet te wachten totdat jij een avond vrij hebt.'

Sophie dacht even na. 'Volgens mij hebben ze geen vacature. Ik heb buiten niks op het bord zien staan.'

'Ik zou gewoon even zeggen dat je beschikbaar bent. Voor hetzelfde geld kun je meteen aan de slag.'

Na wat gekibbel over de kans dat ze inderdaad werk voor haar hadden, deed Sophie wat haar werd opgedragen. En tot Sophies blijde verrassing gebeurde er wat Amanda had voorspeld en kon ze meteen beginnen.

Sophies familie was blij dat ze weer terug was. Pas toen ze er niet was geweest om het huishouden te doen, viel hen op hoeveel ze altijd deed. Ze wilden alles weten over haar ontmoeting met Matilda en haar verblijf op het landgoed. Sophie liet hen de ring niet zien; dat zou te veel uitleg vergen. Ze schreef oom Eric een brief, waarin ze hem vertelde dat ze haar nicht Rowena niet had gevonden maar dat er naar haar werd gezocht. Hij moest er maar geen al te hooggespannen verwachtingen van hebben. Dat laatste zei ze om hem te plagen. Per slot van rekening had hij haar al meteen gezegd dat het een hopeloze zaak was. Maar ze wist dat hij haar grapje zou waarderen.

De eigenaar van de wijnbar raakte eraan gewend dat Amanda na haar werk langskwam om met Sophie te kletsen, vooral nadat Sophie erop had gewezen dat Amanda betaalde voor haar koppen koffie. 'Ik zorg voor extra klandizie,' verklaarde ze. En omdat Amanda niet de enige klant was die Sophie binnenhaalde en ze onder het kletsen de glazen opwreef, was het geen enkel probleem.

'Ik had mail!' zei Sophie op een avond tegen haar vriendin.

'Spannend,' zei Amanda, terwijl ze op een barkruk plaatsnam. Ze zag er moe uit. 'En? Nog mooie aanbiedingen om jezelf te laten straktrekken of op te pompen?'

Sophie maakte ongevraagd een cappuccino voor Amanda. Haar vriendin was toe aan cafeïne. 'Nee, van Matilda. Uit Connecticut. Ze herinnert zich de naam weer.'

'Super!'

'Ja. Hoewel het nog altijd niet makkelijk zal zijn het huis te vinden. Maar ik ga een advertentie in de krant zetten. Daarvoor schijn ik het beste de *West Briton* te kunnen gebruiken, het dagblad van Cornwall.'

'Hoe weet je dat?'

'Dat vertelde een klant me. Ik ga het via internet proberen te regelen.' Ze zweeg even. 'O, en Luke komt naar Londen voor een of ander project. Ik neem aan dat het met zijn werk te maken heeft.'

'Wauw! Wist je dat?'

'Absoluut niet. Volgens Matilda kwam het nogal onverwachts.'

'Misschien wil hij jou gewoon weer zien.'

Sophie merkte dat ze bloosde. 'Dat denk ik niet. Hij schijnt al een maand eerder te komen, vlak na de kerst, zodat hij mij kan helpen met het zoeken van het huis.'

'Dus ze heeft het hem verteld?'

Sophie haalde haar schouders op. 'Blijkbaar. Waarom zou hij anders een maand eerder komen? Maar ik vraag me af waarom hij in Cornwall een huis wil zoeken dat er waarschijnlijk niet eens meer staat.'

'Omdat hem dat leuk lijkt. En jou ook.'

'Ik zet gewoon een advertentie. Mocht erop worden gereageerd, dan kan hij actie ondernemen. Daar zal mij niet voor nodig hebben.'

Amanda wuifde haar opmerking weg. 'Natuurlijk wel. Hij heeft iemand van hier nodig. Hij is Amerikaan – hij spreekt de taal niet.'

Sophie lachte. Het zou best leuk kunnen zijn om met Luke Cornwall te doorkruisen. Dan zou ze hem een deel van Engeland kunnen laten zien, zoals hij haar een deel van Amerika had laten zien. Maar meteen nam haar gezonde verstand het over: het was zeer onwaarschijnlijk dat hij haar hulp zou kunnen gebruiken. 'De werkdag zit erop. Daar heb je de borrelaars.' Ze trok een wenkbrauw op. 'Ze komen elke dag na hun werk borrelen. Volgens mij was het nooit zo druk toen wij hier kwamen. Het zal wel vanwege de kerst zijn.'

Sophies baas, die de groep mannen had horen binnenkomen, zei grinnikend: 'Geloof je het zelf.'

Sophie maakte opnieuw ongevraagd een kop koffie voor Amanda. 'Len zit tegenwoordig altijd in zichzelf te lachen.'

'Ik snap wel waarom,' zei Amanda, die maar al te goed begreep waarom het veel drukker was in de wijnbar dan daarvoor. En dat had niets met Kerstmis van doen. 'Wat ga jij eigenlijk doen met kerst?'

'Hetzelfde als altijd, denk ik. Ik ga dit jaar Florentines maken voor de mannen. Behalve voor oom Eric, die krijgt brownies, want daar is hij dol op. Voor mijn moeder ga ik een enorme grote ronde koker decoreren die ik in een container heb gevonden. Een prullenbak kan niet groot genoeg zijn. En voor mijn zus maak ik een leuke tas, van een patroon dat ik in Amerika heb gevonden.'

'Leuk,' zei Amanda.

'Wees maar niet bang, voor jou maak ik ook iets moois, hoor. Heb je misschien nog kleren nodig?' Haar beste vriendinnen maakten altijd dankbaar gebruik van Sophies talent tweedehandskledingstukken zo te veranderen dat het bijna design leek.

'Iets voor op een zwart jurkje zou mooi zijn,' zei Amanda. 'Voor de kerstborrel?'

'O, dan weet ik al wat ik ga maken,' zei Sophie. In gedachten ging ze terug naar de avond in New York toen ze haar kleren had opgeleukt voor haar verblijf bij Matilda. 'Hou je van franjes?'

'Ik denk het wel,' zei Amanda. 'Als jij denkt dat het mij staat.' Ze pakte haar portemonnee. 'Ik hoef de koffie niet, hoor, als je het niet erg vindt. Want dan doe ik vannacht weer geen oog dicht.'

Terwijl ze zich voorbereidde op Kerstmis, het huis versierde en verlangde naar een groene omgeving zoals bij Matilda in Connecticut, plaatste Sophie een advertentie in de krant. Het was een rib uit haar lijf. Het probleem was dat het een vrij lange advertentie moest zijn omdat ze niet wist of de naam naar een persoon of iets anders verwees. Maar ze had niet veel tijd om erover na te denken. Ze moest regelmatig overwerken in de wijnbar en bracht elke vrije seconde door met bakken en naaien voor Kerstmis. Bovendien stond ze vroeg op; om een of andere reden sliep ze na zes uur niet meer.

Vandaar dat ze in de week voor kerst al om halfzes haar laptop aanzette en Lukes naam in haar inbox zag verschijnen. Hij moest haar e-mailadres van Matilda hebben gekregen. Ze klikte de mail open, half opgewonden, half nerveus. Het was heerlijk om van hem te horen, maar waarom zou hij haar mailen?

Hallo Sophie,
Ik wil je even laten weten dat ik naar Londen kom, voor het geval mijn grootmoeder me niet voor is geweest. Ze vertelde me dat ze jou heeft gevraagd een of ander huis

in Cornwall te zoeken. Eerlijk gezegd vind ik het een bespottelijk idee – ze kan haar mooie herinneringen beter koesteren, want voor hetzelfde geld is het huis al dertig jaar geleden met de grond gelijkgemaakt. Zou jij dat alsjeblieft ook tegen haar willen zeggen? Mij gelooft ze niet.
Ik hoop dat we elkaar kunnen ontmoeten als ik in Londen ben. Tussen twee haakjes: we zoeken nog steeds naar dat familielid van je.

Hartelijke groet,
Luke Winchester

Ze typte een antwoord.

Beste Luke,
Wat leuk van je te horen. Het lijkt me gezellig een keer af te spreken als je in Londen bent. En nogmaals bedankt voor je inspanningen om mijn familielid te vinden.
Ik heb al tegen Matilda gezegd dat het moeilijk zal zijn een huis te vinden dat misschien al is afgebroken en waarover verder niets bekend is – ongeveer vergelijkbaar met het achterhalen van mijn familielid – maar zoals je weet is je grootmoeder een eigenzinnige vrouw. Doe haar de hartelijke groeten van mij.

Groetjes,
Sophie

Ze zei niets over de advertentie, die tot dusver nog niets had opgeleverd. Behalve deze kleine zonde was ze tevreden over haar toon, die zowel ferm als formeel was. Sophie verstuurde haar mail die Luke, zo besefte ze tot haar teleurstelling, pas veel later zou lezen vanwege het tijdsverschil.
Toen ze na haar lunchpauze thuiskwam van haar werk zag ze tot haar blijde verrassing dat hij al had gereageerd.

183

Beste Sophie,
Sorry, ik had moeten beseffen dat jij mijn grootmoeder nooit
zou aanmoedigen haar rare plan door te zetten. Ik had
kunnen weten dat jij er op een verstandige manier mee
bent omgegaan. Ik zal haar het idee uit haar hoofd praten.

Tot haar verrassing voelde Sophie zich teleurgesteld. Stel dat
ze wel reacties kreeg op haar advertentie? Ze las verder.

Tussen twee haakjes, ik heb jouw familielid in New York
achterhaald. Helaas leeft ze niet meer. Maar ik heb haar
testament opgevraagd en ze blijkt haar gehele bezit te
hebben nagelaten aan een neef in Engeland, een zekere
meneer Eric Kirkpatrick.

'Oom Eric!' riep Sophie uit. 'U had precies waar ik al die tijd
naar heb gezocht! Maar dat wist u waarschijnlijk niet,' voegde
ze er zachter aan toe, in de hoop dat niemand in huis haar in
zichzelf had horen praten. Nadat ze had besloten oom Eric te
bellen en, indien nodig, zelf zijn papieren te doorzoeken, ging
ze ervoor zitten om Lukes mail te beantwoorden. Ze schaamde zich dat ze zo vaak aan hem dacht. Toen ze eindelijk op
'verzenden' had geklikt, pakte ze haar telefoon.
    Na wat stekelige grapjes tussen Sophie en haar oudoom,
kwam Sophie ter zake. 'Oomlief, ik heb zojuist gehoord dat
nicht Rowena in New York niet meer in leven is. Ze blijkt
haar aandelen aan u te hebben nagelaten. Dat moet al een hele
tijd geleden zijn gebeurd.'
    Uit het gezucht en gesteun aan de andere kant van de lijn
leidde Sophie af dat hij zich verlegen met de situatie voelde.
'O ja, daar was ik dus ook al achter. Ik heb mevrouw Dinges
de dozen van zolder laten halen en daar heb ik het een en ander
gevonden. Onder andere een brief van een advocaat.' Hij
zweeg even. 'Het spijt me dat je door mij vergeefs naar New
York bent gegaan. Je zult je wel stierlijk verveeld hebben.'
    'Nee hoor, ik heb het daar heerlijk gehad.'

'Hmm. Ik heb het niet zo op die yankees.'

Sophie grinnikte. 'Sommigen zijn anders best aardig.'

'Dat moet ik dan maar geloven.' Hij zweeg even. 'Was je nog van plan spoedig deze kant op te komen?'

'Ja, want misschien is het verstandig die papieren die u hebt gevonden eens goed door te nemen.'

'En ik zou het leuk vinden je weer te zien.'

'En ik u! Dan kan ik uw kerstcadeaus meenemen in plaats van ze op te sturen.'

'Ze?'

'Verrassing! Ik zie wel even hoe en wat.'

Helaas ging er onder het personeel van de wijnbar een virus rond en was Sophie de enige die niet ziek was geworden. Een bezoek aan oom Eric voor de kerst zat er dus niet in. Ze deed de brownies op de post en schreef dat ze zo spoedig mogelijk langs zou komen en dat hij niet moest vergeten zijn griepprik te gaan halen.

Een van de hoogtepunten van Sophies kerst, die in de loop der jaren niets van zijn glans had verloren, was Amanda's enthousiaste reactie op de bolero die Sophie voor haar had gemaakt van een simpel zwart schoudervestje, een paar antieke pailletten en enkele franjes die ze nog over had van het zwarte jurkje dat Milly nu vol trots in New York droeg. Een ander opstekertje was het plezier dat haar moeder had van de reusachtige prullenbak die ze had beplakt met stukjes stof in haar moeders favoriete kleuren. En de mannen hadden genoten van hun Florentines. Maar wat ze het meest waardeerde, was het extra geld dat ze had verdiend met de overuren die ze had gemaakt op haar werk. Ze had het geld dat ze in New York had opgemaakt weer aangevuld – deels omdat ze haar reis vergoed had gekregen – en had al een aardig bedrag bij elkaar gespaard voor haar cursus. Ze zou spoedig op internet gaan zoeken naar een geschikte cursus waarin zowel de zakelijke als de creatieve kant van het kleermakersvak aan bod kwam. Hoewel een cursus stofferen haar nog altijd erg leuk leek, bedacht ze dat ze ook wel gordijnen kon maken zonder cursus en dat er waarschijnlijk meer te verdienen viel met het maken van kleren dan met het bekleden van banken.

Ze ontving een enorme kerstkaart van Matilda.

Lieve Sophie,
Ik vind het zo spannend dat Luke en jij misschien het huis zullen vinden. Had ik je eigenlijk al verteld dat het van vrienden van mijn grootouders was? Ze waren al overleden voor ik echt de kans had gehad ze goed te leren kennen. Vandaar dat ze zo moeilijk zijn op te sporen. Het is niet zomaar een kwestie van genealogie. Maar ik ben optimistisch gestemd. Ik ga Luke spoedig over mijn plannen voor Kerstmis vertellen.

Ik wens je een fijne tijd met je familie en vrienden. We vonden het erg gezellig dat je met Thanksgiving bij ons was. Het zou leuk zijn als je nog eens op bezoek kwam!

Het zou inderdaad leuk zijn als dat kon, dacht Sophie, plotseling ontroerd bij de herinnering aan Thanksgiving in New England. Het was zo heerlijk geweest. Vooral het tochtje dat ze met Luke in zijn mooie auto had gemaakt. Daar zou ze nog vaak aan terugdenken als ze later getrouwd was met een hippie, kinderen kreeg in een tent en tuinbroekjes maakte van de versleten spijkerbroeken van haar echtgenoot.

Na nieuwjaar ontving ze tot haar blijde verrassing weer mail van Matilda. Sophie had al die tijd regelmatig moeten invallen voor haar zieke collega's in de wijnbar, maar toen ze Matilda's naam vetgedrukt in haar inbox zag staan, maakte haar hart een sprongetje.

Luke heeft me gevraagd je te mailen. Hij heeft een vlucht eerder genomen dan gepland en komt morgen in Londen aan. Zijn nieuwe appartement is nog niet klaar, maar ik weet dat hij je graag weer wil zien. Ik heb je gegevens voor hem genoteerd voor het geval hij ze niet meer heeft. Bij deze zijn mobiele telefoonnummer.

Net voordat ze na een lange werkdag de computer rond middernacht wilde afsluiten, ontving ze een mail van Luke.

Terwijl ze haar bonzende hart tot bedaren probeerde te brengen, opende ze het bericht.

Sophie, ik wist niet dat mijn grootmoeder dacht dat wij het huis samen voor haar zouden gaan zoeken. Heb jij dat tegen haar gezegd? Ik vermoed van niet. Ik neem wel contact met je op zodra ik me een beetje heb geïnstalleerd in Londen. Hartelijke groet, Luke.

Ze voelde zich teleurgesteld. Ze had gehoopt dat Luke snel met haar zou willen afspreken. Nu scheen hij te willen wachten totdat alles min of meer geregeld was, en dat kon wel eens lang gaan duren.

De volgende dag op haar werk ging haar mobiel. Ze glipte de voorraadkamer in en nam op.

'Hallo, spreek ik met Sophie?'

Luke klonk boos of gestrest, danwel allebei. Maar Sophie was zo blij van hem te horen, dat ze spontaan reageerde: 'Wie dacht je dan? Je hebt mijn nummer toch gebeld?'

'Sophie, ik sta op Heathrow. Mijn telefoon en portemonnee zijn in het vliegtuig gestolen. Ik bel met de telefoon van iemand anders.'

Toen hij zweeg, herinnerde Sophie zich hoe verlaten ze zich had gevoeld toen ze in New York aankwam en hoorde dat haar baantje niet doorging. Gelukkig was zij niet beroofd.

'Kan ik iets voor je doen?' vroeg ze. Zoals altijd schoot ze meteen in de hulpstand. 'Zal ik je komen ophalen? Of heb je al een hotel geboekt?'

'Nee, het appartement is nog niet klaar en…'

'Dan kom je toch bij ons logeren? Moet je in Londen zijn?'

'Niet echt. Ik heb wel wat speelruimte, dus…'

Sophie hoorde iets in zijn stem wat ze niet kon thuisbrengen. Als de omstandigheden niet zo vervelend voor hem waren, zou ze denken dat hij geamuseerd had geklonken. Waarschijnlijk was hij gewoon moe en was de vermoeidheid op zijn stem geslagen. 'Ik kan in twee uur bij je zijn. Heb je genoeg geld voor koffie en zo? En waar zullen we afspreken?'

Ze spraken een plek af. 'Ben ik even blij dat ik je telefoonnummer had, Sophie,' zei hij, net voordat ze ophingen.

Gelukkig had Sophie zo'n perfecte staat van dienst dat Len bereid was haar onmiddellijk vrijaf te geven. Nu Kerstmis achter de rug was, kwam hij geen personeel meer tekort. Hij gaf haar zelfs een lift naar het station, zodat ze de trein naar Reading kon halen en vandaar de bus naar Heathrow kon nemen.

Gedurende de hele reis probeerde Sophie haar opwinding over het weerzien met Luke te onderdrukken. Hij had haar gebeld omdat hij haar hulp goed kon gebruiken. Maar wat ze ook probeerde, haar hart zwol als ze aan hem dacht.

'Hallo! Luke! Ik had eigenlijk zo'n welkomsbordje voor je mee moeten nemen. Hoe is het?' Ze moest zich bedwingen hem niet om zijn hals te vliegen.

'Sophie!' Hij zag er doodmoe uit maar glimlachte toen hij haar zag en omhelsde haar kort. 'Leuk je weer te zien.'

Haar hart zong. Ze pakte zijn duur uitziende koffer. Het was een enorm geval op wielen. Luke droeg een laptoptas. 'Het spijt me, maar ik heb geen auto,' verklaarde ze. 'We zullen met de bus en de trein moeten.'

Luke ademde diep uit, in een poging een vermoeide zucht te verbergen. 'Oké.'

'Je kunt in de trein slapen,' zei ze geruststellend. Ze zou willen dat ze een auto had gehuurd, zodat ze hem snel naar huis kon rijden en hem aldus de stress van het reizen had kunnen besparen. Maar ze reed niet vaak en het zou te veel tijd hebben gekost om met haar ouders te onderhandelen en vervolgens ook nog eens wijs te worden uit de wegen rondom een van de grootste luchthavens ter wereld. 'Maar eerst even een stukje met de bus.'

Het pleitte voor Luke dat hij niet klaagde. Niettemin merkte Sophie aan alles dat hij meer gewend was aan een limousine met privéchauffeur dan aan een bus, waar hij zijn koffer onder in een spelonkachtige ruimte moest opbergen, om hem een tijdje later naar de trein te moeten slepen.

Tot haar opluchting viel hij bijna meteen in slaap, zodat ze even kon bellen.

'Hoi, mam. Met Sophie.'

'Hallo, schat,' zei haar moeder.

'Ik neem iemand mee naar huis.'

'O? Ben je niet in de wijnbar dan?'

'Nee. Ik zit in de trein terug vanuit Heathrow. Ik heb de kleinzoon van de vrouw bij wie ik in Connecticut heb gelogeerd van het vliegveld gehaald.'

'En nu?'

'Ik vroeg me af of hij een paar dagen bij ons kan logeren. Zijn portemonnee is gestolen.'

Het was even stil. Niet dat Sophies moeder ongastvrij was, maar het duurde even voordat het verzoek tot haar doordrong. 'Prima, hoor,' zei ze. 'Ik zal een cake bakken.'

Sophie had het prettiger gevonden als haar moeder had gezegd dat ze de logeerkamer in orde zou maken, want haar cakes waren doorgaans niet zo smakelijk. Sophie had het bakken van cake niet voor niets vanaf haar negende van haar moeder overgenomen. Niettemin was ze blij dat haar moeder het geen probleem vond dat er een wildvreemde kwam logeren.

Sophies ouderlijk huis mocht dan een beetje smoezelig zijn, het was wel groot. Er stonden niet al te veel meubels in, maar wat er stond was voor een deel antiek, en het interieur straalde een soort artistieke elegantie uit. Er lag zelfs een logeerkamer naast de badkamer, wat toch een beetje het idee van een slaapkamer-en-suite gaf. Wat Sophie echter zorgen baarde, was het feit dat de logeerkamer vol stond met doeken van haar moeder en dat de werkster, die om de twee weken kwam, al een tijd niet was geweest. Maar het had geen zin om daar over in te zitten. Ze betaalde de taxichauffeur die hen van het station naar huis had gebracht en liep met Luke over het tuinpad naar de voordeur.

13

Sophies moeder stond al in de hal om hen te verwelkomen. Ze droeg een lang vest met een v-hals en had ten minste twee shawls om haar nek en schouders gedrapeerd. Haar haren, die ze in een nestje had gedraaid, waren met kammetjes vastgezet en langs haar gezicht vielen een paar losse pieken. Haar lange rok — grote driehoeken van felgekleurd fluweel, die met taksteken aan elkaar waren genaaid — was van Sophies hand. Onder de rok droeg ze een groene wollen panty en suède schoenen. Ze wilde er altijd 'artistiek' uitzien, omdat ze geloofde dat je met de juiste kleding al half kunstenaar was.

'Hallo!' zei ze, toen Luke als eerste het huis binnenstapte. En toen, nadat ze hem beter had kunnen bekijken, vervolgde ze nog enthousiaster: 'Zeg lieverd, wie is deze geweldige man?'

Sophie werd vuurrood. Ze had bijna spijt dat ze Luke zo impulsief bij haar thuis had uitgenodigd. Toen ze naar haar moeder keek, zag ze dat ze een glaasje sherry op had — ongetwijfeld om zichzelf moed in te drinken. Daardoor klonk ze een beetje als een vrouwelijke Lothario. Ze vertrouwde erop dat Luke het niet zou ruiken en haar enigszins wankele pas niet zou opmerken. Ze kuste haar moeder op haar wang.

'Die rok staat je mooi. Mam, dit is Luke. Hij is de kleinzoon van die aardige vrouw die ik in New York heb ontmoet en bij wie ik heb gelogeerd. Weet je nog wel? Met Thanksgiving? Het huis in Connecticut?'

Eén glaasje sherry had die herinnering niet aangetast. 'O, het landgoed? Natuurlijk, nu herinner ik het me weer. Luke, wat leuk je te ontmoeten.' Haar moeder pakte Lukes hand vast. 'Jullie zijn zo aardig geweest voor Sophie.'

Sophie kromp gegeneerd ineen en zei snel: 'Luke, dit is mijn moeder, Sonia Apperly.'

'Aangenaam, mevrouw Apperly,' zei Luke, en hij schudde de hand die de zijne nog steeds omklemd hield.

'Zeg maar Sonia, hoor.' Ze bleef in Lukes ogen kijken.

'Mam!' Sophie haalde haar uit haar mijmering die, zo begreep ze, voor een deel werd veroorzaakt door de ongewone kleur van zijn ogen. 'Mam, als jij Luke even meeneemt naar de zitkamer? Misschien lust hij wel iets te drinken. Luke, ik maak in de tussentijd even je logeerkamer klaar.'

'Ik hoop niet dat ik jullie tot last ben, Sonia.'

'Natuurlijk niet! Ik vind het leuk dat je hier komt logeren. De vriendjes van Sophie zijn meestal heel anders.' Sophies moeder had haar hand door Lukes arm gestoken. 'Loop maar met me mee. Ben je geïnteresseerd in kunst? Klopt het dat Sophie je grootmoeder in een galerie heeft ontmoet? Maar ik schenk je eerst een drankje in. Kun je me daarna vertellen wat je van mijn werk vindt. Natuurlijk heb ik te weinig tijd om...'

Sophie verdween naar de keuken. Het laatste waar Luke natuurlijk zin in had was naar haar moeders weinig inspirerende schilderijen kijken en haar horen opscheppen over wat een groot kunstenares ze had kunnen zijn als ze de kans had gekregen. Maar hij zou haar moeten aanhoren – in elk geval totdat zij hem kwam verlossen. Ze vulde de ketel voor het geval hij zin had in koffie, in plaats van alcohol, en liep toen naar de zitkamer.

Luke stond voor een enorm boslandschap, dat bestond uit dikke donkere verf en symbolen. Hij had zich verlost van de arm van zijn gastvrouw en had zijn armen over elkaar geslagen, waarschijnlijk met de bedoeling dat ze zijn hand niet meer kon vastpakken.

'Luke, je zult wel geen thee willen, maar misschien heb je

zin in een kop koffie?' vroeg ze, een beetje nerveus. Amerikanen stonden erom bekend nogal kieskeurig te zijn als het om koffie ging en de enige manier waarop zij koffie kon zetten was in een pot, zoals ze thee zette. Alleen gebruikte ze dan een eetlepel in plaats van een theelepeltje om de koffie af te meten.

'Koffie is prima,' zei Luke.

Sonia Apperly legde haar hand op Lukes arm. 'Heb je niet liever een borrel? Of een glas sherry misschien? We hebben denk ik ook wel whisky.'

Sophie wachtte. Misschien had Luke inderdaad zin in een stevige borrel. Hij had een lange vlucht en een oncomfortabele reis per bus en trein achter de rug, zijn portemonnee was gestolen, en nu werd hij ook nog belaagd door een moeder die zo nodig onderhoudend wilde zijn.

'Eh…' Luke aarzelde.

'Doe maar een borrel,' zei Sonia vastberaden. 'Sophie, lieverd, zou jij even wat willen inschenken? Ik neem een sherry, maar Luke heeft vast meer zin in een whisky.'

Luke glimlachte. 'Ik moet er aan wennen dat jullie het whisky noemen. In Amerika zeggen wij Scotch.'

'Hier ook, hoor,' zei Sophie, terwijl ze de kamer uit liep.

Nu deed zich een nieuw probleem voor. Wat waren de plannen van haar moeder voor het avondeten? Had ze überhaupt iets gepland? Zou het genoeg zijn voor vijf personen? Sophie zou die avond werken, dus op haar was niet gerekend en niemand wist dat Luke zou komen. Ze opende de deur van de koelkast en bad dat haar moeder niet voor drie personen lamsboutjes had gekocht. Ze zuchtte opgelucht toen ze een grote kippenborst zag liggen. En er lagen altijd wel wat groenten in de groentela. Ze zou een roerbakgerecht met rijst kunnen maken.

Nadat ze het dienblad met de flessen drank had gebracht en hen beiden een glas had ingeschonken, hopend dat niemand over ijs zou beginnen omdat ze wist dat dat er niet was, zei ze tegen haar moeder: 'Zal ik de open haard aanmaken? Dan maak ik daarna Lukes kamer klaar. Hij zal zich wel even willen opfrissen.'

'Ik maak de haard wel aan, Sonia,' zei Luke met een charmante glimlach naar Sophies moeder. 'Ik heb bij de padvinders gezeten, dus ik kan aardig vuur maken.'

'Wat knap van je,' zei mevrouw Apperly. Klaarblijkelijk vond ze het van Sophie niet knap. 'Wat voor werk deed je ook alweer, zei je?'

Terwijl Sophie de trap naar de logeerkamer op liep, hoopte ze dat haar broer zich die dag niet had geschoren en dat de wastafel niet vol haren lag. Nu haar moeder in een opdringerige stemming was, wilde ze Luke niet langer dan nodig met haar alleen laten. Daarna zou ze moeten gaan koken.

De lakens die ze voor het bed vond waren een beetje dun en kreukelig, maar wel schoon. Heel even dacht ze terug aan de heerlijke zachte Egyptische lakens in Matilda's huis. Maar katoen was ook goed. Er was ook een schoon badlaken, dat was tenminste iets. Hij was klein vergeleken bij de badlakens die hij bij Matilda thuis gewend was, maar deze zou zonder problemen om zijn middel passen. Luke was een slanke man.

Ze schoof de doeken en schilderspullen van haar moeder onder het bed. Het bedlampje deed het en ze vond één goed kussen dat ze op het bobbelige logeerbedkussen legde. Goede lectuur klaarleggen vormde een uitdaging. Na nog een snelle blik op de kamer, richtte ze haar aandacht op de badkamer.

Daar was meer werk nodig om hem netjes te krijgen. Ze maakte het bad en de wastafel schoon met een grote handdoek die sterk naar haar broer rook, waarna ze snel even de wc schrobde. Vervolgens zocht en vond ze – gelukkig – een schone handdoek, die ze in de plaats hing van de handdoek waarmee ze had gepoetst. Toen ze tot slot de gebarsten en verkleurde zeep had vervangen door een nieuw stuk zeep, ging ze naar beneden naar de zitkamer. Ze was benieuwd waarmee haar moeder Luke nu weer lastigviel.

'Luke, je kamer is klaar,' verkondigde ze vanuit de deuropening van de zitkamer. 'Als je nog even hier wilt blijven, ga ik eerst koken. Maar ik kan je ook alvast je kamer laten zien.'

Luke stond op. 'Ik wil jullie allemaal uitnodigen om mee uit eten te gaan. Ik kom hier zomaar binnenvallen en...'

'Maar je hebt geen geld,' zei Sophie, weliswaar met een glimlach maar wel zo dat haar punt duidelijk was. 'En geen creditcards. Maar maak je geen zorgen. hoor.' Ze glimlachte. 'Kom, dan laat ik je zien waar je slaapt.'

'Niet zo bazig, lieverd,' zei haar moeder. 'Daar hebben mannen een hekel aan.'

Sophie kon wel door de grond zakken. Maar in plaats daarvan liep ze met Luke de kamer uit.

Zwijgend liep ze de trap op, gevolgd door Luke, die zijn koffer achter zich aan sleepte omdat de handige wieltjes nu niet van pas kwamen. Ze kon het gedrag van haar moeder maar beter niet proberen te vergoelijken, bedacht ze, hoewel ze dat graag zou doen. Ze was in elk geval vriendelijk geweest. Haar vader zei meestal niet zoveel en haar broer kon behoorlijk tactloos uit de hoek komen.

'Je hebt een aardige moeder,' zei Luke, toen Sophie de deur van de logeerkamer opende en hem op de naastgelegen badkamer wees.

'Ja,' zei Sophie. 'Wil je misschien in bad? We hebben ook een douche maar die is nogal... traag.'

'Je bedoelt dat je rond moet rennen om de druppels op te vangen?'

Ze knikte. 'Maar het bad is prima en er is genoeg warm water.' Dat had ze al gecontroleerd. 'Ik ben nog wel een uur bezig met koken. Heb je honger? Ik kan anders wel even een sandwich voor je maken, als je wilt?'

'Sophie, rustig nou maar. Het is goed zo. Ik ben gewend aan buitenlandse reizen.'

Sophie trok zogenaamd beledigd een wenkbrauw op. 'Dit is Engeland, Luke. Dat noem ik geen buitenland.'

Toen nam ze snel de trap naar beneden. Ze zou willen dat zijn aanwezigheid haar niet zo nerveus maakte. Het zou al schelen als haar vader en broer haar straks niet zouden kleineren. Het was haar aardig gelukt zich aan te passen aan Matilda's familie, maar het was iets anders dat haar familie zich aan Luke zou aanpassen. Ze hoopte maar dat hij met de enorme verschillen overweg kon. Ze had zich hun eerste ontmoeting in Engeland voorgesteld in een bar in Londen, in een sfeer van elegantie en gedistingeerdheid. Er zat niets anders op dan er het beste van te maken.

Tegen de tijd dat iedereen aan tafel ging voor het avondeten was Sophie iets gekalmeerd. Luke, die er rozig en welvarend uitzag en een heerlijk geurtje op had, was tegenover haar vader aan het hoofd van de tafel gezet. Haar moeder zat aan één kant van hem, aan de andere kant was nog een stoel vrij, die klaarblijkelijk was bedoeld voor Sophie. Haar broer Michael zat naast haar vader. Toen ze met de dampende maaltijd binnenkwam, keken ze haar verwachtingsvol aan. Ze leken in een geanimeerd gesprek verwikkeld te zijn geweest, maar iedereen had honger. Het was ook al laat, hoewel Sophie haast had gemaakt met koken.

Ze stelde opgelucht vast dat haar vader een paar van zijn beste flessen wijn tevoorschijn had gehaald en dat iedereen al een vol glas had. Ze hoopte maar dat iemand haar glas nog zou vullen – ze was wel toe aan een wijntje.

'Ik moet nog even de borden pakken.'

'Kan ik helpen?' vroeg Luke, overeind komend.

'Nee, nee,' zei Sophies moeder. Ze gaf hem een klopje op zijn hand. 'Blijf maar zitten, hoor. Je moet een flinke jetlag hebben. Hoe laat is het nu bij jullie?'

Sophie ging de borden halen. Haar broer maakte geen aanstalten haar te helpen. Per slot van rekening had hij al de hele dag gewerkt. Sophie had kennelijk alleen maar wat aangerommeld, zoals Sophie altijd deed.

Sophie schepte iedereen een flinke portie roerbakschotel op. Ze had er behoorlijk werk van gemaakt. Ze had de kip gebakken in baconvet en de schotel gegarneerd met knapperig gefrituurde uiringen. Ze had er ook wat geroosterde amandelen door gedaan, gesnipperde rode peper en een handjevol diepvrieserwten voor de kleur. Ze had er ook een beetje chilipoeder aan toegevoegd. Het zag er heerlijk uit en was bijzonder smaakvol. Als de herinnering aan het Thanksgivingdiner, de brunch en zelfs de pizza in Mystic niet zo vers in het geheugen zou liggen, zou ze er trots op zijn geweest.

'Het ziet er heerlijk uit,' zei Luke.

'Ga eens zitten, Sophie. Ik word nerveus van je gedrentel,' zei haar vader.

'Wil iemand water?' vroeg ze, in de hoop dat haar vader zich niet te veel aan haar zou ergeren.

'Zo is het wel genoeg, lieverd,' zei haar moeder. 'Iedereen heeft genoeg. Begin maar, Luke.' Ze gaf weer een klopje op zijn hand.

Ze wist dat haar moeder Luke helemaal zag zitten. Per slot van rekening was hij de ideale schoonzoon. Knap, rijk, goede baan, rijk, goed opgeleid, rijk. Maar ook al keurde ze hem goed, dat weerhield haar er niet van Sophie in verlegenheid te brengen.

'Zo, Luke,' zei haar vader, nadat er een bevredigend aantal 'mmm's' hadden geklonken. 'Wat deed je ook weer voor werk?'

'Ik ben jurist,' zei Luke.

'Dat is een hele verbetering vergeleken bij het ongewassen tuig waar Sophie normaal mee thuiskomt,' zei haar broer. 'Ik ben blij dat ze eindelijk een beetje smaak krijgt.'

'Ik neem aan dat je aardig verdient?' zei haar vader. 'Als ik de kranten mag geloven wel.'

'Ik heb zeker niet te klagen,' zei Luke.

'En wat doe je aan deze kant van de plas? Ik neem aan dat je niet alleen maar hier bent om Sophie het hof te maken,' vervolgde haar vader. Sophie kromp ineen. Kon het erger?

'Nee, ik werk aan een project waarvoor ik in Londen moet zijn. Ik wilde het aanvankelijk niet doen...' Hij wierp een vluchtige glimlach op Sophie. '... maar het leek me toch beter als ik me er persoonlijk mee bemoeide.'

Ze vroeg zich net af wat hij precies met zijn opmerking bedoelde toen haar vader zei: 'Ik ben blij dat Sophie eindelijk eens iemand met een goede baan mee naar huis neemt. Wij verdienen allemaal geen rooie cent!' Door de toon waarop hij het zei, klonk het als een deugd. 'Met universitair werk is geen droog brood te verdienen...' Hij keek even naar zijn vrouw. '... en in de kunst ook niet. Dus een jurist in de familie zou wel handig zijn.'

Sophie kon wel door de grond zakken van schaamte. 'Pap! Luke en ik zijn gewoon vrienden. Hij logeert hier omdat hij in het vliegtuig is bestolen, niet omdat hij hier wil zijn!'

'Natuurlijk vind ik het heel fijn om hier te zijn,' zei Luke snel. Hij wierp Sophie een blik toe die haar gerust moest stellen. Maar Sophie liet zich niet meer geruststellen. Haar familie was te ver gegaan.

Luke vervolgde: 'Even iets heel anders. Ik zag een boek van Sloan Wilson in de logeerkamer liggen. Is iemand hier een liefhebber van die schrijver?'

'Jazeker,' zei Sophies vader, tot haar grote opluchting. 'Ik ben weg van Sloan Wilson. Je ontmoet niet vaak jonge mensen die hem kennen, maar in zijn tijd was hij een bestsellerschrijver.'

Sophie ontspande. Terwijl haar vader Luke dingen vertelde die hij waarschijnlijk al wist, kon hij haar tenminste niet voor schut zetten; hij vulde Lukes glas bij – dat van haar vergat hij – en behandelde hem als een vriend.

Sophies moeder bleef proberen bij hem in het gevlei te komen, maar Luke scheen zich er niet aan te storen. Michael leek tevreden dat er eindelijk eens goede wijn op tafel stond. Sophie pakte de fles en schonk zichzelf een glas in. Ze zou overal liever zijn dan hier, in haar eigen huis. Te pas en te onpas kwam het onderwerp geld ter sprake. Haar familie leek erdoor geobsedeerd. Matilda, Luke en de rest van zijn familie waren de vriendelijkheid zelve geweest. Terwijl haar familie, hoewel niet onvriendelijk en heel gastvrij, iets te veel geïnteresseerd leek in Lukes potentiële rijkdom. Ze moest hem op een of andere manier bij hen vandaan zien te krijgen.

De volgende ochtend was ze eerder dan gewoonlijk opgestaan omdat ze niet wist of Luke wilde uitslapen. Ze wilde klaar zijn voor het geval hij vroeg wakker werd. Ze ruimde de keuken netjes op en maakte beslag voor scones. Het kwam niet in de buurt van Amerikaanse pancakes, maar alles was beter dan toast van oud brood en het restje van de harde muesli die Hermione had meegenomen voor haar kinderen maar was vergeten mee terug naar huis te nemen. De muesli was oud en sommige stukjes zagen eruit als geplette kakkerlakken. Een New Yorker zou daar niet op zitten te wachten.

Toen Luke de keuken binnenkwam, zat ze op haar knieën op de keukenvloer en dweilde ze net achterwaarts in de richting van de deur. Geen goede hoek, besefte ze, terwijl ze opstond.

'Hoi! Ik dacht dat je zou uitslapen. Je hebt vast nog last van je jetlag.'

'Ik ben nog wel moe maar ik lust ook wel wat. Ik heb net al een paar mailtjes verstuurd in verband met mijn pasjes en zo. Aan Ali. Je weet wel, van de brunch?'

Sophie was even stil. 'O ja. Die aardige vrouw.' Sophie waste haar handen onder de keukenkraan. Ze zou de emmer met vuil water snel leeggooien in de wc als hij even niet keek, want erg fris zag het er niet uit.

'Ze gaat mijn pasjes blokkeren en nieuwe aanvragen. Daarna komt ze naar Londen om me te helpen met mijn project.'

'Goed idee!' zei Sophie, hoewel ze wenste dat de geest van Ali niet telkens tussen hen in zweefde. Luke had haar nu al een paar keer ter sprake gebracht.

'Dat is met zijn tweeën ook veel leuker,' zei ze dapper.

Hoewel haar suggestie dat het belangrijk was het leuk te hebben hem enigszins leek te verwarren, knikte hij.

'Oké,' zei Sophie. 'Wil je als ontbijt mijn scones proberen? We hebben geen ahornsiroop, maar suikerrietsiroop is ook erg lekker. Ik heb ook eieren met bacon, als je wilt. Heb je veel honger?'

'Ik heb vooral zin in een kop sterke koffie.'

Sophie verborg haar vertwijfeling achter een glimlach. 'Ik zal mijn best doen, maar je weet dat wij hier niet zo van die koffiedrinkers zijn. Ga maar vast zitten. Ik gooi eerst even dit vieze water weg.'

Toen ze terugkwam, zat hij niet aan de tafel maar stond hij door het raam naar buiten te kijken.

'Wat een prachtig uitzicht. Ik had er gisteravond in het donker geen idee van hoe mooi het hier is.'

'Ja, mooi, hè? We mogen ons gelukkig prijzen. Mensen komen hier voor een dagje uit of om vakantie te vieren, maar wij wonen hier gewoon.' Ze glimlachte. 'Mazzelaars dus.'

'Pardon?'

'Gelukvogels,' zei ze. 'Kom, ga zitten.'

Luke pakte een achtergelaten krant en ging aan de oude, bekraste tafel zitten. De keuken was redelijk groot en hoewel ietwat aftands, gezellig omdat er werd geleefd. Maar Sophie wist niet of Luke ooit in de keuken van zijn grootmoeder – of in die van zijn moeder – kwam, laat staan in zijn eigen keuken. Maar hij leek zich te redden, en dus klopte ze het sconesbeslag nog een keer op.

Haar moeder kwam in haar peignoir binnenfladderen. 'Hé, Luke! Ben je al op? Zorgt Sophie voor je ontbijt?'

'Ja, dank u,' zei Luke beleefd. 'Ze doet haar uiterste best het me naar de zin te maken.'

Sophie zette een bord met scones op tafel, gevolgd door boter, honing, siroop en alles waarvan ze dacht dat het er lekker bij zou kunnen zijn.

Luke pakte een scone en nam een hap. 'Wat een heerlijk broodje, Sophie,' zei hij.

'Dat noemen wij scones,' zei haar moeder, terwijl ze er zelf een paar op haar bord legde. 'Sophie kan heerlijk koken en bakken. Ik heb haar alles geleerd wat ik weet.'

Sophie deed een theezakje in een beker. 'Mam, wil je thee? Of koffie, want dat is er ook.'

'Koffie graag, lieverd,' zei haar moeder tegendraads.

Omdat haar moeder bleef zitten, begreep Sophie dat zij haar

een kop koffie moest inschenken. Zij stond immers toch al.

'En wat ga jij vandaag doen, Luke?' vroeg Sonia. 'Je moet zeker op een of andere manier aan geld zien te komen.'

'Is dat niet lastig op zaterdag?' vroeg Sophie, die Luke niet graag op een geldwolk zag wegdrijven.

'Ik moet alleen even een paar telefoontjes plegen,' zei Luke, 'maar daarna zou ik graag wat van Engeland zien, Sophie.'

'Waarom gaan jullie niet een wandeling maken?' opperde Sonia. 'Je hoeft toch niet te gaan toeren? Gewoon een beetje wandelen in de omgeving.'

'Lijkt je dat wat, Luke?' vroeg Sophie.

'Ja hoor.' Hij glimlachte. 'Ik ben een stadsmens maar maak graag trektochten.'

Sophie lachte. 'Daar weet ík dan weer niks van, maar ik ben blij dat je van bewegen houdt.'

Toen hij haar na het ontbijt hielp met hun plakkerige borden in de vaatwasser te zetten, besefte ze dat hij meer in het huishouden gewend was te doen dan ze dacht. Ze had zich zorgen gemaakt om niets. Dat ze hem alleen in de verfijnde omgeving van de high society in New England had gezien, wilde nog niet zeggen dat hij zich niet als een normaal mens kon gedragen.

Toen ging hij naar boven om schoenen aan te trekken die meer geschikt waren voor een wandeling.

Sophie keek twijfelachtig naar de mooie glimmende leren schoenen waarmee hij weer beneden kwam. Ze waren duidelijk handgemaakt. Ze vroeg zich af hoe ze eruit zouden zien als hij ermee de heuvel op was gelopen. Maar ze konden naderhand natuurlijk altijd worden gepoetst. Ze pakte een oude jas van haar broer voor hem voor over zijn kasjmieren trui.

Ze moest hem nageven dat hij een goede conditie had. Hij hield haar makkelijk bij op de steile heuvel, zonder te hijgen of regelmatig te blijven staan om 'van het uitzicht te genieten'. Zelf kwam ze altijd behoorlijk moe boven om echt van het uitzicht te genieten, terwijl zij toch gewend was aan heuvels.

'Daar zijn we dan! Je hebt hier een prachtig uitzicht. Kijk, in de verte kun je nog net een stukje van de rivier zien,' zei Sophie.

'Schitterend. Ik had geen idee wat ik kon verwachten, maar dit is echt spectaculair.'

Sophie stond naast hem, blij dat hij haar woonomgeving mooi vond. 'Je kunt hier prachtige wandelingen maken. Ik zou de auto kunnen lenen en naar het begin van zo'n wandeling kunnen rijden – als je daar tenminste tijd voor hebt.'

Luke keek op haar neer. 'Ik heb nog wel even tijd voordat mijn appartement klaar is. Als mijn portemonnee niet was gestolen, had ik een hotel genomen.' Hij fronste. 'Zonder geld en creditcards voel je je toch onthand. Ik ben je heel dankbaar dat je me aanbood bij jullie te komen logeren.'

Sophie keek hem aan. 'Het is bij ons natuurlijk heel anders dan je gewend bent.'

'Maar wel heel fijn.' Hij zweeg even. 'Heb je het erg druk op het moment?'

'Hoe bedoel je?'

'Heb je werk?'

'Ja. In een wijnbar.' Omdat ze verwachtte dat hij nog iets wilde zeggen, voegde ze eraan toe: 'Hoezo?'

'Ik ben wat eerder gekomen om het huis van mijn grootmoeder te zoeken – niet dat ik daar veel van verwacht – maar ook om je eventueel te helpen je familieleden op te sporen.'

'Wat aardig van je! Ik heb je verteld dat ik spoedig een keer naar oom Eric ga. Toen hij hoorde dat niet Rowena hem haar aandelen had nagelaten, vertelde hij dat hij een doos met paperassen op zolder had gevonden. Die wil ik eens goed bekijken.'

'Zou je een paar dagen vrij kunnen nemen van je werk?'

Sophie dacht even na. Ze was doorgaans zeer plichtsgetrouw, maar wilde de kans een paar dagen met Luke te kunnen doorbrengen niet laten schieten. Pas nu hij het voorstelde, besefte ze hoeveel zin ze erin had. 'Dat valt wel te regelen.' Als het niet kon, zou ze altijd nog ontslag kunnen nemen.

Nadat ze nog een eindje hadden gewandeld, keerden ze terug naar huis. Sophie vroeg zich af wat ze voor de lunch zou maken. Ze had in de vriezer moeten kijken of er nog vlees was. Voor de zoveelste keer wenste ze dat haar moeder wat meer verantwoordelijkheidsgevoel had als er gasten waren. Sonia kon heel gastvrij zijn, maar dacht nooit na over praktische zaken. Vandaar waarschijnlijk dat Sophie zelf zo praktisch was. Het was uit nood geboren.

Ze vroeg zich net af of ze nog boodschappen zou moeten doen, toen Luke bleef staan. 'Ik wil me niet aan je ouders opdringen,' zei hij.

'Dat deed ik bij jullie ook. Nou ja, aan je grootmoeder dan. Dus nu staan we quitte.'

Hij schudde zijn hoofd. 'Mijn grootmoeder had haar eigen redenen om je uit te nodigen, en ik ook. Dit is anders.'

'Het is echt geen probleem. Maar als je wilt, kunnen we morgen samen naar oom Eric gaan. Dan zullen we weer met de trein moeten. We rijden wel door een mooier deel van Engeland. Ook een manier om wat van het land te zien.'

Hij glimlachte en niet voor het eerst bewonderde ze zijn rechte witte tanden.

Het was niet makkelijk haar familie duidelijk te maken dat deze goede partij – zo ongeveer het enige wat Sophie had gedaan dat de moeite waard leek – hen zou verlaten om naar Eric de Ellendeling te gaan. Sophie zag zich gedwongen te vertellen dat er paperassen waren die bekeken moesten worden omdat hun familie waarschijnlijk in bezit was van boorrechten. Haar verhaal werd met hoongelach ontvangen.

'Typisch Sophie!' zei haar vader, die er in elk geval van af leek te weten. 'Altijd maar luchtkastelen najagen. Mijn vader heeft zijn aandelen deels aan mij en deels aan mijn nakomelingen nagelaten, maar ik heb er nooit werk van gemaakt. Als er met die aandelen geld te verdienen was, hadden we er allang iets van gehoord. Het heeft absoluut geen zin.'

Dat had oom Eric ook al tegen Sophie gezegd, maar daar zat ze allang niet meer mee. Het enige wat ze op dit moment wilde, was Luke bij haar ouders vandaan krijgen en naar oom Eric gaan. Haar oom mocht haar tenminste graag en vond haar niet dom.

'Ik snap niet waarom je Luke meeneemt naar die nare oude man,' zei haar moeder, die er het meest verbolgen over was. 'Hij zal het er vreselijk vinden. En dan in dat vieze huis.'

Sophie moest zich inhouden om niet te lachen. Hun eigen huis was allesbehalve het toonbeeld van hygiëne. 'Oom Eric, die overigens heel aardig is, heeft een inwonende huishoudster. En ik heb ook een hoop opgeruimd toen ik bij hem logeerde.' Hoewel zijn huis schoon was, zou hij wel een cursus opruimen kunnen gebruiken.

'Maar het is zo'n vervelende man!' vervolgde haar moeder. 'Altijd maar klagen. En gierig! Hij zal je echt niet helpen met die boorrechten. Hij heeft het geld namelijk zelf niet nodig.'

Daar stak een kern van waarheid in, maar Sophie liet zich niet uit het veld slaan. 'Hij mag me graag en ik weet zeker dat hij Luke ook zal mogen. Hij vindt het vast goed dat we samen wat dingen uitzoeken.'

'Ik vind dat je Luke zelf moet laten beslissen. Je loopt hem voortdurend te commanderen.'

Luke scheen Sophies smekende blik niet op te vangen. Hij zei: 'Sonia, ik moet eerlijk bekennen dat het mijn idee was om oom Eric een bezoekje te brengen. Als jurist word ik gefascineerd door oude documenten en ik ben dol op research.'

'De treinen zijn een ramp op zondag,' zei Sophies vader.

'Dat valt wel mee,' zei Sophie. 'Ik ga even wat spullen pakken. Luke, het lijkt me beter als we jouw logeerspullen bij mij in de tas doen, want we kunnen niet te veel bagage meenemen.'

'Weet je al hoe laat de trein vertrekt?' vroeg Sophies vader.

'Ik kijk wel even op internet,' zei Sophie. 'Luke, ga jij intussen maar vast je spullen pakken.'

'Je loopt weer te bevelen. Zo hou je nooit een vriendje.'

Sophie zuchtte en liep naar de studeerkamer om de treintijden uit te zoeken. Deze keer mocht Luke uitleggen dat ze niets met elkaar hadden. En als ze íéts niet wilde, was het horen hoe hij zich eruit redde.

Ze keken elkaar aan. Het perron was leeg omdat ze net hun trein hadden gemist. Sophie wist niet zeker of het aan haar lag, maar voelde zich toch schuldig. Tot overmaat van ramp hadden ze aan het loket te horen gekregen dat het treinverkeer voorbij Birmingham mogelijk ontregeld was, maar als dat zo mocht blijken te zijn, werd er vast een bus ingezet.

'We kunnen ook weer naar huis gaan, hoor, als je het niet ziet zitten,' zei Sophie. Ze had het Luke net allemaal uitgelegd.

'Het was mijn idee. Als mijn rijbewijs niet gestolen was, zouden we een auto kunnen huren.'

Sophie had een rijbewijs maar reed liever niet. Ze kon zich geen auto veroorloven en haar ouders deden altijd moeilijk als ze die van hen wilde lenen.

'Dus we gaan met de trein?'

Luke knikte. 'Engeland is een boeiend land.'

'Met een mooie natuur,' zei ze, voor het geval het cynisch was bedoeld.

'Zo is dat.'

'Heb je iets te lezen bij je?' vroeg ze.

'Nee. Ik heb nogal haastig gepakt.'

'Ik ook. Misschien kunnen we een krant kopen.'

Dat kon niet.

14

Het eerste deel van hun reis verliep vrij soepel. De trein was zo goed als leeg. Ze zaten naast elkaar, keken naar de voorbijglijdende heuvels, ontdekten konijnen in de weilanden. Naarmate de omgeving stedelijker werd, zagen ze steeds meer kanalen, de ene netjes bijgehouden, de andere vervuild met winkelwagentjes en plastic afval. Ze keken in achtertuinen en gokten welke gezinnen hun tuin gebruikten om de kinderen in te laten spelen en welke er alleen spullen in zetten die ze niet vaak gebruikten.

Overal hing nog kerstverlichting. Sophie zei tegen Luke dat ze vond dat sommige mensen doorsloegen met hun kerstmannen op het dak en sneeuwpopkoren rondom opblaasbare arrensleeën. Luke zei tegen haar dat dergelijke huizen kaal zouden worden gevonden in sommige delen van de Verenigde Staten, oftewel nauwelijks versierd. Sophie grinnikte. 'Ik ben dol op kerstverlichting, maar het mooist vind ik toch gewoon witte lichtjes in de boom. En knipperen mogen ze ook nog.'

Luke keek glimlachend op haar neer. 'Net als mijn grootmoeder dus. Ze komt om in de lampjes, maar ze zijn wel allemaal wit.' Toen fronste hij. 'Hoewel ze ook een paar knalrode heeft.'

'Je grootmoeder en ik hebben veel met elkaar gemeen,' zei Sophie. 'Ik heb rode lampjes in mijn slaapkamer.'

Ze keken elkaar even aan. Ze dacht dat hij iets wilde zeggen, maar ze reden op dat moment net het donkere station van Birmingham binnen en het moment verstreek.

Na enig zoeken vonden ze het ondergrondse perron vanwaar hun aansluitende trein zou vertrekken. Het was er slecht verlicht en druk, vooral met zingende jongemannen.

'Waarom is het zo druk?' vroeg Sophie aan een vrouw die, anders dan de meeste andere reizigers, geen bier uit een blikje dronk.

'Er schijnt een belangrijke wedstrijd te zijn geweest. Niet iedereen kon gisteravond terug. Er zou een extra trein worden ingezet, maar dat ging niet door, dus nu moet iedereen in deze.'

'Voetbalfans,' zei ze tegen Luke. 'Heb je die bij jullie ook?'

'Ja, maar dat levert nooit problemen op in treinen.' Hij fronste. 'Tenminste, niet dat ik weet. Ik ga niet zo vaak met de trein.'

Toen het nog drukker werd op het perron, ging ze dichter bij Luke staan, omdat ze het gevoel had dat ze hem moest beschermen. Hij droeg een lange overjas over een roze overhemd. Zijn katoenen broek was geperst en zijn schoenen glommen. Mensen die hem vluchtig bekeken zouden niet zien dat zijn jas van kasjmier was, maar als ze hem zouden aanraken zouden ze voelen hoe zacht de stof was. Hij zou door niemand worden aangezien voor een voetbalfan die van een belangrijke wedstrijd kwam. Om te beginnen niet omdat hij zijn shawl anders droeg.

'Heb je je sportschoenen bij je?' vroeg Sophie. Ze vroeg zich af wat hij zou kunnen doen om er minder afwijkend uit te zien.

'Nee. Waarom?' vroeg hij verbaasd. 'Ik dacht dat je oom het misschien niet prettig zou vinden als zijn bezoek geen nette schoenen zou dragen.' Hij keek verontschuldigend. 'Ik heb een oom die daar over zou vallen. Ik heb licht gepakt.'

Het werd nog drukker op het perron. Ze ging zo dicht mogelijk tegen Luke aan staan zonder hem daadwerkelijk vast te houden. 'Oom Eric zou zoiets niet opvallen. Niet dat hij in de war is of zo, maar hij is nogal excentriek.'

'Je moeder vertelde me dat hij erg rijk is.'

'Zei ze dat? Volgens mij niet. En wat heeft zij daar trouwens mee te maken? Hij zal het nodig hebben voor zijn oude dag, als hij niet meer thuis kan wonen.'

'Ze zei ook dat hij... eh... elk moment "de pijp aan Maarten kon geven", wat ze daarmee ook mocht bedoelen.'

Ondanks haar schaamte schoot Sophie in de lach. 'Ze bedoelt dat hij niet lang meer te leven heeft. Maar ook daar geloof ik niks van. Hij heeft zeker nog een paar jaar voor de boeg. Hij is kerngezond en niet eens zo heel oud, volgens mij. Niemand weet namelijk precies hou oud hij is.'

'Ik dacht al dat ze zoiets bedoelde, maar die uitdrukking kennen wij dus niet.'

Inmiddels was het zo druk op het perron dat ze tegen hem aan gedrukt stond en hem bij zijn arm vasthield. Ze genoot. Ze keek naar hem op. Van dichtbij leek hij nog langer.

De trein was al tien minuten te laat, toen er werd omgeroepen dat hij op een ander perron zou vertrekken.

In de hoop dat haar reactiesnelheid groter was dan die van de voetbalfans, zei ze tegen Luke: 'Hier, draag jij de tas. Hou me goed vast en zorg dat we elkaar niet kwijtraken.'

Met Luke in haar kielzog baande ze zich een weg door de menigte, en ze liep voorop toen de rest van de reizigers naar de trappen stroomde. Het zweet brak haar uit; als ze straks maar niet zou gaan stinken. Ze keek omhoog, zag het juiste perronnummer en sleepte Luke een volgende trap op.

'We moeten er maar op vertrouwen dat ze de trein niet zonder ons laten vertrekken,' zei ze, terwijl ze de trap aan de andere kant afdaalden.

'Of zonder al die andere mensen die stonden te wachten,' zei Luke. Hij hijgde licht.

'Om eerlijk te zijn heb ik liever dat hij zonder hen vertrekt, maar dat is natuurlijk gemeen.'

Toen ze als eersten op het perron aankwamen, bleek de trein al behoorlijk vol te zitten. Sophie riep naar Luke dat hij niet moest instappen en haar moest volgen naar het achterste treinstel waar misschien nog zitplaatsen waren.

Niet dus. Toen ze door de trein liep, bleek hij vol te zitten met studenten. Naar de vele vuile rugzakken in de bagagerekken te oordelen hadden ze veldonderzoek gedaan naar modder en de monsters mee teruggenomen op hun kleren.

Ze wilde net weer uitstappen om Luke te roepen toen de trein in beweging kwam. O, alsjeblieft, laat hem ingestapt zijn, bad ze in stilte. Maar toen zag ze hem aan de andere kant van het treinstel staan, te midden van schreeuwende voetbalfans die elkaar kwijt waren geraakt in het gedrang.

Ze kon Luke alleen zien omdat hij lang was. Ze was zelf ook lang, maar er bevonden zich honderden mannenlijven tussen waar zij stond en de andere kant van de wagon. Ze bedacht dat ze hem niet alleen kon laten. Er kon van alles gebeuren. Iemand zou zich kunnen ergeren aan zijn glimmende schoenen of zijn overjas en hem te lijf gaan.

Het hielp dat ze slank en vrouw was. Ze baande zich glimlachend en zich verontschuldigend een weg naar de andere kant van de wagon. Luke was verdwenen.

Ze vroeg zich net af of ze hem door de conducteur zou laten omroepen toen ze hem zag. Hij zat in de ruimte tussen twee treinstellen op zijn hurken naast een stel studenten te kletsen.

'Ik begon me al zorgen te maken,' zei ze. Tot haar ergernis merkte ze dat het verwijtend klonk.

'Niet nodig, hoor. Ik zag nergens vrije zitplaatsen.'

'Heel misschien voor in de trein, maar ik heb geen zin om te gaan kijken.'

'Dat doe ik dan wel even.' Luke stond op.

'Nee, dat heeft geen zin. Je zit hier toch redelijk comfortabel?' Ze keek om zich heen. Drie mannelijke studenten keken naar haar. Ze knikten.

'Wil je iets te drinken?' Een van hen haalde een blikje bier uit zijn zak. 'Ik heb er helaas nog maar één, maar jullie zouden hem kunnen delen.'

Voordat Sophie zich zorgen kon maken dat Luke het aanbod overbeleefd zou afslaan, zei hij: 'Dank je, ik ben uitgedroogd.' Hij nam het blikje aan en trok het lipje open. 'Hier, Sophie, neem jij maar eerst.'

'Heel aardig van je,' zei Sophie. Ze klonk nogal truttig en Engels in haar eigen oren. Ze nam een slokje en boerde zacht. Zonder Luke aan te kijken gaf ze het blikje terug en trok een berouwvol gezicht naar de studenten. Iedereen lachte.

Terwijl Luke en de studenten kletsten over de verschillen tussen de onderwijssystemen van beide landen, merkte Sophie dat ze naar de wc moest. En dat na slechts een half blikje bier. Gelukkig hoefde ze zich niet opnieuw een weg te banen door de fans, die nu luidkeels aan het zingen waren en een dronken indruk maakten. Ze wurmde zich het wc-hokje binnen. Hoe hadden ze zo dom kunnen zijn met de trein te gaan? Als ze thuis waren gebleven, hadden ze het ook zwaar te verduren gekregen, maar deze treinreis was een regelrechte ramp. Luke moest wel een verschrikkelijke indruk van Engeland hebben en nooit meer terug willen komen. Die gedachte stemde Sophie somber.

Eindelijk belden ze dan bij Oom Eric aan. Hij deed zelf open. 'Ben jij dat, Sophie? Heeft je familie je eruit gegooid? En heb je een man bij je? Heeft hij je geschaakt?'

Sophie kuste haar oom in een vlaag van genegenheid. Op dat moment besefte ze dat het niets tussen Luke en haar kon worden als hij haar oudoom niet 'begreep'. 'Nee, oomlief, ik ben er niet uit gegooid en ik ben ook niet geschaakt. We zijn alleen maar gevlucht.' Ze zweeg even. 'Ik heb u toch gebeld dat we zouden komen?'

'Dat is waar. Nou, kom binnen, want alle warmte vliegt het huis uit. Ga je me nog voorstellen? Of weet je niet hoe hij heet? Heb je hem soms ergens van de straat opgepikt? Ik ken jou.'

Luke lachte. 'Ik ben Luke Winchester, meneer,' zei hij. 'Ik heb Sophie in New York ontmoet, niet op straat.'

'Ja,' legde Sophie uit. 'Ik leerde eerst Lukes grootmoeder kennen en daarna Luke.'

Oom Eric keek bedenkelijk. 'Sophie, ik wil het niet graag zeggen, maar is hij…. Je weet wel…' Hij maakte een hoofdknikje in Lukes richting. 'Een Amerikaan?' zei hij op fluistertoon.

'Ja, maar dat mag u best zeggen, hoor. Niemand zal u van politieke incorrectheid beschuldigen. Het wordt in het algemeen niet als een nadeel beschouwd.'

'Humph. Ik heb het niet zo op yankees,' zei oom Eric. 'Maar als je een vriend van Sophie bent, dan ben je welkom in mijn huis.'

'Ik voel me vereerd,' zei Luke.

Sophie ontspande. Luke begreep oom Eric.

'Oom Eric, vindt u het goed als we een paar dagen blijven logeren? Zoals ik al zei aan de telefoon, zouden we graag die doos met paperassen doornemen die u op zolder hebt gevonden. Ik zal ervoor zorgen dat mevrouw Dinges geen werk aan ons heeft. Ik bedoel mevrouw Brown.'

'Ze vindt het niet erg om mevrouw Dinges genoemd te worden,' zei oom Eric. 'Ze weet dat ik een oude man ben en geen namen kan onthouden.'

'Ja, maar ík ben geen oude man,' zei Sophie.

Oom Eric maakte een weids gebaar. 'Natuurlijk kunnen jullie blijven logeren. Kamers zat. Het huis is veel te groot voor een man alleen – dat hoor ik altijd maar weer.'

Sophie keek hem stralend aan. 'En wat dacht u van een hapje eten? We hebben uren gereisd en vallen om van de honger.'

Als hij tegen mevrouw Dinges had gezegd dat ze kwamen, had ze misschien iets voor hen gekookt.

'Lieve hemel, dan moeten jullie nodig eten!'

Klaarblijkelijk was hij haar vergeten te zeggen dat ze kwamen. Of als hij het wel had gezegd, had ze de hint niet begrepen.

'Kijk maar in de keuken wat er is,' vervolgde hij. 'Er is altijd wel toast en van dat bruine spul…'

'Marmite,' vulde Sophie aan.

'… als er verder niks is.'

Sophie beet op haar lip. 'Ik denk dat Luke vandaag wel genoeg Engelse ellende te verduren heeft gekregen, dus ik zal hem maar niet vragen of hij zin heeft in gistextract. Zal ik een ketel water opzetten?'

'Of heb je liever een borrel?' vroeg oom Eric aan Luke.

'Oom Eric!' Ze keek op haar horloge. 'Het is pas halfvijf! Maar ik moet toegeven dat het al veel later lijkt. We hebben een vreselijke reis achter de rug.'

Oom Eric keek Luke vragend aan.

'Thuis is het nu halftwaalf, dus een mooie tijd voor een stevige neut,' zei Luke.

'Heel goed, kerel!' zei oom Eric. 'Bertie Wooster zou het niet beter hebben kunnen zeggen. Sophie, als jij nu even de keuken in duikt en iets te eten regelt, dan kom je daarna bij ons in de studeerkamer zitten. De open haard brandt. Zo,' zei hij tegen Luke. 'Ken je Bertie Wooster?'

'Jawel. Ik ben een liefhebber van P.G. Wodehouse,' verklaarde Luke. 'En mijn grootmoeder is Brits.'

Omdat ze wist dat haar oudoom ook een liefhebber van P.G. Wodehouse was, begaf Sophie zich opgewekt naar de keuken. De beiden heren hadden in elk geval een onderwerp om over te praten terwijl zij iets te eten zou klaarmaken. Luke kon goed met vreemden overweg. Om te beginnen kende hij de Amerikaanse schrijver waar haar vader en broer dol op waren, en nu kende hij Wooster ook nog. Hij was of erg goedgemanierd of uiterst belezen – en waarschijnlijk allebei.

De koelkast was akelig leeg, maar ze wist dat er een winkel in de buurt was die tot vijf uur open was, zelfs op zondag. Helaas bleek ook haar portemonnee akelig leeg. Ze liep naar de studeerkamer waar Luke en oom Eric met elkaar toostten met halfvolle glazen pure whisky.

'Oomlief,' zei ze. 'Hebt u misschien ook ergens geld?'

'Lieve help! Ik dacht dat jij als enige van de familie niet achter mijn geld aan zat. Hebben ze je toch aangestoken?'

Sophie voelde zich ongemakkelijk maar hield zich groot.

'Het punt is dat ik geen cashgeld heb en ik moet even naar de winkel om boodschappen te doen. Er is niks te eten in huis.'

Oom Eric kwam half overeind uit zijn stoel en tastte naar zijn portemonnee in zijn achterzak. 'Pak maar wat je nodig hebt. In mijn tijd was dat een kwartje, nu waarschijnlijk een tientje.'

'Een tientje is meer dan genoeg,' zei Sophie. 'U krijgt het kleingeld terug.'

'Het is mijn schuld,' zei Luke. 'Mijn portemonnee is in het vliegtuig gestolen en sindsdien heeft Sophie alles betaald. Ik had beter iets…'

'Maak je niet druk,' onderbrak oom Eric hem. 'Ze werkt vierentwintig uur per dag. Ze moet schatrijk zijn.'

Een blik op Luke zei haar dat de ironie van zijn opmerking hem niet was ontgaan.

Ze kocht meer brood, kaas, melk, eieren en bacon. Ze hadden macaroni; oom Erics lievelingseten. Wat hij gegeten zou hebben als ze niet ineens voor zijn deur had gestaan, was haar een raadsel. Waarschijnlijk toast met 'dat bruine spul'.

Toen ze weer thuis was, besefte ze dat ze tomaten had moeten kopen. Maar daarvoor was het nu te laat. Ze maakte toast, die ze dik besmeerde met boter, waarna ze op de ene helft Marmite deed en op de andere jam. Vervolgens bracht ze de toast naar de studeerkamer.

'Ik hoop dat dit smaakt bij de Scotch,' zei ze. 'Dan vallen jullie tenminste niet dood neer als ik sta te koken. En worden jullie ook niet zo snel dronken van die pure whisky.'

'Heb jij geen honger na die ellendige treinreis?' vroeg Luke.

'Ik neem wel een snee toast onder het koken. Ik ga macaroni met kaas maken. Dat is…'

'Dat hoef je me niet uit te leggen, hoor, want dat kennen we in Amerika ook.'

'Macaroni met kaas!' riep oom Eric uit. 'Mijn lievelingseten! Je bent een prima meid, Sophie. Laat je familie maar kletsen.'

Sophie zette haar macaroni-kaasschotel op tafel en de mannen keken likkebaardend toe, als leeuwen bij een gedode prooi.

'Sophie, wat verwen je ons weer.' Oom Eric wendde zich tot Luke. 'De man die met haar trouwt mag zijn handjes dichtknijpen. Ik zou maar uitkijken als ik jou was, voor je het weet pikt een ander haar in.'

'Luke en ik zijn gewoon vrienden, hoor,' zei Sophie kalm. 'We zijn door de omstandigheden en een gezamenlijk project bij elkaar gebracht.'

'Een gezamenlijk project? Wat moet ik me daarbij voorstellen? Gaan jullie samen een schuur bouwen?'

Sophie schudde vertwijfeld haar hoofd, zoals van haar werd verwacht. 'Nee, oom. Luke helpt me de begunstigden van de boorrechten te vinden. Weet u nog wel? De papieren die ik in uw bureau heb gevonden? En we zouden die doos die u op zolder hebt gevonden toch doornemen?'

'O ja. Die nonsens die je wilde uitzoeken omdat je even niets omhanden had.' Haar oudoom at zijn bord macaroni leeg.

'Wilt u nog meer macaroni?' vroeg Sophie, terwijl ze de opscheplepel pakte. Ze was blij te zien dat oom Eric zo'n gezonde eetlust had.

'Mmm, nog een beetje. Maar geef Luke maar eerst. De liefde van een man gaat door zijn maag.'

Sophie zuchtte nadrukkelijk en schepte hen beiden nog een keer op.

'U wordt genoemd als de begunstigde van de vrouw die Sophie in New York hoopte te vinden,' zei Luke met een blik op haar.

Hij fronste. 'Ja, daar kwam ik pas achter toen Sophie al aan de andere kant van de Atlantische Oceaan zat. Ik kon haar niet bereiken. Maar veel zal het niet voorstellen, want anders had de belastinginspecteur me allang weten te vinden.'

'Dat is dus nog onduidelijk. Maar als u het goed vindt, kan ik nagaan of u misschien aandeelcertificaten of iets dergelijks hebt ontvangen waaruit blijkt dat ze haar boorrechten aan u heeft nagelaten,' zei Luke. 'Ik ben jurist.'

'Het maakt mij niet uit. Ons Sophietje heeft er ook al naar gekeken. En jij hebt geen enkele opleiding, hè, kind?'

'Nee. Maar dat komt nog.' Maar jurist zal ik niet meer worden, voegde ze er in gedachten aan toe. Ze pakte de opscheplepel en begon de harde kaaskorstjes uit de schaal te schrapen. Op een dag zal ik een gediplomeerd kleermaker zijn, mijn eigen bedrijf runnen en een huis aan de kust hebben, dacht ze. 'Wie van jullie wil het laatste restje?' vroeg ze hardop.

Nadat Sophie mevrouw Brown de volgende ochtend had gerustgesteld – ze was verbaasd dat oom Eric al had ontbeten en dat alles ook al was afgewassen – liet ze Luke het bureau van haar oudoom zien dat ze voor haar vertrek naar New York had opgeruimd. De doos die van zolder was gehaald stond ernaast.

Sophie besefte dat er in de paar maanden sinds ze het bureau met zoveel liefde in de was had gezet en de papieren had gevonden, veel was veranderd in haar leven. Ze was naar Amerika geweest, had Matilda en Luke ontmoet, had in hogere kringen vertoefd, pizza gegeten in Mystic. Maar de gedachte dat ze wel eens verliefd zou kunnen worden, verdrong ze meteen weer. Wat ze voor Luke voelde, ging toch zeker niet verder dan een flirt?

'Ik laat je even alleen. Ik ga mevrouw Brown helpen met het repareren van een paar gordijnen. Oom Eric wil per se geen nieuwe. Dat vindt hij op zijn leeftijd niet meer de moeite waard.'

'Het is een zeer onderhoudende man,' zei Luke.

'Hij is heel positief over je,' zei Sophie. Hij had tegen haar gezegd: 'Een geschikte kerel, die Luke. Ik zal je steunen als je familie er een probleem van maakt dat hij, je weet wel, Amerikaan is.'

'Dat zal niet gebeuren, oom. Zij mogen hem ook erg graag. Helaas zijn we alleen maar vrienden, en het ziet ernaar uit dat we dat ook blijven.'

Oom Eric had vol ongeloof gebromd, waarna ze het onderwerp hadden laten rusten.

Nu zei Sophie tegen Luke: 'Geef maar een gil als je iets nodig hebt. Ik ben in de zitkamer. Ik wilde dat ik mijn naaimachine had meegenomen.'

'Ha ha, ik zie het al voor me in de trein, met zo'n loodzwaar ding.' Hij glimlachte. 'Maar ík voel me onthand omdat ik mijn mail niet kan checken.'

Ze stelde hem snel gerust. 'Maak je geen zorgen. We vinden wel een internetcafé of zo. Er zit verderop in de straat iemand die adverteert met wifi.'

'Maar dan heb je een eigen computer nodig.'

'We lenen er wel een. Ga jij nu maar aan de gang met je speurwerk, dan kijk ik hoe ik die gordijnen het beste kan verstellen.'

'Volgens mij heb ik nu alle relevante documenten gevonden,' zei Luke een paar uur en een kop oploskoffie later.

'Wat staat erin?' Sophie en oom Eric zaten met een kop warme chocolademelk in de studeerkamer.

'Eric heeft de rechten van Rowena Pendle – dat is de naam van haar echtgenoot – in New York. Het ziet ernaar uit dat ze de rechten van alle andere belanghebbenden heeft kunnen overkopen, behalve die van Eric, jouw vader en een zekere meneer Mattingly. Dus die zijn allemaal overgenomen, behalve die van hem. Maar ik heb zijn adres niet.'

Oom Eric fronste en keek nadenkend voor zich uit. 'Mattingly. Die is volgens mij dood. Ik wist niet dat hij ook boorrechten bezat. Bijzonder eigenlijk... We waren nauwelijks verwant.'

Sophie zuchtte. 'Nu moeten we erachter zien te komen aan wie hij zijn aandelen heeft nagelaten. Het zou een stuk makkelijker zijn als we een computer hadden.'

'We hebben helemaal geen computer nodig,' zei oom Eric. 'Ik denk dat hij ze heeft nagelaten aan zijn weduwe. Ze is hertrouwd.'

'Geweldig! Weet u ook met wie?'

'Geen flauw idee. Maar die arme vrouw stuurt me met kerst altijd een kaart en een brief. Hoe komen ze erbij dat ik geïnteresseerd zou zijn in de vioollessen van hun kleinkinderen?'

'Oomlief, als u zich die vioollessen herinnert, herinnert u zich vast ook de naam van haar echtgenoot. We moeten haar proberen te bereiken.'

'Waarom?'

'We moeten met alle begunstigden tot overeenstemming komen hoe we het grootste profijt uit de rechten kunnen halen,' verklaarde Luke. 'Niemand zal zaken willen doen met een privépersoon die slechts een deel van de aandelen bezit. Maar als iedereen – en dat bent u en zij dus – de handen ineen slaat, heb je een olieboorbedrijf iets te bieden.'

'En dat is goed?'

'Natuurlijk!' Het lukte Sophie niet haar ergernis te verbergen. Oom Eric was kennelijk vergeten dat hij hetzelfde had gezegd toen zij de papieren vond. 'Dan kunnen we er veel geld mee verdienen,' zei ze om hem te overtuigen.

'Geld is het enige waarin ze bij jou thuis geïnteresseerd zijn,' zei oom Eric.

'Huh! Hoor wie het zegt. Ik moet op mijn knieën uw gordijnen repareren omdat u te krenterig bent om nieuwe te kopen.'

'Ik heb het niet over jou, lieve kind. Je bent een bazige meid maar in jou steekt geen greintje kwaad. Als je echt contact met die vrouw wilt opnemen, moet je haar kerstkaart pakken.'

'Hebt u die dan nog?' Het speet Sophie dat ze haar oom krenterig had genoemd. 'Bewaart u kerstkaarten?'

'Nee, maar mevrouw Dinges wel. Ze wil ze "recyclen". Maar volgens mij zijn ze al genoeg gerecycled.'

'Perfect! Waar hebt u ze? En hebt u enig idee naar welke naam we moeten zoeken?'

'Ik zou op violen zoeken,' opperde Luke, die geamuseerd had zitten toekijken. 'Maar de brief zal wel weggegooid zijn.'

'Waar kan ik die kaarten vinden? Ach, laat ook maar, ik

vraag het wel aan mevrouw Brown,' zei Sophie. Ze liep snel naar de keuken, in de hoop dat mevrouw Brown nog niet naar huis was. Ze wist dat Sophie de lunch zou verzorgen.

Ze kwam terug met een dikke bruine envelop. 'Zoveel zijn het er niet, dus we kunnen ze allemaal even lezen.'

Ze spreidde de kerstkaarten uit op de tafel. 'Waar zoeken we nog meer naar behalve violen? En stond het adres op de kaart?'

'Ik dacht het wel. Ik meen dat ze in Cornwall wonen.'

'Cornwall? Fantastisch!' zei Sophie. 'Daar moeten we misschien toch heen.'

'Waarom?' vroeg oom Eric.

'We moeten iets uitzoeken voor mijn grootmoeder,' zei Luke. 'Maar dat is waarschijnlijk onbegonnen werk.'

'Zou leuk zijn als we dat konden combineren.'

'Dan is het dubbel onbegonnen werk en dus dubbel zo frustrerend,' zei Luke. Hij klonk al iets minder geamuseerd.

Sophie bekeek de kaarten. 'Hier is er een uit Cornwall. Hebt u nog veel andere vrienden daar?'

'Helemaal geen,' verklaarde oom Eric. 'Alleen die ene verre verwant. Ze zijn daar gaan wonen vanwege het zachtere klimaat. Ze dachten daar ouder te kunnen worden. Maar dat ging voor Mattingly dus niet op. Nee, dan ik! Ik woon al jaren in dit steenkoude huis en ben nog zo fit als een hoentje.'

'Dan moet het deze zijn.' Sophie hield de kaart omhoog. 'Is die weduwe de laatste die we nodig hebben?'

'Ja. Tenzij haar echtgenoot de aandelen aan iemand anders heeft nagelaten – aan een kleinkind bijvoorbeeld,' zei Luke.

'Als die nog steeds vioolles hebben, zijn ze vast over te halen,' zei Sophie hoopvol.

'Wat willen jullie er dan mee doen?' vroeg oom Eric.

'Als iedereen Sophie machtigt zijn zaken te behartigen zijn we al een heel eind,' zei Luke.

'Ho eens even,' zei Sophie. 'Ik wil helemaal niet in naam van de anderen actie ondernemen. Ik wil alleen iedereen bij elkaar krijgen om uit te zoeken waar de aandelen zich bevinden.'

'Een bedrijf dat geïnteresseerd is, zal slechts met één persoon zaken willen doen,' herhaalde Luke geduldig.

'En dat moet Sophie zijn,' beaamde oom Eric. 'Ze mag dan tenger zijn, er zit wel een kop op. Ik teken meteen. En ze kan prima koken,' voegde hij er met een blik op Luke aan toe.

'Ik weet het niet, hoor…' zei Sophie. 'Om te beginnen zullen mijn ouders het nooit goed vinden. Ze vinden me maar een raar kind. Ik doe misschien niemand kwaad, maar ik deug nergens voor. Behalve voor het huishouden natuurlijk.' Ze zei het met een glimlach om aan te geven dat ze er niet mee zat.

'Ik haal hen wel over,' zei Luke vastberaden.

'Oké. Als dit de vrouw is die we zoeken, hebben we nu naam, adres en telefoonnummer. Misschien is het beter als we haar eerst even bellen.'

'Je hoeft niet naar mij te kijken, hoor,' zei oom Eric. 'Ik bel nooit. Dat is tegen mijn principes. Bel niet zolang je het kunt vermijden.'

'O, oom Eric! Als ik moet bellen duurt het een halfuur voordat ik heb uitgelegd wie ik ben. Ze sturen u kerstkaarten. Ze houden vast heel veel van u.'

'Ja, vanwege mijn geld.'

'Volgens mij hebt u helemaal geen geld. Maar dat kan veranderen als we hier werk van maken.'

'Inderdaad,' zei Luke. 'Als we tenminste iemand vinden die de rechten wil leasen. Maar dat is denk ik geen probleem.'

'Nou, vooruit, ik zal haar bellen. Maar ik doe het alleen voor jou, Sophie, omdat je zo'n goeie meid bent.'

Oom Eric wilde pas na zes uur bellen, omdat het dan goedkoper was, maar ze wisten hem duidelijk te maken dat dat weinig verschil maakte. Als haar beltegoed niet bijna op was geweest, had Sophie haar mobieltje aangeboden. Maar Luke moest bereikbaar zijn en haar mobiele nummer was het enige wat mensen kenden.

'Hallo?' schreeuwde oom Eric in de hoorn. 'Spreek ik met de weduwe van mijn neef Mattingly?'

Sophie kromp ineen. Het was beter geweest als ze de naam

van de vrouw voor hem had opgeschreven. Ze wist dat hij moeilijk namen kon onthouden.

'Met Eric. Moet je horen, ik heb een achternicht, genaamd Sophie. Ze wil bij je langskomen om het een en ander te vragen over boorrechten. Komt dat uit?'

Er viel een lange stilte waarin Mattingly's weduwe zich waarschijnlijk koortsachtig afvroeg wie ze aan de lijn had en vervolgens beleefd vroeg wat de neef van haar overleden man bedoelde.

'Dat is een lang verhaal,' zei oom Eric. 'Maar Sophie komt dus bij je langs. Ze neemt een jongeman mee. Een yankee, maar niettemin heel aardig. Dag!'

'Nou, dat wordt een hartelijk welkom,' zei Sophie droogjes. 'Ik zal haar gegevens even noteren.'

15

'Ik moet vandaag echt mijn mail checken,' zei Luke de volgende ochtend. 'Ik wil weten of Ali mijn pasjes en mobiele telefoon heeft geregeld. Als ik niet snel aan geld kan komen, zal ik terug naar Londen moeten. Ik wil niet van jou profiteren.'

Sophie glimlachte naar hem. 'Dat is geen probleem, hoor. Ik moet zelf ook nodig even mijn post bekijken. Ik wil weten of ik al reacties heb op mijn advertentie. Dat moet ik weten voordat we naar Mattingly's weduwe in Cornwall gaan.'

'Als ik niet terug hoef naar Londen om geld te regelen, heb ik nog ruim een week. Ik ben dol op mijn grootmoeder, maar ik ga niet voor een bevlieging helemaal naar Cornwall. Ik wil op zijn minst een aanwijzing hebben dat het huis er nog is.'

Hoewel Sophie het geen enkel probleem vond om voor een bevlieging naar Cornwall af te reizen, zei ze: 'Oké, we gaan op zoek naar een computer. Laten we het in de bibliotheek proberen. Die weet ik te vinden. Ik ken alleen de openingstijden niet.'

Helaas was de bibliotheek op dinsdagochtend gesloten. Hij zou 's middags open zijn, maar zowel Luke als Sophie wilde oom Eric niet te lang tot last zijn.

'Er is hier vast wel ergens een internetcafé,' zei Luke.

'Of een café met wifi.' Gezien de grootte van het stadje, achtte Sophie dat waarschijnlijker. 'Verderop is een leuk tentje waar ze ons misschien kunnen helpen,' zei ze. 'Oom Eric en ik hebben er een keer een hapje gegeten toen ik met hem was gaan winkelen.'

In de etalage hing een bordje waarop stond dat ze wifi hadden en dat je bij de bar kon vragen naar het wachtwoord.

'Dat heeft geen zin zonder computer,' zei Luke.

'Niet zo pessimistisch.' Sophie opende de deur en liep naar binnen, met Luke in haar kielzog.

Het eerste wat Sophie opviel, was dat het nogal smoezelig was in het café. Op bijna alle tafels stond vuil serviesgoed en de man achter de bar kwam gejaagd over. Niet het moment om iemand om een gunst te vragen, besefte Sophie. 'Twee potten thee, alstublieft.' Ze hoorde Luke achter haar tegensputteren. Waarschijnlijk wilde hij koffie, maar ze negeerde hem. 'U hebt het zo te zien nogal druk gehad.'

'Dat kun je wel zeggen. Busladingen toeristen. Nou ja, een minibus vol. En iedereen wilde koffie met taart. En dat met te weinig personeel. Maar ik zal zo een tafel voor jullie afruimen.'

'Dat hoeft niet, hoor. Luke, ik denk dat we even iets moeten eten.' Ze hoopte dat hij de nadruk in haar stem hoorde en niet zou zeggen: *Ik heb geen honger.*

'Ik denk dat ik een chocolademuffin neem,' zei hij.

Sophie trok een gezicht. 'Ik hou niet van muffins. Inferieure cakejes. Doet u mij maar een plak citroencake, alstublieft. Is al uw personeel ziek?'

'Ja, griep. Heel vervelend.'

'Het heerst.' Toen kwam Sophie ter zake. 'Als we voor twee uur een laptop van u zouden kunnen lenen, wil ik u ondertussen wel gratis een handje helpen. Ik kan de tafels afruimen, afwassen...' Haar oog viel op een schaal met nog maar één scone. 'En ik kan nieuwe scones voor u bakken, als u wilt. Of iets anders.' Wat zou het mooi zijn als de ruilhandel weer zou kunnen worden ingevoerd, bedacht Sophie.

De man fronste. 'Pardon?' Hij begon theepotten op een dienblad te zetten en vulde een kan met melk, terwijl hij wijs probeerde te worden uit Sophies woorden.

'We willen graag onze e-mails checken. We logeren bij mijn oom en die heeft geen computer. En de bibliotheek is dicht. Ik vroeg me af of we misschien uw laptop kunnen gebruiken, als u die hebt natuurlijk, en dat ik in ruil daarvoor wat werk voor u doe. Ik werk zelf ook in een bar en kan heel goed bakken.' Ze kruiste haar vingers achter haar rug. Ze kon écht heel goed bakken maar opscheppen stuitte haar tegen de borst. Maar ze dwong zichzelf over haar bescheidenheid heen te stappen.

'Ach zo. Dat weet ik niet, hoor.'

'Als u mij dat dienblad geeft, ruim ik zelf wel even een tafel af.' Behendig laadde ze het dienblad vol met het servies van enkele tafels. 'Hebt u een computer?' Sophie had het gevoel dat als hij ja zei, ze elke hindernis aankon.

'Boven op mijn kantoor,' zei de man aarzelend.

'Ik beloof u dat we alleen even onze e-mails checken. Als u een laptop hebt, zou u hem naar beneden kunnen halen, dan weet u zeker dat het veilig is. U zult versteld staan hoeveel werk ik in twee uur kan verzetten.' Ze zette het volle dienblad voor hem op de bar.

Na een korte aarzeling zei hij: 'Oké. Ik kan je hulp goed gebruiken. Ik haal hem wel naar beneden. Ruim jij de tafels maar vast af. Aan de deur in de keuken hangt een schort.'

Op dat moment kwam er een groep vrouwen met boodschappentassen binnen. 'Als ik niet heel snel een kop thee krijg, sterf ik van de dorst!'

Omdat Sophie in diverse cafés en wijnbars had gewerkt, had ze de slag meteen te pakken. Ze werkte snel. Ze had geen tijd om rond te lummelen. Tot Lukes grote verbazing had ze in een mum van tijd de tafels afgeruimd, de kopjes in de vaatwasser gezet en schudde ze bloem in een enorme draaiende deegmixer. Hij keek nog verbaasder toen hij besefte dat de vaatwasser al na een paar minuten klaar was en Sophie hem niet veel later alweer had leeggehaald en de kop en schotels aan het opstapelen was.

Tot Sophies opluchting kwam de man, die Jack heette, met de laptop uit zijn kantoor voordat ze iets fout kon doen en de goede indruk die ze op Luke had gemaakt kon verpesten. Ze moest er niet aan denken door de eigenaar op straat te worden gegooid voordat ze hun mail hadden kunnen bekijken.

Sophie zette alles op alles, ook al kreeg ze er niet voor betaald en had ze het geld goed kunnen gebruiken. Ze had tegen Luke gezegd dat ze het geen probleem vond om voor hem te betalen, en dat was ook zo, maar waarschijnlijk wist hij niet over hoe weinig geld ze beschikte. Wat ze had, zou ze met hem delen, maar hij zou schrikken als hij hoorde van hoe weinig ze rond moest zien te komen.

Terwijl Jack alles klaarzette, legde ze Luke uit hoe hij het bestek moest afdrogen en koffie en thee moest serveren. Als hij straks klaar was en zij haar eigen post wilde bekijken, hoefde ze zich niet schuldig te voelen dat ze hem had meegesleept naar een druk café.

Terwijl hij Ali en zijn andere mails beantwoordde, glaceerde Sophie de kaasscones die ze had gemaakt van melk en fijn geraspte kaas. Ze had ze net in de oven geschoven toen Luke zei dat het haar beurt was.

'Oké, als ik langer dan tien minuten bezig ben, moet je me waarschuwen, want dan moet ik de scones controleren.' Ze aarzelde. 'Of wil jij…'

'Nee, straks krijg ik de schuld als er iets fout gaat met die scones.'

Sophie lachte en nam snel haar mails door. Twee ervan hadden als onderwerp Cornwall. Haar hart sloeg over van opwinding. Eindelijk reacties! Hoera!

Ze ging Jack zoeken. 'Heb je een printer? Ik heb een paar e-mails die ik graag uitgeprint wil hebben. Zou dat lukken?'

Jack was zeer te spreken over de hoeveelheid werk die Sophie in korte tijd had verzet. 'Het lijkt wel of je aan de speed bent,' zei hij.

'Luke vond me ook al hyperactief.' Sophie grinnikte. 'Maar

dat was ook wel even nodig, en we zijn blij dat we hier kunnen internetten. Ik wil je niet tekort doen.'

'Nou, daar is ook geen sprake van, hoor.'

'Luke, wil jij Jack even helpen met printen? Dan ga ik hier verder.'

Ze controleerde de scones, besloot dat ze nog een paar minuten langer in de oven moesten blijven, keek op haar horloge en bediende toen een paar klanten. Tussendoor vloog ze naar het kantoortje om te zien of de mannen al aan het printen waren. Ze kwam net op tijd weer beneden om de scones uit de oven te halen, blij dat haar innerlijke kookwekker haar niet had teleurgesteld.

'Sophie, weet je zeker dat je niet voor mij wilt komen werken?' zei Jack, toen ze vertrokken. 'Ik betaal je het dubbele van wat je bij je huidige baas verdient.'

'Als ik hier zou wonen, zou ik het graag doen,' zei Sophie. 'Maar ik ben hier slechts bij mijn oom op bezoek.'

'En wil je echt niet dat ik je voor je werk van vandaag betaal?'

Sophie zou het tientje dat hij haar aanbood goed kunnen gebruiken, maar ze had haar diensten aangeboden in ruil voor het gebruik van de computer en de printer, en daar wilde ze niet op terugkomen. 'Nee, ik zou twee uur werken. We zijn echt dik tevreden. Bedankt.'

'Nou, jij weet van aanpakken, Sophie Apperly,' zei Luke, toen ze het café uit waren. 'Ongelofelijk!'

Sophie wuifde blozend zijn compliment weg. 'Dat is mijn werk. Als ik niet op kinderen pas, werk ik in cafés en bars. Dat deed ik al toen ik nog op school zat. Behalve die bars dan.'

'Haal jezelf niet zo omlaag. Je bent een fantastische meid, wat je familie ook zegt.'

Sophie bloosde weer en haalde haar schouders op. 'Je weet hoe dat gaat met familie.' Toen veranderde ze snel van onderwerp en zei: 'Maar wat dacht je van de mails? Twee tips over Matilda's huis!'

225

'Dat is mooi.' Hij klonk iets minder enthousiast.

'Ben je er niet blij mee?'

'Dat wel, maar mijn pasjes blijken moeilijk te vervangen te zijn. En op een of andere manier kan ik nu ook geen geld naar jouw rekening overmaken. Ik begrijp er niks van. En dat in deze tijd van internetbankieren.'

'Je hoeft geen geld naar mijn rekening over te maken.'

'Jawel. Ik ben het niet gewend te worden onderhouden door...'

'Een meisje?'

Hij grijnsde schaapachtig. 'Zoiets ja.'

'Dat is goed voor jou,' zei Sophie ferm, maar stiekem maakte ze zich zorgen hoe lang ze het met haar geld zouden kunnen uitzingen. Zodra ze ergens een bank zag, zou ze haar saldo controleren.

'Dus we gaan naar Cornwall?' vroeg Luke.

'Ben je er klaar voor?' Sophie was verrukt.

'Helemaal.'

'Laten we eerst kijken hoe laat de treinen gaan, dan gaan we daarna andere kleren voor jou kopen. Ik ga niet met jou in die lange overjas naar Cornwall. Dan ben je net een toerist.'

'Sophie, je hebt helemaal geen geld om nieuwe kleren voor mij te kopen,' zei Luke bezorgd.

'Wel in de winkels waar ik winkel. Kom maar mee. Ik weet waar hier de kringloopwinkels zijn.'

'Kringloopwinkels?'

'Ja!'

'Maar ik heb nog nooit...'

Voordat hij zijn zin kon afmaken, had ze hem bij zijn arm gepakt. 'Dat weet ik, lieve Luke, dat weet ik. Het station is deze kant op.'

'Wat duur!' zei Sophie door het glas tegen de kaartjesverkoper. 'Daar kan ik een kleine auto voor kopen.'

De man haalde zijn schouders op. 'Dan doet u dat.'

Sophie zag het voor zich: een auto uitzoeken, het geld re-

gelen, een verzekering afsluiten en dan daadwerkelijk helemaal naar Cornwall rijden.

'Of,' vervolgde de man, 'u neemt de bus. Dan hoeft u ook
niet zo vaak over te stappen.'

'De bus! Dat is een goed idee,' zei Sophie. 'Zou u ons het
busstation kunnen wijzen?'

En Luke, die slimme Luke, schreef de route op. Het was een
lange wandeling.

De bus was veel goedkoper en bovendien, zo benadrukte Sophie bemoedigend, hoefden ze maar één keer over te stappen.
Ze wist dat Luke niet blij zou zijn met een busreis van bijna
zeven uur. Zijzelf ook niet, maar zij was gewend aan lange, oncomfortabele reizen, Luke aan eersteklas vluchten – als hij al
geen gebruikmaakte van een privévliegtuig, auto met chauffeur of trein met restauratiewagen. Het zou hard aankomen,
maar het zou goed voor hem zijn als hij eens zag hoe de andere helft van de wereldbevolking leefde.

'Kom,' zei ze, toen ze de kaartjes had betaald. 'Dan gaan we
vrijetijdskleding voor je kopen. Hoewel het natuurlijk een
prachtige jas is.' Ze streek stiekem even zacht met haar hand
over zijn rug. Ooit hoopte ze met zulke prachtige stoffen de
kost te kunnen verdienen.

Toen Luke zich in een spijkerbroek, een hip afgedragen leren
jasje en een paar gloednieuwe 'sneakers' – Sophie wist dat ze
hem nooit in tweedehandsschoenen zou krijgen – had gestoken, was hij klaar voor een tripje naar het platteland.

'Jij kocht toch ook kleren voor mij voor die brunch? Dit is
net zoiets,' zei ze, toen hij tegensputterde. 'Je moet je aan de
gelegenheid aanpassen.'

De mogelijkheid bestond dat ze in Cornwall misschien op
afgelegen plekken moesten liften. Ze had het zelf in geen
jaren gedaan, maar als het moest, dan moest het. Ze zou zich
doodschamen als Luke er dan deftig en als een New Yorkse
bankier bijliep.

Toen ze weer bij oom Eric waren, plofte ze in een stoel naast Luke en nam het grote glas whisky aan dat haar oudoom haar in haar hand duwde. Het was een lange dag geweest.

'Ik zie het al,' zei oom Eric. 'Het lijkt me beter als we vandaag patat met vis eten.'

Sophie keek Luke aan en grinnikte.

'Dat heb ik in geen jaren gehad. In mijn tijd aten we dat uit een krant. Ik denk dat de inkt voor extra smaak zorgde,' vervolgde oom Eric.

'Nu eet je het met een houten vorkje uit een plastic bakje,' zei Sophie.

'Ik moet bekennen dat ik best zin heb in patat met vis,' zei Luke.

'Oom?' zei Sophie.

'Ja?'

'Kunt u ons de patat met vis voorschieten? Ik beloof u alles terug te betalen zodra ik het geld van die boorrechten krijg.'

'Dat is je geraden, brutaaltje.' Hij pakte zijn portemonnee en haalde er een biljet van twintig pond uit dat hij aan Sophie gaf. 'Doe er voor hem ook maar wat erwtenpuree bij. En wat dacht je van een ingemaakt ei? Een jongeman in zijn positie,' zei hij met een blik op Sophie, 'moet goed eten.'

'Zo kan-ie wel weer, oom Eric,' zei Sophie, en ze gaf hem een kus. 'Ik denk dat Luke al genoeg geleden heeft.'

Terwijl ze met een paar stevig ingepakte, naar azijn ruikende pakketjes terugliepen door de winterse straten, had Sophie de neiging Luke een arm te geven en te doen alsof ze het stel waren waar iedereen hen voor aanzag. Meisjes hadden zo hun dromen. Hij had zich omgekleed in zijn eigen kleren en was met haar mee gegaan om, zoals hij het noemde, de totale 'patat-met-vis-ervaring' te ondergaan. En hoewel hij in zijn overjas en glimmende schoenen ietwat uit de toon viel, zag hij er zoals altijd aantrekkelijk uit.

'Ik zou nu al aan de patat willen beginnen, terwijl we naar

228

huis lopen, maar het is nogal ordinair om op straat te eten,' zei Sophie treurig.

'Ik had niet verwacht dat jij je daar iets van zou aantrekken. Je komt op mij over als een vrije geest,' zei Luke, een beetje verbaasd.

'Klopt, dat ben ik ook. Als oom Eric thuis niet op zijn portie zat te wachten, zou ik waarschijnlijk hebben voorgesteld onze patat op een bankje op te eten. Ze zijn het lekkerst als ze net uit het vet komen en nog zo heet zijn dat je je vingers en je mond verbrandt.' Ze zweeg even. 'Mijn moeder zou het vreselijk vinden.'

'Je bent een beetje een buitenbeentje, hè?'

Ze grinnikte. 'Als ik niet zoveel op mijn moeder zou lijken, zou ik bijna denken dat ik in het ziekenhuis verwisseld ben.'

'Je moeder is een erg mooie vrouw,' zei Luke.

'Dank je. Je bedoelt dat ik mooi zal zijn als ik zo oud ben als mijn moeder.'

'En eerder ook al. Je bent heel aantrekkelijk.'

Sophie bloosde weer. 'Jij ook.'

Hij lachte en ze besefte dat de vrouwen die hem doorgaans omringden zoiets nooit zouden zeggen, ook al zouden ze het wel denken.

'Denk je dat Matilda wel patat met vis op straat zou eten?' vroeg ze, om de aandacht van zichzelf af te leiden.

'Dat weet je maar nooit met mijn grootmoeder. Ik weet nooit wat haar volgende stap zal zijn. Zoals met dat huis. Waarom is ze daar niet eerder aan begonnen?'

Bang dat hij haar weer de schuld zou geven voor zijn grootmoeders bevlieging, zei ze snel: 'Geen idee, maar ik hoop dat we het vinden. Dat zou ze geweldig vinden!'

Luke schudde alleen maar glimlachend zijn hoofd.

'Deze patat is behoorlijk vet,' klaagde Luke. Hij keek toe, terwijl Sophie de porties verdeelde over de borden, die ze zojuist uit de oven had gehaald.

'Dat moet ook,' zei Sophie. 'Tenminste, zo zien ze er altijd uit. Je geniet er stiekem extra van als je weet dat ze spekvet zijn.'

'Vroeger bakten we ze in braadvet,' zei oom Eric.

Sophie reageerde verbaasd. 'Dat u zoveel van patat weet, oom Eric.'

'Je moest eens weten wat ik allemaal weet, jongedame.'

'U bent inderdaad van alle markten thuis,' zei Luke met een twijfelachtige blik op zijn bord.

'Zal ik eens iets lekkers voor je maken?'

Sophie beboterde het uiteinde van een vers brood, sneed er een snee af en beboterde toen de andere kant ook licht. Vervolgens legde ze een paar patatjes op het zachte witte brood en gaf de snee aan Luke. 'Proef dit en durf dan maar eens te beweren dat je het niet lekker vindt.'

'Meen je dat?' Luke keek naar de boterham alsof die elk moment kon bijten.

'Je kunt er ook nog Tommy-K op doen als je wilt. Dat schijnt kankerpreventief te werken,' zei Sophie. 'Wilt u ook, oom Eric?'

'En wat is "Tommy K"?' vroeg haar oudoom.

'Tomatenketchup,' zei Sophie. 'En Luke, smaakt 't?'

'Verrassend lekker.'

'Wat zei ik?!'

Toen ze de volgende dag in Truro aankwamen, was het al avond. Ze hadden amper geslapen in de bus en waren beiden doodmoe.

'Maar ik heb wel veel van het land gezien,' zei Luke dapper. 'Zelfs al reden we voornamelijk in het donker.'

'En we hadden dat grappige kleine toilet in de bus. Dat scheelde ook,' zei Sophie.

'Grappig is anders, maar het was wel handig.'

'Nou vooruit, handig dan. Maar laten we gauw een b&b zoeken. Twee kamers,' zei ze smachtend.

'Eén kamer is goedkoper,' zei Luke.

'Ja,' zei Sophie, 'maar stel dat we een tweepersoonsbed krijgen, wat dan?'

Luke lachte. 'Wat dan? Dan belanden we samen in één bed.'

'Laat ik je maar meteen uit de droom helpen, Luke,' zei ze op dezelfde luchtige toon als hij. 'Ik ga nooit bij een eerste date met iemand naar bed.'

'Fijn om te horen, Sophie, maar mag ik je erop wijzen dat dit zeker al onze vijfde date is?'

Sophie keek hem vastberaden aan. 'Dat waren geen echte dates, dus één kamer kun je vergeten.'

Luke haalde zijn schouders op. 'Jij hebt de leiding!'

Sophie bedacht dat leidinggeven soms minder leuk was dan het leek.

Het was niet makkelijk om een b&b te vinden die in januari open was, maar het lukte hen uiteindelijk er een te vinden met minimaal twee kamers.

'Dus jullie zijn vrienden?' vroeg de man die hen de kamers toonde, nieuwsgierig naar de onverwachte gasten in de winter.

'Ik ben homo,' zei Luke onverstoorbaar. 'Ik slaap liever niet samen op één kamer.'

Sophie onderdrukte een lach. Luke werd melig van slaapgebrek – ze genoot!

De man knikte. 'We krijgen hier allerlei soorten gasten. Geen probleem. Hoe laat wilt u ontbijten?'

'Acht uur,' zei Sophie. 'Is dat goed, Luke?'

'Prima, zolang we maar bijtijds naar bed gaan. Ik moet nodig mijn spieren strekken, anders vergeten ze hoe dat moet.'

'Kunnen we hier iets eten?'

'Om de hoek zit een fantastisch restaurantje,' zei de man.

Sophie slikte. Ze wist niet zeker of ze zich een 'fantastisch restaurantje' konden veroorloven.

Gelukkig scheen Luke zich dat te realiseren. 'Ik ben te moe om te eten,' zei hij tegen de man. 'Jetlag.'

'Oké, ik snap het,' zei de man.

'Ik ook,' zei Sophie. Ze wist dat er, met dank aan oom Eric, sandwiches in de tas zaten.

'Bestaat er ook zoiets als een "buslag"?' vroeg Sophie, toen Luke zich later bij haar voegde op haar kamer om thee te drinken en de sandwiches te eten.

'Zeker weten.' Luke ging languit op een van de eenper-soonsbedden liggen. 'Ik heb een buslag, en niet zo'n kleintje ook.'

Sophie grinnikte. 'Nou, nog even doorzetten, want die sandwiches moeten op.'

Oom Eric had erop gestaan dat ze sandwiches voor onder-weg meenamen omdat ze 'op reis' gingen. Hij beweerde dat je tijdens de oorlog nooit wist wanneer je weer te eten kreeg. Sophie had het makkelijker gevonden om boterhammen te smeren dan om met hem in discussie te gaan over de vraag of Engeland in oorlog was en of het misschien nog verschil maakte dat het eten niet meer op de bon was. Het zou haar in elk geval geld besparen.

'De sandwiches met Marmite zien er nog het lekkerst uit,' zei ze, nadat ze het aluminiumfolie eraf had gehaald. 'Het is maar goed dat je daarvan houdt.'

Luke nam de aangeboden boterham aan. 'Mmm, hoewel ik betwijfel of de rit in je tas de smaak goed heeft gedaan.'

Sophie knikte en at een kleffe boterham met kaas en salade. 'Dat is waar, maar beter iets dan niets.'

'Zeg dat wel,' beaamde Luke. 'Wat dacht je van een kop thee erbij?'

Sophie stond op van het bed om water te koken. Het deed haar goed dat Luke thee lekker was gaan vinden sinds hij in Engeland was.

'Zo, dus dat was een Cornisch ontbijt,' zei Luke, toen ze de volgende ochtend hadden betaald en de b&b verlieten.

'Ja. Maar het verschilt in bijna niets van een Engels ontbijt.'

'Maar Cornwall ligt toch in Engeland? Of vergis ik me?' Luke leek in de war.

'Dat hangt ervan af met wie je praat. Ze hebben wel hun eigen taal.' Haar telefoon ging. 'O, het is voor jou.'

Luke nam het mobieltje van haar aan. Terwijl hij belde, pakte Sophie haar portemonnee en telde haar geld. Op het bonnetje dat ze had gekregen toen ze voor het laatst had gepind, zag ze dat ze nog vijftig pond op haar rekening had staan. Ze had nog spaargeld, maar daar kon ze niet zo makkelijk bij. Ze begon zich nu toch zorgen te maken.

Luke kwam met een tevreden gezicht op haar af lopen. 'Hé! We hebben geld!'

'O ja?'

'Jazeker. Ali heeft geld overgemaakt naar de bank hier.'

'Welke bank?'

Hij noemde de naam. 'Ik kan het hele bedrag cash opnemen. Dan ben ik tenminste niet meer totaal afhankelijk van jou.'

'Geweldig!' Maar in werkelijkheid wist Sophie niet wat ze ervan vond. Hoewel ze zich zorgen maakte of ze wel genoeg geld had, vond ze het wel prettig dat Luke financieel afhankelijk van haar was.

'Nu kunnen we een auto huren,' vervolgde hij enthousiast. 'Geen openbaar vervoer meer.'

'Heb je je rijbewijs dan bij je?' vroeg Sophie.

'Eh, nee. Maar jij wel.'

'Hmm,' erkende Sophie. Ze gaf niet graag toe dat ze geen ervaren bestuurder was. 'Maar dat geeft niet. Ik huur de auto, dan kun jij rijden.'

Hij schudde zijn hoofd. 'Ik ben jurist. Ik moet me aan de wet houden. Maar ik moet eerlijk bekennen dat ik geen makkelijke passagier ben.'

'Dat wordt dan gezellig,' zei Sophie kalm. Aan de andere kant, was er een betere manier om ervaring op te doen dan met een miljonair door het landelijke Cornwall te toeren?

Het huren van een auto duurde tot ruim na lunchtijd, maar uiteindelijk stapten ze dan toch in een leuke Renault Clio. Sophie zat achter het stuur, Luke vouwde zijn lange lijf op de passagiersstoel en pakte de kaarten die in het zijvak van het portier staken.

'Om dat plaatsje uit die e-mail te kunnen vinden, moeten we waarschijnlijk een gedetailleerde kaart kopen,' zei Sophie. 'Het is maar een gehucht.' Ze had twee tips ontvangen, beide grofweg in hetzelfde gebied. Ze hadden besloten dat ze het beste eerst naar het plaatsje konden gaan dat het dichtst bij Truro lag.

Luke vouwde de kaart bijna in één keer perfect op. Sophie keek hem aan. Iemand die dat kon, was in haar ogen bovenmenselijk. Hij moest wel van een andere planeet komen; op een of andere manier had ze dat altijd al vermoed.

'Oké, laten we naar een winkel rijden waar ze dat soort kaarten verkopen.' Luke mocht dan misschien geen makkelijke bijrijder zijn, nu hij weer geld en een auto had, nam hij gelijk de leiding.

'Weet jij toevallig welke kant we dan op moeten?' vroeg Sophie.

'Nee. Probeer het centrum maar. Daar is vast wel iets.'

Sophie probeerde de versnellingen totdat ze wist waar ze allemaal zaten en reed toen voorzichtig weg.

'Ik was die versnellingen helemaal vergeten,' zei Luke. 'Waarom hebben we geen automaat gehuurd?'

'Die was duurder,' zei Sophie, die altijd van alles het goedkoopste moest hebben. 'Hoeveel geld heb je nu?'

'Vijfhonderd pond,' zei Luke. 'De auto was zestig voor drie dagen. In die tijd hebben we het wel uitgezocht. Groot-Brittannië is maar klein.'

'Ja, maar de afstanden zijn groot,' zei Sophie, zich ervan bewust dat dit waarschijnlijk onlogisch klonk. 'Op het platteland schiet je niet echt op.' Luke had Cornwall nog niet gezien, bedacht ze. Niet dat ze het zelf zo goed kende, maar ze was er wel eens op vakantie geweest. Ze herinnerde zich veel smalle weggetjes, omzoomd door hoge muurtjes en hagen, waar je makkelijk de weg kwijtraakte.

'Ik heb drie dagen voor dit project,' zei hij. 'Daarna moet ik terug naar Londen. Dan liggen mijn pasjes klaar en kan ik in het appartement.'

'Dan zou ik maar een paar honderd pond voor de trein apart houden, als ik jou was,' zei Sophie. Ze voelde zich een beetje gekwetst. Nu hij weer over geld beschikte, leek hij ineens haast te hebben om bij haar weg te komen en bleek hun tijd samen niet meer dan een 'project' voor hem. Ze dacht dat ze het samen gezellig hadden.

'Zoveel?'

'Dat denk ik wel. Maar anders kun je altijd nog met de bus. Dat is een stuk goedkoper.'

'Ik ga nooit meer met de bus,' zei hij vastberaden. 'Sophie, het is niet zo dat ik meteen terug wil zodra we die weduwe en het huis hebben gevonden, maar ik moet weer aan het werk.'

'Dat weet ik ook wel,' zei ze. Ze stortte zich in het drukke verkeer en ging meteen op zoek naar een parkeerplaats. Hoe sneller ze een andere kaart hadden en de stad achter zich konden laten, hoe liever ze het had. Als ze nog maar zo korte tijd samen hadden, wilde ze die niet verspillen met het zoeken van de snelste route.

16

'Kom nou niet met dat cliché aan dat vrouwen niet kunnen kaartlezen,' zei Sophie geïrriteerd. 'Ik heb alleen moeite met links en rechts. Ik ben gewoon "de volgende links" gegaan.'

'Dat was dus rechts,' beweerde Luke.

'Oké!'

Ze waren de weg kwijt. De kaart op Lukes schoot was niet langer keurig opgevouwen. 'Als jij zo goed bent in kaartlezen, kan ik misschien beter rijden,' reageerde hij kalm, maar met opeengeklemde kaken.

'Dat is niet nodig. Zeg maar gewoon waar ik nu heen moet.'

Sophie deed haar uiterste best het Luke naar de zin te maken. Ze wist dat hij liever zelf zou rijden. Niet dat hij reden had zich onveilig te voelen, want ondanks haar weinige ervaring, ging het rijden goed, maar klaarblijkelijk moest hij het stuur in zijn handen hebben om zich prettig te voelen.

Luke staarde naar de kaart maar zei niets. Uiteindelijk pakte Sophie hem uit zijn handen. Ze moest zich bedwingen hem er niet uit te trekken. 'Ik denk dat we het beste deze weg kunnen nemen. We moeten er hier op. Zie je?'

'Ja!'

Het was duidelijk dat het kaartlezen hem niet goed afging. 'Misschien heb je een leesbril nodig,' opperde Sophie. 'Je bent al wat ouder dan ik.'

'Zo is het genoeg. Zet de auto aan de kant. Ik rijd.'

Sophie minderde vaart, zich ervan bewust dat zijn geduld

236

opraakte. Ze was bereid te doen wat hij zei om de discussie veilig te kunnen voortzetten – voor het geval het meer dan een discussie werd. Ze vond een parkeerhaven en stopte de auto.

'Oké, Luke. Ik wil je er wel op wijzen dat je geen rijbewijs hebt.'

'Die heb ik wel, ik heb 'm alleen niet bij me. En Ali is een duplicaat aan het regelen. Dat krijg ik over een paar dagen.'

Sophie betwijfelde of dat allemaal zo snel geregeld kon worden, maar dat hield ze wijselijk voor zich. Zelf geloofde ze er niet in.

'Ben je dan wel verzekerd…'

'Dat risico loop ik dan maar.'

'Je bent jurist. Je moet de wet gehoorzamen.'

'Dan schakelt Ali een advocaat in die me in een mum van tijd weer op vrije voeten heeft.'

Sophie zuchtte. Weer die Ali – de oplossing voor al zijn problemen. Terwijl zij dat wilde zijn.

'Maar Ali kan van een schakelauto geen automaat maken,' bromde ze. Dit had een heerlijk avontuur moeten zijn, maar omdat hij geen kaart kon lezen en een slechte bijrijder was, kwam de almachtige Ali weer om de hoek kijken.

'Ik kan ook wel in een schakelauto rijden. Nou, pak die kaart en wijs me de goede weg.'

Sophie moest erkennen dat Luke, die veel opgewekter was nu hij zelf reed, het schakelen en links rijden snel onder de knie had, en omdat Sophie goed kon kaartlezen waren ze spoedig op weg naar Falmouth. Ze kon links en rechts goed uit elkaar houden, zolang ze maar de tijd kreeg erover na te denken. Daarbij kwam Matilda's ring, die ze aan haar rechterhand droeg, goed van pas. Ze dacht terug aan het moment dat Matilda haar de ring had gegeven, voordat ze naar de brunch zouden gaan, waar ze Ali had ontmoet. Zij, Sophie, was toen zijn redder in nood geweest. Nu had de charmante, efficiënte, mondaine Ali die rol van haar overgenomen. Er kwam een verwarrende gedachte in haar op, maar ze zou het juiste moment moeten afwachten om erover te beginnen.

Ze reden in stilte verder, afgezien van een aanwijzing van Sophie zo nu en dan. Zodra ze weer op de hoofdweg waren, kon ze zich verliezen in haar frustratie over het feit dat mannen over een beter mechanisch en ruimtelijk inzicht beschikten.

'We hebben met die man van de mail een afspraak in een pub,' zei Sophie, nadat ze haar verontwaardiging over dit pijnlijke verschil tussen mannen en vrouwen had verdrongen.

'Dat verbaast me niks. Maar ik ga geen Engels bier drinken. Het is vast heel authentiek, maar ik hou er niet van.'

'Ik peins er niet over jou te vragen Engels bier te drinken,' zei Sophie beledigd, hoewel ze zelf ook niet van bitter ale hield. 'Je kunt drinken wat je wilt in een pub. Zelfs koffie. Trouwens, als je rijdt kun je beter geen alcohol drinken. Bij de volgende kruising links.' Ze gebaarde nadrukkelijk met haar hand om aan te geven dat ze ook echt links bedoelde.

'Hoe ver is het nog?' vroeg Luke, nadat ze een halfuur over onoverzichtelijke weggetjes hadden gereden. 'We hebben die wegwijzer een eeuw geleden gezien en ik begin honger te krijgen.'

'Ik ook. Het kan niet ver meer zijn. Nog een paar kilometer en dan moeten we toch onderhand bij het dorp zijn,' zei ze. 'Het ligt aan de rivier.' Ze zweeg even. De verwarrende gedachte liet zich niet verdrijven. 'Luke?'

'Ja?'

'Denkt Ali nog altijd dat we verloofd zijn?'

Het duurde even voordat hij begreep wat ze bedoelde. 'O, nee,' zei hij luchtig. 'Dat heb ik haar allang uitgelegd. Ik vond het niet eerlijk dat voor haar te verzwijgen.'

Waarom niet? wilde Sophie vragen. *Waarom vond je dat niet eerlijk?*

'Het was alleen maar om die blonde bimbo's op afstand te houden,' verklaarde hij.

'Je had ook een dikke stok kunnen meenemen,' zei Sophie. 'Dat ik je verloofde moest spelen, heeft jou een hoop geld en Matilda een ring gekost.'

'Het was het meer dan waard. Hierin?'

'Ja,' zei Sophie. 'Zo, wat is het mooi hier!' Over een hek in de haag had ze plotseling een weids uitzicht. Het leidde haar aandacht af van hun gekibbel. 'Het voelt hier al bijna als lente.'

'Bij mijn vertrek lag er in Amerika een halve meter sneeuw.'

'Ik ben dol op sneeuw!' zei Sophie. 'Het moet wel van die mooie dikke sneeuw zijn, niet van dat spul dat meteen in blubber verandert zodra het de grond raakt.'

'Als je er weken middenin zit, vind je het minder leuk,' zei Luke.

'Nee, hoor. Nou, geen gekibbel meer. Jeetje, wat is de weg hier ineens steil!'

Ze kringelden langzaam de heuvel af totdat ze in de diepte de rivier zagen. De weg leidde er zo te zien rechtstreeks naartoe. Net op het moment dat hun wielen nat dreigden te worden, werd de weg gelukkig breder en zagen ze een grote pub liggen. 'Dat ziet er goed uit,' zei Sophie. 'Daar kunnen we vast iets eten.'

'En we kunnen het nog betalen ook,' zei Luke, al even enthousiast. 'Ik ben het niet gewend elk dubbeltje te moeten omdraaien.'

'Dat is anders heel karaktervormend,' zei Sophie. 'Mijn karakter is zo sterk als de Chinese Muur.'

Luke keek haar aan op een manier die ze niet helemaal kon thuisbrengen. Was het geamuseerdheid, voldaanheid of iets anders? Of zou hij zich tot haar aangetrokken voelen? Die gedachte deed haar blozen.

Omdat ze pas om twee uur met Sophies mailcontact, Jacca Tregorran, hadden afgesproken, hadden ze nog een uur om te lunchen. Het was een mooie pub, verdeeld in kamers met donkere lambrisering en interessante kunstvoorwerpen, comfortabele stoelen, tafels en een paar haardvuren. Ze vonden een tafel bij een haard en bestudeerden de menukaart.

'We kunnen het beste vis nemen,' zei Sophie. 'Die is vast heel vers.'

'Je kunt er ook patat bij bestellen,' zei Luke. 'Of zou die hier ook zo vet zijn?'

'Ik hoop het niet. Dat is meestal alleen in snackbars. En zelfs dan niet altijd.' Ze wilde dat Luke eindelijk eens iets goeds te eten kreeg. Ze wilde niet dat hij negatief over het eten in Cornwall zou denken; ze wist dat de streekgerechten uitstekend konden zijn.

Cornwall, vertegenwoordigd door deze speciale pub, stelde Sophie niet teleur. De soep kwam meteen. Hij rook heerlijk en had een deksel van knapperige broodkorst die zo te zien net uit de oven kwam. De krabkoekjes waren vers en smakelijk, en de frieten waren perfect: krokant en goudgeel vanbuiten en zacht en smeuïg vanbinnen. Ze smaakten heerlijk met de zelfgemaakte mayonaise.

Ze deelden een fles mineraalwater omdat ze misschien allebei nog moesten rijden.

'Dit is echt heerlijk,' zei Luke. 'Is al het eten in Cornwall zo goed?'

'Ik hoop het,' zei Sophie, en daar vertrouwde ze op. 'Neem nog wat frietjes.'

'Mmm.' Luke at hongerig verder. 'Afgezien van wat jij hebt gekookt, is dit het beste wat ik in Engeland heb gegeten,' zei hij.

Sophie bloosde en keek weg, overdreven blij met zijn opmerking. Hij had niets over haar maaltijden hoeven zeggen; hij moest het dus echt lekker hebben gevonden. 'Dank je.' Om hem te belonen, voegde ze eraan toe: 'Ik rij straks wel, als je wilt. Dan kun jij van het uitzicht genieten. Het is hier zo mooi. Geen wonder dat Matilda heimwee heeft naar Cornwall.'

'Ik snap nu beter waarom ze dat huis van vroeger zo graag wil terugvinden. Als je ouder wordt, wil je je herinneringen veilig om je heen verzamelen, zodat je weet waar ze zijn.'

'Luke!' zei Sophie. 'Dat klonk bijna poëtisch.'

'Ik heb ook een spirituele kant, hoor.'

'Die hou je dan zeker goed verborgen onder je mooie pakken en gesteven overhemden.'

'Jij hebt geen idee wat er allemaal onder mijn pakken en overhemden schuilgaat, jongedame,' zei hij streng.

Sophie glimlachte en haalde een frietje door het laatste rest-je mayonaise. 'Nemen we ook pudding na?'

'Een dessert? Lijkt me wel verstandig. Je weet nooit wanneer we weer te eten krijgen.'

Sophie lachte. 'Ik denk dat we grofweg wel weten hoe laat we zullen eten, de vraag is alleen waar. Om nog maar te zwijgen van waar we de nacht zullen doorbrengen. Maar ik hou wel van deze zigeunerachtige levensstijl. Jij?'

'Hmm. Gaat wel. Mijn leven is altijd erg georganiseerd. Maar sinds ik jou ken is daar verandering in gekomen.' Hij keek haar aan, maar in zijn blik viel weinig te lezen. Hij keek bijna nors. Ergerde hij zich aan haar?

'Nu moet je mij niet de schuld geven. Het was Matilda's idee.' Toen herinnerde ze zich de weduwe van Mattingly. 'Nou ja, grotendeels.'

'Oké, dan zeg ik het anders. Sinds jij Matilda hebt ontmoet is mijn leven veranderd.'

'In je voordeel?' vroeg ze luchtig. Ze zei het op een manier alsof het haar niet uitmaakte, maar ze wilde dolgraag dat hij ja zou zeggen. Ze had hem met nogal ongewone dingen in aanraking gebracht sinds hij in Engeland was en ze wilde niet dat hij het vervelend vond met haar.

'Je hebt me de ogen geopend voor een ander soort leven en dat kan nooit kwaad.' Hij zweeg even. 'Sophie…'

Op dat moment kwam er een man met een krulsnor en een dito persoonlijkheid de pub binnen. 'Aha! Jij moet Sophie Apperly zijn!' bulderde hij. 'Jacca Tregorran.' Sophies hand verdween even in de zijne en kwam even later weer enigszins verfomfaaid tevoorschijn.

Jacca Tregorran was een excentrieke figuur. Sophie vermoedde dat hij daar bewust aan werkte. Met zijn grote postuur, luide stem en extraverte persoonlijkheid was hij waarschijnlijk een bekendheid bij de plaatselijke bevolking en werd hij door toeristen bewonderd als een rasechte Cornwaller die kwam opdraven om hen te vermaken.

'Hallo,' zei ze, achteruitdeinzend voor de kracht van zijn

persoonlijkheid. 'Mag ik u aan Luke Winchester voorstellen? Zijn grootmoeder is op zoek naar het huis.'

Ook Lukes hand werd fijngeknepen. 'Wat drink je? Water? Dat kan niet.'

'Ik moet rijden,' zei Sophie snel. 'En ik moet even naar de wc.'

Toen ze terugkwam, zaten Luke en Jacca met gestrekte benen en een pul troebel, amberkleurig vocht in hun hand voor het haardvuur.

'Luke!' zei ze verbaasd. 'Je zou toch niet drinken? Niet dat het mij wat aangaat natuurlijk,' voegde ze er snel aan toe voordat Jacca haar kon uitmaken voor zeurkous.

'Het is maar cider,' legde Luke uit. 'Daar zit geen alcohol in.' Hij nam een flinke slok en begon toen te hoesten.

'Niet helemaal wat je verwachtte, hè?' zei Jacca geamuseerd.

'Nee,' zei Luke. 'In Amerika smaakt cider meer naar appelsap.'

'Hier naar azijn. Althans de echte cider,' zei Sophie. 'Geef mij de versie met bubbels maar.'

'O, die koolzuurhoudende rommel drink je toch zeker niet! Dit is het echte werk. Goede Cornische cider…' Jacca Tregorran weidde enige tijd uit over het onderwerp, suggererend dat Sophies opmerking heiligschennis was, dat eerlijke cider nooit slecht kon zijn voor een mens en dat het gerucht dat er dode ratten door het mengsel werden gedaan lariekoek was – of als dat wel zo was, het in elk geval absoluut geen kwaad kon.

'Maar hoe zit het met het huis?' zei Sophie snel. Ze hoopte maar dat Luke Jacca's platte accent niet had kunnen verstaan. Hij wekte de indruk van niet, want hij nam nog een flinke slok. Kennelijk vond hij het lekker.

'O ja,' zei Jacca. 'Het huis.' Hij zweeg om zijn glas even ver leeg te drinken als dat van Luke. Klaarblijkelijk wilde hij niet achterblijven. 'Ik denk niet dat het huis er nog staat, maar er was hier in de buurt wel ergens een groot pand. Daar dacht ik meteen aan toen ik je advertentie in de krant las. Daarom heb ik gemaild.'

Sophie tastte in haar rugzak en haalde er een behoorlijk verkreukelde foto uit. 'Zag het huis er misschien zo uit?'

Jacca nam de foto aan. 'Nee, lieve kind, absoluut niet.'

Luke en Sophie wisselden een blik uit. Luke nam nog een slok van zijn cider.

'Dus het huis dat u in gedachten hebt staat er niet meer?' vroeg Sophie.

'Dat klopt, meissie.'

'Maar het leek niet op dit huis, dus dit huis staat er misschien nog?'

Jacca krabde zich achter zijn oren. 'Geen idee. Je brengt me in de war.'

'Ik ben ook in war,' zei Sophie. 'Maar ik hoop op een positieve manier.'

'We nemen toch nog wel een cider, hè?' Het feit dat hij een ander huis in gedachten had, was voor Jacca kennelijk geen reden om hun samenzijn te beëindigen.

Luke stond op. 'Mijn rondje,' zei hij, 'Sophie? Jij nog water?'

Ze schudde haar hoofd. 'Ik heb meer dan genoeg gehad.'

'Wil je nog een dessert?' vervolgde Luke. 'Dat wilden we net bestellen.'

Sophie schudde opnieuw haar hoofd. Nu ze met het verteren van haar eerste gerecht was begonnen, merkte ze dat ze verzadigd was. Bovendien wilde ze geen tijd verspillen. 'Ik denk dat we na jullie tweede glas beter kunnen gaan. We moeten achter dat huis aan en het is al laat.'

'Ach, kind, de kans is klein dat jullie dat huis vinden,' zei Jacca, en hij schudde zijn hoofd op een manier zoals brengers van slecht nieuws hun hoofd schudden. 'Je weet weinig van het huis, hè?'

'Ja,' beaamde Sophie opgewekt. 'Daarom heb ik ook die advertentie in de krant gezet. Het is lastig, maar ik zal alles op alles zetten om het te vinden. We hebben nog iemand die misschien iets weet.'

Luke zette twee pullen neer – een kwart liter en een halve liter. De halve liter gaf hij aan Jacca.

'Hopelijk ga je met die pint niet over je limiet, Jacca,' zei Sophie. Ze was geërgerd omdat hij haar met de neus op de feiten had gedrukt. De kans dat ze het huis zouden vinden was inderdaad heel klein.

Hij gaf haar een vette knipoog. 'In deze contreien zijn we wat soepeler in dat soort zaken, kind.'

Ze onderdrukte een lach. Hij deed haar zo aan kapitein Haak denken, dat ze in gedachten al een papegaai op zijn schouder zag neerstrijken.

'Er zit niet veel alcohol in, Sophie,' zei Luke geruststellend. Hij klonk in elk geval nog nuchter.

'Het schijnt in je benen te zakken,' zei Sophie, hoewel ze wist dat de strijd al verloren was.

'Ach, meid, je moet niet alles geloven wat ze zeggen,' zei Jacca. 'Mogen wij alsjeblieft nog twee halve liters, barman!'

Sophie zuchtte en bestudeerde haar nagels. Het was grappig om Luke zo losjes te zien, maar ze maakte zich ook wel zorgen. Ze moesten nog een slaapplek vinden en bovendien was het al bijna donker. Het zou heel moeilijk worden de land-weggetjes uit elkaar te houden.

Een halfuur later liep Luke ietwat wankel naar de auto en wilde aan de bestuurderskant instappen – niet, zo verzekerde hij Sophie, omdat hij dacht dat hij moest rijden, maar omdat hij even vergeten was dat hij in Engeland was.

Zodra hij zijn veiligheidsgordel had omgedaan, nam ze de kaart van hem over en legde hem naast de servet waarop Jacca zijn eigen kaart had proberen te tekenen met de route naar het dorp van hun tweede contactpersoon. Het was niet ver. Beide kaarten waren onduidelijk, maar gelukkig herinnerde ze zich de route naar de hoofdweg nog. Luke viel meteen in slaap en snurkte licht. Ze keek opzij en genoot van de kwetsbaarheid van zijn wimpers op zijn wangen en zijn licht geopende mond. Ze vroeg zich af hoe het zou zijn om naast hem wakker te worden en zijn hoofd op het kussen te zien liggen. Heerlijk, stelde ze zich voor, en schudde toen haar hoofd.

Ze vertrok, in de hoop dat ze hem niet wakker hoefde te maken om de weg te wijzen.

Toen ze steeds meer gras zag groeien in het midden van het weggetje dat ze had genomen, besefte ze dat ze dat wel had moeten doen. De weg was inmiddels zo smal geworden dat ze besloot door te rijden, in de hoop dat er iets verderop genoeg ruimte was om te keren. En het was zo goed begonnen. Ze had meteen de juiste richting gevonden en de wegwijzers en plaatsnaamborden waren steeds overeengekomen met de namen op de kaart.

Maar plotseling waren er nergens meer wegwijzers te bekennen, alsof het dorpje dat ze zocht van de aardbodem was verdwenen op het moment dat zij het naderde. Ze minderde vaart, in de hoop dat ze bij een van de sporadische weilandhekken kon keren. Ze wilde niet vast komen te zitten in de modder.

Ze stak een doorwaadbare plaats over en probeerde zich te herinneren of Matilda het daarover had gehad, toen de weg een scherpe bocht naar rechts maakte. En toen zag ze het, op een lage heuvel: Matilda's huis. Niet in het dorp dus, maar een heel eind daarbuiten.

Opgelucht dat ze bij het huis kon keren en niet kilometers in zijn achteruit terug hoefde te rijden, reed ze naar het huis, waar ze de auto parkeerde, uitstapte en het portier zo voorzichtig mogelijk dichtdeed om Luke niet te wekken.

Het huis was prachtig, zelfs in de schemering. Groot, met twee vleugels die een U vormden, zodat de twee ramen aan beide zijden op elkaar uitkeken. Aan weerskanten bevonden zich openslaande deuren, en diamantvormige ruitjes gaven het huis een landelijke charme. Het was duidelijk dat het al lange tijd niet werd bewoond. De muren en een groot deel van de ramen waren bedekt met een klimplant. De dakpannen lagen schots en scheef, in de ramen ontbrak hier en daar een diamantvormig ruitje en een van de schoorstenen stond scheef. Maar hoe verlaten en verwaarloosd het huis er ook uitzag, Sophie begreep meteen waarom Matilda er zo weg van was – zij voelde namelijk precies hetzelfde.

Ze besloot om het huis heen te lopen en te zien of ze ergens naar binnen kon zonder te hoeven inbreken. Maar het was lastig om aan de achterkant te komen. Her en der stonden bijgebouwtjes, de oude muren waren verzakt en overal waar geen stenen lagen, waren vlierbessen opgeschoten. Uiteindelijk kwam ze bij een soort kolenschuurtje met aan weerskanten een deur. Ze baande zich een weg door spinnenwebben en stof naar de binnendeur en liep de duisternis in.

De achterkant van het huis was al even prachtig. Er was een stallenblok, dat waarschijnlijk ooit een varkensstal was geweest, en achter een poort lag een ommuurde tuin met broeikassen, waarvan de meeste ruiten waren gesneuveld.

Niet helemaal op haar gemak liep Sophie naar het huis. Daar zou ze zich veiliger voelen, alsof de gemoedelijke sfeer de geesten op afstand kon houden. Of misschien stelde Lukes aanwezigheid haar gerust. Ook al sliep hij nog, ze kon hem roepen als er iets was.

Een van de ramen in het huis stond op een kier. Binnen lagen hoopjes droge herfstbladeren, die mogelijk al jaren door de Cornische winden werden rondgeblazen. Ze trok het raam verder open en klom naar binnen.

Ze wilde net verder het huis in lopen toen ze bedacht dat ze beter eerst een zaklamp en – zo moest ze toegeven – Luke kon ophalen. Ze had een klein zaklampje aan haar sleutelring hangen. Als ze die uit de auto zou pakken, zou Luke misschien wakker worden en konden ze samen door het huis lopen.

Luke bleek niet meer in de auto te zitten. Ze schrok even, maar bedacht toen dat hij misschien was gaan plassen of iets dergelijks en spoedig terug zou zijn. Hij had de auto niet afgesloten, zodat ze haar tas kon pakken en het zaklampje eruit kon halen. Vervolgens liep ze terug naar het huis, waar ze op Luke bleef wachten. Toen hij achter haar opdook schrok ze, hoewel ze wist dat hij het was.

'Heb ik je aan het schrikken gemaakt?' Hij klonk verontschuldigend.

'Nee, niet echt. Ik wist dat jij het was.' Ze zweeg even. 'Dit is het huis, hè?'

'Geen twijfel mogelijk. Wat goed van je dat je het in je eentje hebt gevonden. Zonder kaartlezer naast je.' Hij was onder de indruk. Toen vervolgde hij: 'Ik had je moeten geloven toen je zei dat er alcohol in die cider zat.'

Ze glimlachte naar hem. 'Inderdaad!'

'In Amerika…'

'Dat zei je al. Daar is cider net appelsap. Niet te vergelijken dus met Cornische *scrumpy*.'

'Die fout zal ik niet nog een keer maken. Hoewel ik het op dat moment wel erg lekker vond.'

Ze trok een gezicht. 'Ik hoop dat je geen kater krijgt.'

'En zo wel, dan heb ik het verdiend. Maar hoe heb je het huis gevonden?' Zijn ogen rimpelden bij de hoeken op een manier die haar niet eerder was opgevallen. Misschien omdat ze hem niet eerder zo ontspannen had gezien.

Ze wilde zeggen: *Zie je wel dat je het verschil tussen rechts en links niet hoeft te weten om te komen waar je wilt,* maar ze bedacht zich. 'Eerlijk gezegd was ik compleet verdwaald, dus ik ben er toevallig tegenaan gereden.'

Hij grinnikte, zette een stap naar haar toe en legde zijn hand op haar arm. 'Zullen we kijken of we binnen kunnen komen?'

'Dat kan!' zei Sophie. 'En ik heb zelfs een zaklamp.'

Hoewel het niet overal even makkelijk ging, verkenden ze bijna de gehele benedenverdieping. Ze gingen niet naar boven. Sophie was bang voor geesten en Luke vond het te gevaarlijk, omdat de vloeren misschien niet betrouwbaar waren.

'Ik vraag me af waarom het al zo lang leeg staat,' zei Sophie. 'Zo'n mooi huis in zo'n mooie omgeving. Ik ben er weg van!'

Haar enthousiasme amuseerde hem. 'Waarschijnlijk konden de erfgenamen het niet eens worden over wat ermee moest gebeuren,' zei hij. 'Dat gebeurt wel vaker.'

'Hmm,' zei Sophie. 'Ze zullen wel behoorlijk spijt hebben dat ze niet van de overspannen huizenmarkt hebben kunnen profiteren. Dit is een schitterend opknapproject.'

'Zeg dat maar niet tegen mijn grootmoeder.'

'Hoe bedoel je?'

'Waarschijnlijk denkt zij er net zo over. Het zou gekkenwerk zijn.'

'Ik zie niet in waarom.' Ze moest er niet aan denken dat een projectontwikkelaar zijn oog op het huis zou laten vallen. 'Het is te koop. Waarom zou ze het niet kopen?'

Luke schudde zijn hoofd. 'Omdat ze in New England woont? Ze zou hier kunnen komen kijken. Maar kopen?' Hij zoog lucht door zijn tanden naar binnen.

'Ze zou het kunnen kopen en het als een liefhebberij kunnen houden,' zei Sophie. Sterker nog, ze vond dat Matilda het móést kopen, al was het maar omdat ze het zelf zo graag wilde.

Luke haalde zijn schouders op. 'Dat zou kunnen. Maar als ze het zou kopen, zou ze het voor een goed doel willen bestemmen. Bijvoorbeeld ombouwen tot een vakantiehuis voor kansarme kinderen. Hoewel het daarvoor misschien weer te klein is. Ze zou het niet leeg laten staan.'

Sophie dacht na. 'Dat is een heel specifiek doel. Heeft ze daar dan al eens met jou over gesproken?'

'Nee, maar ze heeft eens een groot bedrag gedoneerd aan zo'n centrum in Amerika. Dat soort dingen vindt ze belangrijk.'

'Het zou er perfect voor zijn.' Sophie zette haar eigen verlangen naar het huis opzij. 'Maar we moeten het eerst bij daglicht zien.'

'Ja. Laten we hier in de buurt overnachten en dan morgenvroeg teruggaan. Maar ik kan niet zo lang meer blijven, want ik moet terug naar Londen.'

Sophie werd plots somber bij het idee dat hun avontuur bijna ten einde liep. Hun samenzijn bij het huis waar Matilda als kind zo gelukkig was geweest had iets magisch en tegelijk aangrijpends in de snel vallende duisternis. Ze moesten terug naar het echte leven.

'Oké,' zei Sophie. 'Voel je je weer een beetje beter?'

'Ik geloof het wel. Maar ik wil liever niet rijden.'

'Geen probleem, ik rij wel. Toen ik hier aankwam was ik alleen maar opgelucht dat ik hier kon keren. Ik was bang dat ik het hele eind in z'n achteruit terug moest rijden naar de hoofdweg.' Ze keek hem strak aan. 'Mijn broer beweert dat vrouwen niet achteruit kunnen rijden.'

'Ik zou zoiets niet durven zeggen,' merkte Luke op, z'n handen bezwerend opstekend.

Sophie grinnikte. 'Toevallig ben ik inderdaad niet zo'n ster in achteruitrijden, maar keren kan ik als de beste!'

'O ja?'

'Let maar eens op.'

17

Tegen de tijd dat ze vertrokken was het aardedonker. Sophie deed de lichten van de auto aan en besefte dat ze zich veilig voelde met Luke naast zich. Als ze alleen was geweest, zou ze bang zijn dat de motor het zou begeven, dat ze zou verdwalen of in een greppel terechtkomen omdat ze ergens voor moest uitwijken. Met Lukes hulp zou ze alles aankunnen. Ze reed terug door de doorwaadbare plaats en volgde het steile weggetje naar de hoofdweg, waar ze linksaf sloeg. Van daaruit daalde ze verder af naar het dorp totdat ze bij de rivier kwam. Op dat moment kwam de maan net achter een wolk vandaan.

'Wauw!' zei Sophie, toen ze het licht over het water zag dansen. 'Het doet me denken aan een kijkdoos die ik vroeger had. Had jij die ook?'

Luke antwoordde niet meteen. Ze zaten naast elkaar in de auto en keken naar het maanlicht dat reflecteerde op de jachten in de haven. 'Is dat de zee of de rivier?' vroeg Luke ten slotte.

'De zee,' zei Sophie, zich wakker schuddend uit haar dromerij. 'Let jij even op of we ergens kunnen parkeren? O, daar. Zou het buiten het vakantieseizoen ook betaald parkeren zijn?'

'Ik heb geld bij me, dus ik kan betalen.'

'Niet overdrijven, rijkeluiszoontje. Je zult je centen straks nog nodig hebben. Nou ja, duur zal het niet zijn,' voegde ze eraan toe.

Toen ze had geparkeerd, zei ze: 'Oké, kijken of er in die cottages daar een b&b zit.'

Ze vroegen zich net af welke van de twee straatjes ze het eerst zouden proberen toen ze een vrouw met een hond zagen lopen. Sophie liep snel naar haar toe en vroeg naar een b&b.

'Jazeker,' zei de vrouw. 'Moira heeft een b&b. Ze woont in die kleine rietgedekte cottage daar. Een aardige vrouw die heel goed kan koken. Ik denk wel dat ze open is.'

'Als je terug bent in Amerika, kun je zeggen dat je in een rietgedekte cottage hebt overnacht,' zei Sophie. Toen ze besefte hoe onnozel dat moest klinken, grinnikte ze. 'Daar maak je vast indruk mee op de country club.'

Luke lachte. 'Mijn halfbroers en zussen in Californië zullen zeker onder de indruk zijn. En mijn grootmoeder natuurlijk ook.'

'Dat is het belangrijkste. Zo, we zijn er al.'

Ze liepen over het paadje naar de voordeur van het bijzondere huis. Er was geen bel, alleen een deurklopper in de vorm van een anker. Sophie klopte een paar keer hard.

Ze wachtten even, maar het bleef stil. Toen zei Sophie. 'Op een of andere manier voel je dat er niemand thuis is, hè?'

'Hmm. Dat komt omdat er niet wordt opengedaan,' zei Luke.

'Zo bedoel ik het niet. Maar wat zonde! Ik zou hier zo graag overnachten.'

'We kunnen een briefje met je mobiele nummer in de bus doen en dan een stukje gaan wandelen. Stel dat Moira over een uurtje of zo weer thuis is, dan kan ze je bellen. Anders moeten we naar een groter stadje met een hotel rijden.'

'Jij wilt eigenlijk liever naar een hotel, of niet? Met een goede douche, Egyptische katoenen lakens, grote handdoeken…'

Hij keek met samengeknepen op haar neer, maar ze kon niet zien wat er in hem omging. 'Ik wil wat jij wilt, Sophie.'

Zijn opmerking verwarde haar zo, dat ze niet wist wat ze moest zeggen. In plaats daarvan zocht ze in haar tas naar een papiertje en een pen. Natuurlijk wilde hij niet wat zij wilde. Hij wist niet eens wat haar wensen waren – en die ging ze hem ook niet vertellen.

'Wat is het hier mooi. En zo rustig!' zei Sophie voor de derde keer. Ze stonden naar de deinende jachten aan de steigers te kijken en luisterden naar het getik van de lijnen tegen de metalen masten. 'Moet je al die lichtjes daarachter tegen de heuvel zien. Al die mensen die dicht bij elkaar kruipen voor de nacht. Ik zou graag dichter bij zee wonen. Waar ik nu woon is het ook mooi – je hebt het gezien – maar op een of andere manier is dit toch specialer.'

'Dat is zo,' beaamde Luke. 'Maar ik krijg het koud. Laten we verder lopen. Ik zie daar een kerk.'

'Goed idee. Ik hou van kerkhoven, hoewel ik er altijd treurig van word. Vooral van die waar kinderen begraven liggen.' Ze zweeg even. 'Ik waarschuw je maar vast, voor het geval ik moet huilen.'

Tot Sophies opluchting reageerde Luke niet verbaasd op haar bekentenis. Misschien begon hij aan haar te wennen.

'Zullen we dan ergens anders heen lopen? Ik wil je niet aan het huilen maken,' zei hij.

'Nee, hoor, ik wil er wel heen. Dan hoeven we nog niet te beslissen of we hier blijven of toch doorrijden naar een stad.'

Luke sloeg een arm om Sophies schouder en trok haar even tegen zich aan. 'Je bent grappig, Sophie.'

'Dat vat ik dan maar op als een compliment,' zei Sophie aarzelend.

Ze opende het hek en liep het kerkhof op. Sophie liep met haar zaklamp voorop over de smalle paadjes tussen de graven. 'Wel een behoorlijk groot kerkhof voor zo'n klein dorpje, hè?'

'Het loopt helemaal door tot op de heuvel,' beaamde Luke achter haar. 'Maar het is een oud dorpje dus er moeten hier heel wat mensen hebben gewoond.'

'Ze liggen wel dicht naast elkaar.' Ze scheen met haar zaklamp op een paar graven zodat ze de inscripties konden lezen.

'Moet je zien hoe oud ze zijn. Wat triest. En kijk, daar is ruimte overgehouden voor andere familieleden maar kennelijk zijn die ergens anders begraven.'

'Deze is ook triest: "Ter herinnering aan Alan, die stierf terwijl hij deed waar hij het meest van hield: zeilen."'

'Ik vraag me af hoe ik me zou voelen als mijn man meer van zeilen hield dan van mij,' zei Sophie.

Luke leek geamuseerd. 'Ik weet zeker dat niemand meer van zeilen zou houden dan van jou, Sophie – vooral niet als diegene je man was. Maar zeilen was zijn lievelingssport.'

Was hij aan het flirten of plaagde hij haar? Of beide? De gedachte deed haar hart sneller kloppen. Ze hadden een paar vreemde en intieme momenten samen meegemaakt sinds hij in Engeland was, en ze had hem veel beter leren kennen. Maar ze kreeg nog altijd geen hoogte van hem, zoals ze van andere mannen doorgaans wel kreeg. Die onzekerheid verdiepte de gevoelens die ze voor hem had. Ze accepteerde nu dat ze hem heel aantrekkelijk vond, maar voelde hij ook hetzelfde voor haar?

Het pad was te smal om naast elkaar te kunnen lopen. Hoe hoger ze kwamen, hoe jonger de graven waren.

Sophie bedacht net dat kerkhoven niet triest maar juist romantisch waren, toen ze een graf aantrof van een moeder die haar naasten een paar weken na elkaar had verloren aan een of andere afgrijselijke epidemie. Luke raakte haar arm aan en ze greep hem vast bij zijn jas. Toen sloeg hij zijn arm om haar heen. 'Gaat het?'

'Mmm. Ik word een beetje sentimenteel.' Zo bleef ze staan, half verstikt door de geur van oud leer, totdat ze zichzelf weer onder controle had. Ze wist dat ze extra gevoelig was door het maanlicht, Luke en het feit dat ze het huis hadden gevonden, dus het werd tijd dat ze weer met beide benen op de grond kwam. 'Het gaat alweer,' zei ze, nadat ze haar keel had geschraapt.

'Oké, kom eens mee. Kijk hier eens naar. Ik wil je iets laten zien.'

Hij wees op een vrij eenvoudige steen die was bedekt met schimmel en klimop. Sophie begreep niet waar Luke heen wilde.

'Kijk eens naar die namen,' zei hij.

'Die zeggen mij niks.'

'Ik ben er vrij zeker van dat Pencavel de naam van Matilda's familie is. Kun jij de datum lezen?'

Sophie richtte haar zaklampje op de grafsteen. 'De man is geboren in 1860 en overleden in 1930, de vrouw is geboren 1865 en ook overleden in 1930. Misschien is ze gestorven van verdriet.'

Luke maakte een paar berekeningen. 'Dit moeten haar grootouders zijn – mijn betovergrootouders dus. Ze hebben hier gewoond. Kijk, daar heb je de naam van de boerderij waar ze moeten hebben gewoond.'

'Dan moeten ze de eigenaren van het huis ook hebben gekend. Zouden die hier ook liggen? O, Luke! Het is alsof je teruggaat in het verleden. Jouw verleden.'

Ze zweeg en haalde diep adem, in de hoop dat ze haar tranen kon bedwingen. Wie huilde er nu om mensen die ze nooit had gekend, die lang geleden waren gestorven en een, aan de data te zien, lang en gelukkig leven hadden geleid? Maar onwillekeurig gingen haar gedachten naar de botten onder de steen. Terwijl ze het licht van de zaklamp liet zakken, las ze de naam van een kind. Ze hoopte maar dat Luke zozeer door de namen op de grafsteen in beslag werd genomen dat hij haar reactie niet zou opmerken.

IJdele hoop. 'Sophie, schat,' zei hij zacht, en hij nam haar in zijn armen. 'Daar hoef je toch niet verdrietig van te worden?' fluisterde hij. En toen kuste hij haar.

Even raakten zijn lippen troostend de hare, maar algauw werd het een innige zoen. Ze klampten zich aan elkaar vast en hun monden drukten op elkaar totdat hun lippen van elkaar gingen en hun tongen elkaar konden vinden.

Toen ze elkaar uiteindelijk loslieten, ademden ze zwaar.

'Sophie,' zei Luke, toen een vertrouwd en tegelijk vreemd geluid hun aandacht opeiste. 'Je mobiel gaat.'

'O ja.' Sophie haalde hem uit haar tas. Net voordat hij naar de voicemail overschakelde, nam ze op. Het was Moira.

'Spreek ik met Sophie? Ik kom net thuis en vind je briefje. Ik heb een mooie kamer voor jullie en kan avondeten voor jullie klaarmaken. Op dit moment kun je hier in de buurt nergens anders eten.'

'Dat is geweldig,' zei Sophie. 'We komen er meteen aan.'

'Ze heeft een kamer,' zei Sophie tegen Luke, nadat ze had opgehangen.

'Mooi,' zei Luke.

'En ze wil ook voor ons koken.'

'Perfect.' Toen kuste hij haar weer.

Ze liepen in stilte terug, zonder een woord te reppen over het feit dat Moira waarschijnlijk maar één kamer voor hen had. Voor Sophie was dat geen probleem en ook Luke zou er, afgaande op zijn gedrag in de afgelopen uren, geen enkel bezwaar tegen hebben.

Het was een mooie kamer: witte muren, eenvoudige meubels en een enorm bed met een patchwork quilt.

'Wat een prachtige quilt,' zei Sophie meteen toen ze hem zag.

'Ja, die heb ik van een oude dame gekregen. Ze stierf voordat ze hem af had,' zei Moira, terwijl ze de bedlampjes controleerde.

'Wat triest,' zei Sophie.

'Valt wel mee, hoor,' zei de gastvrouw nuchter. 'Ze was altijd wel bezig met een quilt. Het was onvermijdelijk dat ze zou sterven terwijl ze er aan een werkte. In deze zitten de schooljurken van mijn zus en mij verwerkt. Oké, jullie badkamer is aan de andere kant van de overloop. Ik zal zo een paar handdoeken pakken.'

'Ik zou graag even douchen,' zei Sophie, die extra schoon en fris wilde zijn voor Luke.

'Ik ook,' zei Luke. 'Ga jij maar eerst.'

'Kom naar beneden als jullie klaar zijn, dan heb ik een glas wijn en wat te eten voor jullie,' zei Moira. 'Er is genoeg warm water.'

Ze liep de kamer uit en opende een kast waar ze twee grote, dikke handdoeken uit haalde. Ze gaf er een aan Sophie. 'Je mag alle toiletartikelen gebruiken. Die staan er speciaal voor de gasten.'

'Heel fijn,' zei Sophie, opgewonden bij het heerlijke vooruitzicht. Na het douchen en het eten zouden Luke en zij het grote bed voor hen samen hebben. Het leven kon niet mooier.

'Kan ik zo even je mobiele telefoon lenen?' vroeg Luke. 'Ik moet iets regelen.'

'Ga je gang.' Sophie huppelde bijna naar de badkamer.

Er brandde een stevig vuur in Moira's zitkamer, die voor de helft was ingericht als eetkamer. Op de schoorsteen en de tafel stonden kandelaars, uit de speakers klonk klassieke muziek. Luke zat bij de haard de krant te lezen, toen Sophie beneden kwam.

'Kan ik nu douchen?'

Ze knikte en vroeg zich af of het hem zou opvallen dat ze zich had opgemaakt en een rokje droeg – het enige dat ze bij zich had. Ze genoot nu al van het vooruitzicht dat ze de nacht zo goed als zeker in Lukes armen zou doorbrengen. Zelfs zij kon zich daar dit keer niet in vergissen.

Te onrustig om de krant te lezen, liep Sophie naar de keuken, waar Moira kool stond te snijden. Evenals de andere kamers viel de keuken bij Sophie in de smaak. De meubels waren waarschijnlijk niet antiek, maar ze waren oud, eenvoudig en praktisch.

'Kan ik je misschien ergens mee helpen?'

Moira, een aantrekkelijke vrouw van in de veertig, glimlachte. 'Als je wilt. Het is niet erg professioneel om gasten te laten helpen, maar dat ben ik ook niet echt. Ik verhuur alleen kamers als er toevallig iemand een slaapplek zoekt. Ik ben eigenlijk acupuncturist.'

'Wat interessant,' zei Sophie, die het snijden van de kool overnam. 'Heb je hier veel klanten?'

'Ja, ik heb het behoorlijk druk. Ik ben met de b&b begonnen toen mijn man me verliet. Daar kan ik het huis van betalen. Oké,' zei ze, 'ik maak een stoofschotel met puree en groene kool. En eventueel nog wat bloemkool. Lijkt dat je wat?'

'Geweldig! Het ruikt heerlijk.'

Moira knikte. 'Ik kan goed koken, al zeg ik het zelf. Wat dacht je van pudding na? Ik heb een paar bananen, rum en natuurlijk geklopte room. Daar kan ik wel iets eetbaars van maken.'

'Dat geloof ik graag,' beaamde Sophie lachend.

'Ik zal even een flesje wijn openmaken. Je vriend zal zo wel beneden komen.'

Sinds Luke in Engeland was, was hij al meerdere keren voor haar vriend aangezien, maar voor het eerst nam Sophie er geen aanstoot aan. Voor vanavond was hij in elk geval haar vriend. Die gedachte deed haar naar adem happen. Ze hoopte maar dat Moira niet merkte dat ze niet echt een stel waren. Ze wilde het heerlijke gevoel niet door gêne laten bederven.

Luke kwam fris gewassen en met nat haar de keuken in. Moira gaf hem een fles en een kurkentrekker aan. 'Hier, stort jij je maar op die kurk.'

'Is het normaal dat er in een b&b wijn wordt geschonken?' vroeg hij.

Moira lachte. 'Nee, maar het is buiten het vakantieseizoen, en je kunt nergens anders iets te eten krijgen. En wat is een goede maaltijd zonder een glas wijn?' Ze keek Luke aan. 'Maak je geen zorgen, ik zal het op de rekening zetten. Schenk voor jullie allebei een glas wijn in en ga maar bij de haard zitten. Het eten is zo klaar.'

Sophie en Luke zaten zwijgend met een glas wijn tegenover elkaar bij de haard. Ze voelden niet de behoefte te praten en staarden ontspannen in de knetterende vlammen. Sophie liet haar gedachten over de dag gaan, en keek uit naar de nacht die voor hen lag. Te oordelen naar het glimlachje om Lukes mond dacht hij aan hetzelfde. Sophie nam nog een slokje van haar wijn.

Moira dekte de tafel met een kandelaar en toen ze tevreden was, vroeg ze hen plaats te nemen.

'Ik heb geen voorgerecht, maar er is voldoende stoofschotel om een tweede keer op te scheppen, mochten jullie daar zin in hebben.'

In het kaarslicht stonden twee dampende borden. Ernaast stonden schaaltjes met groenten, waaronder bloemkool met kaas.

'Mmm, ik ben dol op bloemkool,' zei Sophie.

'Cornische bloemkool. Lekkerder bestaat niet,' zei Moira. 'Bon appétit!'

Ze vielen allebei hongerig aan. Uiteindelijk zei Luke: 'Moira kan heerlijk koken. Het verbaast me dat ze niet getrouwd is.'

Wetend dat hij haar plaagde, zei Sophie: 'Luke! Je lijkt oom Eric wel!'

'Oom Eric is een geschikte peer,' reageerde Luke.

'Haha, wat een taalgebruik. Straks herkennen ze je thuis niet meer.'

'Dan vrees ik dat ik nog een tijd hier zal moeten blijven om het af te leren.'

Sophie zuchtte. Ze hoopte maar dat hij het niet had gehoord. De gedachte dat hij nog een tijd in Engeland zou blijven, ook al was het in Londen, was heerlijk.

De pudding maakte alle verwachtingen waar. Moira serveerde de in boter gebakken banaan met bruine suiker en rum, waardoor ze veel dikke room had geklopt, in kleine schaaltjes. Vervolgens zette ze nog een extra schaaltje room op tafel, 'voor het geval dat'.

'Wat is dit?' vroeg Luke. Hij pakte het schaaltje op en bekeek het aandachtig.

'*Clotted cream*,' zei Moira. 'Een Cornische specialiteit. Maar ze maken het ook in Devon, geloof ik. Het wordt gemaakt van de room van gepasteuriseerde melk. Die laten ze een paar dagen staan, waarna de room er wordt afgeschept en indikt.'

'Ziet eruit als een hartaanval in een schaaltje,' zei Luke. Hij keek verbaasd naar Sophie, die haar lepel in de room boorde en een extra schep op haar bord deed.

'Zolang je maar genoeg beweegt is er niks aan de hand,' zei Moira.

Sophie grinnikte en nam gauw een slok wijn om haar binnenpretje te verbergen. Onwillekeurig dacht ze bij bewegen aan wat Luke en zij later die avond zouden doen.

'Maar ik zal jullie niet langer storen,' zei Moira, voldaan dat haar gasten alles hadden wat ze verlangden.

Ze aten hun bananentoetje niet helemaal op. Hun ogen ontmoetten elkaar over hun half verorberde pudding, waarna Luke Sophies hand pakte en haar de trap op leidde.

Het bed was opengeslagen en de prachtige quilt lag opgevouwen op een stoel. In de kleine haard, waarvan Sophie had gemeend dat het alleen maar decoratie was, brandde een vuur. Her en der verspreid stonden theelichtjes die een romantische sfeer schepten.

'Moira denkt zeker dat we op huwelijksreis zijn,' zei Luke.

'Dat geloof ik ook,' beaamde Sophie.

'Heel sfeervol,' zei Luke, 'maar ik zou niet minder naar je verlangen als we in een schuur zouden moeten vrijen.'

Sophie voelde dat ze gloeide van verlangen en geluk. 'Maar een bed is veel comfor-' Ze maakte haar zin niet af, want Luke nam haar in zijn armen, kuste haar en frummelde aan haar kleren.

Haar trui, panty, hemdje en rok werden uitgetrokken en op de grond gegooid terwijl zij worstelde met zijn knoopjes, overhemd en T-shirt, totdat ze bij zijn broek kwam en hij het overnam. 'Dat krijg je als je je zo stijfjes kleedt,' zei ze ademloos.

'Maar nu gaat alles uit,' zei hij, terwijl hij zijn spijkerbroek uittrok en haar in zijn armen nam. Ze lieten zich op het bed vallen, hijgend, lachend, naakt.

Ze sliepen in elkaars armen, hun benen verstrengeld. Geen van beiden leek zich van de ander los te kunnen maken, het sensuele huid-op-huidcontact was te bedwelmend.

Sophie werd als eerste wakker. Haar arm sliep en ze trok hem zo voorzichtig mogelijk onder Luke vandaan, hoewel ze hem het liefst wakker zou maken om weer met hem te kunnen vrijen. Niet dat ze te klagen had over gebrek aan aandacht, dacht ze glimlachend bij de herinnering aan het aantal keren dat ze die nacht de liefde hadden bedreven.

Luisterend naar zijn ademhaling koesterde ze haar herinneringen en genoot ze van het pure geluk wakker te worden naast de man van wie ze hield. Dat kon ze nu wel toegeven. Ze hield van hem; het was niet zomaar een bevlieging. Ze glipte uit bed. Ze wist dat ze toch niet meer kon slapen, en Luke, die lichtjes snurkte, was nog diep in slaap. Ze liep naar het raam om op haar horloge te kunnen zien hoe laat het was. Halfacht. Eigenlijk een prima tijd om op te staan.

Ze slaagde erin zich te wassen en aan te kleden zonder Luke wakker te maken en ging naar beneden. Moira was nergens te bekennen, maar op de tafel lag een briefje: *Als jullie op zijn voordat ik terug ben, zet dan maar vast thee voor jullie zelf. Ben even de kippen van mijn buurvrouw verzorgen, daarna maak ik ontbijt!*

Sophie had geen zin in thee. Ze wilde zelf ook naar buiten en genieten van haar gelukzalige roes.

De kust was al even aanlokkelijk als de avond ervoor, alleen liepen er langs de waterkant nu vogels die met hun snavels in de branding naar voedsel zochten. Met Luke had de maanverlichte kust er magisch en sereen uitgezien, vanochtend wemelde het er van de vogels, insecten en vissen. De jachten deinden mee op de golven en het geluid van de lijnen tegen de masten klonk nu helderder, zakelijker. Sophie vond het net zo heerlijk als de avond ervoor, zij het op een andere manier.

Maar het kerkhof trok haar het meest, alsof ze Matilda's grootouders wilde vertellen wat er was gebeurd en hoe gelukkig ze was. Ze glimlachte en realiseerde zich dat Matilda's grootouders diep geschokt zouden zijn als ze zouden horen dat een jong, ongetrouwd stel samen de nacht had doorgebracht.

Sophie was geen maagd toen Luke zo hartstochtelijk de

liefde met haar bedreef, maar hij was wel pas haar tweede minnaar. Ze kon alleen seks met iemand hebben als ze verliefd was en hoewel ze uit ervaring wist dat verliefdheid niet eeuwig hoefde te duren, wist ze dat ze van Luke hield. En als hij niet evenveel van haar hield, of als het geen liefde voor altijd zou zijn, dan was ze toch trouw gebleven aan haar principes.

Ze vond het graf en bleef er een tijdje bij staan, emotioneel en rozig van de geweldige seks. Na het ontbijt zouden ze teruggaan naar het huis om het bij daglicht te bekijken. Ze wilde er met haar telefoon foto's van maken; de avond ervoor was het te donker geweest. Niet dat Sophie iemand was die aan de lopende band kiekjes maakte, maar Matilda zou het geweldig vinden foto's van het huis te ontvangen. Het mocht dan verwaarloosd zijn, het stond er nog terwijl veel landhuizen in de loop der jaren met de grond gelijk waren gemaakt. Matilda zou dolgelukkig zijn als ze hoorde dat het huis uit haar jeugd gespaard was gebleven.

Sophie nam de tijd om de rest van het kerkhof te verkennen. Ze las de inscripties op de grafstenen, voorzover die nog te lezen waren, totdat haar maag begon te rammelen en ze besloot terug te gaan. Ook al was Luke nog niet wakker, ze moest nodig iets eten.

Al vanaf een afstandje zag Sophie dat er een auto voor het huis stond. Die moest wel van Moira zijn, concludeerde ze. Waarschijnlijk parkeerde ze hem gewoonlijk ergens anders, maar had ze iets bij haar huis moeten afleveren. Maar het voelde niet goed. Het was het verkeerde type auto.

Toen ze dichter bij het huis kwam, ging de voordeur open en kwam Luke naar buiten met een vrouw – niet Moira – die haar arm door de zijne had gestoken. Het paar deed Sophie denken aan een pas getrouwd stel dat op het punt staat om door een regen van confetti op huwelijksreis te gaan.

Ze probeerde zich te haasten en het droombeeld te verdrijven. Maar het was geen droom, het was echt en niet zoals het zou moeten zijn. Ze herkende de vrouw nu, het was Ali, en ze keek op naar Luke alsof ze hem aanbad.

Sophie voelde zich duizelig worden. Hoe had dat mens dit voor elkaar getoverd? Had ze er niet genoeg aan om Lukes leven vanaf een afstandje te organiseren? En hoe kwam ze erbij om op die manier naar Luke te kijken? Oké, misschien aanbad ze hem, maar hij was van haar!

Hij had een mobiele telefoon aan zijn oor en droeg een pak dat er nogal verkreukeld uitzag. Maar hij had helemaal geen pak meegenomen. Ali moest het voor hem hebben meegebracht. Zijn stropdas hing niet recht. Waarom droeg hij een stropdas? Wat was er gebeurd? Wat kon er zijn gebeurd dat het in zo'n korte tijd zo fout liep?

'Hallo!' riep ze toen ze binnen gehoorsafstand was. 'Wat is er aan de hand?'

Ze wendden zich van Moira af, die in de deuropening met hen stond te praten.

'O, hallo, Sophie!' zei Ali opgewekt. 'Ik kom Luke halen, want hij moet naar Londen. We hebben een noodgeval.' Ze deed het voorkomen alsof ze hem per helikopter kwam bevrijden uit een oorlogsgebied, of op z'n minst kwam ophalen bij de gevangenis of een kostschool – en niet bij de Hof van Eden.

'O!' piepte Sophie met hoge stem. 'Is er iemand overleden?'

'Nee, nee. Zo erg is het niet,' vervolgde Ali. 'Maar we hebben een probleem dat alleen Luke kan oplossen. Zelfs mij lukt het niet.' Ze keek hem weer liefdevol aan. 'Ik heb het geprobeerd, maar we kunnen niet zonder Luke.' Luke was nog steeds aan het bellen. 'We kunnen je nog wel eerst naar het station brengen, Sophie, als je wilt. We laten je hier niet zomaar achter.' Ali kon zich blijkbaar niet voorstellen dat iemand het zo ver van de grote stad naar zijn zin kon hebben.

Luke stopte de telefoon in zijn zak. 'Het is crisis op kantoor,' zei hij. 'Ik moet onmiddellijk terug.'

Ali klampte zich nog altijd aan hem vast. 'En ik heb je opgespoord! Goed van mij, hè? Ik ben zo trots op mezelf,' zei ze. 'Ik wist dat jullie in Cornwall waren, maar ik hoorde pas waar toen Luke me gisteravond belde. Die landweggetjes zijn een ramp!'

'Wat voor crisis dan?' vroeg Sophie. 'Je hebt toch nog geen kantoor in Londen?'

Ali wierp Sophie een blik toe die zei dat Sophie het toch niet zou begrijpen, ook al had ze alle tijd van de wereld om het uit te leggen. 'Luke moet gewoon zo snel mogelijk naar Londen, schat, en ik breng hem naar het vliegveld, zodat hij op het eerste het beste vliegtuig kan stappen. Weet je zeker dat je geen lift wilt?' Ali zei het alsof ze wist dat het antwoord nee zou zijn.

'Nee, dank je,' zei Sophie. 'Ik heb hier nog het een en ander te doen. Bovendien zijn we hier met een huurauto.'

'Die kun je hier laten staan, Sophie,' zei Luke. 'Ik regel wel iemand die hem voor je terugbrengt.' Hij keek even naar Moira en vervolgde toen: 'Dan komen we een andere keer terug om bij je familie langs te gaan.'

'Waarom zou jij mee naar haar familie gaan?' vroeg Ali verbaasd, alsof ze nog nooit zoiets vreemds had gehoord.

'Ik zie niet in waarom Luke daar per se bij moet zijn,' zei Sophie voorzichtig. Ze was zich ervan bewust dat hun idylle was verstoord en dat ze nog altijd vrij normaal praatte en reageerde.

Luke wendde zich tot Ali. 'Ik moet even met Sophie praten.'

'Schat, we hebben geen tijd om uitgebreid afscheid te nemen.' Ze greep hem bij zijn mouw. 'Heus, er is haast bij!'

'Het geeft niet,' zei Sophie. 'Luke hoeft niet met me te praten. We kunnen zo wel gedag zeggen.'

Luke leek zich even verscheurd te voelen. 'Het is echt een noodgeval, Sophie.'

'Dat snapt ze wel,' zei Ali. 'Ik heb het haar al uitgelegd.'

Sophie had bijna gezegd dat ze helemaal niets had uitgelegd, maar ze had niet het gevoel dat het iets zou uitmaken.

'Ik zal je wat geld geven,' zei Luke. Hij haalde een stapeltje biljetten uit zijn binnenzak en reikte het haar aan. Sophie deinsde terug alsof hij haar een slang voorhield.

'Ik hoef geen geld!'

'Jawel, Sophie. Dat weet je zelf ook,' drong hij aan.

'Nee, ik heb het echt niet nodig.'

Ze zou zich goedkoop voelen als ze het geld van hem zou aannemen – het meisje met wie hij graag de nacht had doorgebracht en seks had gehad, maar die hij de volgende ochtend even makkelijk weer verliet. Hij meende haar uit fatsoen te moeten betalen. Ze voelde zich vernederd, alsof hij haar een klap in haar gezicht had gegeven. Ze deed een paar stappen achteruit om te voorkomen dat hij het geld in haar hand zou stoppen.

Luke gaf zich gewonnen. Hij draaide zich om en gaf het geld aan Moira, die het in een reflex aannam.

Ali liep naar de kofferbak van de auto en zette de weekendtas erin – Sophies weekendtas. Waarschijnlijk hadden ze Sophies kleren eruit gehaald en op het bed gegooid. Ali keek op haar horloge. 'We moeten gaan, Luke.'

Luke probeerde Sophies blik vast te houden, maar ze keek weg. Ze wilde zijn stilzwijgende excuses niet. Ze wilde dat hij ging, voordat ze zichzelf voor schut zou zetten door te gaan huilen of iets dergelijks. 'Sophie…'

'O, ga nu maar! Straks missen jullie het vliegtuig nog.'

Ze draaide zich om en stampte het huis binnen.

18

'Ze zijn weg,' zei Moira.

Sophie stond nog in de hal. Ze twijfelde wat ze moest doen.

'Kom, dan gaan we in de keuken zitten.' Moira pakte Sophie bij de arm, zodat ze wel móést meelopen. 'Ik zal thee voor je zetten. En je hebt ook nog niet ontbeten. Je voelt je beter als je wat hebt gegeten.'

'Ik begrijp er niks van,' zei Sophie.

'Het ging allemaal heel snel. Die vrouw kwam binnen ge-stormd met een kostuum over haar arm en vroeg naar Luke. Ik zei dat hij boven was en vroeg of ze even wilde wachten, maar ze liep gewoon door. Luke stond onder de douche. Niet veel later kwamen ze naar beneden. Toen had hij dat pak aan.'

Sophie trok een stoel naar zich toe en ging zitten. Haar knieën beefden; ze leek in shock.

'En toen?'

'Luke kwam de keuken binnen, legde jouw mobieltje op tafel en zei: 'Wil je deze aan Sophie geven?' En de vrouw zei: 'Ik geloof dat ze een sms'je heeft.'

Sophie pakte de telefoon. Ze had geen sms-melding en klikte door naar 'ontvangen berichten'. Er verscheen een nummer dat ze herkende. 'O nee, hè,' zei ze, en opende het bericht. *Kwam Mandy tegen. Ik mis je, Soph. Kom alsjeblieft bij me terug.*

'En?'

'Een sms'je van mijn ex-vriendje. Hij stuurt soms sms'jes als

265

hij dronken is.' Sophie dacht even na. 'Ik weet niet wat ik erger zou vinden. Dat Luke hem heeft gelezen – we deelden mijn telefoon, dus daar had hij min of meer het recht toe – of Ali.' Ze trok een gezicht. 'Die vrouw net was dus Ali.'

'Een van beiden heeft je sms in elk geval gelezen,' zei Moira kordaat. 'Ontbijt?'

'Nee, dank je.' Haar keel zat dicht en ze had een knoop in haar maag. Ze zou geen hap door haar keel krijgen.

'Je moet iets eten,' zei Moira. 'Als alle in de steek gelaten vrouwen zouden stoppen met eten, zou er geen vrouw meer over zijn.'

'Hij heeft me in de steek gelaten, hè? Ik snap er echt niks van. Het ene moment waren Luke en ik…' Ze bloosde. 'En dan wordt hij ineens opgehaald. Onbegrijpelijk.'

'Ik weet zeker dat je snel hoort waarom. Maar het ging er inderdaad nogal vreemd en overdreven aan toe.' Moira zette een beker op tafel. 'Wil je er suiker in? Nee? Ze zeggen dat suiker goed is tegen een shock, maar daar geloof ik niet zo in. Ik zal een baconsandwich voor je maken. De bacon heb ik al gebakken, dus die moet toch op. Met wit brood en lekker veel boter. Dan komt alles weer goed.' Ze zweeg even. 'Nou ja, bijna alles.'

'Ik wil niet eten.'

'Doe het dan om mij een plezier te doen. Alleen eten kan ik niet en ik val om van de honger.'

Sophie keek toe, terwijl Moira een groot wit brood pakte, de snijkant beboterde, er een plak brood afsneed en hetzelfde met een tweede plak brood deed. 'Kijk eens.' Ze zette een bord voor Sophie op tafel. 'Ik maak er in elk geval een voor mezelf.'

Moira bleef commentaar leveren op alles wat ze deed totdat ze met een baconsandwich tegenover Sophie aan tafel zat. 'Wil je erover praten?'

Sophie schudde haar hoofd. 'Ik wist dat hij snel weer naar Londen zou moeten. Het geeft niet. Ik had alleen niet verwacht dat hij…'

'Zou worden ontvoerd?'

Ondanks alles krulde Sophies mondhoek in een glimlachje. 'Daar leek het wel op, hè? Ik zie het helemaal voor me: Ali die zich in een leren pak langs een touw uit een helikopter laat zakken en hem onder de arm meegrist.'

'Dat scheelde niet veel,' zei Moira.

Het beeld vrolijkte haar iets op, en uit beleefdheid nam ze een hap van haar sandwich. Ze proefde niets en hoe ze ook kauwde, de hap leek niet kleiner te worden. Doorslikken leek onmogelijk. Toen ze haar mond na veel moeite toch eindelijk leeg had, nam ze een slok thee.

'Jullie leken zo'n leuk stel,' zei Moira, die met smaak van haar sandwich at.

'We waren... Ik bedoel – dat waren we misschien niet eens. We hadden net iets samen. Sterker nog, gisteren hebben we pas voor het eerst gezoend.'

'O? Jullie passen zo goed bij elkaar dat ik dacht dat jullie al veel langer bij elkaar waren.' Ze fronste. 'Of misschien ook niet. Hoe hebben jullie elkaar ontmoet?'

'Dat is nogal een lang verhaal.'

'Praten helpt,' zei Moira. 'Neem nog een hap en wat thee en vertel me alles. Dat helpt echt. Ik weet niet precies waarom, maar het is zo.'

'Oké dan. Ik heb hem in New York ontmoet. Via zijn grootmoeder.'

Sophie merkte inderdaad dat het hielp. Op een of andere manier viel alles op zijn plaats in haar hoofd en hoewel het pijn deed erover te praten, besefte ze dat het niet haar schuld was dat hij de benen had genomen. Bovendien gaf het haar de hoop dat het niet het einde van hun affaire hoefde te betekenen – hun omgang met elkaar was alleen onderbroken.

Toen ze bij het gedeelte aankwam waarin ze het graf van Matilda's grootouders had gevonden, kreeg ze een brok in haar keel. Moira reikte haar een tissue aan uit een doos, die ze op de tafel zette.

'Ik wilde alleen dat we behoorlijk afscheid hadden kunnen nemen.'

'Ja. Dat was beter geweest. Maar hij heeft je wel geld gegeven,' zei Moira, die het zich ineens herinnerde. Ze haalde het geld uit de zak van haar schort waarin ze het zolang had opgeborgen. 'En niet zo weinig ook! Er zitten zelfs briefjes van vijftig bij.'

'Briefjes van vijftig pond? Die zie ik bijna nooit.' Even was Sophie afgeleid.

'Een hele hoop nog wel.' Moira legde ze op tafel. 'Acht om precies te zijn.'

'Dat kan ik niet aannemen,' zei Sophie.

'Waarom niet? Je zei toch dat jij alles hebt betaald omdat zijn portemonnee gestolen was en dat je zelf bijna door je geld heen bent?'

'Ja. Maar dat deed ik omdat… Ik moest hem toch helpen? Ik betaalde hem terug voor alles wat Matilda en hij in New York voor me hebben gedaan. O jee.'

'Wat is er?'

'Mijn ring. Moet ik die nu niet teruggeven?'

'Nee. Het is toch geen verlovingsring.' Sophie had Moira verteld hoe ze eraan was gekomen. 'En hij kan elk moment bellen om te zeggen wat er precies aan de hand is.'

Gezien Ali's vreemde en bezitterige gedrag tegenover Luke, leek dat Sophie wat al te optimistisch gedacht. Ze deed de ring af en speelde ermee. 'Dat denk ik niet.'

'Natuurlijk wel!' Maar zelfs de optimistische Moira klonk niet overtuigd. 'Je moet het geld gewoon aannemen.'

'Nee. Dan voel ik me net een prostituee. Alsof hij me betaalt voor de seks. Me afkoopt.' Het weggezakte Holly Golightly-gevoel kwam weer boven.

'Je hebt het geld nodig. Jij hebt ook je uitgaven. En ik kan het toch zeker ook niet houden?'

Sophie haalde haar schouders op. Ze wilde het stapeltje biljetten op tafel nog steeds niet aanraken.

Moira stak het laatste stukje van haar sandwich in haar

mond en veegde de kruimels van haar handen. 'Wat zouden jullie vandaag zijn gaan doen?' vroeg ze, toen ze haar mond leeg had. 'Als hij niet door dat mens was ontvoerd?'

Sophie glimlachte flauw. 'We wilden weer naar het huis gaan om foto's te maken. Daarna zouden we naar familie van mij gaan om ze over te halen mij de zeggenschap over hun boorrechten te geven, zodat ik ermee aan de slag kan.' Ze vertelde Moira over haar andere missie.

'Dan moet je dat gewoon gaan doen.' Moira zweeg even. 'Als je gezelschap wilt, ga ik graag met je mee naar het huis. Ik kan heel aardig fotograferen. Als we mijn camera gebruiken, kan ik je helpen de foto's naar Matilda te mailen. Of heb je zelf een digitale camera bij je?'

'Nee, alleen mijn mobiele telefoon,' zei Sophie. 'Maar ik heb nog nooit foto's vanaf mijn telefoon op de computer gezet.'

'Dan gebruik je de mijne toch?'

Sophie aarzelde. 'Ik twijfel of ik Matilda wel wil mailen zolang ik niet weet... Ik bedoel...'

'Zolang je niet weet hoe het tussen jullie zit, bedoel je? Je hoeft het hem toch niet te vertellen? Bovendien ben je hier in de eerste plaats vanwege haar.'

'Dat is waar.' Sophie maakte zich ineens ongerust. Ze keek naar Moira. 'Hij had niet mogen weggaan zonder me te vertellen wat er aan de hand was.'

'Geloof nou maar dat hij snel contact met je zal opnemen. Je moet alle communicatielijnen openhouden.'

'Dat heb je ergens gelezen,' zei Sophie. Ze grinnikte onwillekeurig.

'Mmm. Ja. Ik heb hard gewerkt aan mijn huwelijk voordat ik het uiteindelijk opgaf. Oké, als jij nu even snel een bad neemt, ruim ik op. Daarna kunnen we gaan.'

Toen Sophie terug in de slaapkamer kwam, zag ze dat Moira het bed had opgemaakt en de quilt er weer overheen had gelegd. Nu kon ze zich aankleden zonder de verontrustende aanblik van een bed waarin hartstochtelijk de liefde was bedreven. Het hielp.

'Wat een geweldig huis' zei Moira. 'Ik snap niet waarom ik het niet ken. Maar ja, ik woon hier ook nog niet zo lang en het ligt nogal verscholen.'

Ze stonden voor het oude huis, dat er in het daglicht verwaarloosder uitzag maar ook minder spookachtig.

'Het huis is in het daglicht nog mooier. Hoewel het gisteren in de schemering wel heel romantisch was,' zei Sophie weemoedig.

Moira, die vastbesloten was Sophie bezig te houden, richtte zich op haar taak en pakte haar camera. 'Kom,' zei ze kordaat. 'Ik zal een hele hoop foto's maken en dan zoeken we thuis de beste uit. Die sturen we naar Matilda.'

Sophie zuchtte, blij dat Matilda niet wist dat Luke en zij met elkaar naar bed waren geweest. Ze hoopte alleen dat hij zou bellen, om van het gevoel af te zijn dat hij haar in de steek had gelaten.

Ze brachten een gezellige ochtend door met foto's maken, waarna Moira Sophie meenam naar een leuke pub. Toen ze bij de bar het menubord voor de lunch stonden te lezen, haalde Moira een vijftigpondbiljet uit haar tas. 'Luke trakteert!'

Nu het eerste briefje van vijftig was aangebroken en ze er soep, salade en knapperig brood van hadden besteld, voelde Sophie zich minder schuldig.

'Je hoeft het toch ook niet allemaal op te maken?' zei Moira. 'Wat overblijft geef je gewoon aan hem terug.'

Sophie was even stil. 'Hij heeft nog niet gebeld. Ik denk niet dat hij het nu nog zal doen.'

Toen Moira aarzelde, wist Sophie dat zij er hetzelfde over dacht. 'Dat weet je niet.'

'Nee. Maar ik voel het…'

'Er kunnen zoveel redenen zijn waarom hij nog niet heeft gebeld. Misschien is er geen verbinding.'

Sophie haalde meteen haar mobiel tevoorschijn om te controleren of ze verbinding had. Dat had ze.

'Maar dat wil niet zeggen dat hij het ook heeft.'

'Dat is waar.'

'Hij zal sowieso willen weten hoe het met je zoektocht naar je familie gaat. Daar hielp hij je toch mee?'

'Ja, maar hij heeft me al met zoveel dingen geholpen. Bovendien was dat in ruil voor mijn hulp aan Matilda. Nu staan we dus quitte. Hij heeft niet echt reden nog contact met me op te nemen – tenminste geen praktische reden.'

Het klonk zo koud en zakelijk na wat ze gedeeld hadden, dat Sophie het gevoel had elk moment in huilen te kunnen uitbarsten. Haar keel snoerde dicht. Ze slikte een hap soep te snel door. Hij was zo heet dat ze haar mond moest blussen met water. Toen ze dat had gedaan, had ze zichzelf weer onder controle – althans, aan de buitenkant.

'Dus het is nog geen verloren zaak?' vroeg ze aan Moira. Ze begonnen aan de salade en deelden een schaaltje frieten.

'Wat? Met Luke? Nee. Toegegeven, het zag er niet goed uit, maar hij kan redenen genoeg hebben gehad om je bij het afscheid niet hartstochtelijk te zoenen. Afgezien van het feit dat hij het vliegtuig moest halen, bedoel ik.'

'Oké,' zei Sophie. 'Zoals?'

De twee vrouwen keken elkaar even aan voordat ze weer verdergingen met eten.

'Stel dat hij dacht,' begon Moira, 'dat je een wandeling was gaan maken, omdat je spijt had dat je met hem naar bed was geweest. Misschien had hij het gevoel dat jij hém in de steek had gelaten.'

Sophie dacht even na. 'Een goede reden, maar niet goed genoeg. Dat kan hij niet gedacht hebben, want een paar uur daarvoor was ik nog superverliefd.'

'Dat weet je niet. Mannen zijn vreemde wezens! Misschien leed hij aan het legebedsyndroom.'

'Dat is iets voor vrouwen.'

'Dat wil niet zeggen dat mannen er nooit mee zitten. Die krijgen toch ook de penopauze?'

Sophie zuchtte. 'We kunnen er grapjes over maken, maar waarom denk je dat hij op die manier is vertrokken?'

271

Moira schudde haar hoofd. 'Dat weet ik niet. Maar ik denk echt dat er een verklaring voor is. En ik vind dat je achter dat familielid aan moet gaan. Je moet al die dingen doen die je anders met hem zou hebben gedaan. Mocht hij een onbetrouwbaar sujet blijken, dan heb je tenminste niet je tijd, liefde én geld aan hem verspild.'

Sophie knikte. 'Oké. Het zou mooi zijn als het me zonder zijn hulp lukt. Aan zo'n rijke kakker heb je toch ook niks?'

'Ik neem aan dat dat een retorische vraag is,' zei Moira. 'Maar nu die rijke kakker toch betaalt, zullen we dan ook maar pudding nemen?'

Toen ze niet veel later bij Moira's huis aankwamen, liepen ze meteen door naar de zitkamer. Op de tafel stond een laptop.

'Eens even kijken wat we allemaal hebben.'

'We sturen de foto's waar het huis het mooiste op staat,' zei Sophie. 'Ik zal haar schrijven dat het nogal vervallen is, maar het is leuker voor haar als het er nog een beetje redelijk uitziet.'

'Oké,' zei Moira. 'Wat dacht je van deze?'

'Ja. En die van de achterkant. Je kunt zien dat er wat tegels ontbreken, maar voor hetzelfde geld kijkt Matilda niet al te aandachtig naar de foto's.'

'Dit is ook een mooie.'

Toen ze uiteindelijk tevreden waren over hun keuze, zette Moira de foto's in een bijlage en schreef Sophie een e-mail.

Beste Matilda, We hebben het huis gevonden! Helaas is het niet meer bewoond en verkeert het, voorzover dat te beoordelen is door een leek, in een niet al te beste staat.

Ze was tevreden over 'een leek'. Ze wilde geen 'wij' of 'ik' zeggen.

Ik stuur u deze foto's omdat Luke plotseling terug moest naar Londen, met Ali. Kennelijk deed zich een of ander noodgeval voor op het werk.

Ik ga nog bij een paar familieleden langs en dan ga ik
ook weer terug naar huis.
Ik hoop dat het goed met u gaat en dat u Luke niet al te
zeer mist.
Liefs, Sophie

Sophie klikte op 'verzenden' en berekende toen dat het bij
Matilda een uur of tien in de ochtend moest zijn. Vervolgens
liep ze naar boven, ging op het bed liggen en probeerde niet
te huilen. Ze zou het liefst meteen naar huis gaan, maar zou
het heel zwak van zichzelf vinden als ze haar missie niet zou
voltooien. En het bed verhinderde haar terug te keren naar het
gewone leven.

Ze ging naar beneden en trof Moira in de keuken aan, die
meteen een ketel water opzette. 'Is het goed als ik nog een
nachtje blijf? Ik wil morgen bij mijn familie langsgaan en
daarna naar huis.'

'Rijd je met de auto naar huis?'

Sophie schudde haar hoofd. 'Nee, die hebben we gehuurd.
Ik breng hem terug en neem dan de trein.'

Moira keek alsof ze iets wilde zeggen maar niet kon besluiten wat. Ten slotte zei ze: 'Kijk na de thee even naar je mail.
Misschien heb je al een reactie van Matilda.'

'O ja, goed idee.'

Ze bleek inderdaad mail van Matilda te hebben. Ze was dolblij met de foto's, maar was er minder over te spreken dat Luke
was teruggegaan naar Londen.

Gelukkig heeft hij je geholpen bij het zoeken naar het huis,
zoals ik hem had gevraagd, maar met al die toestanden in
Londen, zal hij wel geen tijd meer hebben om het verder
uit te zoeken.

Sophie schreef terug dat ze hetzelfde vermoedde en voegde
eraan toe:

Cornwall is zo mooi – zelfs in deze tijd van het jaar.

Terwijl Moira het avondeten bereidde, keek ze nog een keer of ze post had. Dat was opnieuw het geval. Sophie proefde meteen Matilda's ongeduld, zelfs in de e-mail.

Lieve kind…
Ik heb contact gehad met Luke en, zoals ik al vermoedde, heeft hij geen tijd om uit te zoeken van wie het huis nu is. Zou jij, nu je er toch bent in verband met je eigen zoektocht, misschien wat langer bij die aardige pensionhoudster willen blijven om het voor mij uit te zoeken? Ik zou graag weten of het huis te koop is.

Sophie vertelde het onmiddellijk aan Moira. 'Ik zou het gezellig vinden als je nog een paar dagen bleef,' zei Moira.

'Ik ook,' zei Sophie. 'Ik wil nog niet naar huis. Iedereen zal me naar Luke vragen en daar heb ik helemaal geen zin in. En ik kan je betalen, want een of andere rijke Amerikaan heeft me geld nagelaten.'

'Ik hoop echt dat jullie weer bij elkaar komen. Het zou zonde zijn als zo'n goede partij je door de vingers zou glippen. Geld en een goed uiterlijk gaan niet vaak samen, is mijn ervaring.'

'Dan zou je eens naar New York moeten gaan, of je in de hogere kringen van Connecticut moeten begeven,' zei Sophie. 'Daar kom je veel mooie rijke mensen tegen.'

'Ik weet zeker dat jij daar prima tussen paste,' zei Moira lachend.

'Geloof je het zelf,' zei Sophie.

'Ik meen het. Kom, dan kijken we even iets leuks op tv totdat het eten klaar is.'

'Hoe kom ik erachter van wie het huis is?' vroeg Sophie toen ze later zaten te eten. 'Ik ben geen privédetective.'

'Dat heb ik nu altijd al graag willen worden,' zei Moira. 'Ik zou hier en daar wat navraag kunnen doen terwijl jij bij je familie op bezoek gaat,' zei Moira. Sophie had gebeld en afgesproken hen de volgende dag te komen bezoeken.

'Had je echt detective willen worden?' vroeg Sophie.

'Hmm. Ik weet ook niet waarom. Ik denk dat ik van puzzelen hou. Wat zou jij eigenlijk graag met je leven willen doen, behalve trouwen en kinderen krijgen?'

'Ik wil graag een eigen bedrijf opzetten en van oude kleren iets aparts maken. "Designer Shabby Chic", als je begrijpt wat ik bedoel. Ik ben dol op ontwerpen en naaien.'

'Wat houd je tegen?'

'Geld. Ik heb kapitaal nodig en wil eerst een goede opleiding volgen. Op je gevoel afgaan en hopen dat het goed uitpakt is leuk, maar dat kost waarschijnlijk ook te veel tijd. En tijd is geld.'

'Je lijkt me heel getalenteerd.' Moira klonk oprecht onder de indruk. 'Ik bedoel, je weet al heel jong wat je wilt.'

'Ik ontwerp al mijn hele leven. Dus als je iets in je garderobe hebt wat niet helemaal naar je zin is, wil ik je wel laten zien hoeveel talent ik daarvoor heb.'

En aldus brachten de twee vrouwen een gezellige avond door met naaien, televisiekijken en, in Moira's geval, het in haar garderobe speuren naar kledingstukken die Sophie mocht veranderen.

De volgende ochtend vertrok Sophie naar haar familie. Ze voelde zich een stuk beter dan de dag ervoor: haar gebroken hart was nog niet geheeld, maar ze functioneerde weer en dat was een hele verbetering.

Met behulp van Moira's computer en kaarten had ze een gedetailleerde route uitgestippeld en was ze de heuvel op gereden naar de hoofdweg, weg van de zee.

Hoewel ze Luke vreselijk miste, was ze blij dat ze alleen in de auto zat. Niemand die commentaar leverde als ze verkeerd schakelde; niemand die merkte dat ze een rotonde een paar keer rond reed voordat ze de juiste afslag vond.

Toen het dorp waar haar familie woonde in zicht kwam, besefte ze dat ze veel te vroeg was. Ze was ruim op tijd vertrokken omdat ze had verwacht dat ze extra tijd kwijt zou zijn met zoeken. Vandaar dat ze ergens parkeerde om nog even een ommetje te maken. Ze werd ineens nerveus bij het idee dat ze zich moest opdringen aan mensen die ze niet kende en die ze nogal vreemde vragen zou moeten stellen. Met Luke erbij zou ze zich zelfverzekerder hebben gevoeld, besefte ze. Maar hij was er niet en ze moest gewoon door zonder hem. Sterker nog, ze zou beter af zijn als ze hem uit haar hoofd zou zetten. Maar ze wist dat het juist een kenmerk van verliefdheid was dat je altijd aan de ander dacht, of je nu wilde of niet.

Toen Sophie eindelijk de tijd had overbrugd, liep ze naar het huis van de weduwe. Het bleek op een heuvel te liggen, en ze begon zich zorgen te maken dat ze helemaal bezweet en hijgend zou aankomen. Sterker nog, ze werd zo zenuwachtig dat een bezoekje aan de tandarts haar prettiger leek. Tandartsen bleven immers onder de meest pijnlijke omstandigheden vriendelijk.

Het huis zag er niet veelbelovend uit. Het was een bungalow met een dakkapel, en de tuin, die op een steile helling lag, bestond voor het grootste deel uit stenen – en kabouters.

Sophie was geen tuinsnob; ze kon kabouters best waarderen, maar verspreid over zo'n kale vlakte bezorgden ze haar kippenvel. Kabouters zouden een glimlach op je gezicht moeten toveren en je niet zenuwachtig moeten maken, en ze wist zeker dat ze tussen gras en kleine bloemetjes moesten wonen. Misschien waren bloemen in januari te veel gevraagd, maar een omgeving waarin ze zouden kunnen bloeien zou al schelen.

De bel 'dingdongde' en Sophie zag beweging achter het melkglas in de voordeur. Toen een vrouw opendeed, zette Sophie haar beste glimlach op.

'Hallo! Ik ben Sophie. U moet Mavis zijn? Mevrouw Littlejohn?'

Mevrouw Littlejohn glimlachte niet, maar deed een stap

achteruit om Sophie binnen te laten. Zodra Sophie over de drempel stapte, sloeg een vieze lucht haar in het gezicht. Ze moest bijna kokhalzen.

'Kalkoenlevertjes,' verklaarde mevrouw Littlejohn, die klaarblijkelijk niet graag door een onbekende bij haar voornaam werd genoemd, zelfs niet als het familie was. 'We kunnen het ons in deze moeilijk tijd niet veroorloven goed voedsel te verspillen.'

Omdat Sophie alleen maar moeilijke tijden kende, knikte ze en liep achter haar gastvrouw aan naar de woonkamer. Onderwijl probeerde ze om niet door haar neus te ademen.

Wat een spectaculair uitzicht had moeten zijn, werd belemmerd door een waterval aan geborduurde vitrages. De vijf centimeter tussen de onderzoom en de vensterbank werd ingenomen door een grote verzameling peperdure porseleinen 'dames' in historische kostuums, ongetwijfeld individueel genummerd en op afbetaling gekocht uit een tijdschrift.

De overgordijnen hadden een dessin van grote, gevulde rozen en waren van dezelfde stof als de driezitsbank. Het tapijt had ook een rozenpatroon, zij het in een iets andere kleur. Er was een dressoir dat vol stond met snuisterijen en een etagère. Toen Sophie beter keek, zag ze dat het barstte van de elfjes.

'Ik heb koffie gezet,' zei mevrouw Littlejohn. 'Ik zal het even halen.'

Sophie had meer zin in thee, maar dronk liever koffie dan de zorgvuldige planning van de weduwe in de war te schoppen.

'Ga zitten, kind,' zei mevrouw Littlejohn.

Sophie ging voorzichtig op de bank zitten, in de hoop dat de kussens, die kaarsrecht op hun kant stonden, niet zouden omvallen.

Sophie had er geen goed gevoel bij. Mevrouw Littlejohn was op een formele manier vriendelijk, maar haar bungalow en gedrag wezen niet op een avontuurlijk karakter. Ze leek haar niet iemand die bereid was risico's te nemen.

Even later kwam ze de kamer binnen met een theewagen

die vol stond met kop en schotels, bordjes, een pot koffie, een kan melk, koekjes, suiker en servetten. Het serveren van de koffie nam behoorlijk wat tijd in beslag.

Sophie had het koekje willen afslaan, maar bedacht dat ze wel een suikershot kon gebruiken.

Nadat mevrouw Littlejohn koffie had geserveerd, wachtte ze zwijgend af wat Sophie te vertellen had.

'Heeft mijn oudoom u uitgelegd waarvoor ik hier ben?' begon ze voorzichtig. Ze wist dat oom Eric haar weinig nuttige informatie had verschaft.

'Niet echt.'

Sophie glimlachte flauw. 'Dan zal ik proberen het u uit te leggen. Het is nogal ingewikkeld.'

'Dan kunnen we misschien beter wachten tot mijn man thuis is. Hij doet onze financiële zaken. Hij is even naar de gemeente om zijn beklag te doen over het ophalen van de groenbak.'

'Het financiële gedeelte komt eigenlijk pas later. Herinnert u zich dat u boorrechten hebt geërfd van wijlen uw man?'

'Ik heb alles van hem geërfd. Maar de details kan ik me niet meer precies herinneren.'

'Dat geloof ik graag. Hebt u toevallig een kopie van zijn testament? Binnen handbereik, bedoel ik?'

Sophie zag aan het gezicht van mevrouw Littlejohn dat ze zich aangetast voelde in haar privacy. 'Ik wacht toch liever tot mijn man terug is.'

'Daar hebt u hem niet voor nodig, hoor. Het gaat om u. U hebt geen…'

'Toch wacht ik liever. Ik ben niet het type vrouw dat dingen buiten haar man om doet.'

'O, maar dat is ook helemaal niet de bedoeling. U hoeft namelijk helemaal niets te doen.'

'Zullen we eerst koffiedrinken en op mijn man wachten?'

Sophie knikte en nam een slokje. De koffie was erg sterk en behoorlijk bitter. 'Ik zou het anders niet vragen,' vervolgde Sophie, opgejaagd door de koffie, 'maar…'

Op dat moment werd er een sleutel in het slot van de voordeur gestoken. Mevrouw Littlejohn stond zichtbaar opgelucht op. 'Daar zul je mijn man hebben. Hij regelt het wel met je.'

Meneer Littlejohn opende de deur. 'Denk erom, niets tekenen!' zei hij.

19

Bij het zien van meneer Littlejohns beschuldigende blik, schrok Sophie op, waardoor het kussen achter haar vooroverviel. Op dat moment besefte ze dat wat ze later ook zou worden, het nooit deur-aan-deurverkoper zou zijn. Alleen al door zijn boze blik voelde ze zich schuldig.

'Laat je niets aanpraten door deze jongedame,' vervolgde hij. Klaarblijkelijk ging hij ervan uit dat zijn vrouw onder druk werd gezet.

Mevrouw voelde zich duidelijk meer op haar gemak nu haar man erbij was. 'Maak je geen zorgen, schat, ik teken niks.'

'U hoeft ook niets te doen, hoor,' zei Sophie.

Mevrouw Littlejohns slecht ondersteunde boezem ging op en neer. 'En dat doe ik ook niet, want ik begrijp niet waarom je hier bent. Ik weet dat je familie van oom Eric bent, maar ik draag niets aan jou over.'

'Maar het is in uw eigen voordeel,' zei Sophie. 'Er zijn meer familieleden die in het bezit zijn van deze boorrechten, maar we kunnen alleen iets bereiken als we samenwerken en als één persoon handelen.'

In haar hoofd had het heel daadkrachtig en laten-we-de-handen-in-elkaar-slaan-achtig geklonken, maar in deze volle kamer klonk het een beetje slap.

'Wat probeert ze je aan te praten?' vroeg haar man. Hij keek Sophie aan met een blik alsof ze haar voet tussen de deur had gezet en ongevraagd binnen was gedrongen.

'Ik probeer u helemaal niets… Luister, wat ik wil zeggen…'

'Neem een kop koffie, schat,' zei mevrouw Littlejohn tegen haar man. Ze probeerde overeind te komen uit haar diepe stoel.

'Ik snap het al,' zei Sophie, opspringend. 'Eens een serveerster, altijd een serveerster!' Terwijl ze hem een kop koffie inschonk in het servies dat zijn vrouw gelukkig al op de theewagen had gezet, besefte ze dat ze zich volledig misplaatst en vreemd gedroeg. Nu zouden ze haar nooit vertrouwen. Ietwat ingetogener reikte ze meneer Littlejohn het schaaltje met koekjes aan.

Meneer Littlejohn liet zich in een stoel zakken. Mevrouw Littlejohn keek geërgerd. Sophie trok een verontschuldigend gezicht. 'Sorry,' mompelde ze. 'Ik wilde alleen maar helpen.'

Enigszins milder gestemd dronk meneer Littlejohn van zijn koffie. Hij leek zich te ontspannen. Sophie vroeg zich af wat voor werk hij had gedaan voordat hij met pensioen ging, totdat ze besefte dat ze afdwaalde van de zaak waarvoor ze kwam. Ze probeerde zich te concentreren.

'Ik ben hier niet om u te vragen iets te doen waar u zich ongelukkig bij voelt,' zei ze. 'Maar als u me toestaat in uw naam te onderhandelen over de boorrechten, dan kan dat in uw voordeel uitpakken.'

'Hoe dan?' vroeg meneer Littlejohn. 'Waarom zouden we er iets mee willen doen?'

'Omdat ze in potentie geld kunnen opleveren, en misschien wel heel veel geld.' Ze glimlachte en besefte dat het aldus geformuleerd bijna leek alsof ze het piramidespel wilde promoten.

'Ik zie niet in hoe,' zei mevrouw Littlejohn.

'Dat kan ik u uitleggen.' Sophie haalde diep adem. 'De boorrechten die we hebben geërfd kunnen heel waardevol zijn, maar alleen als we ze bundelen.'

'Waarom zou dat verschil maken?' Mevrouw Littlejohn vouwde haar handen in elkaar en keek haar met opeengeperste lippen aan, als een schooldirectrice die haar leerlingen vroeg waarom ze de band van hun rokken dachten te moeten oprollen.

Sophie haalde nog een keer diep adem en glimlachte weer. Ze zou willen dat ze dat niet zo vaak deed. Straks vonden de Littlejohns haar niet alleen vreemd maar ook nog onbetrouwbaar.

'We bezitten geen van allen voldoende rechten om het voor een bedrijf rendabel te maken om te gaan boren. Maar als we onze rechten bundelen, is ons pakket groot genoeg.'

'Waarom is dan nooit eerder iemand op dat idee gekomen? Mijn overleden echtgenoot heeft die rechten als kind geërfd.'

'Omdat de aandelen betrekking hebben op een stuk grond waarin het lastig boren is – of beter gezegd, lastig boren wás. Maar de huidige boorapparatuur is beter en geavanceerder. Bovendien is olie nu veel schaarser.' Sophie zou willen dat Luke bij haar was en vervloekte Ali dat ze hem had weggekaapt. Ze had er beter aan gedaan zich wat meer in de olie-industrie te verdiepen voordat ze hier naartoe ging.

'De olieprijs is afgelopen tijd gezakt,' zei meneer Littlejohn. 'Dus ik snap niet waar je heen wilt.'

'Natuurlijk fluctueert de prijs,' zei Sophie soepeltjes. Ze was er zo goed als zeker van dat ze dat woord nooit eerder in een gesprek had gebruikt. 'Maar fossiele brandstoffen zijn tegenwoordig schaars.'

'Er is laatst olie in Siberië ontdekt. Dus zo schaars is het niet,' zei meneer Littlejohn. 'Dat is bangmakerij van de "groenen".' Hij maakte met zijn vingers aanhalingstekens in de lucht. Vervolgens dronk hij met een vastberaden gezicht zijn koffie op en zette het kopje met zo'n klap op een tafeltje dat het schudde op zijn poten.

'En wat moet dat kosten?' vroeg mevrouw Littlejohn. 'We kunnen het ons niet veroorloven geld in wilde plannen te steken.'

'Het kost u niks,' zei Sophie, hoewel ze onmiddellijk besefte dat het waarschijnlijk toch kosten met zich zou meebrengen – en misschien wel meer dan ze dacht.

Ze moesten een Amerikaanse jurist inschakelen of iemand die voor hen zou onderhandelen.

'Voor niks gaat de zon op,' zei meneer Littlejohn, en hij tikte veelbetekenend met zijn vinger tegen de zijkant van zijn neus.

'Dat weet ik, maar als we er niets mee doen is het weggegooid geld. Die rechten zouden ons heel wat kunnen opleveren.'

'We hebben geen zin in gedoe,' zei mevrouw Littlejohn.

'Maar dat is het ook niet,' zei Sophie. Dacht mevrouw Littlejohn soms dat ze in hoogsteigen persoon bij de oliebron aan de slag moest met helm en pikhouweel? 'U zou alleen een cheque via de post krijgen.'

Meneer en mevrouw Littlejohn schudden gelijktijdig het hoofd. Sophie gaf het op. Ze reageerde niet meer en zakte ietwat onderuit, waardoor er opnieuw een kussen omviel. Als ze niet zo in de put zat vanwege Luke, had ze misschien doorgezet, maar nu had ze er de energie niet meer voor.

'Het punt is, jongedame,' hield meneer Littlejohn vol, die voelde dat hij de strijd had gewonnen en er nu op uit was de oorlog te winnen, 'dat wij helemaal niets van je weten en...'

'Ik heb mijn rijbewijs bij me,' mompelde ze. Maar ze verwachtte niet dat er nog naar haar werd geluisterd. Meneer Littlejohn zat midden in een preek en liet zich door niets tegenhouden.

'Je komt ons huis binnen en praat over boorrechten, wilt de aandelen van mijn vrouw hebben...'

'Ik wil de aandelen van uw vrouw helemaal niet hebben. Ik wil alleen...'

'... zodat je ermee kunt doen wat je wilt. Daar komt dus niks van in.'

Sophie wilde zo snel mogelijk weg. Ze keek om zich heen waar ze haar kopje kwijt kon en zette hem voorzichtig neer. Toen stond ze op. 'Ik begrijp het. Geen probleem. Wel jammer voor de andere familieleden. Sommigen van hen zouden het geld goed kunnen gebruiken. Maar als u er zo over denkt...'

'Je bent nog maar een jonge meid,' zei mevrouw Littlejohn overmoedig, nu de overwinning nabij was. 'Hoe kun je van ons verwachten dat we je vertrouwen?'

'Zou u me wel vertrouwd hebben als ik een man was?' vroeg ze terwijl ze haar jas, die ze niet eens had uitgedaan, dichtknoopte.

'Een oudere man wel ja,' zei mevrouw Littlejohn. Ze liep met Sophie mee naar de hal. Kennelijk wilde ze haar zo snel mogelijk de deur uit hebben.

'Het spijt me dat ik u heb gestoord,' zei Sophie. 'Dag.' Ze opende de voordeur en stapte de vrijheid en de frisse lucht in.

Terwijl ze terugreed naar Moira, besefte ze dat ze met lege handen naar huis zou moeten terugkeren. Het uitstapje naar Cornwall had niets opgeleverd – althans, niet voor haar familie. Ze zat met de boorrechten op een dood spoor; ze had geen vaste baan; ze zou moeten uitleggen waar Luke was gebleven en waarom ze hem nooit meer zouden zien. Wat een ellende. De enige geruststellende gedachte was dat Moira haar zou begrijpen.

'Je maakt geen vrolijke indruk,' zei Moira, toen ze de deur opende voor Sophie.

'Klopt. Het is niet gelukt.'

'Kom binnen, dan zet ik water op.'

'Een kop thee zou helpen. Ik heb hele vieze sterke koffie gehad die nergens naar smaakte. En dat huis! Ik heb nog nooit zulke drukke gordijnen, meubels en vloerbedekking bij elkaar gezien. En het paste ook nog niet eens bij elkaar. Ik moet nodig even ontspannen.'

Moira lachte. 'Over huizen gesproken, ik heb nieuws!'

'Over het huis? Nu al? Dat is snel.'

'Ik heb zo mijn netwerken.'

'Oké, vertel. Ik kan wel wat positief nieuws gebruiken.'

'Ga eerst maar eens zitten. Heb je al geluncht? Anders maak ik een sandwich voor je. Als ik niet weg was geweest, had ik soep voor je gemaakt.'

'Verwen je alle gasten zo?' vroeg Sophie, terwijl ze aan de keukentafel ging zitten. Het voelde als thuiskomen.

'Meestal wel. Ik vind het fijn mensen te verwennen zodat ze zich beter voelen. Dat doe je ook met acupunctuur. Hou je van mosterd?'

'Nee, dank je.'

'Ik ook niet. En ik hou ook niet van wasabi. Maar hou je wel van ham?'

'Ja, graag.'

Nog geen paar minuten later zette Moira een sandwich met ham, salade en een dun laagje mayonaise voor haar neer.

'Vertel van het huis,' zei Sophie, nadat ze een paar happen had genomen en Moira tevreden had vastgesteld dat ze at.

'Het is eigendom van een oude vrouw die naar een verzorgingshuis is gegaan. Haar familie woont nogal ver hier vandaan en schijnt niet te weten wat ze met het huis wil.'

'O?' Sophie nam nog een hap. Eten hielp. Het was haar gelukt al een paar seconden niet aan Luke te denken. Alleen had Luke hetzelfde gezegd, zodat ze toch weer aan hem dacht. Ze zuchtte en nam nog een hap.

'Ja. Er moet veel aan gedaan worden. Ze kunnen niet beslissen of ze het zullen laten opknappen of moeten verkopen. Of dat ze het in appartementen zullen opsplitsen.'

'Dat heb je snel uitgezocht. Als je genoeg hebt van de acupunctuur, kun je altijd nog detective worden.'

Moira negeerde haar opmerking. 'Je zou het huis van die oude vrouw moeten kopen. Als je wacht totdat ze is overleden, wordt het te ingewikkeld, in verband met haar testament en zo. Bovendien raakt het huis steeds verder in verval.'

'Ik wil het niet kopen.'

'Zei je niet dat Matilda het huis wilde kopen?'

Sophie knikte.

'Als ze dat wil, moet ze snel zijn. De eigenaresse kan elk moment overlijden en dan kan het jaren duren voordat het pand op de markt komt.'

'Het punt is dat ik niet weet of Matilda het écht wil kopen.'

'Dan kun je haar het beste mailen en zeggen wat je weet,' zei Moira. 'Per slot van rekening wilde ze dat je uitzocht of het huis te koop was. Dat heb je gedaan. Als je haar de situatie uit-legt, is het jouw verantwoordelijkheid niet meer.'

'Ja…' Sophie wist niet zeker of ze dat wel wilde. 'Dan laat ze het misschien aan Luke over.'

'Dat zou kunnen.'

'Dan hoef ik niets meer te doen.'

'Precies.'

'Dat zou mooi zijn. Ik heb het al druk genoeg met het uit-zoeken van die boorrechten.' Even vroeg ze zich af of dat wel zo was. Toen schudde ze haar hoofd om de negatieve gedach-ten te verdrijven. 'Alleen heb ik geen idee hoe ik die zuurprui-men kan overtuigen. Had ik al gezegd dat de hele bungalow naar kalkoenlevertjes stonk? En dat er kabouters in hun tuin stonden maar dat er nergens een grassprietje te bekennen viel?'

'Nee! Wat wreed!' Moira begreep de ernst van de zaak.

'Dat vind ik dus ook,' zei Sophie, en ze lachten allebei. 'We kunnen een vereniging oprichten. "Kabouters gaan voor Groen" of zoiets.'

Moira schudde haar hoofd. 'We hebben wel iets beters te doen.'

'Jij wel,' zei Sophie. Haar leven voelde plots leeg.

Moira wilde er niets van weten. 'Jij ook. Je bent jong, mooi en getalenteerd.'

'Maar mijn hart is gebroken.'

'Meen je dat?'

Sophie knikte. 'Als Luke me had willen bellen, had hij dat allang gedaan. Hij belt niet meer. Hij leeft zijn eigen leven weer en beseft dat ik daar niet in thuis hoor. Ik zal nooit in zijn wereld passen.' Ze zweeg even. 'Waarschijnlijk denkt hij dat het op deze manier minder pijnlijk is.'

Moira zei niets en Sophie was blij dat ze Luke niet voor van alles en nog wat uitmaakte, of afgaf op mannen in het alge-meen. Ze legde haar hand op Sophies handen, die verstrengeld op haar schoot lagen.

'Dat nare gevoel gaat weer voorbij,' zei ze ten slotte. 'Óf je hoort waarom Luke niet eerder contact heeft opgenomen of...' En het was duidelijk dat ze dat scenario waarschijnlijker achtte. '... je wordt verliefd op een leuke man hier uit de streek.' Ze gaf een kneepje in Sophies hand. 'Het is verschrikkelijk wat je nu doormaakt, maar je komt eroverheen. Zoals iedereen. Er zijn maar weinig mensen die blijven houden van iemand die hen slecht heeft behandeld.'

'Het voelt alsof ik er nooit overheen zal komen,' zei Sophie, die dit nooit eerder had meegemaakt.

Moira knikte. 'Het kan even duren, maar uiteindelijk ebt het weg. Dan kun je je niet meer voorstellen wat je in die man zag.'

'Jij spreekt uit ervaring.'

Moira knikte weer. 'Mijn ex-man. Ooit was hij alles voor mij. Nu kan ik me niet meer herinneren wat ik zo leuk aan hem vond. Hij kon behoorlijk chagrijnig zijn en had absoluut geen humor.'

'Luke wel, maar dat laat hij alleen niet zo vaak zien.'

'Dat is ook waarom...' Moira schraapte haar keel. 'Waarom kom je hier niet wonen? Dan zoek ik een leuke man voor je die je altijd aan het lachen zal maken.'

'Klinkt goed,' zei Sophie. 'Maar ik word niet zo snel verliefd. Sommige mensen schijnen aan de lopende band verliefd te worden. Ik helaas niet.'

Ze zaten even zwijgend tegenover elkaar. Toen zei Moira: 'Kom, laten we gaan kijken hoe Matilda erover denkt.'

'Wist ik maar wat ze precies wilde. Als ze het huis alleen wilde terugzien, heeft ze in elk geval de foto's.' Ze dacht even na. 'Het zou leuk zijn als we nog meer foto's namen en die een beetje zouden photoshoppen. Dan kan ze die uitprinten en inlijsten.'

'Wat een leuk idee!'

'Als het te duur is, zouden we Luke kunnen vragen of hij het wil doen.' Sophie zweeg even. 'Je zou contact met Luke kunnen opnemen om het voor te stellen.'

Moira zuchtte zacht. 'Kom, laten we Matilda mailen wat we hebben ontdekt.'

Sophie keek op haar horloge. 'Het is in Connecticut pas negen uur.'

'Oude mensen staan vroeg op.'

Sophie stuurde een mail waarin ze vertelde over de oude dame en haar besluiteloze familie, zonder over Luke te reppen. Daarna belde Moira een bevriende aannemer met wie ze bij het huis afsprak. 'Het lijkt me verstandig als je Matilda een idee kunt geven van de verbouwingskosten, mocht ze het willen kopen,' zei Moira.

'Komt die vriend van je kijken? Hij is nog niet zeker van de opdracht.'

Moira glimlachte flauw. 'Hij komt wel als ik het vraag.'

Sophie knikte begrijpend. 'Mooi. Ik vind het fijn iets positiefs te kunnen doen in verband met dat prachtige huis. Op die manier kan ik even aan iets anders denken dan...' Ze probeerde vergeefs een passende benaming voor Luke te bedenken. '... dan aan een man en een project dat ten dode lijkt opgeschreven.'

'Ik ben blij dat je weer wat positiever kunt denken,' zei Moira. 'Maar jouw project is nog niet dood. Het ligt alleen even stil. Ik weet zeker dat je die levereters op een of andere manier kunt ompraten.'

Sophie haalde haar schouders op en probeerde overtuigd te kijken.

Moira en Sophie stonden in de ommuurde tuin en bespraken of er een zwembad moest komen of dat de tuin weer in een moestuin veranderd moest worden. Sophie veranderde almaar van gedachten, totdat ze Moira's gezichtsuitdrukking ineens zag veranderen. Ze draaide zich om en zag Luke.

Haar hart sloeg over en ze hapte naar adem van blijdschap, hoewel een stemmetje in haar achterhoofd zei dat ze niet blij mocht zijn. Hij is niet van jou. Ze dwong zichzelf even rustig te ademen voor het geval ze moest praten. Als ze geluk had zou Moira iets zeggen. Dat deed ze.

'O, hallo! Waar kom jij ineens vandaan?'

'Ik ben teruggegaan zodra ik weg kon.' Hij droeg een pak en glimmende schoenen, en zijn stem klonk afgemeten, alsof hij zichzelf in bedwang probeerde te houden.

Sophie werd overspoeld door wanhoop en wankelde een beetje op haar benen. Toen hij met Ali was vertrokken en niets meer van zich liet horen, had ze diep in haar hart gehoopt dat daar een reden voor was, dat hij een voor de hand liggend excuus had waar ze niet aan had gedacht, dat alles goed zou komen tussen hen. Maar de toon waarop hij nu sprak boorde dat laatste sprankje hoop de grond in.

Hij wendde zich tot Sophie. Het leek alsof een ijssculptuur tot haar sprak. 'Wat heb je tegen mijn grootmoeder gezegd? Heb je haar op het idee gebracht het huis te kopen? Het écht te kopen? Ik kon mijn oren niet geloven!'

Sophie zocht naar woorden, het maakte niet uit wat, maar haar brein sloot zich af en liet haar alleen met haar gevoelens.

Moira wierp een snelle blik op haar. 'Sophie heeft niets gedaan wat...'

'Wie is die man?' vroeg Luke.

'Een bevriende aannemer,' zei Moira. 'Hij is hier alleen om...' Ze zweeg toen ze Ali zag aankomen. Ook zij maakte een boze indruk.

'Er is al behoorlijk werk van gemaakt,' zei Ali. 'Ze hebben een aannemer in de arm genomen die het hele huis aan het... O, hallo, Sophie.' Haar eens zo vriendelijke houding was verdwenen.

'Ik zal maar eens gaan kijken wat er aan de hand is,' zei Luke, en hij beende naar de voorkant van het huis, kennelijk op zoek naar de aannemer.

'We zijn... of beter ik ben, want ik kan niet voor Luke spreken... een beetje teleurgesteld in jou.'

'Waarom?' vroeg Moira toen ze besefte dat Sophie er geen woord uitkreeg.

'Omdat ze zo'n aardige meid leek! Ma... Lukes grootmoeder mocht haar erg graag. Ze heeft Luke thuis geholpen met een netelige kwestie.'

'Is dat zo?' Sophie wist even niet wat Ali bedoelde.

'Natuurlijk.' De herinnering stemde Ali milder. 'Dat je deed alsof je Lukes verloofde was. Als binnen ons kantoor geen richtlijnen voor affectieve relaties op het werk golden, had ik het zelf gedaan. Maar ik zou mezelf dus in moeilijkheden hebben gebracht.' Ze fronste. 'Jammer dat je niet bent wie we dachten dat je was.'

'Ik begrijp niet waar je het over hebt.' Sophie had het gevoel dat ze zich op grote afstand van de ommuurde tuin bevond, alsof ze sprak vanachter een scherm en toekeek in plaats van daadwerkelijk aanwezig te zijn. Het verbaasde haar dat haar stem te horen was.

'O, Sophie.' Ali klonk nu grootmoedig. 'We weten dat je Lukes grootmoeder graag mag, maar was het wel zo vriendelijk of verstandig van je om de waanideeën van een oude vrouw aan te moedigen?'

'Matilda lijdt niet aan waanideeën.'

'Ze is een oude vrouw.' Sophie wist dat Ali in Lukes aanwezigheid niet zo over Matilda zou praten. 'Wat moet ze met een huis dat zo ver bij haar eigen huis vandaan ligt en waar zo te zien ook nog een kapitaal ingestoken moet worden?'

'Het is niet aan mij om daarover te oordelen,' zei Sophie. Haar ergernis over de manier waarop Ali over Matilda sprak gaf haar moed.

'Jij wist dat ze erover dacht het te kopen. Maar in plaats van eerlijk te zeggen dat het een bouwval is, schakel je een aannemer in. Hoe weet je dat hij Mat- mevrouw Winchester niet zal afzetten?'

'We wisten helemaal niet dat ze had besloten het te kopen. Hij is hier alleen om wat rond te kijken en in te schatten wat het zou kosten om het huis op te knappen,' zei Moira, die haar vriendin te hulp kwam. 'Hij doet het voor mij.'

Ali nam Moira aandachtig op en herkende in haar een waardige tegenstander. 'Ik ben ervan overtuigd dat jullie het goed bedoelen, maar jullie begrijpen het niet. Sophie is niet degene die dit in gang had moeten zetten.'

'Dat heeft ze ook niet gedaan. Het was mijn idee om mijn vriend in te schakelen,' zei Moira met haar handen in haar zij.

'Enfin, maar goed dat we er op tijd bij zijn, voordat het nog verder uit de hand loopt.' Ali voelde zich allesbehalve geïntimideerd door Moira's vastberaden houding.

'Wat ik niet begrijp, Ali,' zei Sophie, 'is wat dit jou aangaat? Waarom maak je je druk dat Matilda dit huis wil kopen en opknappen, wat de reden daarvan ook mag zijn?'

Even leek Ali uit het veld geslagen. Toen maakte ze een vluchtig gebaar en zei bescheiden: 'Ik maak me druk omdat Luke zich er druk om maakt. Hij en ik...'

'Ik wist niet dat er iets tussen jullie was,' zei Sophie kalm.

'O nee? Nou ja, daar had Luke natuurlijk ook geen reden toe.' Ali had zich weer hernomen. 'Jij hebt een vriendje, Sophie, en Luke en ik kennen elkaar al heel lang.'

'Heb ik een vriendje?'

Ali knikte. 'Ik... We zagen het sms'je op je mobiel. Dat hebben we gelezen omdat Luke jouw mobiel mocht gebruiken.' Ze had nog het fatsoen om een beschaamd gezicht te trekken.

'Jij hebt het sms'je op mijn telefoon geopend?' Sophie was woedend, maar ineens viel alles op zijn plaats. Het laatste sms'je dat ze had ontvangen was afkomstig van haar dronken ex-vriendje Doug. Als ze niet telkens zo obsessief had gecheckt of ze een sms'je van Luke had, had ze dat allang vergeten.

'Zoals je al zei mocht Luke jouw telefoon gebruiken.'

'Maar dat betekent niet automatisch dat jij hem ook mag gebruiken.'

Ali zuchtte en schudde vermoeid haar hoofd, alsof ze in discussie was met een onredelijke tiener. 'Doe niet zo kinderachtig, Sophie. Wat maakt dat nou uit.'

Sophie vroeg zich net af of het feit dat Ali en Luke het sms'je hadden gelezen echt verschil had gemaakt, toen Luke eraan kwam.

'Zeg, Sophie, wat heb je nu precies tegen mijn grootmoeder gezegd?'

Even stelde Sophie hem in de rechtszaal voor terwijl hij een vijandige getuige verhoorde, totdat ze besefte dat hij waarschijnlijk ander werk deed. Maar ze was niet blij met de toon waarop hij sprak. 'Ik heb haar gemaild dat het huis van een oude dame is die elk moment kan overlijden.'

'Dat weet ik al,' zei hij. 'Wat heb je haar over het huis verteld?'

'We hebben haar foto's gestuurd,' zei Sophie. 'Natuurlijk wel de beste, waar het huis mooi op staat. Ik wilde niet dat ze verdrietig zou worden als ze het huis in zo'n vervallen staat zag. Ze was zo dol op dat huis.' Het 'vervallen staat' klonk gelukkig alsof ze wist waarover ze sprak, waardoor ze zich minder als een kind voelde dat gepest werd op het schoolplein. 'We wilden niet de indruk wekken alsof het huis er bewoonbaar uitzag of zo.'

'Ze dacht anders wel dat het huis met een likje verf en een paar nieuwe dakpannen klaar was,' zei Luke. 'Ik kreeg de indruk dat ze jou toestemming had gegeven namens haar te handelen.'

Sophie fronste. 'Zelfs al had ik het geld in een ouwe sok klaarliggen, dan nog kun je in Engeland niet in een paar uur een huis kopen. Ik heb geen idee hoe dat in Amerika gaat. Ik snap niet hoe je erbij komt dat ik namens haar zou handelen.'

'Jij zou al zo ver kunnen zijn dat het voor haar moeilijk wordt zich terug te trekken,' zei Luke. 'Dit is een groot project. Je had haar duidelijk moeten maken dat het bij een droom moet blijven.'

'Maar waarom zou het bij een droom moeten blijven? Waarom ben je er zo op tegen dat ze het huis koopt?' Ze hoopte dat hij zich zou herinneren hoe ze erover hadden gesproken toen ze het huis voor het eerst zagen.

'Dat lijkt me duidelijk,' kwam Ali tussenbeide. 'Het zou gekkenwerk zijn een huis in Engeland te kopen. Wat moet ze ermee? Ze woont duizenden kilometers hier vandaan. Het zou een blok aan haar been zijn.'

'Dat moet ze toch zelf weten?' zei Sophie. 'Ze weet echt wel hoe ver het is.'

'Ali heeft gelijk,' zei Luke. 'Het is een droom en absoluut niet praktisch. Je had haar niet moeten aanmoedigen.'

'Dat heb ik ook niet gedaan. Ik hou van Matilda en zou haar nooit kwaad doen. Maar goed, ik heb andere dingen te doen, als jullie het niet erg vinden.'

'Zoals?' vroeg Luke.

'Gewoon, dingen!' Ze moest hier weg. Ze kwam nog wel op een goede smoes.

'Sophie, wacht!'

Ze wist dat ze moest doorlopen, maar bleef toch staan.

'Hoe is het afgelopen bij je familie? Met die boorrechten?'

Sophie schudde haar hoofd en beet op haar lip.

'Ze wilden het niet,' zei Moira. 'Ze hebben botweg geweigerd.'

'Dan gaan we nog een keer samen,' zei Luke. 'Misschien helpt dat.' Hij klonk zo beleefd en zakelijk dat het pijn deed.

'Gaat het over die boorrechten waarover je gisteren die *conference call* had?' vroeg Ali. 'Ja,' zei ze tegen Sophie, 'het is belangrijk dat je dat regelt.' De manier waarop ze het zei gaf Sophie het gevoel dat het haar schuld was dat het niet al jaren geleden was geregeld. 'Dan gaan we met zijn drieën.'

Sophie moest er niet aan denken, tenzij er ergens in de buurt een klif was waar ze vanaf kon rijden. Ze ging niet met Ali en Luke op een kluitje in een krappe huurauto zitten.

'Ik zal hen eerst moeten bellen,' zei ze. 'Als we onverwachts langskomen raken ze geïrriteerd. Ze leiden een zeer gestructureerd leventje.'

'Oké,' zei Luke. 'Ik ben niet blij met de manier waarop je met het huis bent omgegaan, maar ik voel me verplicht ervoor te zorgen dat het goed komt met die boorrechten.'

Sophie wierp Moira een smekende blik toe die zei: alsjeblieft, zwaai met een toverstokje en haal me hier weg.

Moira ging de uitdaging aan. 'Weet je zeker dat jullie daar tijd voor hebben?' zei ze tegen Ali en Luke. 'Jullie hebben vast iets beters te doen.'

'Nee, dat kan wel,' zei Luke kortaf. 'We hoeven morgen pas terug.'

'Hebben jullie al een slaapplek geregeld? Buiten het seizoen is het niet makkelijk om…'

'We hebben een snoezig hotelletje in de buurt van New-quay gereserveerd,' zei Ali. 'Via internet.'

Sophie beet hard op haar lip om de steek van jaloezie niet te voelen. Ze wilde niet weten of ze maar één kamer hadden geboekt, maar zou wel graag horen dat het er twee waren geworden.

'Oké, dan is dat geregeld,' zei Moira. Haar poging Sophie te redden was mislukt. 'Eten jullie daar ook?'

'Natuurlijk,' zei Ali. 'We hebben een tafel gereserveerd.'

Toen ze inzag dat ze er niet onderuit kon, gaf Sophie zich gewonnen. 'Ik zal hen bellen.' Per slot van rekening kon ze met iets positiefs thuiskomen als Luke erin slaagde de Little-johns over te halen. Iets héél positiefs zelfs.

'Rijd maar met ons mee,' beval Ali. 'Dan kun je ons wijzen waar je logeert.' Vervolgens wendde ze zich met een vragende blik tot Moira en zei op dwingende toon: 'Misschien kun jij dan Sophies auto terugbrengen?' Ze gebaarde vaag in de richting van de geparkeerde huurauto.

Moira keek van Ali naar Sophie en knikte. Klaarblijkelijk kon ze geen reden bedenken om het niet te doen. 'Ik ga even tegen mijn vriend zeggen dat we gaan,' zei ze, en ze liep naar de voorkant van het huis.

Ali keek haar na. 'Is zij van de b&b waar je overnacht? Lijkt me een leuke vrouw, maar wel een beetje excentriek. Maar ja, ze is Engelse, dus dat verklaart een hoop.'

'Laat iemand uit Cornwall maar niet horen dat je haar En-gelse noemt,' zei Sophie, hoewel ze niet wist of Moira een ge-boren en getogen Cornische was of dat ze er een was gewor-den omdat ze er woonde. Maar ze wilde Ali zoveel mogelijk tegenspreken. Wat verbeeldde ze zich wel om Moira excen-triek te noemen? In haar ogen was Moira volstrekt normaal.

Sophie kroop op de achterbank van de huurauto. Ze kon zo

snel geen goede smoes verzinnen om niet met Ali en Luke mee te rijden. Waarom had Luke een driedeursauto gehuurd? Hij kon zich toch wel een auto met vier deuren veroorloven? Hoewel, als ze eerlijk was – en Sophie merkte tot haar ergernis dat ze al te makkelijk eerlijk was als het om Luke ging – had hij waarschijnlijk niet verwacht dat hij passagiers zou hebben.

Ze arriveerden bijna tegelijk bij Moira's huis. 'Hebben jullie al geluncht?' vroeg Moira, terwijl Sophie zich uit de auto wurmde, wat enige lenigheid vereiste. 'Misschien kan Sophie…'

Sophie vermoedde dat Moira, zich schuldig voelde omdat ze haar alleen had gelaten en een nieuwe poging wilde doen om haar van Luke en Ali los te weken.

'We hebben niets nodig,' zei Ali. 'We willen je niet tot last zijn.'

'We hadden al iets gegeten toen we hier aankwamen,' zei Luke. Toen wendde hij zich tot Ali. 'Moira kan heerlijk koken.'

'Dat geloof ik graag,' zei Ali met een stralende glimlach. 'Nou, als we die mensen nou even bellen, dan kunnen we daarna gaan.'

Terwijl Sophie het nummer opzocht en Ali haar mobieltje aanreikte, vroeg ze zich af of ze Luke en Ali zou waarschuwen voor de geur van gebakken kalkoenlevertjes.

20

Sophie was liever niet aanwezig geweest bij het telefoongesprek dat Ali met de Littlejohns zou voeren. Ze was ervan overtuigd iets negatiefs over haarzelf te horen en haar zelfvertrouwen had al deuken genoeg opgelopen; ze hoefde niet nog dieper de grond in te worden geboord. Maar Ali greep haar bij de arm. 'Wil jij voor mij tolken? Stel dat ik hun accent niet versta,' zei ze.

Sophie kreeg niet de kans uit te leggen dat de Littlejohns redelijk verstaanbaar Engels spraken, in plaats van het rijke en rollende Cornisch waar Sophie zo van was gaan houden.

'Hallo? Spreek ik met de heer Littlejohn? Goedemiddag. U kent me niet, maar ik spreek namens Winchester, Ambrose en Partners. Wij behandelen de boorrechten waarvoor Sophie Apperly bij u is langsgekomen.'

Sophie kon zich het gebrom en gesteun aan de andere kant van de lijn maar al te goed voorstellen. Als ze het niet al hoorde.

'Meneer Littlejohn, ik begrijp het standpunt van u en uw vrouw, maar ik ben bang dat het u niet goed is uitgelegd. Het is een erg ingewikkelde zaak en als de details niet duidelijk zijn besproken, kan ik me voorstellen dat u niet de behoefte had erop in te gaan.'

Ali ging nog enige tijd op deze toon door, waardoor Sophie het gevoel kreeg dat ze koeterwaals tegen de Littlejohns had gesproken en ondertussen het familiezilver had bekeken om te zien of er nog iets te halen viel. Ze keek Luke verbaasd aan.

Veinsde Ali dat het kantoor namens haar handelde om hen over te halen of hadden ze echt actie genomen?

Luke staarde met zijn handen in zijn zakken naar zijn schoenen, alsof hij afstand nam van hetgeen er werd gezegd. Hij leek weer op de gereserveerde New Yorkse jurist die ze in de galerie had ontmoet en die haar met een hautaine blik in zijn vreemdkleurige ogen had opgenomen. Alsof al het moois dat er tussen hen was geweest nooit had plaatsgevonden.

Ze liep de keuken in om met Moira te praten.

'Ik weet niet of ik dit aankan.'

Zoals verwacht reageerde Moira vastberaden. 'Natuurlijk wel. Het zal niet makkelijk zijn, en misschien levert het ook wel niets op, maar als het wel lukt, is het zeker de moeite waard. Denk aan het geld!'

'Ik heb geld nooit zo belangrijk gevonden. Ik heb altijd heel goed zonder gekund. Bovendien is het maar de vraag of we eraan kunnen verdienen.'

'Maar als er wel geld loskomt, ben je van niemand meer afhankelijk. Dan kun je je droom volgen en na je cursus een eigen bedrijfje opzetten.'

Sophie zuchtte. 'Dat weet ik niet, hoor.'

'Niet je romantische droom, maar je echte droom. De droom die alleen jou aangaat en niemand anders. Wees voor je eigen geluk niet afhankelijk van anderen, Sophie. Dat verdient niemand.'

'Dus jij denkt ook dat Ali en Luke iets hebben?'

Moira aarzelde. 'Dat weet ik niet. Maar ik moet toegeven dat het daar wel op lijkt. Hun lichaamstaal zegt dat ze een stel zijn – en een dat al lang bij elkaar is.' Ze zweeg even. 'Maar ik betwijfel of ze gelukkig zijn.'

'Oké. Die indruk had ik ook. Maar ik vroeg me af of ik niet te snel conclusies trok vanwege mijn eigen gevoelens.'

Moira beet op haar lip en schudde haar hoofd. 'Oké. Erop af. En geef ze van katoen.'

Om Sophies mond verscheen een glimlachje, precies zoals de bedoeling was. 'Grapjas. Het is geen soap!'

'Jawel, hoor,' zei Moira. 'Succes!'

'Misschien kan Sophie beter voorin komen zitten,' zei Luke toen ze in de auto stapten. 'Dan kan zij kaartlezen.'

'Wil je soms beweren dat ik dat niet kan?' Ali lachte en gaf Luke een speelse por. 'Mannen! Altijd maar denken dat vrouwen niks kunnen.'

'Ik bedoel alleen te zeggen dat Sophie die route al gereden heeft,' zei Luke.

Sophie ging er niet tegenin en stapte zonder iets te zeggen achterin. Ze was teleurgesteld dat Moira haar vermoeden had bevestigd; ze had gehoopt dat ze door haar gevoelens voor Luke niet in staat was hun lichaamstaal te interpreteren. Bovendien had ze geen zin om Luke uit te leggen dat het feit dat ze ergens al was geweest, niet automatisch betekende dat ze het weer kon vinden. Ze had het al moeilijk genoeg.

Ali wees hem probleemloos de weg naar het huis van de Littlejohns. Hoewel ze soms een vrouwenfront met Sophie vormde, was ze superefficiënt, precies zoals Sophie had vermoed. Perfect voor Luke. Waarom zou hij Ali niet verkiezen boven haar? Ze was intelligent, beeldschoon en wist wat er te koop was in de wereld. Ze had dezelfde levensstijl – althans een die beter aansloot bij die van Luke dan die van Sophie, met haar tweedehandskleren en goedkope recepten.

Sophies enige pluspunt was dat ze van hem hield. Maar ook al wist hij dat, dan nog zou het waarschijnlijk geen verschil maken. Liefde had er wellicht niets mee te maken; je koos een vrouw die geschikt voor je was en een goede moeder voor je kinderen zou zijn. Romantische liefde was onzin. Ze moest er niet aan denken dat hij echt van Ali zou houden.

'Dat is het huis,' zei Sophie. 'Of beter gezegd, de bungalow.'

'Maar het heeft een raam op de tweede etage,' zei Ali.

'Dat is een dakkapel, en in Engeland noemen wij dat de eerste etage,' zei Sophie. 'Maar technisch gezien blijft het een bungalow. Zullen we naar binnen gaan?'

Ze liepen in stilte de trap naar de voordeur op. Terwijl ze wachtten tot er werd opengedaan, nam Sophie het uitzicht in zich op, in de hoop dat het beeld haar kracht zou geven als ze eenmaal binnen was. Vervolgens zoog ze haar longen vol frisse lucht. Ze had Ali en Luke niet aangeraden hetzelfde te doen.

Behalve dat ze hem even onwillekeurig zijn neusvleugels zag optrekken toen hij naar binnen ging, maakte Luke indruk, en hetzelfde gold voor Ali. In een meesterlijk samenspel wierpen ze al hun charme, veel moeilijke woorden en een hautaine houding in de strijd, hetgeen zo'n effect op de Littlejohns had, dat ze als hongerige vogels naar het duo opkeken, verlangend naar het volgende smakelijke hapje. Ali en Luke sloegen een kop koffie af. Sophie kreeg niets aangeboden.

'Dus u hebt de papieren bij u?' vroeg meneer Littlejohn.

Papieren, dacht Sophie, welke papieren? Daar wist ze niets van. Maar ze wilde er niet in aanwezigheid van de Littlejohns naar vragen – ze moesten één front vormen. Bovendien had Moira gezegd dat ze het als een soap moest zien, en dus speelde ze haar rol – als een figurante, dat was duidelijk, die de actie gadesloeg zonder zich te hoeven bekommeren om de tekst.

Meneer Littlejohn leek te worden verscheurd door zijn verlangen elk woord van dit koningskoppel te geloven en hen tegelijk zo snel mogelijk de deur uit te werken. Sophie kon zich er iets bij voorstellen; ze hadden iets van engelen die op onschuldige mensen neer daalden en zaken verkondigden die hun leven voorgoed zouden veranderen. Weliswaar in hun voordeel, maar evengoed beangstigend.

'Voordat u iets tekent,' zei Luke, die tot dusver Ali het woord had laten doen, 'en erin toestemt dat Sophie u zal vertegenwoordigen, wil ik u er nogmaals op wijzen dat uw zaken bij haar in uiterst goede handen zijn.'

Sophie bloosde zo hevig dat ze even dacht dat ze koorts had. Wat zei Luke over haar?

'Sophie is een zeer deskundige jongedame. Het is aan haar initiatief te danken dat er iets nuttigs met de boorrechten wordt gedaan. Zonder haar zouden de papieren nog onder in een la liggen en zou niemand ervan profiteren. Maar nu zal een groot deel van jullie familie, ook al zijn het verre verwanten, maar toch familie van jullie, deze bezittingen te gelde kunnen maken.'

Sophie moest haar uiterste best doen om haar gezicht in de plooi te houden. Meneer en mevrouw Littlejohn, die zich eerder zo afwijzend tegenover haar hadden gedragen, keken nu vol bewondering naar haar op, alsof ze zojuist door Luke tot zakenvrouw van het jaar was uitgeroepen. Ali, daarentegen, keek alsof de bedompte lucht, of wat dan ook, haar te veel werd.

'Oké,' concludeerde Luke, 'dus u bent bereid deze verklaring, waarin Sophie de bevoegdheid krijgt namens u te handelen, te ondertekenen? Als u zich er niet prettig bij voelt, moet u het niet doen. Maar ik wil u erop wijzen dat u er enkele duizenden ponden – en misschien wel enkele tienduizenden – aan kunt overhouden. Al zal het enige tijd duren voordat het zover is. Er moet een hoop gebeuren voordat het geld van de ene in de andere hand overgaat.'

Bloosde Sophie eerst nog, nu leek al het bloed uit haar gezicht weg te trekken. Duizenden ponden? Waar had Luke het over?

'Ik zou tekenen als ik jou was, schat,' zei meneer Littlejohn. Hij griste een pen van tafel, totdat hij zich herinnerde dat de rechten aan zijn vrouw toebehoorden en niet hem.

'Bent u jurist?' vroeg mevrouw Littlejohn aan Luke. Ze was nog steeds op haar hoede.

'Jazeker.' De manier waarop hij naar haar glimlachte deed Sophies hart ineenkrimpen. Hij kon zo aardig zijn voor oudere mensen. Hij had het hart op de juiste plaats, hij hield alleen niet van haar.

Mevrouw Littlejohn keek naar hem op en nam de pen aan.

'Jij weet het nog niet,' zei Ali, 'maar voordat we naar Cornwall gingen, heeft Luke een lucratieve deal kunnen sluiten met een grote oliemaatschappij.'

'Waarom heb je me daar niet over gebeld?' vroeg Sophie verontwaardigd. Ze zat op de achterbank en had haar knieën opgetrokken tot aan haar kin. Tot haar opluchting kon ze er nu via een omweg achter komen waarom hij haar niet had gebeld.

'Ik heb je nummer niet, Sophie,' zei Luke op vriendelijke toon. 'Ik heb een nieuwe mobiele telefoon, maar mijn oude simkaart is gestolen.'

Sophie liet het even bezinken en zei toen: 'Vreemd. Want je had mijn nummer wel toen je me vanaf het vliegveld belde.'

'Het is mijn schuld,' zei Ali. 'Ik heb zijn kleren meteen naar de stomerij gestuurd. Het briefje moet nog in een van zijn zakken hebben gezeten.' Ze zweeg even. 'Het waren rare kleren. Luke zei dat ze uit een kringloopwinkel kwamen.'

Sophie blies haar adem uit. Daarmee was één mysterie alvast opgelost. Ali was zo geschrokken van het idee dat Luke in tweedehandskleding rondliep, dat ze zijn kleren meteen naar de stomerij had gestuurd. Waarschijnlijk om ze te ontsmetten. 'Je had Moira kunnen bellen. Zij had me de boodschap kunnen doorgeven.'

'Moira's nummer had ik ook niet. En omdat ik me haar achternaam en adres niet kon herinneren, kon ik het ook niet op het internet opzoeken.'

'En Matil-'

'Doe niet zo ondankbaar,' onderbrak Ali haar. 'Luke heeft zijn uiterste best voor je gedaan, evenals de rest van ons kantoor. En dat allemaal om van jou een rijke vrouw te maken.' Ze zweeg even. 'Relatief gezien natuurlijk, maar je kunt er toch een leuk centje aan overhouden. Voor iemand zoals jij is dat nooit weg.'

Sophie vond het vervelend dat Ali op de hoogte was van haar persoonlijke omstandigheden. Zou ze van Luke hebben gehoord dat hij kleren voor haar had moeten kopen omdat ze anders niet mee had gekund naar de brunch?

'Natuurlijk ben ik hem dankbaar, maar ik neem aan dat Luke het niet voor niks heeft gedaan. Ik weet hoe duur Amerikaanse juristen zijn. Ik ga ervan uit dat ik nog een rekening krijg.'

'Je krijgt geen rekening,' zei Luke – tandenknarsend, te oordelen naar de manier waarop de woorden eruit kwamen.

'Ik kan pas betalen als er ook echt geld wordt uitgekeerd.'

Dat was vervelend, maar niet onredelijk. Heette dat niet *no cure, no pay?*

'Ik zei dat je me niet hoeft te betalen,' herhaalde Luke afgemeten.

'Schat! Ik zie niet in waarom Sophie niet hoeft te betalen. Ze kan het op de andere rechthebbenden verhalen. We hebben allemaal hard gewerkt aan dit project.'

Ali was kennelijk geen afkorting voor 'altruïstisch', dacht Sophie. 'Ik betaal wel, Ali, maak je geen zorgen,' zei ze. 'Ik wil niemand iets verschuldigd zijn.'

'Goed zo,' zei Ali. Ze klonk niet erg enthousiast.

'Maar Luke,' vervolgde Sophie, 'ik wil toch wel graag weten waarom je me niet over die deal hebt verteld. Had je het ook gezegd als de Littlejohns niet hadden willen tekenen?'

'Natuurlijk hadden we het dan ook gezegd,' was Ali hem voor. 'Maar pas als de deal helemaal rond was. Stel dat het nergens toe leidt? Dan hadden we je blij gemaakt met een dode mus.'

'Dus de deal is nog niet rond? En waarom de Littlejohns wel blij maken met een dode mus en mij niet?'

'Sophie, je begrijpt het niet…' begon Ali.

'Nee, inderdaad. Misschien kun je het me uitleggen? Luke?'

'Laat mij maar even, schat,' zei Ali, klaarblijkelijk vastbesloten Luke erbuiten te houden. 'Het valt allemaal perfect in elkaar. Ik voorzie geen problemen. Luke heeft iedereen die hij kent in de olie-industrie gebeld, her en der om steun gevraagd en uiteindelijk een deal gemaakt. Dat zegt hij er niet bij, dus dan doe ik het maar.' Ze wendde zich ietwat uitdagend tot Luke.

'Of het nu rond is of niet, je had het tegen me moeten zeggen. Matilda heeft mijn nummer voor het geval je me op geen enkele andere manier kunt bereiken.'

'Mijn grootmoeder had jouw nummer niet bij de hand toen ik belde, want ze was niet thuis. Tenminste, dat zei ze,' snauwde Luke.

'O.' Maar Sophie was nog altijd niet tevreden. 'Jullie wisten me anders prima te vinden toen het om Matilda's huis ging, maar zodra het over mijn zaken gaat, ben ik ineens niet te bereiken.' Ze zweeg even. 'Niet dat je persoonlijk had hoeven komen, maar je had het me wel op een of andere manier kunnen laten weten.'

'Hoe dan?' vroeg Ali, op een irritant redelijke toon.

'Weet ik veel. Er is vast wel een manier.'

'We hebben geprobeerd het vanuit Londen te regelen,' verklaarde Ali, 'maar dat bleek onmogelijk. Vandaar dat Luke hier met de auto heen wilde, voordat je terug naar huis zou gaan. En zoals je ziet ben ik met hem mee gegaan.'

'Ik ben niet blind,' zei Sophie. Ze wist dat ze zich kinderachtig gedroeg, maar kon zich niet bedwingen.

'Hier links,' zei ze even later, toen Luke aarzelde bij een kruising.

Zodra Sophie uit de auto was, liep ze de weg af naar het strand. Ze wilde haar gevoelens in haar eentje verwerken, zonder dat iemand zou proberen alles te rationaliseren of zou zeggen dat ze zich niet zo druk moest maken. Ze was emotioneel volledig in de war, alsof er een kolkende storm in haar maag woedde die er ten kostte van alles uit moest. Ze had er een puinhoop van gemaakt. Hoe had ze zo dom kunnen zijn verliefd te worden op Luke? Zelfs de meest onnozele tiener zou zich niet zo hebben laten meeslepen.

Tot haar opluchting was het kiezelstrand verlaten en waren er nergens wandelaars met honden te bekennen. Het begon te regenen en het opstuivende water schuurde langs haar gezicht. Sophie had het gevoel dat ze eens goed moest uithuilen om de knoop in haar maag, veroorzaakt door spanning, hoofdpijn en in de loop van de dag opgebouwde woede, kwijt te raken. Maar de tranen kwamen niet. In plaats daarvan werd de knoop steeds groter, pijnlijker, destructiever. Ze haatte Luke, ze haatte Ali, ze haatte iedereen. Ze haatte zelfs zichzelf. Ze was zo dom, zo naïef, zo'n enorme idioot. Geen wonder dat Luke niets met haar te maken wilde hebben.

Sophie liep het kerkhof op, in de hoop rust te vinden of

misschien wel een aanleiding om haar tranen eens goed te laten lopen. Zelfs als ze zich goed voelde, konden kerkhoven haar aan het huilen maken. Maar ook al had dit kerkhof een speciale betekenis voor haar, er gebeurde niets. Ze begaf zich terug naar Moira's huis, nog altijd boos, verward en overmand door verdriet.

Vanaf een afstandje zag ze Luke en Ali bij de auto staan. Ze kreeg zo'n pijnlijk déjà vu dat ze zich snel achter een heg van hortensia's verstopte. Ze keek om zich heen en vroeg zich af of ze niet via een achterom bij Moira's huis kon komen. Dat kon bijna niet anders, maar de kans was groot dat ze dan over een hek moest klimmen of andere halsbrekende toeren moest uithalen.

Toen ze hen terug naar het huis zag lopen, vroeg ze zich af waarom ze zo stiekem deed – ze konden haar waarschijnlijk gewoon zien.

'Ik vertrek niet weer zonder afscheid te nemen,' zei Luke. 'Dat voelde de vorige keer al niet goed.'

'Lukey, dat is gewoon beter. En ze vindt het vast niet erg. Je hebt zelf gezien dat ze een vriendje heeft. Je was een avontuurtje voor haar, net zoals zij voor jou. En we waren het erover eens dat het niet meer zou gebeuren.' Sophie kon vanaf haar plek achter de hortensia's niet zien dat Ali haar hand op Lukes arm legde, maar ze wist dat ze het deed. 'Je weet toch dat meiden van die leeftijd hooguit vijf minuten verliefd zijn? Het is voor haar uit het oog uit het hart, vooral als je niet ellenlang afscheid neemt.'

Sophie wilde niet afwachten hoe 'Lukey' erover dacht en besloot er zelf achter te komen. 'Hallo! Zijn jullie nog niet weg?'

'Sophie!' Luke draaide zich met een ruk om. Hij zag bleek en keek bezorgd.

'Alles goed met je, Luke?' vroeg Sophie. Ze klonk bewonderenswaardig kalm, vond ze.

'Natuurlijk. Ik maakte me alleen een beetje zorgen om je.'

'Waarom? Dat is nergens voor nodig. Ik word rijk! Straks heb ik geld genoeg om te doen wat ik wil.' Ze was dit keer niet helemaal overtuigd van haar toneelspel en forceerde een glimlach om haar rol kracht bij te zetten.

'Ja,' beaamde Ali. 'En dat is jouw verdienste, Luke. Wedden dat Sophie je heel dankbaar is?'

'Jazeker,' zei Sophie. 'Heel dankbaar.'

'Dus het heeft geen zin hier nog langer te blijven. We houden contact.' Het leek er even op alsof Ali Sophie op haar wang wilde kussen, maar toen wendde ze haar hoofd af.

'O ja, hoe dan?' vroeg Sophie. Ze stelde vol trots vast dat het een tikje scherp had geklonken.

'Geef me je mobiele nummer maar,' beval Ali. Ze stak haar perfect gemanicuurde hand in haar tas en toverde er met een zwaai een visitekaartje uit, gevolgd door een gouden pen. Sophie schreef haar nummer op de achterkant van het kaartje. 'Hier.' Ali overhandigde Sophie nog een kaartje. 'Nu heb jij mijn gegevens ook. Kom, Luke, we gaan.'

Luke bleef staan. 'Sophie, weet je zeker dat het weer gaat?'

'Natuurlijk! Het komt allemaal goed. Ik heb straks genoeg geld om een cursus te volgen en een eigen bedrijfje op te zetten. Natuurlijk komt het goed met mij. Nou, ik zou maar gaan als ik jullie was. Ellenlang afscheid nemen is ook zo saai, nietwaar?' Ze keek naar Ali die licht bloosde. Waarschijnlijk besefte ze dat Sophie hun gesprek had opgevangen.

'Zo is dat. We hebben Moira al gedag gezegd,' zei ze snel. 'Dag, Sophie! We houden contact!'

'Zal ik jou eens wat zeggen?' zei Sophie, toen ze weer bij Moira in de keuken was. 'Ik wil niet eens meer huilen. Ik heb het helemaal gehad met die man. Hij heeft absoluut geen ruggegraat. Wat een sneu type. Ik snap niet wat ik in hem zag. Geen handvol, maar een landvol. En nog leukere ook.'

'Zo mag ik het horen,' zei Moira opgelucht. Ze plantte de ketel met een triomfantelijk gebaar op de kookplaat. 'Wat ben je nu verder van plan?'

'Nou,' zei Sophie na een ogenblik te hebben nagedacht, 'zodra het geld vrijkomt, ga ik een goede cursus volgen. En misschien blijft er genoeg over om een eigen bedrijfje van op te zetten. Wel jammer dat we niet weten hoeveel we precies krijgen. Mijn aandeel is klein, dus veel zal het niet zijn. Maar ik heb in elk geval iets om naar uit te kijken.'

'Je bent nog erg jong om voor jezelf te beginnen,' zei Moira, terwijl ze Sophie een beker thee aangaf.

'Ik heb er genoeg van om jong te zijn. Of niet om jong te zijn, maar waarom denkt iedereen dat ik dom ben omdat ik pas begin twintig ben? Of dat ik niet langer dan vijf minuten iets voor iemand kan voelen?'

Moira glimlachte en schudde haar hoofd om Sophies verontwaardiging. 'Ik begrijp wat je bedoelt, Sophie, maar ik kan je verzekeren dat het een voordeel is om jong te zijn. En je hebt een veel mooiere huid dan Ali.'

Sophie beet op haar lip. Ze was zo trots op haar het-kan-me-allemaal-niets-schelen-act en toch liet Moira zich geen seconde voor de gek houden.

'Dat weet ik. Ik ben in het voordeel.' Toen trok ze een gekweld gezicht. 'Hoe lang duurt het voordat je over een man heen bent?'

Moira haalde haar schouders op. 'Moeilijk te zeggen. Maar ik zou eraan werken. Ga niet elke seconde van de dag aan hem zitten denken.'

'Je hebt helemaal gelijk!' verklaarde Sophie. Maar het lukte haar al meteen niet Moira's goede raad op te volgen.

Sophie bleef nog een paar dagen bij Moira. Ze bezocht het huis en maakte nog meer foto's. Maar dit keer stuurde ze de foto's niet naar Matilda; ze had de indruk dat Luke en zijn grootmoeder ruzie hadden over het huis en wilde de zaak niet op de spits drijven.

Vervolgens bracht ze de huurauto terug en stapte ze op de trein naar huis.

'En?' zei ze, toen de hele familie aan tafel zat voor het avondeten. 'Willen jullie niet weten hoe het is gegaan?'

'Natuurlijk, lieverd. Hoe ging het?' vroeg haar moeder, die als enige de indruk wekte haar te hebben gemist.

'Heel goed. We hebben het laatste familielid gevonden dat nog aandelen bezat en…'

'Wie is we?' vroeg Michael, die van details hield.

'Luke en ik,' zei Sophie. Ze besloot het niet over Ali te hebben. Ze vond het veel te pijnlijk om het te moeten uitleggen.

'En waar is Luke nu, lieverd?' vroeg haar moeder, die liefdevol een lepel puree op Sophies bord schepte.

'In Londen. Hij moest weer aan het werk. Hij had maar een paar dagen vrij.'

'Ik mocht Luke wel. Eindelijk eens een vriendje met een goed stel hersens,' zei haar vader.

'En een bankrekening,' voegde Michael eraan toe.

Sophie ademde zachtjes uit en stak haar vork in de puree. 'Luke is mijn vriendje niet. Nooit geweest ook. En kan ik nu eindelijk mijn verhaal afmaken zonder dat jullie steeds over hem beginnen?'

'Sorry!' zei haar broer spottend. 'Hebben we een gevoelige snaar geraakt?'

'Nee, hoor! Ik heb alleen nieuws – en dat heeft niets met Luke te maken.'

Haar vader en broer legden overdreven nadrukkelijk hun mes en vork neer ten teken dat ze een en al oor waren.

'Mevrouw Littlejohn – dat is Erics nicht, die weduwe is – heeft een verklaring getekend die mij het recht geeft namens haar te handelen. Luke is namelijk bezig de boorrechten te verpachten. Als die deal lukt, krijgen wij allemaal een deel van de opbrengst. Ik weet nog niet hoe lang dat gaat duren, maar erg lang zal het niet zijn.' Sophie gaf een optimistische draai aan haar verhaal om te verbergen dat ze haar mond voorbij had gepraat – de deal was immers nog niet rond. 'Is dat goed nieuws, of niet?'

Haar moeder knikte glimlachend en at tevreden verder, maar haar vader en broer keken haar vol afschuw aan. 'Sorry, maar hoorde ik dat goed?' zei haar vader. 'Heeft ze iets getekend zodat jíj namens haar kunt handelen? Waarom jij? Je bent de jongste van de familie. Bovendien heb jij maar weinig aandelen. Waarom moet jij in hun naam actie ondernemen?'

'Ja. Dat zou ik moeten doen, als oudste,' zei Michael.

Zijn vader keek hem fronsend aan. 'Je bedoelt dat ík het zou moeten doen. Ik ben van de vorige generatie. Dit moet niet iemand van jullie doen.'

Sophie dacht even na. Moest ze hen erop wijzen dat er niets was gebeurd als zij er geen werk van had gemaakt? Of dat oom Eric van de generatie van voor haar vader was, en als dat het criterium was, hij dus degene was die namens hen actie zou moeten ondernemen?

'Enfin,' zei ze toen iedereen uitgeraasd was, 'ik ben gemachtigd. Punt uit.' Ze had nog niet niets getekend, maar haar naam stond op de papieren die Luke had opgesteld. 'Het spijt me als het jullie niet zint.' Ze zweeg even. 'Ik denk dat Luke vond dat ik het moest doen omdat ik het heb uitgezocht, anders had hij wel iemand anders gevraagd. Nu hoeven jullie dus alleen een verklaring te tekenen waarin jullie mij machtigen namens jullie op te treden. Oom Eric wil het graag doen. Dat lijkt me dus geen probleem, of wel?' zei ze uitdagend.

Michael was stomverbaasd. Haar vader knipperde met zijn ogen. Zo vastberaden had hij Sophie nog nooit meegemaakt. 'Het hoort niet zo,' zei hij ten slotte. 'Ik ben hier niet blij mee.'

'Inderdaad,' zei haar broer, die zijn stem hervond en zijn vader bijviel. 'Hoe kan iemand als jij daarvoor verantwoordelijk zijn. Het is te gek voor woorden!'

'Daar is niks geks aan,' zei Sophie ferm. 'Het is volstrekt duidelijk. Als ik hulp nodig heb, horen jullie het wel,' voegde ze eraan toe, bang het misschien toch niet helemaal alleen af te kunnen.

'Tja,' zei haar vader, 'als jouw naam op het contract met de oliemaatschappij staat, zullen we dat hebben te accepteren. Maar het is niet zoals het hoort.'

'Hoor ik daar iemand zeggen: "Goed gedaan, Sophie, fijn dat je ons allemaal rijk hebt gemaakt?"' zei Sophie kalm. 'Nee? Dat dacht ik al.'

Sophie had Amanda het hele verhaal uit de doeken gedaan en Milly een aantal mails gestuurd waarin ze haar in sneltreinvaart op de hoogte had gebracht van de situatie. Beide vriendinnen steunden haar en Sophie begon net een beetje te wennen aan het licht knagende gevoel van verdriet toen ze een telefoontje van oom Eric kreeg.

'Zou je me kunnen komen opzoeken, lieve kind?'

Omdat hij er de man niet naar was genegenheid te tonen, maakte Sophie zich meteen zorgen. 'Is alles goed met u? Wil mevrouw Brown een paar dagen verlof?'

'Dat denk ik wel. Ze wil altijd vrij om haar kleinkinderen te kunnen bezoeken.'

'Ik dacht dat haar kleinkinderen in Australië woonden,' zei Sophie. Als Mevrouw Brown regelmatig haar kleinkinderen kon bezoeken, moest ze meer verdienen dan ze dacht.

'Niet die kleinkinderen. Die in Rugby. Wel bij de les blijven!'

Sophie grinnikte. Oom Erics gemopper bood haar troost.

'Ik dacht dat je het wel leuk zou vinden mij weer eens te zien,' vervolgde hij. Het klonk berispend.

'Natuurlijk wil ik u weer zien!' zei Sophie onmiddellijk. 'Ik kom morgen langs.'

21

Sophie nam de trein naar oom Eric. Ze probeerde niet te denken aan de keer dat ze met Luke naar hem toe was gegaan. Maar omdat ze probeerde niet aan hem te denken, dacht ze gedurende de hele reis aan hem, bij elke hobbel en bobbel en bij elke trilling en schok daar tussenin. Gelukkig voelde ze zich meteen een stuk beter toen ze met haar rugzak bij oom Eric op de stoep stond. Hij stond aan haar kant, wat er ook gebeurde.

Hij opende de deur. 'Sta daar niet te staan. Kom binnen.'

'Wat fijn u weer te zien, oomlief,' zei ze, en ze kuste hem op zijn wang.

'Hup, opschieten, alle warme lucht vliegt het huis uit.'

Nadat Sophie zich had geïnstalleerd in wat ze als haar kamer beschouwde, voegde oom Eric zich bij haar in de keuken. Terwijl zij het avondeten bereidde, liet ze hem aan de keukentafel plaatsnemen. Dat was hij niet gewend, maar dat vond ze prettiger dan dat hij rondscharrelde en commentaar leverde.

'Dus je hebt de weduwe van Mattingly eindelijk zover gekregen dat ze heeft getekend?'

'Ja. Maar ik had wel de hulp van Luke en zijn…' Ze slikte. '… vriendin nodig om haar daarvan te overtuigen. Maar dat had ik u al geschreven.'

'Klopt.' Hij zweeg even. 'Jammer van die yankee. Ik mocht hem wel. Ik dacht dat het een fatsoenlijke kerel was.'

'Dat is hij ook. Hij is alleen niet mijn vriend.'

'Ik dacht dat je hem een geschikte partij vond.'

Sophie legde haar pollepel neer en draaide zich naar haar oudoom toe. Ze wist niet of ze moest huilen of lachen. 'Mijn leven is geen Jane Austen-roman. Maar ik geef toe, ik had graag gehad dat het iets tussen ons was geworden. Maar we passen niet bij elkaar. Het had waarschijnlijk toch niet gewerkt.'

'Hmph.' Nu hij zijn mening had geventileerd, keerde hij terug naar het oorspronkelijke onderwerp van gesprek. 'Het gaat zeker nog wel even duren voordat dat oliegeld loskomt?'

'Ja. Dat soort dingen kost tijd.' Ze gooide haar lepel in de gootsteen en schoof de macaroni-kaasschotel in de oven. 'Net als macaroni met kaas. Hoewel dat maar een klein halfuurtje is. Hebt u ondertussen zin in een kop thee?'

'Nee, ik heb liever iets sterkers. Kom, dan gaan we naar de studeerkamer.' Zichtbaar opgelucht verliet Eric de vreemde, onwennige omgeving van de keuken en liep met Sophie naar zijn studeerkamer.

'Laten we een glaasje port nemen,' zei hij. 'Anders komt die fles nooit leeg en ik heb een hekel aan verspilling.'

'Port? Dat drink ik bijna nooit, maar als u daar zin in hebt, haal ik even een glaasje.'

'We zouden eigenlijk een sherry moeten nemen, zo voor het eten, maar dat heb ik niet in huis. En ik wil dat jij ook iets neemt, want ik heb iets met je te bespreken.'

'Dat klinkt zorgwekkend. U bent toch niet ziek, hoop ik?' Sophie hield haar toon luchtig maar de angst sloeg haar om het hart. Oom Eric was al oud, en hoewel ze hem nog niet zo lang kende, moest ze er niet aan denken dat hij zou overlijden.

'Niet zieker dan anders, dank je. Nou, kom maar op met die port, jongedame.'

Sophie vond de glazen en de fles port in de kast die hij aanwees. Met een ongerust gevoel vulde ze de glazen en wachtte op wat hij te zeggen had.

'Weet je het zeker van die yankee?' zei oom Eric, na een slokje van zijn port.

'Ja. Hij heeft nu een veel betere vriendin.'

'En ook dat weet je zeker? Jij kunt verdomd goed koken, Sophie, en je bent handig in huis.'

Sophie moest lachen bij het idee dat Ali het huishouden moest doen. 'Ja. Ze is de ideale vrouw voor hem. Ze werken op hetzelfde kantoor. Ze is intelligent, aantrekkelijk, en meer van zijn leeftijd. Voor hem gemaakt, zou je kunnen zeggen.' Ze probeerde tevreden over te komen, alsof ze blij was dat Luke zo'n leuke vriendin had gevonden. Op een of andere manier was ze dat ook, want ze wilde het beste voor hem.

Haar oudoom dronk bedachtzaam van zijn port. 'Volgens mij zou je 'er wel eens naast kunnen zitten. Ik vond het een geschikte kerel, yankee of niet. Maar goed, misschien is hij de weg kwijt.'

'Deels,' zei Sophie, opgewektheid veinzend. 'Hij is niet hier, maar hij zal wel ergens zijn.'

Ze wist niet waar hij was. Hij was vaag gebleven over de duur van het project waaraan hij werkte. Misschien was hij nog in Londen. Bij het idee dat Ali bij hem was, kreeg ze het koud. Ze zag hen in gedachten in een hip appartement in Canary Wharf zitten, omringd door glanzende wolkenkrabbers, samenwerkend en een hip en glamourous leven leidend waar zij nooit deel van zou kunnen uitmaken, ook niet als hij wél van haar had gehouden.

Misschien had hij van haar gehouden in Cornwall, zoals je ergens een fijne vakantie kon doorbrengen zonder er te willen wonen. Ze was zijn Engelse vakantieliefde. Ali was de vrouw met wie hij zou trouwen en de rest van zijn leven zou doorbrengen.

'Maar genoeg daarover,' zei oom Eric 'Wat ik je wilde zeggen, is dat ik van plan ben je wat geld te schenken. Dus als je even in mijn bureaula wilt snuffelen – en ik weet dat je dat graag doet – dan vind je daar een cheque. Nee, nu niet sentimenteel worden. Het is mijn geld en daar doe ik mee wat ik wil!'

Hij zei het op zo'n boze toon, dat Sophie naar zijn bureau liep, de cheque pakte en die aan oom Eric gaf.

'Ik wil hem niet!' verklaarde hij. 'Hij is voor jou. Ik weet dat je graag een of andere cursus wilt volgen – hoewel een opleiding niet besteed is aan vrouwen, als je het mij vraagt – en als je op dat oliegeld moet wachten, is het misschien te laat om nog wat te ondernemen.'

Sophie moest lachen. 'Oom Eric! Zeg dat niet! En ik wil het niet aannemen. Het hoort niet.'

'Waarom niet? Als ik jou geld wil geven, dan doe ik dat.'

'Maar ik krijg geld van die boorrechten. Wij allemaal. Zelfs u!'

'Maar je zei dat het nog wel even kon duren voordat het werd uitbetaald – alsof ik dat niet wist – en daarom geef ik je het geld nu. Ik was toch al van plan om na mijn dood alles aan jou na te laten. Maar ook al zou ik nu ter plekke dood neervallen, dan duurt het jaren voordat je de erfenis in handen hebt.'

'Oom Eric!'

'Ik moet het toch aan íemand nalaten?' vervolgde hij. 'En ik ben niet zo dol op katten dat ik het aan het kattenasiel wil nalaten, of aan welk ander goed doel dan ook waaraan bejaarden geacht worden te schenken. Dan kan ik het net zo goed aan jou geven.'

'Maar...'

'Niks te maren, kind,' zei hij. 'Neem de cheque aan en doe me een plezier door iets met mijn geld te doen nu ik nog leef. Dan kan ik nog meemaken dat er iets goeds mee wordt gedaan.'

Sophie gehoorzaamde en keek naar de cheque. Er stond een bedrag van twintigduizend pond op. 'Oom Eric!' riep ze uit. 'Zoveel kunt u me toch niet geven!'

'Waarom niet? Het is van mij. Ik kan toch zeker doen met mijn geld wat ik wil? Kijk maar uit, als ik binnen zeven jaar het loodje leg – en die kans bestaat – dan moet je er nog belasting over betalen ook.'

'Maar het is ontzettend veel geld!' Sophie staarde naar de cijfers en vroeg zich af hoe lang ze zou moeten werken om dat bedrag bij elkaar te verdienen.

'Dat valt wel mee. Je kunt er geen huis van kopen, hoewel het een leuke aanbetaling zou zijn.'

'Ik wil er geen huis van kopen.'

'Wat zou je er dan mee willen doen, behalve je cursus?'

Sophie dacht even na. 'Ik zou er een reisje van naar New York van kunnen betalen. Dan kan ik een keer met Amanda op bezoek bij Milly. Heb ik u al van mijn vriendinnen van school verteld?'

Hij knikte, ten teken dat hij haar vriendinnen niet zo boeiend vond. 'En als ik er de cursus van betaal, hou ik ook nog geld over om van te leven. Geweldig!' Maar toen spatte de zeepbel uit elkaar. 'Maar toch voelt het niet goed om geld van u aan te nemen. U hebt het misschien zelf nodig.'

'Doe niet zo gemeen. Ik ben een oude man, ik heb niet veel pleziertjes meer. En nu ontneem je me ook nog datgene waaraan ik wél plezier beleef. Ik heb niets nodig. Ik heb een regeling getroffen voor het bejaardentehuis, mocht het zover komen. Dit is extra spaargeld.'

Sophie stond op en sloeg haar armen om hem heen. 'Dan ben ik u heel, heel erg dankbaar, oomlief. Heel erg bedankt. Nu kan ik wat van mijn leven maken en hoef ik niet meer in cafés te werken en schulden te maken. Echt helemaal geweldig. Bedankt.'

Hij gaf haar een klopje op haar arm, ten teken dat hij genoeg omhelsd was. 'Kun je nog wel een paar dagen blijven?'

Ze grinnikte. 'Ja, hoor. De cursus die ik wil volgen begint pas in september.' Ze had wat research gedaan en had de perfecte cursus gevonden. Hij had speciaal voor haar kunnen zijn opgezet.

'Mooi. Je kookt beter dan mevrouw Dinges.'

Die avond in bed bedacht Sophie dat ze Luke ook nog zou moeten betalen voor het juridische werk dat hij verrichtte in verband met de boorrechten. Ze had geen idee hoeveel ze hem daarvoor moest geven. Ze wilde hem niet te veel geven, maar ook niet te weinig. Maar wat was een redelijk bedrag? Omdat ze geen flauw idee had hoe ze daar achter kon komen, besloot ze sterk te zijn en contact op te nemen met Ali. Ze had haar kaartje met haar e-mailadres.

De dag erop, nadat ze haar cheque had ingewisseld en nog een paar dagen vrij had genomen om bij oom Eric te kunnen blijven, begaf ze zich naar het café waar ze van de computer gebruik kon maken, ook al zou ze in ruil daarvoor moeten poetsen, bakken of zelfs een hele avond moeten werken.

Jack, de eigenaar van het café, was blij haar te zien en stemde toe in het gebruik van zijn computer als ze hem zo nu en dan kwam helpen in zijn café.

'Ik moet nog wel even met oom Eric overleggen, maar ik neem aan dat hij me niet de hele dag over de vloer wil hebben.'

'Je krijgt er natuurlijk gewoon voor betaald,' zei Jack.

Sophie aarzelde.

'Als je hier werkt, betaal ik je. Het is niet veel, maar dan verdien je tenminste gewoon.'

Omdat Sophie niet wist hoeveel van oom Erics schenking naar Winchester, Ambrose en Partners zou gaan, nam ze het aanbod dankbaar aan. Na haar eerste werkronde, waarin ze scones, pizza's en een paar quiches had gebakken, liet Jack Sophie in zijn kantoortje om van de laptop gebruik te maken.

'Dit is echt heel aardig van je.'

'Graag gedaan. Maar ik moet meteen weer aan het werk.'

Nadat ze had ingelogd op Hotmail, haalde Sophie Ali's visitekaartje uit haar tas en schreef een e-mail.

Beste Ali, door omstandigheden ben ik in de gelegenheid te betalen voor het werk dat jullie kantoor heeft verricht ten aanzien van de boorrechten. Zou je zo vriendelijk willen zijn me de rekening te sturen, dan zal ik het geld zo spoedig mogelijk overmaken.

Ze besefte dat het feit dat ze bij oom Eric logeerde maakte at ze 'zo spoedig mogelijk' in plaats van 'meteen' had geschreven, maar ze was blij dat ze dat had gedaan; ze wist niet hoe lang het zou duren voordat het geld van oom Eric op haar rekening zou staan. Maar als de rekening twintigduizend pond zou bedragen – of het equivalent in dollars – kon ze dan moreel gezien een deel achterhouden voor haar cursus? Tenslotte was het geld van oom Eric daarvoor bedoeld.

Toen ze de volgende dag in het café kwam, had ze mail van Ali

Beste Sophie, Dank voor je mail. Ons kantoor rekent vierhonderd dollar per uur. Ik zal nagaan hoeveel uren in deze zaak zijn gaan zitten en laat het je zo spoedig mogelijk weten. Ik schat een uur of tien, misschien meer.

Sophie klemde haar kaken op elkaar toen ze het uurloon zag. Ze was geneigd meteen een cheque uit te schrijven zodat ze er nooit meer over hoefde na te denken. Maar misschien kon ze toch beter wachten totdat ze het precieze bedrag wist?

Uiteindelijk schreef ze toch een cheque uit, die ze met een briefje op de bus deed.

Beste Ali, Bij deze een cheque ter waarde van vierduizend dollar. Ik hoor graag of ik jullie nog meer verschuldigd ben.

Het gaf haar een voldaan gevoel haar schuld af te betalen, hoewel ze zich er ook een beetje schuldig over voelde. Luke had in de auto duidelijk gezegd dat hij niet voor zijn inspanningen betaald wilde worden. Maar misschien bemoeide hij zich niet met de administratie en kwam hij er niet achter.

Ze bleef nog een week bij oom Eric logeren, waarna ze met tegenzin besloot terug naar huis te gaan. Het werd tijd dat ze een goede baan ging zoeken en wat geld apart zette. Ze had dan wel een flink appeltje voor de dorst, ze wilde er ook niet te veel op interen. Bovendien zou ze met een baan minder tijd hebben om aan Luke te denken, want hoe ze ook haar best deed hem uit haar hoofd te zetten, het lukte haar niet.

Eenmaal thuis pakte ze haar werk in de wijnbar weer op en sprak ze regelmatig af met Amanda, op wiens aanraden ze een paar keer uitging met een jongen omdat Amanda 'het geen pretje vond een vriendin te horen zwijmelen over een man'.

Dat het ook geen pretje was je op te tutten voor een man die in geen enkel opzicht leek op de man in je hoofd en je hart, behalve dat hij van het mannelijke geslacht was, hield Sophie voor zich. Ze deed haar best de schijn te wekken dat ze zich vermaakte.

Ze hoorde niets van Ali. Of hun kantoor had niet meer dan tien uur aan de zaak gewerkt, of ze was het vergeten.

Februari was eindelijk voorbij en maart was al halverwege toen Sophie een mailtje van Matilda kreeg waarin ze Sophie vroeg iets voor haar te doen. Ze had regelmatig mailcontact met Matilda en tot dan toe had Matilda niet meer over Luke gerept. Dat verbaasde Sophie, omdat ze andere leden van de familie wel regelmatig ter sprake bracht. Telkens opnieuw was ze bang te lezen dat Luke en Ali zouden gaan trouwen. Vandaar dat ze Matilda's e-mails altijd eerst snel scande op de inhoud. Ze wist niet eens of Luke en Ali nog in Engeland waren en dat maakte haar ook niet uit – zolang ze maar niet met elkaar zouden trouwen. Matilda had voet bij stuk gehouden en het huis van de oude vrouw gekocht. Met Lukes zegen, vermoedde Sophie – of zou het toch anders liggen? Matilda hield haar regelmatig op de hoogte. Evenals haar Cornische vriendin en redder in nood, Moira.

Matilda kwam in haar e-mail meteen ter zake.

Lieve Sophie,
Zou jij in de gelegenheid zijn om naar het huis in Cornwall te gaan kijken? Ik wil zeker weten of de verbouwing goed verloopt.

Sophie schreef terug om te zeggen dat Moira dat voor haar zou doen, mocht Matilda dat nodig vinden, en dat de aannemer een vriend van Moira was en waarschijnlijk zeer betrouwbaar. De dag erop drong Matilda iets meer aan.

Kleurstalen, lieve Sophie. Je bent het vast met me eens dat je dat niet aan een aannemer kunt overlaten. Doe mij een plezier en ga er alsjeblieft heen. De kosten zal ik graag voor je vergoeden. Ik zou het echt heel fijn vinden als je ging. Je kunt toch wel een paar dagen verlof nemen van je werk, of vergis ik me?

Sophie was blij dat ze tegen Matilda kon zeggen dat ze haar kosten niet hoefde te vergoeden.

Mijn lieve oudoom heeft me een dikke cheque gegeven. Ik ben een rijke vrouw! En natuurlijk kan ik vrij nemen van mijn werk om te kijken welke kleuren het huis nodig heeft, als u dat graag wilt.

Sophie belde Moira om een kamer te reserveren, wist een treinkaartje met korting te regelen en vertrok op 1 april naar Cornwall. Hoewel haar herinneringen aan Luke haar nog altijd verdrietig maakten, zag ze ernaar uit het huis weer te zien. Ze hield van Cornwall. Het voelde als haar spirituele thuis en ze genoot van het vooruitzicht er veel tijd te kunnen doorbrengen: ze had zich ingeschreven voor de perfecte cursus in Falmouth en was toegelaten.

Ze huurde een auto in Truro en terwijl ze over de weggetjes reed die ze eerder met Luke had gereden, besloot ze dat melancholie een stemming was waarmee te leven viel. Een gebroken hart was erger, maar daar zou ze toch zeker gauw overheen zijn? Het was bijna drie maanden geleden dat ze Luke voor het laatst had gezien.

Toen ze de stad verliet, voelde ze zich al iets opgewekter. De lente had definitief zijn intrede gedaan en de weggetjes waarvan ze in januari al zo had genoten, waren nu nog mooier, met bermen vol sleutelbloemen, speenkruid, viooltjes en margrieten. Het leven zonder Luke mocht dan kleurloos zijn, ze kon nog altijd genieten van de schoonheid van de natuur.

Moira deed met haar gebruikelijke stralende glimlach open. 'Sophie, wat fijn dat je er bent. Het heeft hier dagenlang geregend, maar jij brengt zonneschijn mee! Kom binnen.'

Haar opgewekte begroeting ten spijt, had Sophie het gevoel dat Moira niet zichzelf was. Iets klopte er niet. 'Hoe gaat 't?' Sophie kuste haar vriendin. 'Ik heb het gevoel dat er iets is. Alles goed met je?'

'Jawel, hoor, prima! Alleen…'

'Wat? Komt het niet uit dat ik kom logeren? Dat had je me gerust kunnen zeggen.'

'Kom, dan gaan we in de keuken zitten. Je bent toe aan een glas wijn. Geloof me.'

Sophie liep met Moira naar de keuken. Ze voelde zich meteen thuis in de warme, huiselijke omgeving, hoewel ze de laatste keer dat ze hier was, ruim twee maanden geleden, had gedacht nooit meer te kunnen lachen.

Moira schonk een glas wijn in. 'Ik zet zo thee voor je, hoor, als je dat liever hebt. Ga zitten.'

Sophie trok een stoel naar zich toe en ging zitten. 'Je gaat me toch niet vertellen dat Matilda's huis tot op de bodem is afgebrand.'

'Natuurlijk niet. Doe niet zo dramatisch!'

'Dat komt door jou. Je jaagt me de stuipen op het lijf en voert me wijn…' Ze keek op haar horloge. '… terwijl het pas vijf uur is.'

'Zolang de vijf maar in de klok zit, toch?' Moira schonk een glas wijn voor zichzelf in en nam een versterkende slok. 'Het punt is… Luke. Hij komt.'

'Luke?' Sophie verstijfde. Ze had al die tijd zo haar best gedaan hem te vergeten, dat ze het niet over hem wilde hebben zodra ze bij Moira over de drempel stapte. 'Ik dacht dat hij allang terug was naar New York.'

'Ik weet niet waar hij op dit moment is, maar hij komt morgen. Ik heb hem de eenpersoonskamer gegeven.'

Sophie voelde zich misselijk worden. Ze had vlinders in haar buik en voelde zich slap worden. Het was maar goed dat ze zat. 'O god. Ik weet niet... Ik denk niet...' Ze wist niet wat ze moest zeggen en beet op haar lip.

'Ik snap dat dit heel moeilijk voor je moet zijn. Ik wist niet wat ik moest doen toen ik het hoorde. Ik heb erover gedacht je te bellen maar ik wilde je ook graag weer zien.' Ze zweeg even. 'Ik moest hem wel een kamer geven, want hij kan nergens anders terecht. Mijn vriendin van de andere b&b is weg.'

'Komt hij alleen?'

Moira knikte. 'Hij heeft niet gezegd dat Ali meekwam.'

Sophie haalde opgelucht adem. 'Maar waarom? Wat komt hij hier doen?'

'Hetzelfde als jij. Dat zei hij tenminste aan de telefoon. Matilda had hem gevraagd te kijken of de verbouwing goed verloopt. Niet dat dat nodig is.'

Sophie zette haar ellebogen op tafel en legde haar hoofd in haar handen. 'Ik begrijp het niet. Probeert Matilda ons soms te koppelen of zo? Ze heeft het in haar mails nooit meer over Luke, zelfs geen hints in de richting dat ze ons graag samen zou zien. Die neiging had ze wel een beetje in Amerika, maar toen Luke in Engeland was, was dat voorbij. Maar waarom zou ze dan willen dat we hier allebei zijn? We hoeven toch niet allebei op de verbouwing toe te zien – als dat al nodig is. Trouwens, Luke was er zo op tegen toen hij de laatste keer hier was. Matilda wil dat ik de kleuren voor het huis uitzoek.'

'De kleuren?'

'Ja. Volgens haar kun je van een aannemer niet verwachten dat hij daar verstand van heeft. Dat is natuurlijk wel zo.'

'Ja, maar Matilda heeft me gevraagd een binnenhuisarchitect in te schakelen. Die bepaalt uiteindelijk de kleuren.'

'Wat wil ze dan in 's hemelsnaam dat ik hier doe?'

Moira dacht even na en schudde toen haar hoofd. Kennelijk had zij ook geen bevredigende verklaring. 'Ik vraag me af of Luke weet dat je hier bent.'

Sophie haalde haar schouders op. 'Misschien schrikt hij zo

als hij me ziet, dat hij meteen terug naar Londen vlucht. Dat is waarschijnlijk maar beter ook.'

Moira opende haar mond alsof ze ertegenin wilde gaan, maar bedacht zich.

'Dus je weet zeker dat Ali niet meekomt?'

'Hij heeft het niet over haar gehad. Als ze wel meekomt, zullen ze een hotel moeten zoeken. Het eenpersoonsbed is maar een meter breed.'

Dat zou die bewuste nacht anders breed genoeg zijn geweest voor Luke en haar, schoot het door Sophie heen. Maar onmiddellijk zette ze die gedachte weer uit haar hoofd.

'Ik weet niet of ik het kan, Moira. Ik heb zo mijn best gedaan hem te vergeten. Ik weet niet of ik hem onder ogen kan komen.'

Moira keek haar vriendelijk aan. 'Maar je hebt geen keus. En misschien is dat maar beter ook. Voor hetzelfde geld denk je: wat een sukkel. Misschien ziet hij er niet meer zo goed uit, hoewel hij nog wel die bijzondere kleur ogen zal hebben.'

Sophie slaakte een diepe zucht. 'Oké. Dan zal ik net als vorige keer een toneelstukje opvoeren. Drama was een van mijn betere vakken op school, dus dat moet lukken. Ik zal doen alsof het prima met me gaat. En dat gaat het ook!' Ze zweeg even. 'En heb je er een gevonden? Een binnenhuisarchitect, bedoel ik?'

Moira knikte.

'Een kennis van jou?'

Moira knikte weer. 'Een vriendin van een vriendin. Ze gaat een moodboard maken, zo'n beeldcollage van ideeën en gevoelens.'

Sophie trok een gezicht. 'Ik kan haar wel een beeld geven,' bromde ze.

Moira lachte, zoals van haar werd verwacht. 'Doe niet zo flauw. Het is een heel leuke vrouw. Ze heeft geweldige ideeën. Het probleem is dat ze niet weet waar het huis voor bedoeld is.'

'Hoe bedoel je? Een huis is bedoeld om in te wonen!'

'Uiteraard, maar Becky – zo heet ze – wil weten of het een pension wordt of dat er een gezin in komt te wonen, dat soort dingen. Matilda heeft er namelijk niets over gezegd.'

'Weet de aannemer dat dan niet? Hij moet toch aanwijzingen hebben gehad.'

'Ze zijn bezig met het dak, en vervangen alles wat rot is, om te voorkomen dat het huis vervalt. Becky bepaalt of er muren moeten worden afgebroken, of er een serre moet komen, of er een jacuzzi geplaatst moet worden – dat soort dingen.'

Sophie trok haar neus op. 'Daar ben ik geen voorstander van. Maar ik weet ook niet wat Matilda wil, dus ik zie niet in hoe ik haar kan helpen. Maar misschien weet Luke het. Waarschijnlijk heeft ze hem dat soort dingen wel verteld.' Ze zuchtte. 'Maar waarom moet ik daar bij zijn?'

'Omdat jij er verstand van hebt? Ze weet dat je smaak hebt.'

Sophie doorzag het plaagstootje. 'Ik begrijp waarom Matilda het heeft gekocht. Ze kan het makkelijk betalen en kan de gedachte niet verdagen dat het zou vervallen. Maar wat nu? Ze is te oud om vanuit Connecticut een weekendje over te komen naar Cornwall.'

'Misschien weet Luke inderdaad meer. Wil je nog een wijntje?'

'Eerlijk gezegd snak ik naar een kop thee. En daarna zal ik je alles vertellen over de cursus die ik ga volgen. Ik heb er eentje hier in de buurt gevonden! Oom Eric heeft me een flink bedrag geschonken. Lief van hem, hè? Mijn familie is natuurlijk woedend, want ze vinden het weggegooid geld. Maar we krijgen straks allemaal geld uit die boorrechten, dus ik snap niet waar ze zich druk over maken.'

22

Sophie ging de volgende ochtend heel vroeg naar het huis. Het had 's nachts behoorlijk geregend en de dag had dat frisse gevoel dat alles extra mooi maakt. Ze wilde het huis zien voordat de anderen kwamen, zodat ze het helemaal voor zich alleen kon hebben. Misschien als ze zich probeerde in te leven hoe het huis eruit had gezien in Matilda's jeugd, dat ze kon aanvoelen wat ze met het huis zou willen. Bovendien wilde ze haar eigen dagdromen hebben.

Ze dacht dat ze Luke weer onder ogen kon komen. Ze had slecht geslapen en telkens wanneer ze wakker lag, had ze haar gevoelens proberen te rationaliseren, een beginzin geoefend en bedacht hoe ze zich het beste zou kunnen opstellen. Toen ze die ochtend was opgestaan, had ze het gevoel dat ze alles weer op een rijtje had.

De lichte nevel in de dalen wekte de belofte van een mooie dag. De vogels zongen en de bermen stonden vol met bloemen. Spinnenwebben glinsterden als feeënstof in het zonlicht. Als kind geloofde Sophie in feeën, en heel soms deed ze dat nog. Als het zonlicht een prisma in een waterdruppel toverde, betekende dat dat je een fee had gezien, en dat was altijd een goed teken. Sophie geloofde niet in slechte voortekenen, alleen in goede, en als ze niet zo hard haar best moest doen om – tevergeefs – over Luke heen te komen, zou ze zich nu heerlijk hebben gevoeld.

Maar nu de natuur zo dringend en uitbundig zijn gang ging,

323

kon ze niet besluiten of dat alles nog somberder maakte omdat het haar melancholische stemming versterkte, of dat ze zich getroost voelde dat het leven op zijn eigen meedogenloze maar optimistische manier verderging.

Eenmaal bij het huis was ze blij dat ze het rustig kon bekijken zonder het lawaai en de bedrijvigheid die spoedig zouden losbarsten.

Het huis had er prachtig uitgezien toen Luke en zij het in de winter voor het eerst zagen, ook al had het toen een trieste, verwaarloosde indruk gemaakt. Nu verkeerde het in goede staat en zag het er verzorgd uit. Het keek vanaf zijn heuvel trots uit over het glooiende landschap, en voor de zoveelste keer probeerde Sophie zich voor te stellen hoe mooi het uitzicht wel niet moest zijn. Wellicht was vanaf de bovenste verdieping van het huis de zee te zien.

He dak was grotendeels vernieuwd, evenals de dakranden en het merendeel van de raam- en deurkozijnen. De klimplant die tegen de gevels groeide was bewaard gebleven. Hoewel Sophie niet wist welke plant het was, was ze blij dat hij niet was verwijderd. Het huis zou er zonder het groene kleed naakt hebben uitgezien.

Sophie inspecteerde het huis van dichterbij. Toen ze door een raam naar binnen keek, zag ze dat er nieuwe houten vloeren in de benedenkamers lagen. De tuin was onder handen genomen maar niet opnieuw aangelegd; door de betonmolen en de generator leek het een werk in uitvoering, maar er hing een sfeer van belofte in de lucht en de verwachting dat alles weer even mooi zou worden als vroeger.

Omdat Luke pas tegen de middag zou arriveren, kon Sophie van het huis genieten zonder de spanning die zijn aanwezigheid zou oproepen. Ze snuffelde rond, bekeek alles aandachtig en dacht na over de mogelijkheden totdat ze uiteindelijk zo'n honger kreeg dat ze terugreed naar Moira om te ontbijten.

'Wil je een gebakken ei met spek?' vroeg Moira. 'Je hebt gisteravond niet veel gegeten, en na al die frisse lucht en beweging kun je vast wel iets stevigs gebruiken.'

Sophie schudde haar hoofd. 'Ik denk niet dat ik het wegkrijg.'

'Oké. Ga maar zitten, dan warm ik een croissant voor je op. Ik heb er nog een paar in de vriezer liggen.'

Sophie trok een stoel naar zich toe. 'Vind jij dat ik hier moet zijn?'

'Hoe bedoel je? Je bent toch hier?'

'Ja. Maar misschien kan ik beter naar huis gaan. Ik denk niet dat ik me hier erg nuttig kan maken en...'

'Je durft Luke niet onder ogen te komen?' Moira zette een warme croissant voor Sophie neer.

'Jawel. Maar als Luke met de binnenhuisarchitect en de aannemer door het huis gaat, ben ik overbodig.' Ze pakte de pot jam. 'Oké, ik durf Luke niet onder ogen te komen.'

'Wil je soms dat hij denkt dat je te zeer van de kaart bent om hem te ontmoeten?'

'Nee.'

'Oké,' hield Moira vol. 'Als je blijft en doet alsof het goed met je gaat, zal hij niet merken dat je liefdesverdriet hebt om hem. En je wilt Matilda toch ook niet teleurstellen? Wat zal zij ervan denken als ze hoort dat je eerst helemaal naar Cornwall bent gereisd en de volgende dag weer bent vertrokken?'

Sophie haalde haar schouders op. 'Ze moet maar snappen dat ze ons niet moet proberen te koppelen.'

'Weet je zeker dat dat haar bedoeling is?'

'Dat niet. Misschien wil ze om sentimentele redenen – waarschijnlijk omdat ze zelf Engelse is – dat we samen iets krijgen. Maar Ali is perfect voor hem. Ze zijn van dezelfde leeftijd en hebben dezelfde nationaliteit en achtergrond. Luke en ik hebben niets gemeen. Als ik denk waaraan ik hem heb blootgesteld ... vis en patat, Marmite, treinen op zondag...' Maar ze moest toegeven dat hij zich er goed doorheen had geslagen. Hij had niet geklaagd of Engeland op een negatieve manier vergeleken met Amerika. Hij had het gewoon over zich heen laten komen en zonder morren doorstaan.

Moira zei: 'Hij leek me geen vervelende man. Knap, rijk, enzovoorts, maar geen snob.'

'Dat niet, nee.' Sophie likte aan haar vinger en verzamelde haar croissantkruimels. 'Als je echt vindt dat ik moet blijven...'

'Natuurlijk moet je blijven,' beaamde Moira.

'Dan kan ik me beter even gaan opfrissen. Als ik Luke toch onder ogen moet komen, wil ik er op mijn best uitzien – althans, het "beste" wat ik ervan kan maken.'

Na het ontbijt ging Sophie naar boven, poetste haar tanden en borstelde haar haren. Ze deed geen make-up op. Ze gebruikte niet vaak make-up en wilde niet dat Luke dacht dat ze zich speciaal voor hem had opgemaakt. Uiteindelijk deed ze alleen een beetje mascara en lipgloss op, die ze er vervolgens weer afveegde. Ze stond net met een kohlpotlood in haar hand toen ze hem hoorde aankomen.

Ze voelde zich bijna echt ziek – van de zenuwen, opwinding, besluiteloosheid en, erg genoeg, van verlangen. Ze verlangde naar de man die haar zo diep had gekwetst. Ze drukte haar vuisten tegen haar buik om de vlinders tot bedaren te brengen, haalde een paar keer diep adem en opende toen de slaapkamerdeur. Ze moest naar beneden voordat ze van gedachten kon veranderen.

Luke was in de keuken met Moira. Ook al was ze er volledig op voorbereid, de schok hem te zien deed pijn. Hij was zo knap, en ze was zo verliefd op hem dat ze bijna moest huilen.

Hij draaide zich naar haar om, maar glimlachte niet.

'Luke!' zei ze.

'Sophie.' Hij klonk mat. Zijn ogen boorden zich in de hare alsof hij in haar ziel wilde kijken.

Terwijl ze koortsachtig naar woorden zocht, zei ze juist datgene wat ze niet wilde zeggen. 'Is Ali er niet?'

Hij trok een wenkbrauw op. 'Ali? Nee. Nee, ze is al terug naar Amerika.'

'O.' Dat was tenminste iets. Niet echt goed nieuws, maar ook geen slecht nieuws.

'Ik ga zelf ook spoedig terug.'

'O.' Dit was ongetwijfeld slecht nieuws, en ze voelde tranen in haar ogen prikken. Ze had toch al het gevoel dat ze aan haar lot was overgelaten en was er niet op voorbereid zich nog eenzamer te voelen.

'Ja. Mijn grootmoeder wil dat ik – en jij blijkbaar ook – de verbouwing controleer voordat ik naar huis ga.'

'Ik begrijp het. Hoewel ik niet begrijp waarom we daar allebei bij moeten zijn.'

Hij haalde zijn schouders op. 'Het kan nooit kwaad dat er met een vrouwenoog naar gekeken wordt, lijkt me.'

Moira verbrak de stilte. 'Heb je zin in koffie? Of liever iets anders? Ik maak straks soep en een salade voor de lunch, maar als je nu iets wilt, kan ik snel even…'

'Nee, dank je,' zei Luke. 'Ik heb al koffie gehad toen ik op mijn huurauto moest wachten.' Hij keek naar Sophie. 'Zullen we dan maar naar het huis gaan?'

Sophie wilde nee zeggen, maar Moira was haar voor. 'Ja, gaan jullie maar. Becky zei dat ze er om halftwaalf zou zijn. Ze komt hier met ons lunchen.'

'Kom, Sophie,' zei Luke. Hij liep om de tafel naar haar toe. 'Hoe gaat het trouwens met je?'

'Prima,' zei ze kortaf, nog altijd vechtend tegen haar tranen. 'En met jou?'

'Ook goed,' zei hij. 'Kom, dan gaan we.'

Hij liep met haar naar zijn auto, die hij op de parkeerplaats had gezet; ze weersprak hem niet en stond er ook niet op dat ze ieder met hun eigen auto zouden gaan of samen in die van haar. Ze wilde onverschillig overkomen en zou haar gevoelens voor zich houden, wat er ook gebeurde.

'Het verbaast me dat Matilda wil dat ik meedenk over de kleuren en zo,' zei ze toen ze eenmaal op weg waren. 'Vooral ook omdat ze een binnenhuisarchitecte heeft ingeschakeld. Een vriendin van een vriendin van Moira.'

'Noem een beroep, en Moira kent wel iemand die het doet,' zei Luke.

'Ja, zo'n type is ze wel. Ik mag haar erg graag,' voegde ze

eraan toe, voor het geval Luke dacht dat ze kritiek op haar had.

'Ze is een fantastische vrouw,' beaamde Luke.

'Over fantastische vrouwen gesproken, je grootmoeder...' Sophie zweeg. Ze besefte dat ze op het punt stond kritiek te leveren op iemand die hem dierbaar was.

'Ja? Wat is er met haar?'

'Ik denk dat ze iets in haar schild voert,' zei Sophie.

'Hoe bedoel je?'

Sophie keek uit het raampje. Als Luke niet vermoedde dat zijn grootmoeder hen wilde koppelen, dan kon ze dat beter niet zeggen. Waarschijnlijk had ze het ook bij het verkeerde eind. 'O, ik weet het niet. Vind je het niet erg dat ze het huis heeft gekocht?'

Hij schudde zijn hoofd. 'In eerste instantie vond ik het een vreemde gril, maar ze wilde het echt heel graag.'

'Maar waarom betrekt ze ons erbij?' Ze had 'mij' willen zeggen, maar wilde het niet te persoonlijk maken.

Hij haalde zijn schouders op. 'Wij moeten tegen de binnenhuisarchitecte en aannemer zeggen wat wij vinden dat er met het huis moet gebeuren.'

'Maar wij weten toch niet wat Matilda met het huis wil? Of heeft ze dat tegen jou gezegd?'

'Nee, wij moesten het huis maar bekijken en beslissen welk gebruik er het beste van kan worden gemaakt.'

'Het zou tot vakantieappartementen kunnen worden omgebouwd,' zei Sophie, hoewel ze het vreselijk zou vinden. 'Dat zou het meeste geld opleveren, denk ik.'

'Ik denk niet dat mijn grootmoeder eraan wil verdienen.'

'O. Maar wat wil ze er dan wel mee, denk je? Jammer eigenlijk dat ze zelf niet kan komen kijken. Ik bedoel, wat heeft het voor zin om het te kopen als ze het nooit kan zien? Dat is toch vreemd?'

'Dan zijn we het daar tenminste over eens.'

Een paar jongemannen stonden cement te mixen. Het apparaat draaide rond, aangedreven door de generator. Sophie was blij dat ze het huis had gezien in de schoonheid van de ochtend, toen het nog stil was.

'Het ziet ernaar uit dat er prima werk wordt geleverd,' zei Luke boven het lawaai van de betonmolen uit.

'Ze hebben het dak vervangen en een deel van de kozijnen en de vloeren,' schreeuwde ze terug. 'Laten we naar binnen gaan.'

Ze begroetten de bouwvakkers en legden uit wie ze waren, waarna ze de stilte van het huis binnen gingen. Zonlicht viel door de grote ramen naar binnen. Ze liepen zwijgend door het huis en lieten de ruimte op zich inwerken.

De oude keuken had hoge ramen waardoor je niet naar buiten kon kijken, een enorm fornuis en een ingebouwde keukenkast.

'Ik weet eigenlijk niet of ik deze keuken mooi vind,' zei Sophie. 'Ik hou van de authentieke details, maar hij is niet echt gezellig, hè?'

'Moet het dan gezellig zijn?' vroeg Luke, terwijl hij het belpaneel boven de deur inspecteerde.

'Natuurlijk. Een keuken moet gezellig zijn. Denk maar aan die van Moira.'

'Maar alleen als er een gezin komt te wonen,' zei Luke.

'Ja.' Het idee dat het huis in appartementen zou worden opgedeeld stemde haar plotseling somber. Het huis zou vol lawaaierige, rennende kinderen moeten zijn, die zich in grote stoelen lieten ploffen. 'Misschien zouden ze de vensterbanken kunnen verlagen en een serre aanbouwen. Dan zou je er een grote woonkeuken van kunnen maken met een open haard en een bank. Zo'n keuken heb ik altijd gewild.'

'O ja?'

Hij klonk nog matter dan toen ze hem die ochtend in Moira's keuken aantrof. Ze wilde hem zo graag aan het lachen maken en gelukkig zien, dat ze de neiging had naar hem toe te rennen en hem te omhelzen. Maar hoewel ze redelijk ontspannen met elkaar praatten, hing er nog altijd een formele sfeer tussen hen in. Hij bleef beleefd.

Maar in plaats van hem te omhelzen begon ze uit zelfbehoud te ratelen. 'Ja! Lekker opgerold op de bank voor het haardvuur zitten – of voor een houtkachel – en dan ondertussen gewoon lekker kunnen kletsen met degene die staat te koken. Het zou helemaal hemels zijn als je een serre zou laten aanbouwen. Het liefst met grote terrasdeuren die in de zomer open kunnen. Je zou er een paar zonnepanelen kunnen laten plaatsen.'

'Je heb behoorlijk uitgesproken ideeën,' zei Luke. 'Ik dacht dat je niet wist wat er met het huis moest gebeuren.'

'O, ik weet wel wat ik zou willen als het míjn huis was, maar dat is het niet. Het is van Matilda.' Haar vreugde in haar dagdroom verdween met haar fantasie. Haar hoofd was niet langer vol van mollige kinderen op blote voetjes die uit de tuin de keuken in kwamen gerend om haar iets te laten zien terwijl zij in een voedzame soep stond te roeren. Ze was weer het meisje dat nooit deel zou uitmaken van Matilda's familie.

'Zullen we naar boven gaan?' zei Luke.

Op de eerste verdieping lagen vijf grote slaapkamers. In de gezinsbadkamer stond een uitzonderlijk lang bad op leeuwenpoten. Er was een wc met een houten bril en een spoelbak met een trekker.

'Is dit een mooie authentieke badkamer of zou je deze ook onder handen willen nemen?' vroeg Luke.

'Ik twijfel. Het ziet er leuk uit, net als de keuken, maar gezellig is anders. Hoewel er natuurlijk wel heel veel kinderen in dat bad zouden passen.'

'Zou jij er veel willen, Sophie?' vroeg Luke.

De manier waarop hij haar naam zei maakte haar bijna aan het huilen. Zijn stem had die dag voor het eerst iets zachts en warms. Maar misschien had ze het zich verbeeld. 'Ja,' zei ze hees. 'Laten we naar de zolder gaan. Ik wil de slaapkamer zien waarin Matilda als kind heeft gelogeerd. En ik wil weten of ik de zee kan zien.'

Ze vonden de kamer die van haar moest zijn geweest. Hij was onveranderd. Er stond een smal metalen bed en een dekenkist, en op de vloer lag een lappenkleed. Sophie liep meteen naar het raam.

'Kijk! De zee!'

Luke kwam achter haar staan. Ze hoorde zijn ademhaling, rook zijn aftershave. In haar gedachten leunde ze tegen hem aan. 'O ja,' zei hij, 'daar heb je de zee.'

Ze bleven even naar het uitzicht kijken totdat het Sophie te veel werd. Als hij niet de hare was, wilde ze ook niet in zijn buurt zijn. Hij leek niet meer de Luke die ze had gekend. Hij was kortaf, afstandelijk, alsof hij geen gevoelens meer had. Of dat als hij ze wel had, niemand behalve hij ze kende.

'Laten we kijken wat er in die andere zolderkamer te zien is. De bouwvakkers zijn hier zo te zien nog niet geweest.'

'Hier staat alleen een tweepersoonsbed met een matras,' zei ze. 'Geen kostbaar antiek.' Ze liep naar het raam en keek naar buiten om te zien of het uitzicht anders was.

Juist op dat moment kwam er een auto aan rijden.

'Ik denk dat de binnenhuisarchitecte er is.'

'Ik ga wel naar beneden om haar binnen te laten,' zei Luke.

Sophie bleef door het raam naar buiten kijken, terwijl Becky haar auto parkeerde en Luke haar begroette. Toen liep ze de trap af naar de eerste verdieping, zodat ze nog een snelle blik in de ouderslaapkamer kon werpen. Ze wilde net naar beneden lopen om zich bij hen te voegen toen er een grote zwarte auto door de poort kwam rijden.

Ze keek roerloos toe terwijl Luke en Becky zich omdraaiden. De auto kwam tot stilstand, waarna er een vrouw achter uit de auto stapte die wachtte tot een oudere vrouw was uitgestapt.

'Matilda!' zei Sophie, en ze holde naar de trap. Toen aarzelde ze. Het was beter als Luke Matilda eerst begroette en aan Becky voorstelde.

Ze zag Luke in twee grote passen naar zijn grootmoeder toe lopen. Hij tilde haar op in zijn armen, omhelsde haar en zette haar toen weer voorzichtig op de grond.

Sophie kon niet verstaan wat er werd gezegd, maar er klonk

gelach gevolgd door stilte. Ze zag Matilda naar het huis kijken waarnaar ze zo lang had gezocht. Sophie wierp een laatste blik uit het raam en zag ineens dat de klimplant aan het uitbotten was. Het was een blauwe regen.

23

'Sophie! Lieve kind! Wat fijn je weer te zien. Je ziet er goed uit!'

Sophie omhelsde Matilda bijna even innig als Luke had gedaan. 'Matilda! Waarom hebt u niet gezegd dat u kwam!'

'Om eerlijk te zijn wist ik dat zelf ook niet. Maar ik stelde me voor dat jij hier was, en Luke, en dat jullie samen naar het huis gingen kijken, en toen dacht ik: 'Waarom ben ik daar eigenlijk ook niet? En toen heb ik geregeld dat April en ik hierheen zouden gaan. Ik vond dat we hier nu samen moesten zijn.'

Sophie wilde vragen waarom ze dat vond, omdat er niets speciaals te vieren leek, maar slikte het in. Matilda was de jongste niet meer en was net de Atlantische Oceaan overgestoken. In plaats daarvan zei ze: 'Ook al zult u wel eersteklas hebben gevlogen en door een chauffeur hierheen zijn gereden, u hebt een behoorlijke reis achter de rug. Was het druk rondom Londen?'

Matilda schudde haar hoofd, slechts lichtelijk aangedaan. 'Nee, hoor, we komen net van het vliegveld. Zo'n veertig minuten rijden.'

'Oma komt van Newquay,' verklaarde Luke. 'Privéjet.'

'O.' Sophie dacht dat ze gewend was aan rijke mensen, maar het idee dat je gewoon een privéjet nam om de oceaan over te vliegen leek haar een fantasie, of een scène uit een film.

'En April heeft voor me gezorgd,' zei Matilda. 'April? Kom, dan stel ik je aan Sophie voor.'

April was een vriendelijke vrouw van middelbare leeftijd die ietwat verdwaasd leek omdat ze zich ineens te midden van vreemden in Cornwall bevond. 'Als jullie het niet erg vinden,' zei ze, nadat ze iedereen beleefd had begroet, 'ga ik even een beetje rusten in de auto. Ik slaap niet zo goed in vliegtuigen.'

'Hoe hebt u het huis gevonden?' vroeg Sophie. Ze herinnerde zich hoe lastig het voor Luke en haar was geweest het huis te vinden.

'Onze chauffeur heeft de postcode ingevoerd en heeft ons zo hierheen gereden,' zei Matilda.

Natuurlijk. Wat een saaie, praktische vraag.

'Wat vreemd – of jammer eigenlijk – dat het huis een postcode heeft,' zei Sophie, meer in zichzelf dan tegen de anderen.

'Inderdaad,' zei Luke, tot Sophies verbazing. 'Zoiets moderns past niet bij deze plek.'

Heel even ontmoetten hun ogen elkaar, en Sophie vroeg zich af of het huis evenveel voor hem betekende als voor haar. Maar dat leek onmogelijk – niet voor de Luke die hij nu was. Voordat hij door Ali was ontvoerd naar de echte wereld, zou ze dat hebben geloofd, maar alles was veranderd. Ze wist waar hij werkelijk thuishoorde.

'Nou, laat me maar gauw het huis zien,' zei Matilda. 'Becky en Sophie, komen jullie maar met mij mee.' Ze gaf Sophie een arm en leek volledig op te gaan in haar herinneringen. 'Ik weet niet meer hoe oud ik precies was toen ik hier de eerste keer kwam, maar we werden door een koets opgehaald. Dat herinner ik me nog heel goed. Het paard was reusachtig. Hij leek in elk geval heel groot. Ik was zelf maar zo'n centimeter of zestig centimeter lang, dus misschien kwam ik net tot aan zijn knie. De rit van het station naar hier duurde lang en toen we de doorwaadbare plaats waren overgestoken, zei mijn grootmoeder – althans, ik denk dat het mijn grootmoeder was... Enfin, toen zei een van de twee oudere dames: "Nu is het niet ver meer." Ik sliep in dat kleine kamertje... Hé! Ik heb mijn camera bij me. Ik heb ze thuis beloofd dat ik foto's zou maken.'

Matilda dwaalde van de ene naar de andere kamer, terwijl ze herinneringen ophaalde en foto's maakte. Becky en Luke gingen met haar mee naar haar kleine slaapkamer, Sophie bleef beneden. De trap was te smal en de kamer te klein voor iedereen. Omdat ze verwachtte dat Matilda moe zou zijn, verzamelde ze de stoelen die de bouwvakkers voor hun pauzes gebruikten en zette ze in de zitkamer, waar het zonnig was. De wind was aangetrokken en ze wilde niet dat Matilda het koud kreeg. Ze zou willen dat ze een zakflacon hadden, zodat Matilda een borrel kon drinken.

Maar Matilda bleek nog vol energie toen ze de andere meeloodste naar de plek waar Sophie de stoelen in een kring had gezet. 'Mijn slaapkamer is nog precies hetzelfde! Het bed, de dekenkist, het lappenkleed. Na al die jaren!' Ze fronste. 'Misschien is het niet hetzelfde kleed, maar het lijkt er wel op.'

'Wat bijzonder,' zei Sophie. 'Maar gaat u nu maar even rustig zitten.'

Hoewel Matilda de reis verrassend goed had doorstaan, ging ze gehoorzaam zitten. De anderen volgden haar voorbeeld.

'Oké, Becky, ik ben benieuwd hoe je erover denkt,' zei ze toen iedereen zat.

'Het probleem is dat ik u pas van dienst kan zijn als ik weet wat u met het huis wilt, mevrouw Winchester,' antwoordde Becky. 'Wordt het een gezinswoning? Wilt u het verhuren? Of wilt u het misschien in vakantieappartementen opdelen?'

'Laten we er eerst maar eens gewoon van uitgaan dat het een gezinswoning wordt,' zei Matilda, na een blik op Sophie en Luke. Misschien had ze hun mening willen horen, maar die kreeg ze niet.

'Oké,' zei Becky. 'Laten we eerst de grote lijnen bespreken. Welke kamer is het belangrijkst?'

'De keuken,' zei Sophie. Ze vergat even dat het haar eigenlijk niet aanging. 'Zoals hij er nu uitziet, vind ik hem niet mooi.'

'Hij is heel traditioneel. Maar als je hem verandert, gaat het authentieke karakter verloren,' zei Becky. 'Gelukkig staat het huis niet op de monumentenlijst, dus jullie kunnen ermee

doen wat jullie willen. Maar ik zou wel in de stijl van het gebouw blijven.'

'Je kunt niet door de ramen naar buiten kijken,' zei Sophie.
'Dat doet me denken aan die oude scholen met van die hoge
ramen. Het licht valt er wel door naar binnen, maar je kunt
niet naar buiten kijken. Ik denk dat ze hier om dezelfde reden
zo hoog zijn. Zo werden de dienstmeisjes niet afgeleid van
hun werk.'

'O,' zei Becky, die verbaasd leek dat Sophie zo fel reageerde.

Het verbaasde Sophie zelf ook wel een beetje. 'Maar als je
een erker zou aanbouwen en de muur eruit zou breken, zou
je veel licht en ruimte scheppen en er ook nog een open haard
in kunnen maken.'

'Het is een binnenmuur,' zei Becky, aantekeningen makend.
'Maar dat zou met een draagbalk opgelost kunnen worden.
Dat loopt wel behoorlijk in de papieren,' voegde ze eraan toe.

'Laten we ons niet druk maken over de kosten,' zei Matilda.

'En er moeten extra badkamers komen,' zei Luke.

Becky knikte. 'De kamers zijn groot genoeg om er badkamers en suite van te maken. Ik heb er al goed naar gekeken
toen ik laatst hier was,' zei ze tegen Matilda, om duidelijk te
maken dat ze wist hoe het huis in elkaar stak.

'Zou u een aparte eetkamer willen hebben, als de keuken
wordt vergroot?' vroeg Sophie. Ze raakte enthousiast. 'En zo
niet, wat wilt u dan met die enorme ruimte?'

'Een zitkamer zou een goed idee zijn,' zei Matilda. 'Een plek
waar de jeugd lekker kan hangen.'

'Hangen, grootmoeder?' zei Luke met een glimlach.

'Je begrijpt wel wat ik bedoel,' zei Matilda.

'Wat voor bedrag hebt u voor de verbouwing in gedachten?'
vroeg Becky. Luke en Matilda keken haar allebei uitdrukkings-
loos aan. 'Hoeveel geld wilt u uitgeven? Het is handig als ik
weet hoeveel u te besteden hebt, voordat ik straks met gouden badkranen kom aanzetten.'

'We hoeven ons niet druk te maken over de kosten,' zei
Matilda. 'We willen goede kwaliteit.'

'Prima,' zei Becky, driftig noterend.

Matilda stond op. 'Sophie, liever, zou je even met me naar boven willen gaan? Ik wil nog een foto van mijn zolderkamertje maken, want dat ben ik vergeten.'

'Natuurlijk!' Sophie liep achter Matilda aan, zodat ze haar kon opvangen als ze van de wenteltrap zou vallen. Matilda was echter een en al zelfverzekerdheid.

Eenmaal op de kamer liep ze meteen naar het raam.

'Is het niet prachtig? Wat een uitzicht!' zei Sophie. 'Dit moet voor een kind een fantastische kamer zijn geweest.'

Matilda nam foto's, waarna ze samen naar de andere zolderkamer liepen. 'Deze is groter,' zei Matilda. 'Als de muur eruit zou kunnen, zou je hier een grote kamer en suite kunnen maken.'

'Dat moet u tegen Becky zeggen, als u dat wilt,' zei Sophie. 'Het zou fantastisch zijn.'

'Zou jij dat ook willen?'

Sophie fronste. 'Als het mijn huis was, en ik had kinderen, zou ik niet zo ver van ze af willen slapen.'

'Wil je kinderen, Sophie?' Het was de tweede keer die dag dat haar dat werd gevraagd.

'O ja, heel graag. Pas als ik de ware vind natuurlijk, maar ik heb altijd een groot gezin gewild.' Ze zweeg even. 'Maar of het ook zover zal komen, is natuurlijk afwachten.' Ze zuchtte. Ze vroeg zich af of ze ooit weer verliefd zou worden of dat Luke altijd de man van haar dromen zou blijven, zelfs als ze met iemand anders samenwoonde.

Matilda gaf haar een klopje op haar arm. 'Er bestaan tegenwoordig geweldige technieken voor iemand met vruchtbaarheidsproblemen.'

Ondanks haar weemoedige stemming, grinnikte Sophie. Ze maakte zich geen zorgen over haar vruchtbaarheid, maar over de man van haar kinderen. 'Hebt u alles nu goed gezien? U zult wel moe zijn.'

'Een beetje wel,' erkende Matilda. 'Maar zeg dat maar niet tegen Luke. Hij is nog altijd een beetje boos op me omdat ik dit huis heb gekocht. Maar ik heb zo mijn redenen en geniet ervan dat het allemaal voor elkaar lijkt te komen.'

'En met uw privévliegtuig kunt u natuurlijk hierheen gaan wanneer u maar wilt.'

'Zo is dat, kind,' zei Matilda, de trap afdalend.

Becky had op een klembord schetsen gemaakt. 'Ik wil graag wat meer weten over uw smaak, mevrouw Winchester. Zoals van welke kleuren en stoffen u houdt,' zei ze, toen Sophie en Matilda weer de kamer binnen kwamen. 'Dit huis is zo'n geweldig project. Ik zal een moodboard voor u maken.'

Matilda glimlachte. 'Misschien kun je dat beter met Sophie bespreken. Mijn ideeën zijn waarschijnlijk uit de tijd.'

Sophie lachte. 'Helemaal niet, hoor. U wilde van de zolder een kamer en suite maken. Dat is heel modern.'

'Mmm, Sophie had er niks mee, dus dat doen we maar niet.'

'U moet niet doen wat ik mooi vind, maar wat u zelf wilt met het huis. Ik zei alleen waarom ik liever…' Ze zweeg, zich er plotseling van bewust dat Luke naar haar keek. Ze wilde haar dromen over kinderen niet met hem delen.

'Dus, mevrouw Winchester…' zei Becky. Ze kreeg klaarblijkelijk geen hoogte van haar cliënt. 'Waar houdt u van? Hebt u een moderne smaak, zoals Sophie suggereert? Of wilt u liever in de sfeer van het huis blijven?'

'In de sfeer van het huis, lijkt me,' zei Luke. Iedereen wendde zich tot hem.

Matilda boog haar hoofd. 'Dat lijkt me ook. Wat vind jij, Sophie?'

'Dat weet ik niet. Ik hou niet van de huizen die je in televisieprogramma's ziet en die precies in de stijl van het huis zijn ingericht maar er verder niet echt comfortabel uitzien. Ik denk dat je een middenweg moet zien te vinden tussen oud en modern.'

'Perfect, zoals jij op je intuïtie afgaat,' zei Becky, aantekeningen makend. 'En nu wil ik nog even buiten om het huis heen lopen.'

'Luke en Sophie, gaan jullie maar met Becky mee. Ik denk dat ik even ga rusten.'

Sophie huiverde toen ze buiten kwamen, en Becky haalde haar jas uit de auto. Tegen de mooie blauwe lucht van die ochtend verschenen nu donkere wolken, die de wereld eraan leken te willen herinneren dat het pas april was en nog lang geen zomer.

Terwijl ze naar de ommuurde tuin liepen en Luke en Becky de voordelen van een moestuin afwogen tegen die van een zwembad – overdekt en verwarmd door middel van zonnepanelen –, vroeg Sophie zich af of ze bij hen moest blijven. Nu Matilda hier zelf was, was ze niet echt meer nodig. En vond ze het fijn of juist niet om in Lukes buurt te zijn? Het was heerlijk hem weer te zien en te spreken; als ze zag hoe lief en beschermend hij tegenover Matilda was, herinnerde ze zich ongewild dat hij ook zo tegen haar was geweest. Maar toen was Ali op het toneel verschenen en waren ze weer met beide benen op de grond terechtgekomen – althans zij. Luke had waarschijnlijk geweten dat het iets tijdelijks was dat in het echte leven nooit zou standhouden.

Ze wandelde van de ommuurde tuin naar de achterkant van het huis, waar jarenlang niets was veranderd, en voegde zich daarna weer bij Becky, Luke en Matilda.

'Sophie, lieverd,' zei Matilda, die na haar rustpauze weer vol nieuwe energie leek. 'Welke kleuren wil je in je keuken?'

'In deze keuken, bedoelt u? Dat is natuurlijk aan de nieuwe bewoner, maar ik hou van warme gele en rode tinten. Misschien een lichte crèmekleur. Wat denk jij, Becky?'

'Als je een paar mooie gordijnen hebt, kun je daar een afgeleide tint bij zoeken,' zei Becky. 'En bij de bank weer een andere tint. Tenzij je iets ouds vindt dat je gewoon zo laat – voor de shabby-chic look.'

'Shabby-chic?' Matilda keek naar Luke, waarna ze beiden naar Sophie keken, die lachte.

'Dat zal jullie wel vreemd in de oren klinken,' zei Sophie. 'Het is waarschijnlijk echt Engels.'

'Nee, hoor,' zei Luke. 'Dat kennen wij in Amerika ook.'

'Maar van welk soort stoffen hou je?' vervolgde Matilda. Klaarblijkelijk hield ze niet van oude spullen.

'Dat weet ik niet precies,' zei Sophie. 'Ik heb nog nooit stof voor iets hoeven uitzoeken. Ik gebruik altijd wat voor handen is. Het lijkt me eerlijk gezegd helemaal niet prettig om zoveel keus te hebben.'

'Becky, misschien kun je wat monsters verzamelen en Sophie daar een keuze uit laten maken,' opperde Matilda.

'Ik snap niet waarom. Waarom zou u mij laten kiezen?' vroeg Sophie. 'Matilda, het gaat erom wat u mooi vindt. Kunt u zich uit uw jeugd de stoffen in dit huis herinneren?'

'Niet echt. Ik was heel jong, maar ik kan me nog wel vogels herinneren,' zei Matilda.

'O, William Morris,' zei Becky. 'Dat past echt in dit huis. Ik zal wat monsters meebrengen.'

Matilda geeuwde, en Luke stond onmiddellijk naast haar. 'Je bent moe, oma. Ik kan je beter naar je hotel brengen. Waar verblijf je?'

'We hebben niets geboekt. We dachten dat we hier wel iets zouden vinden,' zei Matilda.

'Het dichtstbijzijnde goede hotel is in Truro,' zei Becky. 'Dichterbij is er niets.'

'Waar overnacht jij, schat?' vroeg Matilda aan Luke.

'Wij overnachten in een b&b,' begon hij.

'Bij een heel aardige vrouw, genaamd Moira,' onderbrak Sophie hem. Ze zag een manier om te kunnen vertrekken zonder dat het op een vlucht leek. 'U kunt mijn kamer wel hebben, Matilda. Hij is heel gezellig en comfortabel.' Ze had bijna gezegd: *Nietwaar, Luke?*, maar wist zich net op tijd in te houden.

Hijzelf scheen niet zo om discretie te geven. 'Ja, echt een heel fijne kamer, ook al is hij een stuk kleiner dan je gewend bent.'

'Het is een tweepersoonskamer!' zei Sophie verontwaardigd, totdat ze besefte dat Matilda's kamer en suite in Connecticut waarschijnlijk de oppervlakte van Moira's hele huis besloeg.

'En er is ook nog een kamer voor April,' zei Luke.

Het idee dat Luke ook naar een aanleiding zocht om te kunnen vertrekken voelde plots als een belediging, hoewel het leven zonder hem zoveel makkelijker zou zijn. Dat kwam, besloot ze, omdat ze niet opnieuw in de steek gelaten wilde worden; ze wilde liever zelf degene zijn die vertrok.

'Ik weet zeker dat Moira een andere b&b in de buurt weet waar jullie twee kunnen overnachten,' zei Becky.

'We hebben twee kamers nodig,' zei Sophie, voor het geval Becky het niet begreep.

'Jullie kunnen zoveel kamers krijgen als jullie willen.' Becky begreep niet waarom Sophie het nodig vond haar daarop te wijzen.

'Oké, laten we met zijn allen naar Moira gaan,' zei Luke. 'Dan zien we daar wel of er nog slaapplaatsen te regelen zijn.'

'Denk je niet dat we haar eerst even moeten bellen?' vroeg Sophie aan Becky. 'Dat Matilda komt, voelt misschien alsof de koningin op bezoek komt.'

'Ik ken Moira niet zo goed, maar ik denk wel dat ze dat aankan.'

Sophie zorgde ervoor dat zij als eerste aankwamen, hoewel dat betekende dat Luke harder moest rijden dan hij normaal deed en dat ze de auto bij Moira voor de deur moesten parkeren in plaats van op de parkeerplaats.

'Moira! Matilda – je weet wel, Lukes grootmoeder – is hier uit Amerika, met een gezelschapsdame. Ze hebben je kamers nodig. Weet jij of Luke en ik ergens anders kunnen overnachten? Of zal ik maar naar huis gaan?'

'Ho, niet zo ratelen, alsjeblieft,' zei Moira. 'Voor hoeveel mensen moet ik kamers zoeken?'

'Twee extra. Maar maak je geen zorgen, ik weet ook wel dat je die niet hebt. Ik ga eerst even de auto wegzetten. De anderen kunnen elk moment hier zijn.'

Hoewel het inmiddels behoorlijk hard regende, liep ze op haar gemak terug. Ze wilde Luke de tijd geven zijn verhaal te doen en Matilda en April aan Moira voor te stellen, en zelf wilde ze een korte afscheidsspeech verzinnen waarin ze het tekort aan kamers als reden aanvoerde om naar huis te gaan.

Ze trok haar jas uit en werd naar de keuken geloodst, waar

de anderen aan de thee met cake zaten. Ze wilde net uitleggen waarom ze meteen moest vertrekken, toen Matilda zei: 'Het is al geregeld, kind. Moira heeft een vriendin die kamers verhuurt. Luke en jij kunnen daar overnachten. Ik heb je hier namelijk nog nodig.'

'Ik moet terug naar Londen,' zei Luke. 'Ik heb een vergadering.'

'Morgenmiddag pas, zei je,' zei Matilda. 'Je kunt met het vliegtuig. Ik heb je hier nodig, zodat Becky knopen kan doorhakken.'

Sophie dronk van haar thee. Ze stelde vast dat Matilda heel dominant kon zijn als het moest. Het zou dom zijn haar alleen maar als een lief oud dametje te zien. Oud en lief was ze wel, maar ze had een sterke wil en scheen anderen gemakkelijk zover te krijgen dat ze deden wat zij wilde.

'We hoeven nog niets te beslissen,' zei Becky. 'Ik maak een moodboard op basis van de gesprekken die we hebben gevoerd. Dat geeft jullie genoeg tijd om te zeggen of het jullie zint of niet.' Ze zei dit tegen de keukentafel, die vol met bekers, bordjes en cake stond. Klaarblijkelijk twijfelde ze wie haar cliënt was.

'Je zou Matilda ook foto's kunnen sturen, of niet?' zei Sophie. 'Dan kan ze haar familie het huis en jouw ideeën laten zien.'

'Uiteraard kan dat,' zei Becky. 'Dat zal ik doen zodra ik wat ideeën op papier heb.'

'Foto's!' zei Matilda. 'Ik bedenk net dat ik mijn camera niet meer heb. April, heb ik hem misschien aan jou gegeven?'

'Ik heb een dutje gedaan in de auto,' zei April. 'Hebt u hem misschien aan meneer Winchester gegeven?'

Luke schudde zijn hoofd.

'In uw vroegere zolderkamer had u hem nog,' zei Sophie. 'U hebt daar heel veel foto's gemaakt. Waarschijnlijk ligt hij daar nog.' Ze stond op. 'Ik had erop moeten letten of u de camera bij u had. Ik ga wel even terug om hem te halen.'

'Maar het regent!' zei Matilda.

'Nou en? Ik ben niet van suiker,' zei Sophie opgewekt, blij

dat ze een excuus had om de drukke keuken te kunnen ontvluchten. De verwarring en misverstanden werden haar even te veel – en Luke, niet te vergeten.

'Ik zou alleen gaan als het echt nodig is,' zei Moira. 'Er staat een harde wind en het water in de beken staat...'

'Voor je het weet ben ik alweer terug!' zei Sophie, terwijl ze haar stoel terug onder de tafel schoof.

'Het lijkt me duidelijk dat je beter niet alleen kunt gaan,' zei Luke met een frons.

'Daar is niks duidelijks aan. Als er maar theewater op staat tegen de tijd dat ik terug ben.'

De ijskoude regen sloeg haar in het gezicht en hoewel haar jas nog nat was van haar wandeling vanaf de parkeerplaats, had Sophie geen spijt van haar besluit terug te gaan naar het huis om Matilda's camera op te halen. Lukes opmerking dat ze beter niet alleen kon gaan deed haar goed. Hij had haar dan wel enorm geholpen met de boorrechten, maar met deze kleine actie kon ze hem laten zien dat ze het emotioneel alleen afkon.

Ineens was er overal water. Ze besefte dat de heuvels vergeven waren van de beekjes die hun overtollige water afvoerden over de wegen. Terwijl ze voorzichtig doorreed, had ze het gevoel dat ze alles onder controle had. Ze had inmiddels genoeg ervaring opgedaan en had er alle vertrouwen in dat ze in haar gloednieuwe huurauto probleemloos naar het huis en terug kon rijden. Ze vroeg zich af wat Moira met het eten zou doen nu ze zoveel gasten had en voelde zich een beetje schuldig dat ze was weggegaan en niet kon helpen. Maar ze zou op tijd terug zijn om de aardappelen te schillen, mocht dat nodig zijn, en dat wist Moira.

De doorwaadbare plaats zag er volgelopen uit en Sophie stopte om in te schatten hoe diep hij was. Als ze ergens had kunnen keren, had ze dat waarschijnlijk gedaan en was ze terug naar Moira's huis gereden. Maar dat kon niet en daarom leek het haar verstandiger er langzaam doorheen te rijden.

Toen de auto middenin stilviel, besefte ze dat de motor was volgelopen met water. De schrik sloeg haar – te laat – om het hart. Ze zou moeten uitstappen en naar de andere kant moeten lopen. Toen ze het portier met enige moeite openduwde, stroomde het water de auto in en wist ze nog net op tijd haar handtas van de passagiersstoel te grissen. Door de wilde beweging viel haar mobieltje eruit.

Ze keek haar telefoon na terwijl hij zonk, totdat ze besefte dat ze geen tijd te verliezen had. Ze moest de auto uit en naar de kant lopen voordat het water nog verder steeg. Nu het nog kon.

Tot haar opluchting kon ze zich aan de auto vasthouden, en omdat ze besefte dat ze niet meer terugkon, liep ze naar voren. Het huis was niet ver meer. Als ze een slot kon forceren, kon ze er schuilen.

Toen ze de auto losliet, werd ze bijna meegesleurd, maar ze wist een tak vast te grijpen en zich uit het water op de weg te trekken. Daar stond ze dan, buiten adem en rillend van de kou. Van opluchting, besefte ze. Ze stond op de kant. Ze was niet verdronken. De tocht naar het huis, hoewel ze er twintig minuten over deed, leek een flits.

Ze liep meteen door naar de achterdeur, in de hoop dat niemand hem op slot had gedaan. Tot haar opluchting was hij open.

Eenmaal binnen zocht ze in haar tas naar haar zaklamp. Ze bad dat hij niet nat was geworden en het nog deed. Wonder boven wonder was dat het geval. Het eerste wat ze zag toen ze hem aandeed, was een berg houtkrullen op de grond. Ze stond in een provisiekamer, ontdekte ze, waar de bouwvakkers hun afval in hadden geveegd om het huis er opgeruimd te doen uitzien. Maar goed dat ze het niet in een plastic zak hadden gedaan en hadden weggegooid. Als ze iets kon vinden waarmee ze de houtkrullen kon aansteken, kon ze een vuur maken, voor het geval de hulpdiensten er lang over zouden doen om haar op te halen.

Ze wist dat ze veilig was, maar de schrik dat ze bijna door

de stroom was meegesleurd en alleen door een leeg en donker huis liep, bracht een licht paniekgevoel in haar teweeg. Ze
hield niet van duisternis.

Het was belangrijk dat ze iets om handen had.

Om de batterij van haar zaklamp te sparen, deed ze hem uit
en probeerde ze aan het halfduister te wennen. Ze verzamelde wat houtkrullen, oude kranten, sigarettenpakjes en ander
brandbaar materiaal en bracht dat naar de eetkamer. Daar was
een open haard en omdat de kamer kleiner was dan de zitkamer, zou het er eerder warm zijn. Nu maar hopen dat de
haard trok.

Ze moest de zaklamp vaker gebruiken dan haar lief was en
het idee dat ze alleen in het donkere, koude huis was maakte
haar bang. Hoewel ze steeds in beweging bleef, had ze het ijskoud, en ze wist dat ze niet de hele nacht in beweging kon
blijven om de kou te verdrijven.

In een mengeling van hoop en wanhoop begaf ze zich naar
de achterste regionen van het huis, voorbij de keuken en de
provisiekamer. Het was een oud huis, dus het kon niet anders
of er moest iets zijn waar ze licht mee kon maken, zoals een
stompje kaars of een lamp waar nog olie in zat, of anders wat
brandspiritus waar ze het vuur mee kon aansteken.

De eerste twee kamers die ze probeerde waren leeg. Ze
werd steeds zenuwachtiger. In dit enorme huis zou toch wel
íéts zijn wat haar van pas zou komen?

In het laatste kamertje hing een plank aan de muur. Het was
duidelijk waar de bewoners hun ongebruikte spullen, jampot-
ten vol roestige spijkers, oude bolletjes touw, raffia om planten
mee op te binden en kartonnen dozen hadden opgeborgen.
Sophie wist dat er spinnen zouden zitten. Er was geen enkele
manier om de plank te naderen zonder een paar van die monsters te verstoren.

De gedachte aan spinnen was de druppel. Ze was bijna meegesleurd door het wassende water, had door de stromende
regen gelopen en haar kleren waren zo nat dat ze rilde van de
kou. Op de plank konden lucifers liggen, een kaars, olie, wat

dan ook, en al het soort eenvoudige huishoudelijke dingen die konden voorkomen dat ze zou bevriezen van de kou. Niettemin hield de gedachte aan de achtpotige wezens die over haar hand zouden wegvluchten haar ervan een redmiddel te zoeken.

'Oké,' zei ze hardop, hoewel ze meteen wenste dat ze dat niet had gedaan. Haar stem klonk angstaanjagend in het donker. 'Ik veeg al die rommel in één keer van de plank en dan zie ik wel wat er op de grond valt.'

Totdat ze besefte dat er iets kon breken wat van pas zou kunnen komen en voor warmte kon zorgen, of wie weet voor wat nog meer. Ze moest de spinnen trotseren, er zat niets anders op. Ze zou haar hand over de plank laten glijden en al tastend moeten ontdekken of er iets bruikbaars tussen de spullen zat. Ze zou het doen. Dadelijk.

Ze hurkte neer, kroop met haar rug tegen de muur en sloot haar ogen. Haar kleren maakten een zacht soppend geluid. Ze beefde nog steeds onbedaarlijk. Het komt allemaal goed, hield ze zichzelf voor. Nog even en je hebt een leuk verhaal om aan je vriendinnen te vertellen. In gedachten beschreef ze de spelonkachtige ruimte vol spinnen en hoorde ze iedereen lachen om haar angstaanjagende verhaal. Het kwam goed, dat wist ze zeker. Maar wanneer?

Ze wist niet precies hoe lang ze daar zo ineengedoken had gezeten, zichzelf moed insprekend het huis weer in te gaan en lucifers te zoeken – hoe klein de kans ook was dat ze die zou vinden – toen ze een geluid hoorde. Ze slaakte een gil.

24

Haar brein wist dat het geen overvaller, inbreker of zelfs geen geest was. Ze wist dat het de politie of de brandweer was, of iemand die gestuurd was om haar op te halen. Maar ze had geen controle over de adrenaline die door haar lijf joeg en een paniekreactie teweegbracht, die nog eens werd verhevigd door haar in het donker echoënde gil.

Er klonk een luide, verwarde mengeling van gevloek en geroep. Iemand struikelde over haar voeten en smakte op de grond. Nog meer gevloek, waarin Sophie een Amerikaans accent bespeurde.

'Luke?'

'Shit! Sophie! Wat doe jij hier? Ik dacht dat je verdronken was!'

'Het spijt me dat ik je teleurstel.'

Er klonk gegrom, nog meer gevloek en toen voelde Sophie Lukes handen op haar schouders. Hij greep haar zo stevig vast dat het pijn deed. 'Ik dacht dat je dood was en jij hangt hier de grapjas uit. Ben je gek geworden!'

'Sorry! Ik stond doodsangsten uit. Wat doe jíj hier? En waarom dacht je dat ik dood was?'

'Omdat je in een overstroming bent uitgestapt en je mobiel niet opnam. Mensen verdrinken in overstromingen!'

'Maar ik ben niet verdronken. Ik mankeer niets.' Hoewel ze zich dapper voordeed, schaamde ze zich wel een beetje.

'Dat verdien je dan niet.'

Sophie schraapte haar keel. Luke wekte de indruk dat ze straks wel iets zou mankeren als ze niet uitkeek. 'Maar waarom ben je me hier gaan zoeken? En niet in het huis?'

'Ik heb het hele huis doorzocht, daar was je niet.' Luke was nog steeds woedend. 'Wat doe je in godsnaam in dit vreselijke hok?'

'Ik hoopte hier spullen te vinden die ik kon gebruiken. Zoals lucifers – of in elk geval iets om licht mee te maken.' Sophie wist dat ze ratelde. Het zou helpen als ze niet zo zou beven.

De greep om haar schouders verslapte. 'Daarom hoopte ik ook dat je hier was. Zo niet, dan moest je door de stroom zijn meegesleurd.'

'Maar dat is niet zo.'

'Je nam je telefoon niet op!'

'O. Die is dus wél verdronken. Hij viel uit de auto toen ik het portier opende.'

'Dat had jou ook kunnen overkomen! Besef je wel hoe gevaarlijk het was wat je deed? Volgens Moira kunnen de beken hier bij hevige regenval de afvoer niet meer aan en ontstaan in een mum van tijd overstromingen!'

'O ja?' Ze schreeuwde niet terug omdat ze zich schaamde en zich een enorme sukkel voelde.

'En dan riskeer jij verdomme je leven voor een camera!'

Sophies gêne zakte meteen weer. Ze kon niet tegen geschreeuw en hij hield haar nog steeds vast bij haar schouders, om haar bij elke zin even door elkaar te schudden. 'Dat wist ik niet. Moira heeft tegen mij niets over overstromingen gezegd.'

'Wel waar!' schreeuwde hij. 'Je luistert alleen niet. Daar ben je te eigenwijs voor!'

'Het spijt me. Ik wist niet…'

'Je had wel kunnen verdrinken. Ík had wel kunnen verdrinken.'

'Je had niet hierheen hoeven komen! Had de politie of de brandweer maar gebeld.'

Er viel een korte stilte. Hij liet haar schouders los. 'Het is noodweer. Ze worden natuurlijk platgebeld. Dan waren ze misschien pas morgenochtend gekomen.'

Naarmate Luke kalmer werd, nam Sophies woede toe. 'Ik had me hier wel gered. Je had je leven niet hoeven riskeren voor mij! Daar heb ik toch niet om gevraagd!'

'Moira probeert iemand met een tractor te regelen om ons te helpen.'

'Ik wil niet dat anderen hun leven riskeren voor mij.'

'Overdrijf toch niet zo!'

'Ik overdrijf niet! Bel Moira maar om te zeggen dat ze me niet hoeven komen te redden!'

'Dat kan niet.'

'Waarom niet?'

Hij slaakte een wanhopige zucht. 'Omdat mijn mobiel aan de oplader in de auto ligt.'

'Waar staat je auto?'

'Op een hoge, veilige plek. Ik ben het hele eind komen lopen.'

'O.'

'Ik zag jouw auto staan en heb me eraan vastgehouden om te kunnen oversteken. Maar die stroom is nu zo ongeveer een rivier.'

Sophie liet zich huiverend terug in haar donkere hoekje zakken. Ze voelde zich diep ellendig. Ze was doornat, halfbevroren en Luke verachtte haar. Ze verachtte zichzelf. Ze hadden allebei dood kunnen zijn.

'En?' zei hij even later. 'Heb je iets nuttigs kunnen vinden?' Hij klonk kalm, maar vriendelijk was anders.

'Nog niet. Dat is nogal lastig in het donker.' Ze zei er maar niet bij dat de reden was dat ze een spinnenfobie had.

'Laten we naar het huis gaan,' zei Luke. Hij boog zich voorover en pakte haar bij de arm om haar overeind te helpen. 'Je bent ijskoud!'

Ze klappertandde nu zo dat ze niet meer kon praten. Ze wist dat het niet alleen van de kou kwam maar ook van de schrik.

'Kom.' Hij legde een arm om haar schouders en duwde haar

zo ongeveer het huis in. Eenmaal binnen kalmeerde ze iets. Ze wurmde zich onder zijn arm uit en streek een paar natte haarlokken uit haar gezicht. Ze was bang nooit meer warm te zullen worden. Hoewel het buiten donker was, kwam er een beetje licht door de ramen. Ze zag Luke in een tas rommelen.

Hij haalde er iets uit. 'Hier heb je de zaklamp.' De lichtbundel deed de kamer op een of andere manier donkerder lijken. 'Hou even vast.'

Luke gaf haar de zaklamp aan en ze richtte hem op de tas terwijl Luke verder zocht. 'Hier.' Hij haalde er een plastic zak uit. 'Er zit een sweater in. De rest is eten, een paar kaarsen en lucifers.'

'Geweldig.' Ze haalde de sweater uit de zak en trok hem aan over haar natte kleren. 'Zit er toevallig ook een handdoek in?'

'Nee!'

Hij klonk nog altijd woedend, maar dat kon ook zijn omdat hij het zo koud had. 'Geeft niet,' zei Sophie, in een poging positief over te komen. 'We kunnen vuur maken en picknicken. Dan worden we vanzelf warm.'

'Waar maken we vuur van?'

'Er zijn houtkrullen genoeg. En stukjes resthout. Ik neem aan dat er in een van de schuren nog wel houtblokken liggen. Jij hebt lucifers bij je. Moira zal wel geen aanmaakblokjes in haar noodpakket hebben gedaan?'

'Nee. Ze had haast. We waren bang dat je zou verdrinken of zo nat was geworden dat je onderkoeld zou raken. We hoopten dat je het huis had gehaald, maar dat wisten we natuurlijk niet.'

Sophie slikte. Het begon langzaam tot haar door te dringen hoeveel gevaar ze had gelopen. 'Het spijt me.'

Ze had het ijskoud en wilde de handen uit de mouwen steken. Misschien dat Luke dan niet meer zo op haar neerkeek. Ze kon niet anders. 'Ik zal wel vuur maken. We moeten weer warm zien te worden.'

'Dat zal heel moeilijk worden. Hier, die heb je nodig.' Hij gooide haar het doosje lucifers toe, dat op de grond viel.

'Dank je.' Ze was nog altijd op haar hoede. 'Misschien kun jij houtblokken gaan zoeken?'

Hij nam de zaklamp van haar aan en beende de kamer uit. Ze knipte het zaklampje aan haar sleutelbos aan en begaf zich naar de voorraadkamer waar de bouwvakkers hun afval in hadden geveegd. Waarom bleef Luke zo boos op haar? Ze begreep dat zijn opluchting dat ze nog leefde kon zijn omgeslagen in boosheid. Dat was normaal. Maar het was onredelijk zo lang boos te blijven. Zíj was hier het slachtoffer – als er iemand boos zou moeten zijn, was zij het, en wel op hem.

Gelukkig stond er nog een emmer in de voorraadkamer en lag er afgezien van de berg houtkrullen ook nog wat resthout. Binnen een mum van tijd had ze de emmer vol. Misschien klaarde zijn humeur op als hij weer een beetje warm was geworden.

Ze wist dat mensen meestal niet boos werden op iemand die hen onverschillig liet. Zou dat ook voor Luke gelden? Zodra ze het sprankje hoop herkende, verdrong ze het weer. Luke wilde haar niet, hij had Ali.

Ze begon een vuur aan te leggen. Ze maakte proppen van een exemplaar van de *Sunday Sport* en legde die op het rooster. Daar bovenop verspreidde ze de houtkrullen, gevolgd door stukjes resthout en, tot slot, een paar grotere stukken hout.

Het volgende moment sloeg de rook de kamer in en ineens leek een vuur niet meer zo'n goed idee. Misschien kwam het omdat de schoorsteen nog koud was. Of, zo bedacht ze ineens, omdat hij verstopt was. Dat zou een ramp zijn. Als Luke haar daarnet al bijna naar de keel was gevlogen, hoe zou hij dan reageren als hij merkte dat ze niet meer in de kamer konden zitten? Ze zouden naar een andere kamer kunnen gaan, maar Sophie wilde lekker warm bij het vuur zitten en niet naast een vijandige man in de kou.

Ze opende een raam en liet wat van de rook ontsnappen. Met een beetje geluk was de rook een stuk minder als Luke terugkwam en kon ze de schuld geven aan een koude schoorsteen in plaats van aan een die niet werkte. Het huis was be-

woond geweest door een oude vrouw; ze had toch zeker regelmatig gebruikgemaakt van de haard, zoals mensen vroeger
gewend waren?

De rook werd al minder en, toen er niets meer bijkwam,
sloot Sophie het raam. Na frisse lucht wilde ze nu warmte.
Vervolgens zette ze twee stoelen, die door de bouwvakkers
waren achtergelaten, bij het vuur en keek in de tas.

Er zaten een paar plastic dozen in. In een ervan zat een
fruitcake, in een andere kaas. In de tas zaten ook nog een paar
metalen bekers, een halfvolle fles cognac, een pak crackers en
een aantal kaarsen, die ze aanstak en op de schoorsteenmantel
vastzette in een plasje gesmolten kaarsvet. Ze ging ervan uit
dat het houtwerk nog geschuurd en geverfd zou worden en
dat ze geen blijvende schade aanrichtte.

Luke bleef wel erg lang weg, besefte ze. Waarom zou het zo
lang duren? Hij had de zaklamp. Zou er iets gebeurd zijn? Ze
maakte zich zorgen en begon zich steeds ellendiger te voelen.
Ze ging dichter bij het vuur zitten, met haar handen er bijna
in, maar het vuur gaf nog geen hitte af, en ze had het kouder
dan ooit.

Ze besloot wat natte kleren uit de doen. Ze trok Moira's
sweater uit, die ze over haar jas had aangetrokken, en vervolgens de jas, waarna ze de sweater weer aandeed. Haar spijkerbroek plakte aan haar benen. Ze dacht even na en trok toen
ook haar geruïneerde laarzen en haar spijkerbroek uit, want
die zorgden er alleen maar voor dat ze nat en koud bleef.

De natste kleren hing ze over de rugleuning van een van de
stoelen die ze naast de open haard zette. Als het hen zou lukken het vuur goed op te stoken, zouden ze misschien wat
minder vochtig worden.

Ze had zich net weer een beetje fatsoenlijk toegedekt, toen
ze Luke hoorde. 'Waar bleef je zo lang?' vroeg ze geschrokken.
'Ik maakte me ongerust!'

Dat had ze beter niet kunnen zeggen. 'Ik heb houtblokken
gevonden,' zei hij, terwijl hij een grote mand met hout bij de
haard op de grond zette. 'Maar ze moesten nog gesplitst wor-

den. Gelukkig lag er ook een bijl.' Uit zijn zware ademhaling maakte ze op dat het een zwaar karwei was geweest.

'O, kun je dat dan?' vervolgde Sophie, deels om haar gêne over het feit dat ze halfnaakt was te verbergen.

'Natuurlijk kan ik dat! Ik weet niet wat voor een idioot jij denkt dat ik ben, maar ik kan wel houthakken.'

'Ik dacht alleen...'

Luke gooide twee grote houtblokken op het vuur. De vonken schoten omhoog de schoorsteen in. 'Volgens mij denk jij anders niet zoveel!'

Sophie wilde dat ze haar kleren aan had gehouden. Ze voelde zich kwetsbaar met blote voeten. 'Wel waar.' Het klonk niet erg overtuigend.

'Je had de deur niet uit hoeven gaan met dit weer. Matilda's camera is geen levensgevaarlijke reddingsactie waard. Je hebt niet alleen je eigen leven op het spel gezet, hoor.'

'Ik dacht dat ik onderhand wel genoeg mijn excuses had aangeboden! Ik heb de situatie verkeerd beoordeeld. Ik wist niet dat hier zo snel overstromingen ontstonden. Maar er is niets gebeurd. We hebben het er levend van afgebracht. Wanneer hou je eens op daar zo boos over te zijn?'

Een houtblok viel om, waardoor het vuur ineens meer licht verspreidde. Ze zag zijn gezicht, maar kon zijn uitdrukking niet lezen.

'Ik vertrouwde je, Sophie. Ik dacht dat je een leuke, integere meid met talent was. Maar ik had het mis.'

'O ja?' Ze wist niet of haar reactie op zijn eerste of tweede opmerking betrekking had.

'Ja! Ik weet nu dat je al die tijd maar één doel voor ogen had.'

'Ik begrijp niet wat je wilt zeggen.'

'Je hebt het aangelegd met mijn grootmoeder om...'

'Zij met míj, hoor.'

'Ze vertrouwde je. Jij hebt haar geholpen, hoewel het een dwaas plan...'

'Jij hebt haar ook geholpen!'

'Ik heb haar niet aangemoedigd haar geld in een bouwval te steken.'

Sophie haalde haar schouders op. 'Dat is niet mijn schuld. Ze weet precies wat ze wil. Ze doet waar ze zin in heeft.'

'Ze had het nooit gedaan als jij er niet was geweest! Dat heeft ze min of meer gezegd.'

'O ja? Maar daar ben ik niet verantwoordelijk voor.'

'Dat denk ik wel, dus neem die dan ook!'

'Nee! Jij wist dat ze het huis wilde kopen. Jij bent haar kleinzoon, naar jou zou ze hebben geluisterd.'

'Maar dat deed ze dus niet vanwege jou!'

Ze verloor haar zelfbeheersing. Ze had geprobeerd redelijk te blijven en begrip te tonen, maar het was zo'n onrechtvaardige beschuldiging dat haar adrenaline, wrevel en ongerustheid overgingen in een woedeaanval die Lukes boosheid overtrof.

'Arrogante kwal dat je bent! Hoe durf je mij de schuld te geven van iets wat Matilda heeft gedaan!'

'Ali zei...' Hij zweeg.

'Wat? Wat zei Ali? En wat heeft dat te maken met waar wij het over hebben?'

'Ze zei dat jij en je vriend waarschijnlijk iets van mijn grootmoeder probeerden los te krijgen – het huis dus!'

'O, heeft ze dat gezegd? Nou, om te beginnen heb ik geen vriend...'

'Wel waar!'

'Nee, ik heb geen vriend. Ik was niet degene die...' Ze kon niet hardop zeggen dat zij niet degene was die geweldige seks had gehad met iemand die in werkelijkheid gebonden was.

'Jij hebt een vriend,' beweerde Luke. 'Je had een sms'je van hem. Ali heeft hem gelezen. Het liet niets te raden over.'

'We zullen het er niet over hebben dat Ali mijn sms'jes leest, maar als ze dat suggereert, kan ik je verzekeren...' Ze zweeg even. 'Heb jij het sms'je zelf ook gelezen?'

'Nee.'

'Jammer, want dan zou je geweten hebben dat die bewuste

persoon de gewoonte heeft te sms'en als hij dronken en eenzaam is. Ik heb kort iets met hem gehad, maar het was al
maanden uit toen ik jou leerde kennen.' Ze haalde even diep
adem. Het kon haar niet meer schelen of ze haar gevoelens
blootgaf. 'Jij, daarentegen, jij bekakte patser, hebt mij gebruikt!
"Wil jij doen alsof je mijn verloofde bent om de blondines op
afstand te houden? Wil jij me in huis nemen nu ik zonder een
cent op zak op het vliegveld sta? Wil jij een nacht seks met
me hebben omdat mijn vriendín…"' – ze spuugde het woord
bijna uit – '"… niet beschikbaar is en ik hoofdpijn krijg als ik
te lang geen seks heb"!'

'Zo was het niet!'

'En denk maar niet dat het feit dat je me met die boorrechten hebt geholpen alles goedmaakt. Ik heb je uren inmiddels vergoed!'

'Pardon?' Nu was het Lukes beurt om nog bozer te worden
dan zij. 'Wát heb je gedaan?'

'Je hebt wel gehoord wat ik zei. Je bent niet doof! Ik heb je
betaald voor de tijd die je erin hebt gestoken. Ik heb namelijk
geld van oom Eric gekregen.'

'O, dus hem troggel je ook al geld af? Dat verbaast me niks!'

'Hoe durf je dat te zeggen! Ik hou van oom Eric. Hij heeft
me geld gegeven om een cursus te volgen, zodat ik niet hoef
te wachten tot het oliegeld binnen is. Van een deel van dat
geld heb ik jou betaald.'

'Dat wist ik niet,' zei hij stijfjes.

'Te belangrijk om je administratie bij te houden? Hoe dan
ook, Ali heeft me gezegd hoeveel ik jullie verschuldigd ben,
en dat heb ik betaald. En nee, ik heb niet om een rekening gevraagd!'

'Je hoefde me niet te betalen. Ik deed het pro deo. Voor
niets.'

'Ik weet heus wel wat pro deo betekent! Bah, ik haat bet-
weters!'

'Sophie!'

Luke klonk geschokt. Of het nu was vanwege haar uitroep

of iets anders, Sophie moest ineens grinniken. Ze probeerde het niet te laten merken, maar tevergeefs. Hoe harder ze het probeerde, hoe harder ze moest grinniken.

'Zit je me nu ook nog uit te lachen?' Hij wachtte niet op haar antwoord. Hij vloog op haar af, waarbij hij de zaklamp omstootte, en greep haar zo hard bij haar schouders dat het pijn deed. 'Wat moet ik in vredesnaam met jou!' gromde hij. 'Moord lijkt me op dit moment wel wat.'

Sophie was bang, maar liet het niet merken. Ze likte over haar lippen en schraapte haar keel.

'Nu ben je niet meer zo bijdehand, hè?'

Sophie wist dat ze hem hoe dan ook aan het lachen moest maken. Het was een gevaarlijke strategie, maar ze moest het proberen.

'Als dit een film was, zou je me nu een dom gansje noemen en me hartstochtelijk kussen.'

'O ja? Nou, eens kijken of je dat zo leuk vindt!'

Hij drukte zijn mond zo hard op de hare dat Sophie bloed proefde. Hun tanden tikten tegen elkaar. Zijn greep was bestraffend, evenals zijn kus, maar ze reageerde op hem als olie op vuur.

Ze wankelden en vochten in het licht van het vuur. Geen van beiden wilde loslaten, beiden wilden de ander pijn doen uit passie. Tongen, lippen, vingers beten en graaiden totdat Luke zich uiteindelijk losmaakte.

'Jemig, Sophie. Mijn leven zou een stuk eenvoudiger zijn als ik niet zo naar je verlangde.'

Sophie kon geen woord uitbrengen. Zelfs het waden door het snelstromende water had niet zoveel van haar gevergd. Ze sloot haar ogen en probeerde weer op adem te komen.

'Hier,' zei Luke na een poosje. 'Drink dit.' Hij gaf haar een metalen beker aan. 'Cognac. Dat kun je wel gebruiken, denk ik. Wij allebei trouwens.'

Ze nam een flinke slok, hoestte en voelde zich toen iets beter. 'Je kunt goed zoenen, Luke Winchester. Dat moet ik je nageven.'

'Waarom, jij kleine...'

Er werd zo hard op de voordeur gebonsd dat ze beiden opschrokken.

'Daar zul je de hulptroepen hebben,' zei Luke, in Sophies ogen kijkend. 'Net op tijd. Anders had dit bekakte rijkeluiszoontje zich weer aan je vergrepen.'

Sophie lachte om haar teleurstelling te verbergen onder haar gevoel voor humor. 'Dan zou ik ze maar snel binnenlaten. Ik zal me intussen netjes aankleden.'

Sophie wurmde haar benen in haar natte spijkerbroek. Niets was onprettiger dan dat, bedacht ze, en ze wenste dat de hulptroepen waren weggebleven en Luke en zij opnieuw een gepassioneerde nacht hadden kunnen doorbrengen, ook al was het op de ruwe houten vloer. Ze zou zich vreselijk schuldig hebben gevoeld – ze wist dat Luke bezet was – maar ze zou het hebben gedaan.

'Zeg, dame, wat heb je toch allemaal uitgespookt?' Er kwamen een paar gespierde boeren de kamer in. 'Wie gaat er nu op een avond als deze de deur uit!'

'Het spijt me dat ik zoveel last heb veroorzaakt,' zei Sophie. 'Waar ik woon heb je dit soort overstromingen niet.'

'Hoe komen jullie hier?' vroeg Luke. 'Stond Sophies auto niet in de weg?'

'Door de weilanden,' zei de boer. 'Juffrouw Moira vertelde ons waar we moesten zijn. We konden jullie hier toch niet laten zitten?'

'We zijn jullie ontzettend dankbaar,' zei Sophie. 'Ik moet er niet aan denken dat ik hier de nacht had moeten doorbrengen.'

'Jullie hebben het je hier anders heel gezellig gemaakt,' zei de boer, wijzend op het haardvuur.

'Maar we hadden niets om op te slapen,' zei Sophie. 'Tenminste, dat denk ik.' Ze was ervan overtuigd dat de twee vriendelijke mannen vermoedden wat Luke en zij gedaan zouden hebben.

'Het is heel aardig van u om ons op een avond als deze te komen halen,' zei Luke.

'Ja. Het spijt me echt. Het was heel dom van mij. Als ik had geweten…'

'As is verbrande turf,' zei een van de mannen.

'En ze ging alleen maar een camera halen,' zei Luke. 'Ik zal hem even pakken.'

'Hij ligt op zolder. Ik denk dat ik wel weet waar,' zei Sophie. 'Geef me de zaklamp maar, dan haal ik hem wel.'

'Ik ga, jij hebt niets aan je voeten.'

Luke verliet de kamer, en Sophie verzamelde de spullen. Ze pakte haar laarzen als laatste. Ze boden een trieste aanblik, zo nat en verkreukeld zagen ze eruit. Ze konden symbool staan voor haar relatie met Luke: eens mooi en warm, nu alleen nog maar goed voor de vuilnisbak. Met een zucht stak ze haar voeten in het modderige leer. Ze vroeg zich af of ze het ooit over haar hart zou kunnen krijgen ze weg te gooien.

25

Een van de boeren hielp Sophie via de ommuurde tuin de heuvel op naar de plek waar de tractoren stonden. De andere boer ging met Luke door de weilanden terug naar zijn auto, zodat hij niet door de overstroming hoefde te waden. Sophies auto zou pas de dag erop worden opgehaald; op dat moment stond het water te hoog om hun leven nog een keer op het spel te zetten.

'Ik vind het vreselijk dat u dit allemaal voor mij moet doen,' zei Sophie. Ze glibberde wankelend door de modder op laarzen die niet langer leken te passen. 'En dat allemaal door mijn domme gedrag.'

'Dat geeft niet, moppie. Dat kon jij toch ook niet weten?'

'Zou Lukes auto het nog doen? Kan hij ermee naar Moira rijden?'

'Dat denk ik wel. Zijn jullie "een setje", zoals ze dat tegenwoordig zeggen?'

'Nee. Niks.'

De boer bleef staan. Klaarblijkelijk voelde hij Sophies eenzaamheid aan. 'Nog even en je zit hoog en droog in de tractor en dan ben je zo weer bij Moira.'

'Ik voel me zo schuldig.'

'Dat is echt niet nodig. We zijn het gewend in deze contreien.'

Moira stond op hen te wachten toen de tractor eindelijk bij haar deur arriveerde.

'Alles goed met je?' Ze omhelsde Sophie innig.

'Jawel, hoor,' zei de boer. 'Maar ze is wel door en door koud. Ze heeft een warm bad en iets te eten nodig. Maar dat komt wel goed, denk ik.'

'Daar zorg ik wel voor, Ted,' zei Moira. 'Je hebt met je gezin nog een etentje van me te goed.'

'Zorg nu maar eerst dat ze binnenkomt. Tot gauw!'

'En, heb je genoten van je ritje op de tractor?' vroeg Moira, toen ze met Sophie de keuken in liep.

'O, Moira, ik schaam me dood. Die aardige mannen hadden wel kunnen verdrinken! En dat allemaal vanwege mij. En Luke! Is hij al terug?'

'Nog niet. Ik leg hem in mijn kantoortje. Daar staat een eenpersoonsbed. Dat slaapt heel redelijk. Ik slaap er zelf als ik veel gasten heb. Matilda en April zijn al naar bed,' voegde ze eraan toe.

Sophie fronste. 'Je hebt nu wel heel veel gasten…'

'Maak je geen zorgen. Jij slaapt in mijn slaapkamer. Ik logeer vannacht bij een vriendin hier verderop.'

'Kan Luke niet beter in jouw slaapkamer liggen? Ik red me wel in jouw kantoortje. Hij heeft me gered. Hij hoort de beste kamer te hebben.'

'Zou kunnen,' zei Moira. 'Maar voor hem zou ik uren zoet zijn met het opruimen van mijn kamer. Jij kunt wel tegen een beetje rommel.'

Sophie liep naar Moira toe en omhelsde haar weer. 'Je bent een reddende engel – letterlijk.'

'Ben je gek! Hup, en nu in bad. Gebruik mijn badkamer maar.'

'En Luke dan?'

'Hij kan in de gastenkamer douchen als hij er is. Maak je geen zorgen! Als je klaar bent, heb ik soep voor je en ik maak sandwiches.'

'Je bent geweldig, Moira, zoals je Luke ook dat overlevings-pakket had meegegeven.'

'Schiet nou maar op, jij! Je maakt mijn hele keukenvloer nat.'

'Oké, maar nogmaals sorry dat ik zo dom ben geweest.'

'Wegwezen!'

Sophie liet zich in het warme, geurige badwater zakken; het gaf een ongekend heerlijk, luxueus gevoel. Niets zaligers ter wereld dan een heet bad wanneer je koud en nat was, besloot ze. Het genot ervan wist het verdriet, dat haar lichaam dieper had doordrongen dan welke fysieke pijn ooit zou kunnen, even te verdringen. Ze had het verbruid bij Luke. Hij had Ali natuurlijk, maar ooit had hij iets voor haar gevoeld, dat wist ze zeker. Maar op een of andere manier had ze voor hem afgedaan.

Sophie legde haar hoofd op Moira's badkussen, sloot haar ogen en genoot van de heerlijke warmte. Ze hoorde geluiden in de verte: Luke moest terug zijn. Moira zou hem in de watten leggen, wist ze, en ze voelde zich schuldig dat zij de badkamer bezet hield. Misschien moest ze uit het bad komen en hem vragen of hij lekker languit in het nog hete water wilde liggen? Maar misschien wilde hij niet in water liggen waarin zij al had gelegen; bovendien douchten Amerikanen liever.

Ze besefte dat ze even was ingedommeld, maar wist niet voor hoe lang. Het water was afgekoeld, dus ze vond het niet meer zo erg eruit te moeten. Ze stapte uit het bad, droogde zich af en pakte een fles bodylotion van de plank met toiletspullen. Nadat ze zich helemaal had ingesmeerd, trok ze Moira's badjas aan en bleef toen weifelend staan. Ze had honger, maar wilde niet dat Luke haar zo zag. Haar gezicht was nog rood van het bad en haar haren hingen in slierten langs haar gezicht omdat ze het niet netjes had gekamd en opgestoken.

Ze kon hem niet onder ogen komen. Ze poetste haar tanden en kroop in bed. Ze zou hem morgenochtend wel weer zien, als ze zich had opgemaakt en alles weer op een rijtje had. Ze viel meteen in slaap.

Haar knorrende maag wekte haar om zeven uur. Toen ze zich herinnerde waarom ze zonder avondeten naar bed was gegaan, had ze de neiging het dekbed weer over haar hoofd te trekken. Nee, dat was kinderachtig. Ze zou Luke toch onder ogen moeten komen, dus dan maar beter meteen.

Ze zag dat Moira haar tas op haar kamer had gezet, met een pakketje sandwiches ernaast. Ze moest de avond ervoor op de kamer zijn geweest toen Sophie sliep. Sophie nam een sandwich en rommelde in haar tas. Een rokje, panty en een trui en ze was klaar – op haar voeten na. Haar laarzen kon ze niet meer aan, zeker niet nu ze nog nat waren.

Ze was nog steeds moed aan het verzamelen om naar beneden te gaan toen er op haar deur werd geklopt. Het was Moira.

'Ben je wakker? O, mooi, je bent al aangekleed. Kun je naar beneden komen als je klaar bent? Er is een soort van noodgeval en we hopen dat jij ons kunt helpen.'

'Natuurlijk. Ik wil helpen waar ik kan. Ik kom meteen naar beneden.' Ze zweeg even. 'Kan ik jouw pantoffels lenen?' Ze wees naar een paar suède slippers.

'Ga je gang.'

Matilda en April zaten aan de keukentafel en Moira stond achter het fornuis. Luke was nergens te bekennen. Sophie ontspande een beetje.

'Goedemorgen! Het spijt me dat ik zo laat op ben.'

'Je bent niet laat, lieverd,' zei Matilda. 'Maar we zijn blij je te zien.'

'Jullie zijn zo te zien al een tijdje op.'

'Oude mensen zijn vroege vogels.'

'Heb je goed geslapen?' vroeg Moira. Ze gaf Sophie een beker thee aan.

'Als een blok, dank je.' Ze trok een stoel naar zich toe en ging zitten. 'En jij? Ik hoop dat de kamer van je vriendin even comfortabel was als je eigen slaapkamer.'

'Ja, hoor, prima,' zei Moira. 'En, zin in ontbijt?'

Sophie zag dat Matilda en April gebruikte borden voor zich hadden staan, waaruit ze afleidde dat ze al ontbeten hadden. 'Is daar tijd voor? Hoe zit het met dat noodgeval? Wat wil je dat ik doe?'

'Je hebt wel tijd voor een snee toast,' zei Matilda. 'Als je snel bent.'

Moira keek haar aan. 'Voor Luke heb ik bacon gebakken, dus als...'

'Toast is prima,' zei Sophie. 'En waar is Luke? Of slaapt hij nog?'

Er viel een korte stilte. 'Luke moest weg, lieverd,' zei Matilda. 'Ik weet niet of je het je nog herinnert, maar hij zei gisteren dat hij naar een vergadering moest.'

'O.' Ook al had ze er tegenop gezien hem te zien, nu ze wist dat hij er niet was, was ze diep teleurgesteld. 'Het spijt me dat ik geen afscheid heb kunnen nemen. En ik had hem nog willen bedanken voor zijn reddingsactie.'

'Geeft niet, hoor. Dat kan nog. Als jij ons tenminste kunt helpen.'

'Het noodgeval,' verklaarde Moira.

'Het heeft te maken met Luke. Hij was zo snel weg dat ik geen kans zag hem een heel belangrijk document te laten ondertekenen.'

'O.' Sophie smeerde boter op de snee toast die Moira op haar bord had gelegd. Ze zou willen dat Matilda ter zake kwam. Nu ze wist dat ze iets moest doen, wilde ze meteen aan de slag. 'Wat kan ik voor u doen?'

'Dat je met de auto, mijn auto, naar het vliegveld gaat, hem het document laat tekenen en het dan weer mee terug neemt,' zei Matilda. 'Zou je dat willen doen? Ik zou je enorm dankbaar zijn.'

Zoals Sophie al eerder was opgevallen, ontbrak het Matilda niet aan charme, overredingskracht en doortastendheid. Ze wist hoe ze haar zin moest krijgen; ze was niet voor niets zo ver gekomen in het leven. Sophie was bestand tegen gecommandeer, maar Matilda's glimlach was zo goed als onweerstaanbaar. Koortsachtig zocht ze naar een excuus – het idee Luke alleen te moeten treffen, zonder andere mensen erbij, was beangstigend. 'Ik zou het graag doen, maar ik heb geen schoenen. Van mijn enige paar laarzen is niets meer over.

363

Ik zal eerst schoenen moeten gaan kopen voordat ik naar huis kan.'

'Je kunt wel instappers van mij lenen,' zei Moira snel.

'Kan April het niet doen?' opperde Sophie. Ze keek haar aan. 'Ik bedoel, als het zo'n haast heeft? Zij heeft haar schoenen al aan.' Sophie glimlachte lieflijk, om aan te geven dat ze wel wilde helpen maar zoals altijd naar een praktische oplossing zocht.

'Ze heeft hoofdpijn,' zei Matilda. 'Ze heeft al een paar pijnstillers genomen, maar die helpen niet. April, als ik jou was, ging ik even liggen.'

'Wij zorgen wel voor Matilda,' zei Moira.

'Ik hoef niet verzorgd te worden,' zei Matilda.

'Goed,' zei April, 'laat ik dat maar doen. Daarna voel ik me vast weer beter.'

'Dat weet ik wel zeker,' zei Matilda.

'Ik kom je wel een glas water brengen als Sophie klaar is met haar ontbijt,' zei Moira.

'Ik pak zelf wel een glas water, dank je,' zei April, terwijl ze opstond.

Sophie had het gevoel dat er iets niet klopte, maar ze kon April er slechts van beschuldigen dat ze hoofdpijn voorwendde. De anderen leken haar te geloven. 'Oké, dan zal ik even een paar schoenen zoeken.' Maar toen ze bij de deur stond, viel haar iets in. 'Kan uw chauffeur het document niet naar Luke brengen? Als hij mij toch moet brengen…'

'Ik kan het stuk echt niet aan een vreemde meegeven, lieverd! Ik ken hem pas sinds gisteren. Het is echt heel belangrijk.'

Matilda reageerde verbijsterd genoeg om Sophie te doen beseffen dat ze er niet onderuit kon, hoezeer ze er ook tegenop zag. Als het haast had, zou ze misschien niet met Luke hoeven praten. Alleen snel zijn handtekening vragen en dan maken dat ze wegkwam.

Moira voegde zich bij haar in de slaapkamer. 'Ik heb hier een paar schoenen voor je. Je hebt waarschijnlijk grotere voeten dan ik, maar deze zijn vrij slap.'

'Prima. Ik heb best kleine voeten voor mijn lengte. Oké, ik maak me nog gauw een beetje op...'

'Waarom doe je dat niet in de auto?' zei Moira. 'Neem alles maar mee. Dat bespaart tijd.'

'O. Oké,' beaamde Sophie. 'Waarschijnlijk steek ik mezelf dan een oog uit met mijn mascara, maar misschien is er ergens oponthoud. De wegen zullen niet overal even begaanbaar zijn.' Ze stopte haar make-up terug in haar handtas. 'Als ik terug ben, ga ik meteen achter een nieuw mobieltje aan. Luke is zijn mobiel gelukkig niet kwijtgeraakt in het water.'

'Zeg dat wel. Maar hij was ook beter op de storm voorbereid dan jij.'

Hoewel Moira niet verwijtend klonk, voelde Sophie zich nog altijd schuldig over de overlast die ze veroorzaakt had met haar domme gedrag. 'Je zult het wel dom van me vinden dat ik de deur uit ben gegaan, maar bij ons kan er veel regen vallen zonder dat er overstromingen ontstaan.'

'Dat weet ik,' zei Moira. 'Het is ook geen verwijt, alleen een constatering. Maar je moet opschieten. Matilda heeft het document klaarliggen en wacht op je.'

Het theatrale van de situatie sprak Sophie aan. Ze stapte met de grote manilla envelop in haar handen achter in de auto en genoot van de luxe van een auto met chauffeur. Luke mocht haar dan niet vertrouwen, ze was blij dat hij nu kon zien dat Matilda dat wel deed. Totdat ze besefte dat Luke misschien zou denken dat ze Matilda had misleid. Hij wist dat ze onderweg was, want dat had ze gecontroleerd voordat ze vertrok.

Aan alles was te zien dat het die nacht had gestormd. De wegen waren bedekt met modder en meegevoerde rommel, en ze werden verschillende keren opgehouden door gestrande auto's. De avond ervoor had Sophie nog gedacht dat alleen het gebied in de nabije omgeving van het huis was getroffen, maar nu besefte ze dat Luke en zij geluk hadden gehad. Ze begreep beschaamd dat het veel erger had kunnen aflopen. Gelukkig maakte Moira zich niet echt zorgen om de huurauto; ze had een vriend die hem waarschijnlijk in een mum van tijd weer aan de praat zou krijgen.

Het kostte de chauffeur een halfuur om het vliegveld te bereiken, en omdat het zijn vaste bestemming was, zette hij Sophie bij de juiste terminal voor privévliegtuigen af.

Ze stapte uit de warme bescherming van de auto en klemde de envelop tegen haar borst. Het leek alsof ze in een fantasieland was terechtgekomen, met mensen die nog nooit economyclass hadden gevlogen en zich zelfs te goed voelden voor de businessclass.

Een aantrekkelijke jonge vrouw in een chic mantelpakje en op hoge hakken kwam haar begroeten. Ze leek de chauffeur te kennen.

'Hallo! Hoe gaat het, ik ben Susie. Als je weer achterin wilt gaan zitten, dan volgt Bob ons naar het vliegtuig. Oké, Bob?'

Sophie had gedacht dat ze naar het vliegtuig moest lopen, maar besefte dat dat waarschijnlijk te gevaarlijk was. Per slot van rekening was het een commercieel vliegveld.

De chauffeur volgde Susies auto tot aan de trap van een vliegtuig dat veel groter was dan Sophie had verwacht. Ze zei er iets van tegen Susie toen ze uitstapte.

'Je hebt een behoorlijk groot vliegtuig nodig om de Atlantische Oceaan te kunnen oversteken. Oké, ik kijk even of Sheila er al is. Ik denk het wel. Het vliegtuig staat zo te zien op het punt van vertrek.'

Voordat ze actie kon ondernemen, verscheen er een andere beeldschone vrouw. 'Ben jij Sophie Apperly? Meneer Winchester verwacht je.' Ze glimlachte uitnodigend. 'Ik ben Sheila.'

Terwijl Sophie de trap op liep, maakten Susie en Sheila even een praatje en namen toen afscheid van elkaar. Ze schenen elkaar goed te kennen.

'We hebben vroeger jaren samen gevlogen,' verklaarde Sheila toen Sophie aan boord stapte. 'Meneer Winchester is aan de telefoon.' Ze wees naar Luke, die met zijn rug naar hen toe zat te bellen. 'Ga maar vast zitten. Wil je misschien thee of koffie? Of liever iets anders?'

Omringd door de luxe van het vliegtuig liet ze de rustgevende atmosfeer op zich inwerken. Het hele interieur was bedekt met iets wat op honingkleurige suède leek. De stoel die Sophie kreeg aangeboden was uiterst comfortabel en ze zag dat hij met een hendel in een chaise longue kon worden veranderd. Stiekem genoot ze van de luxe, en het idee dat ze echt in een privévliegtuig zat, leidde haar gedachten af van de knoop in haar maag. Een kop thee zou helpen, ook al had ze maar tijd voor een paar slokjes. 'Thee graag.'

Ze zat in een vreemde spagaat. Enerzijds zakte ze weg in een comfortabele rust, anderzijds woedde er een lichte turbo van paniek in haar binnenste, die werd gedempt door de zachte stoffering.

'Daar liggen kranten en dergelijke,' zei Sheila. 'De thee komt zo.'

Sophie keek een stapel tijdschriften en financiële kranten door. Ze hoopte dat er een *Hello!* bij zat, maar was blij dat ze uiteindelijk op een uitgave van *Vogue* stuitte. Hoewel ze hem zelf bijna nooit kocht, vond ze het altijd leuk de laatste trends door te nemen.

Maar het lukte haar niet zich te concentreren. Luke wist dat ze zou komen. Waarom bleef hij dan toch zo lang aan de telefoon? De stewardess en de piloot, die haar met een glimlach hadden begroet, leken al druk in de weer met de vluchtcontrole. De motoren draaiden; het vliegtuig leek klaar voor vertrek.

'Zou je je veiligheidsgordel willen vastmaken?' zei Sheila. 'We taxiën zo naar de startbaan.'

'O hemel, jullie vertrekken toch niet met mij aan boord?' Sophie tastte naar haar veiligheidsgordel.

Sheila lachte. 'We hebben nog nooit een verstekeling aan boord gehad!' Ze sloot de deur aan het einde van het gangpad, waardoor er nog meer geluiden werden gedempt. Sophie hoopte dat de thee op tijd kwam en dat de auto haar zou vinden om haar weer op te halen.

Sophie bedacht dat ze niet voor een verstekeling kon doorgaan, omdat ze zich niet verstopte en verstekelingen juist hoopten dat het vliegtuig met hen aan boord zou vertrekken. Ze overwoog net op te staan en het ter sprake te brengen, toen het vliegtuig wegtaxiede.

Nu raakte ze in paniek. Ze wist dat het zou gebeuren, maar kon zich niet voorstellen dat het vliegtuig zou wachten als het klaar was om op te stijgen. En Luke zat nog steeds achter in het vliegtuig en voerde het langste telefoongesprek aller tijden terwijl het document nog altijd niet was getekend. Stel dat de taxichauffeur haar niet vond? Dan zou ze kilometers terug moeten lopen langs de startbaan, en het regende al weer.

Ze frunnikte aan de gesp van haar veiligheidsgordel en had hem net los, toen Sheila terugkeerde. Ze ging naast haar zitten en maakte de gordel weer vast. 'Niet terwijl we rijden. Dat is onveilig.'

'Maar ik moet eruit! Het vliegtuig stijgt dadelijk op!'

'Niet meteen. Meneer Winchester heeft alles onder controle.'

Sophie kalmeerde iets. Luke was erg conventioneel en zou niets doen wat tegen de regels inging. Hij mocht zich misschien aan haar ergeren, hij zou haar nooit blootstellen aan een lange en mogelijk gevaarlijke wandeling terug naar de luchthavenhal.

De stewardess stond op toen het vliegtuig meer vaart leek te maken. Kennelijk hoefde het personeel zich niet aan de veiligheidsregels te houden, bedacht Sophie. Sheila sloot de deur achter zich, Sophie alleen achterlatend.

Plotseling hield ze het niet langer uit. Als de stewardess mocht rondlopen, mocht zij het ook. Ze gespte de gordel los, stond op uit haar stoel en beende naar de achterkant van het vliegtuig.

'Luke,' zei ze op eisende toon. 'Teken dit document! Ik moet van boord!'

Luke, die nog steeds aan het bellen was, draaide zich naar haar toe en glimlachte. 'Rustig nou maar, er is niks aan de hand. Ga maar weer zitten, ik kom zo. En vergeet je gordel niet.'

Sophie had niet gedacht Luke nog voor haar dood tegen haar te zien glimlachen. Ze kon wel huilen. Er was zoveel onuitgesproken tussen hen. Het was allemaal verkeerd gelopen maar ze kon nooit ontkennen hoe magisch die paar uurtjes waren geweest waarin hun hart, ziel en geest één waren geworden. Ze ging weer zitten, deed haar gordel om en keek uit het raam. De regen spatte tegen de ruit en de druppels liepen uit terwijl het vliegtuig versnelde en vervolgens, tot haar opluchting, vaart minderde.

'Oké.' Luke ging tegenover haar zitten. 'Sorry dat het zo lang duurde,' zei hij terwijl hij, zijn veiligheidsgordel vastmaakte. 'Oké, geef me die papieren dan maar even.'

De manilla envelop zag er inmiddels ietwat smoezelig uit doordat Sophie hem herhaaldelijk in haar klamme handen geklemd had gehouden. Ze gaf hem aan Luke. 'Teken nu maar snel! Het vliegtuig kan elk moment opstijgen.' Ze keek weer uit het raam. 'O, mijn hemel, we gaan achteruit!'

'Klopt. We willen niet naast de baan belanden.' Hij had het document uit de envelop gehaald, maar leek het niet te lezen, laat staan zijn pen te pakken.

'Maar ik moet eruit voordat het vliegtuig opstijgt. Zeg dat ze moeten stoppen!' Waarom zag hij de ernst van de situatie niet in?

'Er is niks aan de hand.'

'Natuurlijk wel! Ik zit in een vliegtuig dat elk moment de lucht in kan gaan. Ik wil eruit!'

'Dat kan niet meer. Daarvoor is het nu te laat. Trouwens, ik ontvoer je.'

'Nee!' raasde ze. 'Daar komt niks van in. Dit is geen film waarin de held het meisje op het nippertje uit een brandend huis draagt!'

'Vergelijk jij je leven altijd met wat je in films hebt gezien?'

Sophie haalde diep adem. 'Ik meen het, Luke. Zeg dat ze stoppen. Ik wil eruit.'

'Ik laat je niet gaan, Sophie. Nooit meer.'

Sophie dacht dat ze zou flauwvallen, en het feit dat het

vliegtuig nu behoorlijk hard ging maakte het er niet beter op. Ze kon er niet meer uit. Een seconde later waren ze in de lucht. Haar mond was kurkdroog en ze voelde zich misselijk worden. 'Luke, wat doe je nu?'

26

'Ik meen het, Luke. Dit is verboden. Je kunt mensen niet zomaar gijzelen. Of hoe noem je dat.' Sophie was zo van slag door wat er was gebeurd dat ze niet helder meer kon denken.

'Bij een gijzeling kaapt iemand het vliegtuig,' verklaarde Luke vriendelijk. 'Heb je eigenlijk al ontbeten?'

Sophie wist even niet meer wat ontbijten was, laat staan dat ze het al had gedaan. Toen herinnerde ze zich de snee toast die ze niet helemaal had opgegeten. 'Niet echt,' zei ze aarzelend.

Luke gaf een knikje naar Sheila, die met een dienblad was verschenen. Ze zette het op Sophies tafeltje. Op het blad stonden de beloofde thee, een glas jus d'orange en een mandje met warme croissants, boter en een schaaltje kersenjam.

'Je hebt dit gepland,' zei Sophie.

'Het spijt me. Ik heb er een zootje van gemaakt. Ik vond dat ik een strategie moest bedenken.'

'Champagne?' vroeg Sheila. Ze toverde ergens een fles vandaan, waarschijnlijk vanachter haar rug.

'Nee, bedankt!' zei Sophie verontwaardigd.

'Misschien straks,' zei Luke, en de stewardess verdween met de fles.

'Dit is absoluut niet netjes wat je hebt gedaan,' mopperde Sophie. Ze keek naar de croissants en kreeg ineens trek.

'Dat weet ik, maar het kan altijd erger. Ik was bang dat ik anders niet de kans kreeg het uit te leggen en mijn excuses aan te bieden. Vandaar dat ik je heb ontvoerd.' Luke ging tegenover haar zitten, pakte een bord en een croissant, en scheurde er een stukje af. Vervolgens smeerde hij er een beetje boter en jam op en reikte het Sophie aan.

'Ik hou niet van jam. Dank je,' bekende ze aarzelend, hoewel ze jam eigenlijk best lekker vond.

Luke deed boter op een nieuw stukje croissant en liet de jam achterwege. Sophie nam het aan.

'Je bent gisteren zonder avondeten naar bed gegaan. Je kunt straks een echt Engels ontbijt krijgen, als je wilt.'

Sophie glimlachte inwendig om de manier waarop hij 'een echt Engels ontbijt' zei. Hij bood haar een halve croissant aan, die ze ook opat. Ze dronk van de jus d'orange. 'Thee?' zei ze.

'Natuurlijk, thee,' beaamde Luke. Hij pakte de theepot en schonk thee in een porseleinen kopje. 'Melk?'

'Klein beetje.' Ze nam een slok van haar thee. Het eten en het idee dat Luke haar voerde maakte dat ze weer het gevoel had een beetje mens te zijn, in plaats van alsof ze door een reus het luchtruim in was geslingerd. 'Hoef jij niks?'

Hij schudde zijn hoofd. 'Ik heb gisteravond wel gegeten, en vanmorgen ontbeten. Bovendien heb ik het aardig op mijn brood gekregen gisteravond.'

Sophie keek hem vragend aan. Ze had haar mond vol.

'Voordat jij vanochtend opstond, hebben Matilda en ik nog lang gepraat.'

'Waarover?' De croissants waren heerlijk.

'"En," zei ze, "is het weer goed gekomen tussen jou en Sophie? Het is zo'n leuke meid".'

Sophie stopte met kauwen, slikte en moest nog een slok thee nemen om de croissant weg te krijgen. 'Zei ze dat echt?'

'Ja, en toen ik zei dat ik flink tegen je tekeer was gegaan, kreeg ik de wind van voren.'

Sophie glimlachte flauw. 'Ik kan me niet voorstellen dat ze jou de les leest. Ze aanbidt je.'

'Dat is waar. Maar dat geeft haar ook het recht me zo nu en dan de mantel uit te vegen.'

Sophie lachte. Ze hoorde het Matilda zeggen.

'Daarna wilde ze per se weten wat ik voor je voelde.'

Sophie kromp ineen. 'En, was ze tevreden?'

'Jazeker. En toen heeft ze me geholpen met dit plan. Moira volgens mij ook.'

Sophie werd ernstig. 'Weet je wel dat dit illegaal is? Ik heb geen paspoort bij me.' Hoewel ze zich nu meer op haar gemak voelde, wilde ze hem niet het idee geven dat hij haar alleen maar jus d'orange en croissants hoefde te voeren en dat alles dan weer vanzelf goed was.

'Je hebt tegenwoordig geen paspoort nodig om van Cornwall naar Londen te vliegen, hoewel dat natuurlijk kan veranderen.'

Sophie zou zich opgelucht moeten voelen, maar vond het stiekem jammer dat ze niet in deze zeepbel van luxe over de oceaan werd ontvoerd.

'O. En ik heb Moira's schoenen nog,' voegde ze eraan toe.

'Ze vindt het vast niet erg dat ze een reisje maken.'

Moira had er waarschijnlijk toch genoeg van dat ze telkens bij haar kwam uithuilen vanwege Luke, dus vermoedelijk offerde ze graag een paar schoenen op om niet telkens voor haar te hoeven klaarstaan. Nu maar hopen dat Moira haar schoenen niet voor niks had opgeofferd.

'We hebben ongeveer een uur om eruit te komen,' zei Luke. 'Ik bedoel, ík heb een uur.'

Sophie slikte. Het kriebelende sprankje hoop in haar buik groeide, maar ze kon zich niet laten gaan. Per slot van rekening was Ali er ook nog. 'Begin maar. Ik wil wel eens weten wat er in het document staat dat Matilda zo dringend nodig had. Of hoorde dat bij het plan?'

Luke gaf geen antwoord.

'Het hoorde dus bij het plan.'

'Ik moest jou op een of andere manier hier zien te krijgen, Sophie.'

'O ja? Waarom kon je niet gewoon bij Moira met me praten? Zoals normale mensen zouden doen?'

Hij schudde zijn hoofd. 'Ik móét naar die vergadering en was bang dat je de benen zou nemen. Bovendien was het te druk in Moira's huis om goed te kunnen praten.'

Sophie erkende zijn gelijk door met haar vingers de croissantkruimels te verzamelen, zoals ze gewend was te doen.

'En ik moet in Londen zijn,' herhaalde Luke.

'Was het dan echt zo moeilijk die afspraak te verzetten?'

Lukes blik sprak boekdelen – hij had het makkelijk kunnen verzetten – maar hij zei: 'Ja.'

'Ik vind dat je toch even naar dat document moet kijken. Ze heeft iets in die envelop gedaan. Als het alleen maar voor de schijn was, zou ze zich die moeite hebben bespaard.'

Luke keek naar de envelop, die op de stoel lag. 'Ze zal er wel wat vellen papier in hebben gedaan, zodat hij niet leeg zou aanvoelen.' Hij opende de envelop en haalde er een paar vol getypte papieren uit. 'O.'

Terwijl hij las zag Sophie hoe de uitdrukking op zijn gezicht veranderde. Eerst leek hij iets vertrouwds te lezen. Toen fronste hij en het volgende moment verscheen er een glimlach op zijn gezicht.

'Waarom lach je?' vroeg Sophie, die brandde van nieuwsgierigheid.

Hij keek op en reikte haar het papier aan. 'Grootmoeder heeft je het huis geschonken.'

Sophie griste het vel ontzet uit zijn hand. Ze keek de eerste helft vluchtig door, waarin Matilda vertelde hoeveel ze van Luke hield, en bereikte toen de relevante alinea's.

Ik geef het huis aan Sophie. Ze heeft me verteld dat ze altijd graag aan zee heeft willen wonen – ze is er duidelijk weg van – en we weten allebei dat ik niet nog een extra huis nodig heb, hoewel ik er zeer aan gehecht ben.
Of ze nu met je verder wil of niet, ik raad je aan, jongeman, om die kans met beide handen aan te grijpen en haar nooit meer te laten gaan...

Sophie las niet verder; het papier gleed uit haar hand. 'Maar dit is verschrikkelijk!'

Luke fronste en ving het vel op. 'Vind je?'

'Ze kan me het huis niet geven... dat slaat nergens op. Alleen omdat ik er zo weg van ben en...'

'... het wist te vinden.'

'Wíj hebben het gevonden, Luke. Samen!'

'We hadden het niet gevonden als jij er niet achteraan was gegaan, dat weet je net zo goed als ik.'

'Maar het is te veel! Ik voelde me al schuldig toen ze me deze ring gaf. Ik kan geen huis aannemen!'

'Nee?'

'Nee! En wat zou jij dan niet van me denken? Ik weet dat je niet altijd positief over me hebt gedacht, Luke, maar ik zou nooit een huis van Matilda aannemen.' Ze zweeg even. 'Weet je nog dat je me in New York vertelde van die vrouw die met haar kind in dat strandhuis van jullie trok? Dat vond ik dus echt schandalig. Zoiets zou ik zelf nooit doen. En dit is nog veel erger!'

Luke boog zich naar haar toe en pakte haar handen vast. 'Maar je kunt het niet afslaan. Dat zou oma erg ongelukkig maken. Ze houdt van je. Ze wil jou het huis geven.'

Sophie klemde haar vingers om de zijne. 'Maar het is te veel!'

'Hoeveel geld heeft oom Eric je gegeven?'

'Twintigduizend pond. Dat was ook te veel.'

'Maar je hebt het wel aangenomen.'

'Ja, en dat vond jij schandalig!'

'Ik was in de war. Ik was kwaad op je – of meer kwaad in het algemeen, denk ik. Ik kon niet helder meer denken.'

'In de war waarvan? Ik ben altijd duidelijk tegen je geweest.'

'Jij was fantastisch, betoverend. Je maakte me gek. Je hebt gelijk. Het lag niet aan jou.'

Sophie verstijfde. Ze wist het, maar wilde niet degene zijn die het hardop zei. 'Aan wie dan?'

Luke keek haar aan en hield haar handen stevig vast.

Sophie verstrengelde haar vingers met de zijne. 'Je bedoelt Ali. Toch? Dat ligt er dik bovenop.'

'Ali en ik hebben nooit op die manier iets met elkaar gehad. Zij wilde wel iets met me; ze gedroeg zich alsof het wel zo was.'

'Ben je met haar naar bed geweest?'

'Eén keer, maar dat was voordat ik jou ontmoette. Dat was niet zo netjes van me. Het was niet meer dan seks met iemand die ik aardig vond, maar ik ben nooit verliefd op haar geweest. Ik heb ook nooit gedaan alsof. Zij wilde meer dan ik.'

'Arme Ali. Ik voel met haar mee.' Sophie kon het zich nu veroorloven grootmoedig te zijn.

'Daarom wilde ze ons bij elkaar uit de buurt houden. Ze hield me voor dat je te jong voor me was, te onervaren, dat je achter mijn geld aan zat...'

'Dat is absoluut niet waar! Ik heb nu zelf geld, en zelfs...'

'Ik weet dat je niet achter mijn geld aanzit. Ik weet ook dat jij helemaal niet veel geld nodig hebt. Je bent heel vindingrijk en praktisch en kunt met één dollar dingen doen waar anderen er vijf voor nodig hebben. En toch luisterde ik naar haar.'

'Waarom?' Sophie was gekwetst maar probeerde het niet te laten merken.

'Je kwam voor mij van een andere planeet, Sophie. Je was zo argeloos, en absoluut niet berekenend. Ik had nog nooit iemand zoals jij ontmoet – ik wist niet eens dat er meisjes zoals jij bestonden. Het klonk best aannemelijk wat Ali zei.'

Omdat Sophie zelf ook had gedacht dat Ali en Luke perfect bij elkaar pasten, zei ze niets.

'Toen ik dacht dat je misschien verdronken was, besefte ik hoe kleurloos mijn leven er zonder jou zou uitzien.'

'En vervolgens ontvoerde je me om me dat te kunnen zeggen?' Omdat hij nog heel wat had uit te leggen, zorgde ze ervoor dat het afkeurend klonk, maar stiekem vond ze het heel romantisch.

'Ik zag geen andere manier. Ik moest naar Londen.'

'Je had me toch ook kunnen bellen?'

'Dat kon ik je niet allemaal over de telefoon zeggen. Bovendien heb je geen telefoon meer.'

'Nu je het zegt.'

Sophie sloeg haar hand voor haar mond. 'O, mijn hemel. Ik bedenk ineens dat ik al mijn telefoonnummers kwijt ben! Wat vreselijk.' Terwijl ze haar mobieltje weer in het water zag wegzinken, besefte ze dat er ergere dingen in het leven waren dan het verlies van een telefoon, zelfs voor een meisje. 'Nou ja, niets aan te doen.' Er kwam ineens een heerlijk gevoel van vrijheid over haar. Wat deed het ertoe dat ze haar telefoon kwijt was? Ze was hier met Luke, de man van wie ze hield.

'Je begrijpt dat ik je dit persoonlijk wilde zeggen. Vooral na hoe ik me gisteren tegenover je heb gedragen.'

Sophie betrapte zich erop dat ze glimlachte. 'Misschien wel.'

Luke keek haar aan. Zijn anders zo zelfverzekerde blik leek bijna verlegen. 'Het spijt me heel erg.' Hij sprak zacht. 'Gewoon zoals alles gegaan is. Niet alleen van gisteren, toen het eigenlijk terecht was. Maar daarvoor. Ik zocht naar een excuus om niet van je te houden.'

'Waarom? Zou je je verlagen door van mij te houden?' Als hij het verkeerde antwoord zou geven, zou ze naar de cockpit stormen en de piloot vragen onmiddellijk rechtsomkeert te maken naar Cornwall. En het foute antwoord kon bijna alles zijn.

'Je weet dat ik al eens getrouwd ben geweest?'

'Ja.'

'Mijn ex-vrouw heeft me niet alleen in het openbaar vernederd, ze heeft me ook financieel proberen uit te kleden.'

Met die reden kon ze geen genoegen nemen. 'Je bent steenrijk. Je kon het je veroorloven.'

'Ja, maar mijn eigenwaarde had een flinke knauw gekregen.' Hij zweeg even. 'Ik was erg verliefd op haar geweest. Ik durfde niet meer op mijn gevoel te vertrouwen.'

'En nu wel?'

'Ik weet dat een leven zonder jou niet de moeite waard is.'

'Wat… aardig.' Ze beet op haar lip. Haar gevoelens gingen veel dieper dan haar woorden suggereerden.

'Zou champagne nu wel een goed idee zijn?'

'Dat denk ik wel. Ik ben in shock, geloof ik.'

'Hoezo?' Hij drukte op een knopje.

'Vanwege alles! Dit…' Ze wees op haar omgeving, '… jij, Matilda die me het huis wil geven.'

Sheila verscheen met de reeds geopende fles champagne en schonk twee glazen in. Toen ging ze weer. Professioneel als ze was, vroeg ze nergens naar en bood ze niet haar felicitaties aan; ze bediende alleen maar en vertrok. Sophie was haar dankbaar. Ze nam het glas aan dat Luke haar aanreikte.

'Ik heb een idee,' zei Luke, nadat ze hadden getoost en hij een slok van zijn champagne had genomen.

'O ja?'

Hij knikte. 'Ik weet een manier waarop mijn grootmoeder je het huis kan geven zonder dat jij het hoeft aan te nemen.'

'Dat klinkt nogal ingewikkeld en tegenstrijdig. Is dat juristenjargon?'

'Allesbehalve. Het is gewoon dé oplossing.'

'Vertel!'

'Dit is niet de manier die ik voor ogen had.'

'Wat niet?'

'Mijn huwelijksaanzoek. Ik had een ring voor je willen kopen en je mee willen nemen naar een romantisch plekje…'

Sophies hart sloeg over.

'Maar wil je met me trouwen? Ik weet dat je nog heel jong bent en dat je je waarschijnlijk nog niet wilt binden – vooral niet met iemand als ik, maar als je het wel wilt…' Hij leek op het punt te staan eindelijk het konijn uit de hoed te toveren. 'Dan kan Matilda ons het huis schenken als huwelijkscadeau.'

'Dat zou het misschien wel iets makkelijker maken.'

'Maar wil je met me trouwen?' drong Luke aan.

Sophie wilde maar al te graag meteen ja zeggen, maar haar ondeugende kant wilde hem nog even plagen. 'Misschien. Maar hoe weet ik of je echt van me houdt?'

'Sophie, ik zou alles voor je doen... Jemig, ik heb een gevaarlijke overstroming getrotseerd om je te redden!'

'Dat is waar.'

'Weet je wat,' zei Luke na een ogenblik. 'Neem nog een glas champagne, dan kun je er nog even over nadenken.' Hij schonk haar glas vol. 'En bedenk hoe geschokt mijn grootmoeder zou zijn als we zouden gaan samenwonen.'

Sophie snoof. 'Dat denk ik dus niet. Ze is heel modern. Allesbehalve een oude dame.'

'Maar oud is ze wel. Dus als we het te lang uitstellen, maakt ze het misschien niet meer mee. Dan moet ze je het huis nalaten in haar testament en moet je er successierechten over betalen.'

'Jij afschuwelijke jurist!'

'Ik weet 't. En ik word soms gek van je, maar ik hou van je. Sophie, wil je met me trouwen? Ik heb niet veel tijd. Ik kan niet naar de vergadering als ik niet weet wat je antwoord zal zijn.'

'Ik kan het je na de vergadering toch zeggen?'

'Ik moet het nu weten. De vergadering handelt over het opzetten van een fulltime bureau in Londen. Dan kun jij hier je cursus volgen.'

'Zou je dat voor me doen?'

'Meteen.'

'O, Luke.'

'Maar alleen voor jou. Jij bent uniek.'

'Iedereen is uniek, Luke.'

Een meelijwekkend glimlachje deed zijn mondhoek krullen. 'Veel vrouwen lijken anders gewoon klonen van elkaar.'

Sophie herinnerde zich de vrouwen die hem in Amerika hadden omgeven en kon niet anders dan hem gelijk geven.

'Kun je je voorstellen dat je de rest van je leven zult doorbrengen als de vrouw van een bekakte jurist die niet altijd even slim uit de hoek komt?'

Sophie kon haar glimlach niet langer onderdrukken. Ze pakte haar servet en verborg haar mond. 'Ik denk het wel.'

'Dus je wilt met me trouwen?'

'Ik denk het wel. Maar ik doe het alleen voor Matilda.'

Hij sprong op uit zijn stoel en ging naast haar zitten. 'O, Sophie, je moest eens weten hoe gelukkig – eh, opgelucht ik ben. Ik dacht dat je nooit ja zou zeggen!'

'Ik hou ook van jou, weet je. Al een eeuw. Ik heb me ertegen proberen te verzetten.'

'Wat is er mis met mij?' Luke probeerde beledigd te kijken, maar de triomfantelijke blik in zijn ogen verried hem.

'Dat zei jezelf. Je bent een rijke, bekakte jurist. En ik ben jouw type niet.'

'En ík ben jouw type niet,' zei Luke, en toen kuste hij haar. Even later zei hij: 'Als je eens wist hoezeer ik naar je verlang…'

'Als je me maar niet gaat voorstellen lid te worden van de Mile High Club!' zei Sophie. Ze verlangde ook naar hem, maar zou toch liever wat meer privacy hebben.

'Ik weet niet eens of we op zo'n korte vlucht wel op een mijl hoogte vliegen. Ik denk dat ik de piloot ga vragen…'

'Waag het eens!' Toen kalmeerde ze een beetje. 'Iemand in de wijnbar vertelde me een keer dat ze het in het vliegtuig had gedaan op haar huwelijksreis, maar dat het er gewoon op neerkwam dat ze seks had gehad op het toilet.'

Luke keek haar met samengeknepen ogen aan. 'Ik wil niet patserig doen, hoor, maar dit is wel een Gulfstream, dus dat is wel even iets anders dan een toilet.'

De arrogante blik die hij erbij trok maakte haar aan het lachen. 'Ik denk dat ik wel aan deze levensstijl zou kunnen wennen.'

'Dus ik kan tegen mijn grootmoeder zeggen dat we verloofd zijn?' zei Luke.

'Uh-huh,' zei Sophie ergens ter hoogte van zijn oksel.

'Kom,' zei Luke. 'Laten we het onszelf wat makkelijker maken, in elk geval tot we onze veiligheidsgordel weer moeten omdoen voor de landing.'

Een paar hendels en wat aanpassingen verder lagen ze tegen

elkaar aan, en hoewel ze hun kleren nog aanhadden, had Sophie het gevoel dat ze met klittenband aan elkaar vast zaten en dat niets hen ooit nog zou kunnen scheiden.

'Wat gaan we doen als we in Londen zijn?' mompelde ze, terwijl ze haar glas neerzette.

'Ik stel voor dat ik een kamer voor je boek in het Claridge Hotel en dat ik dan naar mijn vergadering ga. En als ik terugkom zal ik je laten zien wat een bekakte jurist in zijn mars heeft als hij ergens zijn zinnen op heeft gezet.'

Sophie slaakte een gelukzalige zucht. Het was een al te verleidelijk voorstel.

Dankwoord

De waarheid is altijd vreemder dan fictie en het idee voor dit boek is afkomstig uit mijn eigen familie: de erfenis van een pakket boorrechten dat in de loop der tijd over de familie verspreid is geraakt. Mijn nicht Elizabeth Varvill heeft enorm haar best gedaan om de rechten te coördineren, een taak vergeleken waarbij het schrijven van dit boek een peulenschil lijkt. En zij moest het doen zonder de aantrekkelijke assistent die ik mijn heldin heb gegeven. Bedankt, en niet alleen voor een geweldig idee voor een boek.

Ook dank aan mijn Amerikaanse consultants, van wie de meeste echte Amerikanen zijn. Maggie Dana, schrijfster, Nora Neibergall, Lisa Bernhard en Liz Fenwick – hoewel Liz deel uitmaakt van het Cornische adviesteam, onder wie ook schrijfster Judy Astley.

Dank aan Pete en Mary Donkin en Amanda Shouler die me in een Gulfstream hebben weten te krijgen. Gelukkig bleef hij aan de grond, maar het was evengoed fantastisch. Heel erg bedankt.

Dank ook aan de geweldige Smug Sisters – alias de schrijfsters Sara Cravan, Jenny Haddon, Kate Lace en Joanna Maitland. Ze hebben me niet alleen enorm geholpen en talloze plotideeën aan de hand gedaan maar me ook het goede voorbeeld gegeven, waardoor ik op een dag twee keer zoveel werk verrichtte dan gewoonlijk. Ook dank aan Amanda Craig, die de genereuze prijs beschikbaar stelde voor de PEN-quiz, die de

Smug Sisters in staat stelde een week in een idyllisch oord te schrijven.

Aan Bill Hamilton en Sarah Molloy van AM Heath voor hun geweldige begeleiding en hun pitbull-houding tegenover de buitenwereld. Heel veel dank.

Aan mijn fantastische redactrices bij Cornerstone, Random House – Kate Elton en Georgina Hawtrey-Woore – voor hun inspirerende ideeën en oneindige geduld. Zonder jullie was het nooit gelukt!

Aan Charlotte Bush en Amelia Harvell die de mensen die mijn boeken helpen verkopen wel op een of andere manier moeten chanteren, want er worden er elk jaar meer van verkocht. En dankzij hen lijken schrijverstournees meer op een vakantie met bijzonder leuke gidsen.

Aan de wonderbaarlijke afdelingen verkoop en marketing, die mijn boeken elk jaar weer slimmer en geestdriftiger aan de man weten te brengen. Claire Round, Louisa Gibbs, Rob Waddington, Oliver Malcolm en Jen Wilson, bedankt!

Dank ook aan Alun Owen die alle verkeersopstoppingen zo kalm het hoofd weet te bieden, en natuurlijk aan Richenda Todd, die elk jaar meer blunders ontdekt en voorkomt en me daarvoor nooit op de vingers tikt.

Een roman uitgeven is een teamprestatie en ik heb een geweldig team.